"慈行三部曲"之二

文化慈行

WENHUA CIXING

徐迅雷 著

GUANGXI NORMAL UNIVERSITY PRESS

广西师范大学出版社

·桂林·

图书在版编目（CIP）数据

文化慈行 / 徐迅雷著. -- 桂林：广西师范大学出
版社，2023.3
（"慈行三部曲"之二）
ISBN 978-7-5598-5845-0

Ⅰ．①文… Ⅱ．①徐… Ⅲ．①杂文集－中国－当代
Ⅳ．①I267.1

中国国家版本馆 CIP 数据核字（2023）第 034438 号

广西师范大学出版社出版发行

（广西桂林市五里店路 9 号　邮政编码：541004 ）
网址：http://www.bbtpress.com
出版人：黄轩庄
全国新华书店经销
广西民族印刷包装集团有限公司印刷
（南宁市高新区高新三路 1 号　邮政编码：530007）
开本：710 mm × 960 mm　1/16
印张：27.25　　字数：420 千
2023 年 3 月第 1 版　　2023 年 3 月第 1 次印刷
定价：60. 00 元

如发现印装质量问题，影响阅读，请与出版社发行部门联系调换。

目 录

第二辑　莳花一犁雨

第四辑　阅读一枝栖

第一辑

人文一脉承

文明求同，文化存异。

对待文化，需要尊重，我们居"下"临"高"。

对待文明，需要温情，我们呵护备至。

人文文化，一脉传承。文化不仅有着非凡的传承力、穿透力，而且有着顽强活化力、韧性成长力，因为文化是生命的表达方式，书写了生命的价值。

一个人的生命厚度，大抵是由人文文化的厚度所决定的。

一个人最优的小环境，那就是在家里坐拥书城，能够被"书文化"包围。

一个人最优的中环境，那就是在住地坐拥历史文化名城，能够被历史文化萦绕。

一个人最优的大环境，那就是在生活的国度坐拥大气开放的文明制度，在文化创造过程中能够被自由包容拥抱。

我从 1999 年 33 岁"弃政从文"至今，一直生活在历史文化名城杭州。这里坐拥西湖、中国大运河、良渚古城遗址三大世界遗产；这里是南宋古都，宋韵文化的独特韵味流淌至今，别样精彩。

我陆续写下《一世黄公望 六世望黄公》《宋韵最江南 人文杭州味》《大良渚的古今文明》《运河文化让生活更美好》，散点折射历史文脉。镜头拉远，我们看见浙江上山文化一万年，这里是"稻之源"；我们看见故宫 600 年的历史演进，看见《胡适留学日记》手稿以 1.3915 亿元成交，创下"最贵日记"拍卖的世界纪录……这就是文化的力量。

我始终说，对于"传统文化"和"文化传统"这两个概念，要有明晰的区分：传统文化里，有很多精华，需要弘扬；文化传统中，有本质糟粕，需要舍弃。我所言的"对待文化，需要尊重，我们居'下'临'高'"，是指前者；而故宫博物院原副院长李文儒曾经说:"要像鸟儿一样去看故宫,俯视也好,平视也可,但决不能是仰视,更不能膜拜!"这,当然是指后者。

　　人文文化,铸造精神。人之为人,成为万物之灵,就在于有人文,有自己独特的精神文化,也即人文精神。我们要让精神更文明,让文明更精神。

壹

文化的传承力和穿透力

一世黄公望　六世望黄公

　　一世黄公望，六世望黄公。

　　2017 年 9 月 15 日，杭州西湖文化广场，浙江省博物馆（武林馆区），三楼，"湖上有奇峰——蓝瑛作品及其师承影响特展"开展。展览集中展示了"武林派"画家蓝瑛早中晚三个时期的精品力作，同时展出了浙江省博物馆镇馆之宝——黄公望《富春山居图·剩山图卷》。在展馆里，《剩山图卷》居首展出，因为蓝瑛师承黄公望；同时还展出了从吉林省博物院借展的董其昌《昼锦堂图并书记卷》，这也是难得一见的董其昌青绿山水代表作。

　　从 15 日至 17 日，连续三天我三次前往观展，尤其在《富春山居图·剩山图卷》前流连忘返。这里也一直人头攒动，因为太多的人流连忘返了。《剩山图卷》是文化"剩山"，胜过金山银山；蓝瑛的作品同样是文化"剩山"，幸好留存的还有不少，除了浙江省博物馆馆藏的之外，另有许多是向故宫博物院、上海博物馆等国内多家文博单位借展的，观展的机会特别难得。

　　蓝瑛是杭州本地人，明万历十三年（1585）出生于斯。65 岁之后，他的山水画臻于化境，到达艺术巅峰。此时他定居于杭州城东寓所，榜所居曰"城曲茅堂"。这次特展分"渊源有自""澄怀味象""赏石雅观""嘉木幽禽""山高水长"五个单元，可谓意味深长。

　　因受书画大家、导师董其昌的影响，蓝瑛成为"望黄公"者之一，继承了宋元以来文人画的笔墨传统，他摹写过黄公望的诸多画作，包括《富春山居图》。以此为契机，《剩山图卷》也一并展出，但会提前至10月8日撤下。

　　众所周知，《富春山居图》是"中国十大传世名画"之一；它是黄公望为郑樗（无用师）所绘的，清初遭火焚后断为两截，历尽千难万险流传至今。《剩山图卷》为《富春山居图》卷烬余本之前段，长51.4厘米；后段为《无用师卷》，现藏台北故宫博物院，长636.9厘米。自1957年《剩山图卷》入藏浙博以来，展出次数屈指可数。2011年3月，台湾著名作家李敖"登陆"，到访杭州时，浙江省博物馆专门为他特别开箱，将《剩山图卷》拿出来让他看了看。李敖称之"目不暇给，拜观不及"。

　　2011年6月1日，分离361年的《富春山居图》在台北故宫博物院合璧展出，成为两岸文化界的一件盛事，写下了历史性一刻。自火焚成两段之后，这是首次合璧，所剩实物完整展示于世。特展全称为"山水合璧——黄公望与富春山居图特展"，故宫博物院还出版了一本同名的、厚大的、精印的画册。何时海峡那边的那一半能来杭州合璧，多少人心心念念！

　　2016年初我有幸在台北故宫博物院赏看了《富春山居图·无用师卷》，那次是"妙合神离——董其昌书画特展"，因为董其昌收藏过《富春山居图》，于是《无用师卷》得以展出。在首先看过那一半之后，我念念不忘杭州的这一半，现在终于看到了——这是《富春山居图》在我心中的山水合璧！

　　同在2017年9月15日这天，青绿山水画长卷孤品《千里江山图》在北京故宫午门展出。绢本《千里江山图》，纵51.5厘米，横1188厘米，是宋代王希孟18岁时的神作。一南一北，两幅长卷同时开展，一时成为佳话。

　　杭州有什么东西值得骄傲的？蓝瑛是值得骄傲的，黄公望是值得骄傲的，《富春山居图》是值得骄傲的，《富春山居图·剩山图卷》是值得骄傲的……一言以蔽之，璀璨的历史文化遗存，是值得骄傲、值得最骄傲的。

　　文化"剩山"，山高水长。

宋韵最江南 人文杭州味

　　文化是根,文化是魂。杭州评选"十大代表性历史文化建筑""十大文化新地标"和"十大文化新现象",2021 年 10 月 13 日至 19 日进行如火如荼的公众投票。

　　所甄选的"十大代表性历史文化建筑",要足以代表与体现几千年城市文明史,承载丰富的历史文化信息,候选的有 14 个:龙兴寺经幢、六和塔、拱宸桥、灵隐寺、岳庙、杭州孔庙(碑林)、三潭印月(小瀛洲)、胡庆余堂(胡雪岩故居)、西泠印社、钱塘江大桥、浙江展览馆、凤山水城门、大学路浙江图书馆、梵天寺经幢。

　　而"十大文化新地标",是近年内出现的代表性文化地标,要具有丰富的文化内涵、良好的赋能效应、较强的辐射能力,候选的有 15 个:良渚古城遗址公园、天目里、放语空、东信和创园、富阳博物馆(富春山馆)、中国国际设计博物馆、临平大剧院、临安博物馆、杭州奥林匹克中心、杭州国际博览中心、运河亚运公园、良渚文化艺术中心、东梓关杭派民居、中国美院象山校区、浙江音乐学院。

　　还有"十大文化新现象",要具有时代意味、创新内涵、杭城特点,具有积极的文化性、启示性、群体性和实践性,候选的有 15 个:宋韵气象、遗存活化、艺术乡建、杭州有戏、书香满城、亚运风尚、数智赋能、创业活力、国潮兴起、街头群艺、山水治愈、部落情怀、公益精神、网文热土、艺创生活。

作为历史文化名城，杭州推出的这三个"文化十大"评选，呈城市文脉，见文化肌理，体现了杭州历史文化的独特韵味、文化建设的别样精彩。这些评选对象，或物理可见，或未来可期；公众则可以"一站式"集齐杭州最美、最有江南文化特色的打卡地。城市需要文化认同，这就是文化认同的行动。事实上，候选的任何一项入选"十大"都是可以的，都不逊色。

在"十大代表性历史文化建筑"的票选中，有热心市民热切地说"最推崇龙兴寺经幢"，因为它是杭州现存最早的地表建筑，建于唐代，是表明唐代杭州城市面貌的地标，是杭州历史文化名城的重要佐证。

"宋韵最江南，人文杭州味"。无论是"硬文化"还是"软文化"，都必须保护存量、创造增量，需要不断激活、不断构建——宋韵文化"流动"于千年，传承于江南，活跃于当下，是其中的典范。在"十大文化新现象"中，候选的"宋韵气象"推荐理由是："宋韵文化作为杭州城市的精神根脉，不断为人们所探寻、品读和诠释，尤其是结合丝、茶、瓷等杭州特色产业的发展，一股宋韵潮流日渐兴起，宋韵生活美学成为审美新风尚。"作为具有中国气派和浙江辨识度的重要文化标识，宋韵文化是多元的，是活色生香的，是拥有现代价值、最能实现文化认同的，需要不断地挖掘、不断地增量。

文化遗存最需要悉心呵护。每一点留下来的古色古韵，都是一个城市最可宝贵的独特的文化印记。在任何国家任何地方，对历史文化遗存的人为损毁，往轻里说是千古笑话，往重里说是千古罪人。在保护的基础上，我们要对遗存不断活化，使其生机勃勃。"十大文化新现象"候选之一的"遗存活化"，有遗址公园转化方式亲民，有工业遗存创意开发力度空前……"活化"是为了"文化"，"解构"是为了"建构"，从而使其越来越具有"人文杭州味"。杭州可以活化、应该活化的历史遗存还有不少，比如被列为杭州历史文化街区的杭大新村，需要进一步修缮活化，公众热切期待这里能成为大师教授名人陈列馆和文化创意街区。

"观乎天文,以察时变;观乎人文,以化成天下。"文明文化是人的最高精神归属。与生物多样性一样,文化也需要多样性,而文化多样性广泛存在于社会系统之中。无论是"十大代表性历史文化建筑",还是"十大文化新地标",还是"十大文化新现象",都是杭州文化多样性最鲜明的体现,都可以源源不断地产生"多样性红利"。

天堂杭州,文化天堂!

为往圣如何继绝学

与天气的"火热"相似,"涉古"新闻也是火爆非常,可谓"如火如荼":

2022年8月9日,国家新闻出版署网站发布《2022年度古籍工作重点课题公告》,面向全国古籍征集课题研究承担方。

8月6日晚,第六批国家重点文物保护单位、全国现存最长古廊桥——福建屏南万安桥突发火灾,98.2米长的古廊桥桥体已烧毁坍塌。

8月5日《浙江日报》报道:"两宋浙刻"丛刊近日首次亮相,第一辑第一种国家图书馆藏南宋临安府陈宅书籍铺刻本《唐女郎鱼玄机诗》率先出版发行;丛刊计划用10年时间,分10辑影印出版两宋浙刻善本共38种408卷。

8月2日,杭州国家版本馆正式开馆,"千呼万唤始出来",公众参观的热情爆棚,一票难求……

有900多年历史的万安桥,曾屡焚屡建。2012年11月,万安桥入选中国世界文化遗产预备名单;包括万安桥在内的"中国木拱桥传统营造技艺",曾入选联合国《急需保护的非物质文化遗产名录》。桥屋内檐下有13副楹联,历史上不少有关万安桥的诗文,都是可以进入国家版本馆的。而传统营造技艺、营造法式,更是极其重要的"绝学"。在复兴路上、和平年代,万安桥竟然付之一炬，真是今人愧对古人，廊桥岂能如此"遗梦"！

今人如何对得起古人？看看"两宋浙刻"丛刊。回望历史，两宋浙刻光辉灿烂；发掘保护，继承弘扬，重任在今。我国不仅是世界上最先发明印刷术的国家，也是世界上最早出现编辑出版活动的国家之一。专家介绍：从中唐元稹白居易刻印诗集，到五代末年吴越国国王钱弘俶广刻佛经，绍兴、杭州乃至整个浙江，雕版印刷书籍成为一时风尚。而"出名出名太出名"的"两宋浙刻"，被视为"中国书籍史上不可逾越的高峰"；不论是官刻，还是家刻、坊刻，皆是字体精挺，用纸明韧，墨色清亮，校勘精审，刻印精良，装帧精美——两宋浙江刻书，成为"一代之书"。

作为浙江"宋韵文化传世工程"的扎实文献依据，"两宋浙刻"丛刊由浙江古籍出版社、止观书局共同推出，这是"为古籍续命，为文脉留根"的切实举措，旨在让珍贵的两宋浙刻本"走"出图书馆、博物馆，既推动文献学、版本学、书籍史等领域的研究，也在一定程度上保护宋刻原籍。

"中唐律诗是中华诗国的巅峰，南宋浙刻是东方雕版的翘楚。"《唐女郎鱼玄机诗》执行主编陈谊说，"南宋浙刻中唐诗歌，尤其是著名女作家鱼玄机诗集，简直就是双美并臻、四雅合璧的理想象征。再加上近千年收藏史，题跋观款钤印绘像，中国就没有第二部书是这样的。""双美"即唐诗之美、宋刻之美；"四雅"即文字精雅、刊刻秀雅、印刷静雅、装帧清雅。

一部《唐女郎鱼玄机诗》，已让两宋浙刻神韵初现。要是问什么是"年度古籍工作重点课题"的重中之重，那么"两宋浙刻"丛刊的推出，无疑是其中之一。这同样是在贯彻落实中办、国办《关于推进新时代古籍工作的意见》，促进古籍事业高质量发展。为"往圣"如何继"绝学"？浙江给出了一个高质量的答案。此心昭昭，日月可鉴！

乔乔之木必有其根，浩浩之水必有其源。如果忘本忘祖，乃是奇耻大辱。当年为了反驳汉字拉丁化，著名语言学大师赵元任写了一篇名为《施氏食狮史》的奇文，全部只有一个读音"shi"："石室诗士施氏，嗜狮，誓食十狮。施氏时时适市视狮。十时，适十狮适市。是时，适施氏适市。施氏视是十狮，恃矢势,使是十狮逝世。氏拾是十狮尸,适石室。石室湿,氏使侍拭石室。石室拭,氏始试食是十狮尸。食时,始识是十狮尸,实十石狮尸。试释是事。"事实是,汉字之美,难以抹杀,不可替代,是古人所创的伟大"绝学",无法磨灭。

为往圣继绝学——今人义不容辞的使命!

大良渚的古今文明

秋风起，"蒹葭苍苍"就要过渡到"白露为霜"了。在杭州城西北角，有一片文化的风水宝地，那就是良渚，如今也是秋意渐浓。2018年9月14日，杭州余杭官网挂出一则《关于对中国美术学院良渚校区方案设计进行公示的说明》，人们期待中的"良渚校区"终于浮出水面。建成后的美院良渚校区长啥样？喜欢读图的新媒体大悦：从效果图看，果然不负众望！整个校区犹如建在森林里，建筑也非常有特色！

中国美术学院在2018年度过了90华诞，它把一个新的校区建在良渚这块文化的沃土上，是选对地址了。这是美院与良渚的双赢，相信美院良渚校区将成为大良渚一个新的文化地标。在经过全球征集后，该校区确定由著名建筑师张永和教授领衔设计。他的设计指导思想是"生活即教育，学院即社区"，通过坊、市、馆、舍、所、院、园、道的营造，实现"绵延多义的工坊空间、居学一体的书院模式"。张永和是普利兹克奖评委中首位"中国面孔"；而中国美术学院象山校区的主设计师王澍教授，则是普利兹克建筑奖获得者，中国第一人。

校区距离地铁2号线良渚站不远，往北过去，有良渚文化艺术中心，是日本建筑设计大师安藤忠雄设计的，被良渚文化村的居民们亲切地称为"大屋顶"。再往北一箭之遥，就是著名的良渚博物院,建筑设计出自英国设计师戴卫·奇普菲尔德之手。由良渚博物院向西北,沿着全新亮相的祥彭线走不远,就抵达正在申遗——要加入世界文化遗产大家庭的良渚古城遗址。这里的良渚国家考古遗址公园正在建设中:一个良渚,一段古老的文明物语;一个公园,带你穿越5000年! 这就是良渚,良渚的文化,文化的良渚。

良渚之大,是时空文明之大,包含了古今文明。

9月初,第四届文化遗产世界大会在杭州召开,大会专设"良渚古城国际研讨会"议程,国内外专家学者济济一堂,探讨良渚古城的过去、现在与未来。他们来自哈佛大学、斯坦福大学、剑桥大学、牛津大学、早稻田大学、北京大学等世界一流大学和文化遗产研究机构。大会最后一天,近300位知名专家学者,前往良渚博物院参观。一位外国专家说:"良渚博物院代表了我们建立文化遗产交流过程中一个重要里程碑,展示了跨文明文化交流传播的新方式。"

"着力增强文化软实力",古人已经很努力,今人定当更努力。今天的文明重铸,要对得起曾经的历史文明。为了"蝶变"升级,良渚博物院经过10个月的"闭关修炼",进行了全方位的陈列改造,在2018年6月"重启",由此刷新良渚的文化记忆。

如果说"古文化""古文明"存在于博物馆,那么,"今文化""今文明"在哪里? 这个问题的答案,在良渚越来越明晰。这里再说两个细节:

良渚的梦栖小镇,已成功举办两届世界工业设计大会,梦栖小镇成为"全国工业设计领域第一小镇"的地位得到进一步确立。

在良渚文化村,业主们发起"北归"行动,因为居住区距离南边的良渚地铁站还有"最后一公里",无论是去乘坐地铁,还是下了地铁回到村里,"村民"们都可相互搭车,这成了邻里文明的典范。

回顾历史,英国历史学家汤因比曾说:"不同文明的相遇,有一个不幸的定律,就是最没有价值的东西会最大化地被吸收,最有价值的东西反而被最大化地拒绝。"看看当下,事情有了极大的变化;展望未来,一定是最有价值的文明文化会被最大化地传播和吸收——良渚就是明证。

版本:斯文在兹

菁华万卷,斯文在兹。

2022 年 8 月 2 日,杭州国家版本馆正式开馆迎客,众多"压箱底"的珍贵展品亮相(《杭+新闻》报道)。此前的 7 月 30 日,中国国家版本馆举行开馆暨展览开幕式,3 个分馆同步举行开幕活动。

设立国家版本馆,这是中国重大文化传世工程,这是版本文化建构与保护的国家行动,这是国家文化软实力的时代表达。

国家版本馆,是 1 个总馆和 3 个分馆的"1+3"集群模式,以"阁"命名,由中央总馆文瀚阁、西安分馆文济阁、杭州分馆文润阁、广州分馆文沁阁组成,选址北京燕山、西安秦岭圭峰山、杭州良渚、广州凤凰山,设置展示区、保藏区、洞藏区、交流区等。作为国家版本资源总库,作为中华文化种子的"基因库",版本馆将全面履行版本资源保藏传承的职责。

这是以版本为载体,方寸之间记录历史变迁,为文脉留根,为文化铸魂。

在中央总馆文瀚阁,展出了严复翻译《天演论》的手稿、徐寿翻译的《化学鉴原》等,展示了清末改良派为开启民智、普及知识作出的重要贡献。晚清以来,国家屡受巨创,遭遇"三千年未有之大变局",多少有识有为之士,上下求索救国良方。徐寿是清代化学家,所译《化学鉴原》成为中国第一本近代化学的教科书;严复则是现代文明的"盗火者",在一个"黄钟毁弃、瓦釜雷鸣"的时代,面对遍地瓦釜,甚至是鎏了金的瓦釜,严复成了黄钟大吕,他的翻译,就是"开眼看世界,以笔醒河山"。

杭州国家版本馆在开馆当天,推出四大主题展览:"潮起之江——'重要窗口'主题版本展","文献之邦——江南版本文化概览","盛世浙学——浙江文化研究工程成果展","千古风流——浙江历史文化名人展",实体展示珍贵古籍、文物、手稿等5000余件。其中在雷峰塔发现的"雷峰塔经",源自五代十国时期,是浙江地区迄今发现的"最早雕版印刷品",是研究中国早期印刷术的重要实物证据。"雷峰塔经"告诉我们,每天仅仅去长桥公园拍摄美丽的雷峰夕照是不够的,我们需要更多的文化自觉、历史主动。

"千呼万唤始出来",文润阁已成为浙江文化新地标,馆藏资源和建筑设计都值得公众期待。有的历史,时间不长,但意义非凡,比如支付宝和健康码第一行代码,已被收藏。文润阁8月1日首开电话预约,结果电话被打爆,可见公众之向往;8月2日入馆名额中,最后一位预约成功的许先生,拨打近一个小时、一共50多个电话,才终于预约成功,兴奋之情溢于言表。

文润阁由著名建筑学家、建筑设计师、中国美术学院教授王澍主持设计。十年前王澍荣获国际建筑领域最高奖——普利兹克奖,是中国第一人。文润阁的总体格局,是"南园北馆,馆园一体",集图书馆、博物馆、美术馆、档案馆、展览馆等多种场馆功能于一体;其"营造法式",既体现了当代新人文建筑精神,又呈现了"宋韵风格"的"文"与"润",王澍称它是"最难与最好的作品之一"。尤其是南大门的艺术青瓷屏扇门,设计灵感来自宋代屏风,青瓷片由龙泉窑纯手工烧制,构成一幅当代的"千里江山图",为公众津津乐道……

有历史才有文化,有文化才有精神,有精神才有动力——这,就是历史文化的力量。透过国家版本馆,汲取历史智慧,更好走向未来!

运河文化让生活更美好

　　杭州是一座水做的城市,因水而润,因水而兴。和大运河相关的历史文化遗存,无论是拱宸桥还是广济桥,无论是凤山水城门还是西兴过塘行(即转运栈),无论是富义仓还是桥西历史街区……都会触动杭州人心中最柔软的部分。

　　一河连京杭,一脉通古今。10 月 22 日,2021 中国大运河文化带京杭对话在浙江杭州举办,"魅力北京浙江周"在杭州大运河畔的拱宸桥启幕。两地共建运河文化:北京在杭州市大运河音乐公园主会场推出千年运河文化展,展出《漕运三部曲》等104 种运河题材作品、燃灯佛舍利塔等非遗国礼;首部聚焦中国大运河北京段的大型京剧交响套曲《京城大运河》在杭州大剧院重磅演出,乐动钱塘江畔;两地诗人和艺术家参加了大运河国际诗歌节闭幕式、运河雅集等活动,让京味文化沿着运河漂得更美更远。

　　同时,2021 年第八届中国大运河庙会 10 月 20 日至 24 日举行,集民间艺术、特色集市、非遗文化、街头表演等内容为一体,充分展现杭州大运河千年文化历史和地域民俗,百姓市民乐呵呵参与其中,挂香囊、赏民俗、品美食、寻非遗……千年运河,沉淀悠悠往事;今日庙会,泛起浓浓风情。

　　运河是历史的,运河是文化的,运河是沟通的,运河是发展的,运河是人民的,运河是现在的。从历史到现实,大运河文化让人民生活更美好。中新社报道说,中国提出建设大运河文化带已有两年多时间,让大运河文化融入民众生活,使运河造福人民,不仅成为共识,更成为现实:精心打造的亲水公园、依河重建的古城景区,抑或逆袭蝶变的运河渔村、新旧呼应的"文化长廊"……

大运河杭州拱墅段,就是一条具有独特魅力的文化长廊。我们要品味"最江南·杭州味",就离不开运河文化长廊。大运河文化带浙江段建设中,首个省区协作的亿元级重大文化项目——运河大剧院不久前在拱墅投入运营,成为运河沿线新的文化符号。加上大运河亚运公园、武林美术馆等项目的落地,带来历史与现实交融的文化体验。这样的文化地标,这样的文化长廊,都是作为公共品提供给公众的公共文化,这是文化惠民、文化共富的典例。

悠悠运河水,承载的是文化,流淌的是文明。文化长廊就是一种文化追求,而没有文化内涵的山水,再靓也不足为观。优秀传统文化要不断活化,优质公共文化要不断营建。文化活化需要"留古、复古、活古、扬古、用古";而公共文化因其公共性、公益性,需要政府的刚性投入。有识之士早就提出,要进一步擦亮西湖、京杭大运河、良渚古城遗址等世界文化遗产,打造良渚文化、运河文化、南宋文化、诗路文化等。杭州历史文化遗存,需要不断地自我生长、自我拓展,需要不断地自我活化、自我"文"化。

美丽运河,文化血脉。高水平谋划,呈现运河文化底蕴;高品位传承,激活运河文化基因;高标准保护,融合运河文化生活;高效率利用,赋能经济社会发展……运河文化让人民生活更美好,是宏观的,亦是具象的。比如运河文化的旅游产品,如何提升高度、挖掘深度、拓展宽度? 这就是一个现实的着力点。

文化为魂,旅游为魄。2021 年 10 月 23 日,杭州启动"最江南·杭州味"大运河文化旅游季,有"运河旗袍嘉年华"等主题活动,推出各类优惠项目共 327 项,然而"强势"项目并不多。杭州需要更多的大运河文化旅游目的地标志性品牌。10 月 22 日至 24 日,2021 中国大运河非遗旅游大会在江苏无锡举行,主题是"畅游甜美运河·乐享非遗之魅",这是非遗旅游赋能甜美生活;而在扬州,如果走过"十二时辰",从著名的东关老街向东走到头,就是扬州古渡,可以畅美夜游扬州古运河,2021 年 6 月 16 日开馆的"扬州中国大运河博物馆",也成了网红打卡地……借鉴他山石,亦可为杭州加快建设拱墅大运河国家文化公园样板区助力。

受降,受降!

故土燃烧,守卫者涌向风暴;胜战受降,牺牲者长眠地下!

2020 年 8 月 15 日,日本宣布无条件投降 75 周年。这一天,灿烂千阳之下,杭州富阳的抗日战争胜利浙江受降纪念馆,迎来一批作家诗人,这是特殊日子里的特别采风。这个风格独具的纪念馆,位于富阳区银湖街道宋殿受降村,是在原受降厅基础上改造扩建而成,它让人过目难忘——这是浙江省唯一的大型抗战胜利主题纪念设施。

浙江受降纪念馆,作为浙江省唯一大型抗战胜利主题纪念设施,于 2015 年 9 月 2 日正式开馆,在原受降厅基础上扩建而成,包括地上建筑和地下展厅,总建筑面积 2600 多平方米,展馆面积 2300 平方米。展馆分为 5 个单元,分别是"侵略暴行""不屈抗战""胜利欢庆""接受投降""审判战犯",共有 300 多件实物展品。除了展馆核心区,还建有影视厅、活动教室、集会广场等。整个受降纪念馆为灰色调,给人庄严沉重之感;一座 8 米高的钟楼,篆刻着"勿忘国耻""警钟长鸣"的大字,警示人们铭记历史,勿忘国耻,警钟长鸣,珍爱和平。

遥想 75 年前 1945 年 8 月 15 日,日本电台播出了裕仁天皇亲自宣读的《终战诏书》,宣布无条件投降。9 月 3 日,成为中国人民抗日战争胜利纪念日。艰苦卓绝的抗战,终于把中国人民从炮火硝烟的血与泪中拯救出来，从此不再受法西斯蹂躏，不再被侵略者涂炭。从侵华日军放下武器宣布投降至9月初，中国16个受降区，陆续接受日军投降。

"巍巍天目山，傲然屹立，这是杭州军民团结抗日的烽火战场；滔滔钱江水，滚滚东流，这是国共两党合作御敌的历史见证。"抗战期间，浙江是受日军侵略时间最长、受战争灾难最深重的省份之一。浙江历经的抗战，浩气壮湖山。富阳在抗日拉锯战中，几度沦陷，几度克复。1937年12月24日，富阳县城首度沦陷。日军侵占富阳县城后，在城内野蛮地实行"三光"政策。鹳山吉祥寺里的17名和尚，有16名被搜查出杀害，仅一人因躲在灶间而逃过了此劫；银湖街道的东坞山一带，受侵害亦是严重……

浙江富阳的抗日武装，先后发起富阳县城保卫战、东洲沙保卫战等，给日军以沉重打击。1939年3月21日至23日，富阳军民展开了著名的东洲沙保卫战。东洲沙即东洲岛，这里是扼守富春江的战略要地，岛上由浙江省抗敌自卫团第一支队守卫。3月21日拂晓，日寇从周家浦乘橡皮舟偷渡。抗敌自卫团官兵临危不惧，奋勇抵抗，但终因寡不敌众，东洲岛陷入敌手。后在当地群众和友军的支援下，以死伤军民200余人的代价，毙伤日军50余人，于23日下午收复了东洲岛……今天的东洲岛，是共和国版图上一块和谐宁静的拼图，东洲葡萄，是我这辈子吃过最甜最好吃的葡萄啊！

镜头从现实拉回到历史：日军第22师团35联队第3大队移驻宋殿村，之后宋殿成为日军江北指挥所；日军在宋殿大肆修筑防御工事，在沦陷区实行法西斯统治，烧杀淫掠，无恶不作。宋殿受降厅的前身，是乡绅宋作梅家的宅院，日军第3大队有个中队曾盘踞于此。距离宋殿村东南半公里的殿背山的一个山沟，是日寇杀害我同胞的刑场和抛尸地点，史称"千人坑"。

在日本宣布无条件投降之后，"受降"成为举世瞩目的一个重要仪式。1945年9月2日，日本投降仪式在停泊于东京湾的美国战列舰"密苏里号"上举行。中国战区的洽降会议于1945年8月21日在湖南芷江举行——"八年血泪成江河，一纸降书出芷江"。9月9日上午9时，中国战区受降仪式在南京举行——天理昭彰,日本无条件投降签字,洗刷了中华民族自《马关条约》以来的奇耻大辱!

此间,全国按照具体战区之不同,划分为16个受降区(原为15个,后加上一个台澎区),部署接受日军投降。其中第三战区受降主官为顾祝同将军,负责接收地区包括嘉兴、杭州、金华、宁波和厦门等,洽降地点就在杭州富阳宋殿村。

不可一世的日军在这里低头!9月4日至5日连续两天,洽降受降在宋殿的宋作梅宅院进行。9月4日洽降双方抵达宋殿,由于投降事宜并未在当日全部谈妥,所以在次日上午又加了半天。在《富阳宋殿接受日军投降记》这篇回忆文章中,亲历者蒋增福先生这样描述:"这天上午中国受降代表由韩德勤率领先到会场……11时许,杭州方向开来三辆小汽车,后面是几辆日本军用大卡车,车上是武装日军。小汽车驶至离受降台约200米的地方,我方设置在路旁的岗哨立即命令停车。车上下来的是日军驻杭州最高指挥官、第133师团长舒地嘉,他低着头下车,脸色呆板冷漠……我军队立即上前缴了枪。受降仪式开始时,日军头目被引到受降台前,他们先是立正,然后脱帽向中国的受降代表一鞠躬……由舒地嘉代表日本军方在投降书上签字。签字后把投降书放在一只木盆里,双手捧着木盆,恭恭敬敬地上前呈送给中国的受降代表韩德勤将军……"(详见《浙江文史资料选辑 第三十五辑》)

这里的回忆并不十分准确。日方投降代表为第133师团参谋长樋泽一治。洽降过程中,中方交给日方的是有关备忘录,日方交给中方的是各地驻军情况、指挥系统等图表,并非签字后的投降书。

彼时中国各个战区的受降仪式并没有统一的模式,有的战区举行了洽降会议,有的战区举行了投降仪式,有的战区举行了投降签字仪式,有的战区分多地举行受降仪式,方式不一。其中第三战区的情况最为独特:在富阳的洽降跨越了两天,成为最重要的受降环节,当时及后来并没有举行正式的"投降签字仪式";9月11日,驻浙江的第133师团等日军参加了在上海进行的投降仪式,主持受降的是汤恩伯将军;到了9月15日,在杭州举行了签署"命令受领证"的一个简单仪式，野地嘉平受领了顾祝同的第 1 号、第 2 号命令，并签了字。（据富阳市委党史研究室张建华《富阳宋殿接受日军投降史实考析》一文，刊于《学习与思考》1995 年 12 期；韩文宁著《战区大受降》，南京出版社 2005 年 6 月第 1 版；胡菊蓉著《中国战区受降始末》，南京出版社 2016 年 8 月第 1 版）

"洽降"当然是"受降"的重要组成部分，而且第三战区的"洽降"事实上成了"受降"的"重头戏"。宋殿受降，扬眉吐气！宋殿村所在地由此以"受降"为名，名震四方。富阳受降，也成为见证浙江人民抗战胜利的重要纪念地。

在受降前后，各地日军陆续缴械。当时有位上尉连长程振坤，回忆在杭州萧山接受日军缴械投降的过程，讲到了两个细节：日军"为了讨好我们，他们把全部武器擦拭得油光发亮，一尘不染，整齐排列，造具表册，呈请我们点收"；在萧山日军旅团司令部，有一把用黄绫包裹好的军刀，据说是日本天皇赐给该旅团长父辈的军功刀，被视为传家宝，旅团长想留下这把军刀，遭到我方的严正拒绝，一并缴械！

历经蹂躏后的宋殿村所在地长新乡，在日寇投降后，在 1946 年 10 月更名为"受降乡"；宋殿村由此也成为"受降村"——这里成为全国唯一以"受降"命名的地方。作为地名，"受降"两个字，事实上成了无价之宝。

铭记历史，缅怀先烈，珍视和平，面向未来。2020 年 8 月 15 日这天，作为作家采风团的一员，我在受降纪念馆，聆听历史，回顾悲壮。在参观时，我戴上无线耳机，电影《八佰》的片尾曲悲壮响起，那英和意大利盲人歌唱家安德烈·波切利的演唱，感人至深，催人泪下——这是根据世界名曲《伦敦德里小调》改编的歌曲，《伦敦德里小调》是哀而不伤的爱尔兰民谣，是我多年来的至爱。

就在 8 月 14 日，电影《八佰》开启第一轮点映——侠胆忠义，壮怀激烈，碧血横飞，浩气长存！

我们知道，淞沪历经两次抗战，第一次是 1931 年九一八事变之后于 1932 年发生的"一·二八"淞沪抗战，第二次是 1937 年七七卢沟桥事变后在当年发生的八一三淞沪会战。所有的受降，都是经过艰苦卓绝的抗战换来的。先后两次在淞沪经历抗战的国民革命军第 88 师,是当时最精锐的三个德械师之一。

"一·二八"淞沪抗战,88 师由师长俞济时率领,从驻地杭州驰援在前线激战正酣的十九路军,从而一战成名。徐骏的《八十八师与一·二八淞沪抗战》(浙江工商大学出版社 2017 年 11 月第 1 版)一书,对此有详细的研究,该书的长序《铭记历史,铭记八十八师》是我写的,后收进我的《杭城群星闪耀时》(广西师范大学出版社 2016 年 9 月第 1 版)一书中。88 师后来由原籍浙江绍兴的孙元良接任师长,他是黄埔一期学员,是著名影星秦汉的父亲,秦汉本名孙祥钟,1946 年生于上海。电影《八佰》取材于八一三淞沪会战末期,孙元良命谢晋元团附(团附即团部附员,类似于"团长助理",并非副团长)率 800 壮士(实为 400 余人的加强营),孤军据守四行仓库的惊世壮举。

《八佰》于 2017 年 9 月 9 日上午 9 时开机——暗合 1945 年 9 月 9 日 9 时在南京举行中国战区受降仪式的时间。《八佰》塑造的是抗日英雄的群像:"八百壮士"留守在四行仓库,顽强抗战四天四夜,坚守上海的最后防线——真实,残酷,热血,震撼,硬核,非凡!

抗战时期的中国,尽管国力不强,军力也不强,但是,爱国不论先后,护国不分你我,抗日无疑是第一主旋律!"剩一兵一卒誓为中华民族争人格!""国家有难,四百人扛不住,需要四万万人一起扛!"

尽管淞沪会战之后南京陷落,继而杭州沦陷,但是,"誓以我命固我土"——这,也成了浙江抗日战争的伟大誓言。"我们生长在这里,每一寸土地都是我们自己的",在富阳,在杭州,在浙江,在中国,抗日的仁人志士,悲壮出击,可歌可泣……

在今天,在当下,让我们记住先烈们:为国,千千万万人;为你,千千万万遍!

稻之源:上山文化一万年

当良渚古城遗址公园内满目的稻谷在深秋的阳光下呈现出沉甸甸金灿灿的美丽风景的时候,一个好消息传来:专家确认,1万年前的中国上山文化,是世界稻作文化源头。新华社杭州2020年11月16日电:在浙江省浦江县上山考古遗址公园,一粒已碳化的"万年米",是约1万年前世界稻作文化在这里起源的实物见证。

上山文化,距今已有11400—8600年。上山遗址发现于2000年,迄今逾20年。曾经万年沉睡,一朝横空出世。20年来,在钱塘江上游流域和灵江流域,已经发现19处上山文化遗址,发现了稻作农业起源的大量实证。

2020年11月12—14日,上山遗址发现20周年学术研讨会在浦江举行,专家报告:运用农作物植物硅酸体鉴定方法,中国学者在上山遗址找到了约1万年前具有驯化特征的水稻植硅体,相关论文已被《美国科学院院报》刊载,他们建立的这一方法体系也已经被写入欧美多所高校的教材。植硅体具有耐腐蚀和易保存性,"植硅体分析"已然成为鉴定稻作遗存的一个重要且有效的手段。

在上山遗址,发现了从水稻收割、加工到食用的较为完整的证据链。那粒一万年前的碳化米,于2005年在上山遗址中发现。还发现万年的谷糠，掺在夹炭陶片中。夹炭红陶片、大口盆、石球、石磨盘，这些器具的规模化制造，都与早期稻米生产息息相关。古代上山人，可称为"世上最早的生物技术工程师"。

稻谷，成了上山文化的"明星代言人"。正是这些世界上最早的稻作农业遗存，证明上山为"世界稻作文化起源地"，这是对世界农业起源认识的一次重要修订。为此，袁隆平先生曾题词"万年上山 世界稻源"。

考古著史。东亚地区迄今发现的新石器时代早期遗址中，上山遗址规模最大、数量最多、分布最为集中。上山文化将浙江历史推进到1万年前，是浙江万年文化之源。发掘的木构建筑遗迹和环壕，属于东亚地区最早的初级村落。上山文化的彩陶，是中国迄今发现的最早彩陶。上山遗址被命名为"远古中华第一村"；上山文化是中华文明形成过程的重要起点。上山的考古发现，在浙江省文物考古研究所编著的《上山文化：发现与记述》（文物出版社2016年11月第1版）一书中有详细的记载。

北京大学考古学系原主任、资深教授严文明先生曾说，浙江的遗址名称很有内涵：从美丽的小洲（良渚）出发，过一个渡口（河姆渡），跨一座桥（跨湖桥），最后上了山（上山），这是一条通向远古的诗意之路。"上山文化"之名是浙江省文物考古研究所研究员蒋乐平取的，源于当地有个"上山堰"的老地名。蒋乐平1985年毕业于中山大学人类学系考古专业，长期从事新石器时代考古研究工作，是上山文化的重要发现者、上山考古第一人。跨湖桥遗址和上山遗址的发现几乎是前后脚，"当时有一种腾云驾雾的不真实感觉"。

稻可道，非常稻。稻哪里来？稻哪里去？水稻是世界三大粮食作物之一，那么人类何时开始驯化野生水稻，使其适于栽培？蒋乐平曾经应邀到澳大利亚拉筹伯大学访学，其间他与该校刘莉教授合作了两篇论文，其中一篇就是论证上山稻作之源为最早，于2006年发表在英国《古物》杂志，最早向全世界公布上山遗址的考古成果，引起全球考古界的关注。

蒋乐平出版了《万年行旅：一个考古人的独白》一书（浙江大学出版社2020年7月第1版），书中有一篇《稻的证言》。其中写道：上山遗址陶器多为夹炭陶,掺杂稻壳。1万年前的稻米?上山发现的重中之重,就是它了!最惊人的发现,就是夹炭陶中那密密麻麻的碎稻壳,那是世界上最早的谷糠。山上早期90%以上的陶器,都掺拌进谷糠,这证明稻米已经成为古上山人重要的粮食之一……夹炭陶所蕴含的稻文化信息迅速点燃了学术同行的考古热情。最早提出合作意愿的是香港中文大学的吕烈丹博士。2004年,她委托合作者赵志军博士将一台浮选机运送到浦江,试图通过浮选技术,在土壤中获得更多的稻证据。浮选工作取得了进展,2005年秋,第一粒较为完整的碳化稻米终于发现。这粒碳化稻米后来成为上山文化最神奇的展品——一个不起眼的小小黑点,只有通过放大镜才能勉强看清楚。"在这粒碳化稻米中,我们看到的是绵延万年的人类文化基因。"(见该书第217—224页)

万年上山,世界稻源,给出了清晰的答案。上山的"一万年",因此意义非凡。相信随着相关考古持续深入,会发现更多的稻作文化的遗存。

种稻得稻。2020年11月初传来消息:袁隆平团队的双季稻亩产合计超1500公斤,创下新纪录,标志着第三代杂交水稻实现重大突破。在今天,真是"喜看稻菽千重浪"。南方是水稻的世界。山水稻谷,见素抱朴。我孩提时代生活在农村,种稻割稻的农活都干过,我读小学时见景生情,脑子里冒出两句话——"水上鹅鸭白,田中稻谷黄",于是用毛笔写在装稻谷的箩筐上。在今天得说:"田中稻谷黄,切莫忘上山!"

万年上山文化,种稻亦得道。

人间从此重稻鱼

"毕竟青田夏日中，风光不与四时同。"这里是浙南山区，这里是江南青田。2022年7月17日至19日，全球重要农业文化遗产大会在丽水青田召开，"稻鱼共生"发源地迎来全球盛会（据浙江宣传微信公众号2022年7月19日报道）。

大会由农业农村部和浙江省人民政府共同举办，主题为"保护共同农业遗产，促进全面乡村振兴"。国家主席习近平向大会致贺信，强调"人类在历史长河中创造了璀璨的农耕文明，保护农业文化遗产是人类共同的责任"。

时光拉回到2005年之夏，"青田稻鱼共生系统"被联合国粮农组织认定为"全球重要农业文化遗产"；这是中国和亚洲首个世界农业文化遗产，而且是全球首个正式授牌的遗产地。青田的"稻田养鱼"，最早可追溯到唐朝，迄今已历经了1300多年时光。千百年来，先民们在种植水稻的田中养殖鲤鱼——俗称"田鱼"，创造了"稻鱼共生"技术，并衍生出了"青田鱼灯"等系列稻鱼文化习俗，传承至今。

放眼世界，我国是公认"稻田养鱼"最早的国家。青田方山乡是"稻鱼共生"的核心区域。十多年前，中国中央电视台（CCTV）和英国广播公司（BBC）首次联合摄制了6集大型纪录片《美丽中国》，其中第1集《锦绣华南》就呈现了方山乡龙现村的稻田养鱼：稻穗已低下沉甸甸的头，而红鲤鱼的鳞片上，闪耀着阳光般的金红色……旁白的声音穿越了时空："鲤鱼和稻子在水田中和谐相处，一种罕见的养殖方式；这是田园牧歌般的生态学，也是充满诗意的智慧。"

青田稻鱼共生系统博物馆就建在方山乡，展示了稻米之乡祖辈相传的农耕智慧，呈现了世界级重要农业文化遗产的前世今生。早在1986年10月9日，《农民日报》头版头条曾刊载报道《稻超半吨，鱼过一百》，说的就是"稻鱼共生互养"，那种欢欣鼓舞，跃然纸上。

截至目前，我国已拥有18项全球重要农业文化遗产；浙江后来入选的，还有绍兴会稽山古香榧群、湖州桑基鱼塘系统，它们同样都是中华农耕文明的"活化石"。这些年来，浙江把保护和发展农业文化遗产作为重要抓手，挖掘文化基因、守护历史文脉，做强特色产业、推进乡村振兴，改善村居环境、建设美丽浙江，增加农民收入、实现共同富裕。

"工业遗产"往往是只有物态的保留，而"农业遗产"不仅有保留的物态，更有持续的生机，它不是被"活化"，而是本身就是活的。如今，"青田鱼灯"也被列入了国家非物质文化遗产。专家认为，在农业文化遗产保护的概念里，包含了3个层次的价值判断：一是传统农业不是落后的农业；二是历史证明传统农业是可持续的；三是今天需要回到传统农业里去寻找智慧。

天开图画，这是另一幅延续千年的"富春山居图"："手把青秧插满田，低头便见水中天；心地清净方为道，退步原来是向前"，此为插秧种稻，然后是放养鱼苗。和"鱼戏莲叶东，鱼戏莲叶西，鱼戏莲叶南，鱼戏莲叶北"相似，以稻田为家的田鱼，是"鱼戏稻禾东，鱼戏稻禾西，鱼戏稻禾南，鱼戏稻禾北"。

在这里，鱼、田、稻，默契地形成"生物链"：水稻为鱼类提供氧气和有机物，并且遮阴；鱼类则为稻禾增肥、除草、吞害虫，相互保持生态平衡，自然增进生物多样性。

在这里，见证天人合一、道法自然的伟大智慧。

在这里，不是"只此青绿"，而是"只此红绿"——鱼红稻绿，生机盎然，美丽江南，美好田园。

如今，"青田稻鱼米""青田田鱼"都已成为国家农产品地标保护产品。稻米非常香糯，田鱼极其鲜美。尤其是田鱼的鱼鳞柔软可食，是为一绝。同时田鱼还可以制作成"田鱼干"，独特的制作技艺，能够锁住田鱼的鲜香。青田民间有一道传统美食，就是"田鱼干炒粉干"，往往是用来招待客人的。"田鱼之乡"亦是著名的华侨之乡，青田有 33 万华侨遍布全球 128 个国家和地区；不仅"田鱼干"，如今活蹦乱跳的鲜田鱼，也能漂洋过海，来到华侨们的餐桌上，变成"此物最相思"。

瓯江静静流淌，梯田层层稻浪。一方稻田，一尾田鱼，一头写着致富经，一头连着共富路——"一亩田、百斤鱼、千斤稻、万元钱"的目标已经实现。

农村农业之美，是人类的本源之美。在这里，能让我们"望得见山、看得见水、记得住乡愁"；在这里，能让我们直接感受农耕文明"顺天时、讲地利、重人和"，虽然古老，但是生生不息、绵绵不绝。

重走千年农遗路，共建美丽好江南。

江南忆，最忆是杭州，然后有青田。

人间从此重稻鱼，天下从此重江南。

文化的传承力和穿透力

春天总是悄悄爬上枝头的。春节过后，杭城的梅花渐渐进入盛花期。早樱兀自开了。白堤的老柳，率先把萌萌的绿意轻轻地垂挂下来。早春连阳光都是蛋黄色的，温暖。

一个春天般和煦温暖的消息是，中文正式成为联合国世界旅游组织官方语言！世界旅游组织（UNWTO）和西班牙政府正式通报，自 2021 年 1 月 25 日起，中文正式成为其官方语言。UNWTO 现有 159 个成员国，总部设在西班牙马德里，在全球极具影响力；我国于 1983 年加入该组织，资历也比较深厚了。

语言是文化的重要载体，是人类观念和思想表达的介质，是沟通交流的工具。中文成为世界旅游组织官方语言，是文化穿透力的一种体现，必定会提高国家的文化软实力。

文化软实力，带来文化影响力；文化影响力，决定文化穿透力。看"世界十大著名文化节日"的排名，中国春节最有影响力，排第一。早在 2006 年，春节就列入我国首批国家级非物质文化遗产名录。但好多人可能不知道，在德国有个名叫迪特福特的小镇，每年在 2 月下旬都要举办"中国狂欢节"，过一个特别的"中国春节"，从 1928 年开始至今，传承几近 100 年！

"中国狂欢节"都在大斋节前举行，2021 年因疫情改为录制一档特别节目，在当地电视台播出。当年当地人通过丝绸之路和中国人做生意,换取或购买中国的丝绸、茶叶和瓷器,交往多了,就渐渐喜欢上中国传统文化。他们结合本土的元素,按照自己的想象,自发过起了"中国春节",搞成了中国特色的狂欢节。

这是当地的文化传承、人文传统:地地道道的白人,纷纷换装变成"中国人";他们"混搭"着穿上中国的唐装、龙袍或清朝服装进行巡游;京剧脸谱也大受欢迎,舞龙舞狮必不可少,敲锣打鼓踩高跷,吹不了唢呐就吹圆号,都是为了开心……嘉年华充满了喜感,他们真当是会玩,甚至还弄出个"中国皇帝"来——只是这"皇帝"不是世袭的,而由民众随机选出。

尽管小镇里大部分人连一句完整的中国话都不会说,汉语也并非传言中的"官方语言",但"狂欢节"处处呈现汉字文化——比如铁桶上写着"寿""王""未"等汉字,仿佛就是一件件意识流艺术作品。在平时,他们不仅推介中国的京剧、戏曲、饮食,还为市民提供有关禅修、冥想、太极拳等活动;在2019年,他们甚至将一条大路改名为"气功路",期待从中国文化中汲取能量……这"气功之路",何尝不是一条"丝绸之路"?丝绸之路,就是沟通之路、开放之路、传承之路。有人说,这就是各种"中国元素"在现代德国的一次"文艺复兴"。

和中国文化、中国春节的"出国"不同,2021年央视春晚有一件站上"C位"的国宝踏上了"回归"之路。那是山西天龙山石窟第八窟北壁主尊佛首,已在海外漂泊了近一个世纪,是杭州人、旅日华侨张荣自掏腰包买下后,无偿捐给国家的,从而书写了一段"国宝回家"的佳话。拥有的,往往会熟视无睹;失去的,方才觉得珍贵。我们知道,相比于文字,文物实物更可宝贵,它能让不同时代的人看到相同的实物,"回家"正是文物文化的需要。

"文化兴则国运兴,文化强则民族强。"文化的穿透力和传承力,相得益彰。一方面,"越是民族的,越是世界的";另一方面,"越是世界的,越是人类的;越是人类的,越是永恒的"——这,都是人类文化的共性。

故宫 600 年

【篇一】故宫 600 年

1924 年 11 月 5 日那天,末代皇帝溥仪在储秀宫中吃水果闲聊天,被踉踉跄跄赶来的内务府大臣告知《清室优待条件》将被修正——实质是废除,那一颗刚被咬了一口的苹果,就从惊慌的溥仪手中滚落在地。半年后,前来清点文物的俞平伯看到了苹果,就记录了下来——那颗"苹果商标"式的苹果,早已萎缩干枯。

1911 年辛亥革命之后,故宫一度分为两部分:后宫仍为旧皇家禁地,前廷于 1914 年 2 月 4 日成立国家古物陈列所。1925年 10 月 10 日,故宫博物院正式成立。那天早晨神武门外早早就站满了人,等待观展,9 时开门,人们一拥而入,拥挤不堪。紫禁城这座全天下最大的"皇家大院",于是变成了博物馆,由此属于人民了。

与故宫博物院建院 95 周年相比,紫禁城已走过整整 600 周年的岁月——1420 年,紫禁城落成。主持修建的是明朝第三位皇帝朱棣,这一年是永乐十八年,在岁末的十一月初四,永乐皇帝举行盛典,大宴群臣,宣告"北京宫殿,今已告成"。朱棣当然希望自家"永乐",紫禁城"世世代代永宝用"。从那之后,先后有明、清两代24位皇帝在此"执政"。但随着末代皇帝溥仪被赶出宫,腐朽的封建帝制的最后一点残余也灰飞烟灭了。留下的,是文化遗产,它是中国的,亦是世界的——1987年,紫禁城被列为世界文化遗产。

坐落在首都中轴线上的紫禁城,是世界上现存规模最大、保存最为完整的古代木质结构古建筑群,有大大小小近万间房屋,光绕着那赭红的宫墙走一圈也得花上大半天时间。正因中轴线确定,紫禁城横空出世。南起永定门、北达钟鼓楼,中轴线穿紫禁城而过,长约8000米,成为"帝王之轴"。作为文化遗存的故宫,主要由两部分构成:一是"不动产"的建筑群,如同海市蜃楼,其选址、布局、造型、着色,那高低错落、宽窄相间、和谐均衡,确实非同一般,尽管看多了会感到"一个味道";二是200多万件可移动的珍贵文物,是国宝中的国宝,尽管历史上的几次大火致使大量文物被毁。

如今,北京故宫的收藏计有180多万件,包括书画、陶瓷器及图书文献等,其中85%是清朝过手后留下的文物。台北"故宫"的藏品有69万多件,其中清朝留下的超过九成。故宫的离合,这当然是历史造成的。以1925年为开端,故宫经历了长时间的动荡。尤其是"九一八"之后、抗战期间,百余万件国宝南渡北归、西迁东还;在炮火和硝烟下,在颠沛与流离中,因着故宫人的无私呵护,故宫文物及文化不但没有断绝,反而获得接续和新生,堪称世界奇迹。

其实,好多珍贵的文物,却是在皇帝老爷的把玩下损毁的。溥仪出宫时,偷带出去大量珍贵文物,其中失散不少,这个已人尽皆知。最荒唐的要数乾隆爷,他既是个"段子手",又是个"点赞狂",动不动在书画珍品上疯狂地乱题字、乱盖章,如同游客在风景区的树上乱刻"到此一游"。他一次次给"三希堂"的"头号之希"王羲之的《快雪时晴帖》题字,更是不断地把《富春山居图》题写得无处留白——幸亏他错把赝品当真迹,让黄公望的真迹《富春山居图》逃过一劫。我曾在台北"故宫"欣赏过《富春山居图》后半卷《无用师卷》,在杭州浙江省博物馆也欣赏过前半卷《剩山图卷》,那时还真是发自内心地"感谢"乾隆皇帝"没文化"。2011年6月,前后两段相对干净的《富春山居图》,终于在台北故宫博物院首度合璧展出。

故宫文物，是百姓工匠、文化巨匠所创造的，是璀璨的文物文化；而故宫的文化传统，属于帝制时代的核心文化，并非优秀。皇权的象征早已被历史抛弃，故宫成了现代公共文化空间，我们要更多地关注文物文化的本身。纪录片《我在故宫修文物》，感人的是修缮文物的工匠精神，一代代薪火相传；"把故宫文化带回家"——故宫的诸多文创品，再创作时关注的主要是文物自身之美。

故宫博物院原副院长李文儒说：要像鸟儿一样去看故宫，俯视也好，平视也可，但决不能是仰视，更不能膜拜！李文儒出版了两本图文并茂的书——《紫禁城六百年：帝王之轴》《紫禁城六百年：东宫西宫》（中信出版社 2020 年 6 月第 1 版），书中的理性批判视角让人佩服，比如他说："在慈禧太后眼里，一己之利、一家之利大于一切，高于一切。这样的人居然可以执掌皇权前后近 50 年。"比如他还写道："作为博物馆的现在的故宫博物院，是引导人们理性认识帝制文化、皇权文化的'标本'，而不是向人们炫耀和展示皇权文化、宣扬'明君''圣上'的'圣地'，不是对'天子的宫殿''天子之宝'的精神跪拜之地。"说得多好！

【篇二】故宫的修复

从 2002 年到 2020 年，是故宫"百年大修"规划中要持续的 18 年。但外人不知道，2014 年至 2015 年间，这一修缮工程却中止了一年多。2016 年 12 月 11 日《北京青年报》报道说，日前在"近现代建筑遗产与当代城市更新发展"的高峰论坛上，故宫博物院院长单霁翔透露了当初叫停修缮工程的原委。

那简直就是匪夷所思的情形：工程招投标，中标的单位没有队伍，中标之后才开始找包工头，包工头以最便宜的价格找农民工；几个月前还在收麦子的农民，立马就上了太和殿，根本没有传统的修缮技艺。而故宫博物院的老工匠，到了年龄要退休，不能返聘，因为他们没有干部身份；结果是故宫失去了一代一代的工匠队伍,也造成了今天修缮的人才困惑。修缮的建材要政府采购,结果比的是便宜,而不是优质,所用建材的质量得不到保障。每年的钱款拨下去后,逼着大家赶快花钱,到年底如果没有花掉就收回……

故宫的一砖一瓦都是文物,可是,这文物的修复却变成极其"没文化"的行动,而只有"行政化"在作祟。工匠人才的管理、建筑材料的采购、年度拨款的完成进度等,都是一个模子出来的"行政化"管理方式。这个"行政化"的操作,落实到后头,就变成了"包工头化";"包工头化"再具体下去,就变成了"农民工化";这个"化"那个"化",一路"化化化",最后就变成了"笑话",只是让人笑不出来。正如单霁翔所说的:"如果用这种方法修,修一栋会坏一栋。我们没法负这个历史责任。"

北京故宫是世界文化遗产,是世界上现存规模最大、保存最为完整的木质结构古建筑之一;它是世界宫殿里的"天字第一号",位列法国凡尔赛宫、英国白金汉宫和俄罗斯克里姆林宫之前。可是,北京故宫的"百年大修",怎么就弄得这么没文化呢?这不仅让人想起不久前的"最美野长城"粗暴修葺事件,两者的"没文化"如出一辙。历史建筑是文化载体,是一种包含丰富历史内涵和信息密码的物质图像,是不可再生的瑰宝;历史建筑可以被时间"风化",但决不能被今人"强暴"。修复、修葺、修缮,那是人们为了帮助历史遗存抵御时间的风化,绝对不容许"修一个坏一个"。

可怕的就在于,多少人不学却自以为有术,没文化充当有文化。历史建筑、文化遗存,就是在不知不觉中被他们羞辱和强暴的。他们却自鸣得意,动不动摆出"文化造型",以证明他们颇有"文化自信"。这正如鲁迅先生所嘲讽的:文人作文,农人掘锄,本是平平常常的,若照相之际,文人偏要装作粗人,玩什么"荷锄戴笠图";农夫则在柳下捧一本书,装作"深柳读书图"之类,就要令人肉麻。

好在后来故宫果断叫停了那样的维修,一停停了一年多时光。这样的停工是重要的、必要的,再也不能是盖个普通房子那样的"包工头化"操作了。随后他们得到全国政协领导的支持帮助,"故宫的事要特事特办",自此,修复故宫不再视为工程，而是研究性的保护项目，重新开始运作，走上了正途。时间耽误一点不要紧，故宫"百年大修"如果18年不够的话，28年、38年也可以。你看人家西班牙巴塞罗那的圣家族大教堂，它也是世界文化遗产，由伟大的建筑设计师高迪设计，始建于1884年，却至今仍未完成，它一直在修建中，修得"石头都充满精神"，计划在2026年——高迪逝世100年纪念之时予以完工。这，才是对世界文化遗产的尊重、尊敬和敬畏。

历史建筑、文化遗存的修复，必须是文化行动，而不是形象工程。它一定要具备真正的文化软实力，一定要具有真正的文化大视野，一定要让思想内涵成为文化的支撑力。

【篇三】故宫与奔驰

你瞧别人家的媳妇，是如何玩转故宫的：2020年1月17日14时，名为"露小宝LL"的微博发布一组照片，两位女士与一辆大奔合影，背景是故宫腹地太和门广场；配图的一句话，得意之情溢于言表："赶着周一闭馆，躲开人流，去故宫撒欢儿~"

这"露小宝"，曾是国航空姐，如今一下子就成了"故宫女主"。故宫规定禁止车辆入内参观游览，外国元首来了也不行，你"露小宝"倒是厉害，到文物重镇开车撒欢儿，这待遇比总统还高哈！而且，其微博向来高调炫富，都被网友扒拉出来，于是她承包了近期笑点——嘲笑的笑。

开奔驰进故宫的"露小宝"，"露"出了很多东西，在此略作梳理，关键有三：

"天字第一号"的，当然是特权，那可不是故宫博物院建院时，清点登记文物的"天字第一号文物"——太和殿门口挡门的小木头板凳那么不起眼，这特权可是"特"到天上去了。特权一句话，故宫为你开，尽管新华微评的标题是《故宫地砖岂能被特权碾压》，但特权要碾压你那就碾压你，这对特权来说司空见惯。虽说"故宫，风能进，雨能进，游人也能进，但汽车和特权不能进"，可多少人还是通过"特权通道",把车子开进去了？故宫博物院,时不时成了"特权后花园"。得意者最容易忘形,这"露小宝"简直就是郭美美第二——炫富的郭美美,后来入狱服刑去了。你还别说"露小宝"是"搬起自己的脚砸石头",人家可是"有权不腐,实在痛苦"！都说"人性中最幽深的本能,就是对被欣赏的渴望",如果不通过炫耀而被他人"欣赏",那特权的"快活度"真的会减少99.99%,"千足金"就会变成"假足金"。"绝对特权,导致绝对的炫耀",这是"露小宝"这一方面的;而不炫耀、悄悄行使的特权,其实在故宫手上,也就是说,故宫拥有的是"特批汽车进来"的"特权",被滥用的恰恰是这隐秘的特权,这才是更可怕的。

"天字第二号",是制度规则的毁坏。历经 600 年风雨沧桑,故宫已成文化圣地;它早在 1987 年就被列为世界文化遗产,与法国凡尔赛宫、英国白金汉宫、俄罗斯克里姆林宫齐名。对这样的属于全人类的文化遗存,管理保护有明确的制度和规则,就得保护好一砖一瓦。2013 年,法国总统奥朗德来故宫参观,按规矩就得一路步行,可是有关方面还是布置安排,想让总统的车子进来,结果时任院长单霁翔下令把大门给关上,就是不让车子进。如今的故宫机构挺庞大,总共有 38 个部门,包括学术研究、文物保护、工程建设还有出版社,等等,内部是有停车场,但工作区和游览区是不一样的。参观不许开车,就是末代皇帝来了也得步行。这与"帝王性"还是"人民性"无关,普通人也无权开车进游览区。须知万物自有分寸,唯有人类常常失去规矩,这最危险。

"天字第三号"的,是面对舆情,蔑视公众,假装诚恳。故宫博物院当晚发布官方声明称"经核查属实":"故宫博物院对此深表痛心并向公众诚恳致歉。今后,我院将严格管理,杜绝此类现象。感谢社会各界对故宫博物院的关爱与监督。"这哪里是"诚恳致歉"？是给谁放行,是谁给放行,都要有起码的交代,否则就是敷衍塞责,必然使舆情的愤怒之火烧得更猛。

一个人没了底线,就什么都敢干;一个社会没了规矩,就什么都会发生。这个"露小宝"开车进故宫的事件,在"子弹再飞一会儿"之后,院长出面致歉。

【篇四】点赞故宫"款待"未成年人

　　故宫博物院宣布好消息,对未成年人免费开放! 人民网 2021 年 11 月 30 日报道:故宫原来规定 6 岁以下或身高 1.2 米以下儿童,以及每周二统一预约的中小学生免费;如今决定从 2021 年 12 月 10 日起,未成年人门票(含珍宝馆、钟表馆)全免费,试行期间将不断完善票务服务管理体系。

　　博物馆是自然世界、人类社会、人文历史、科技未来的精华聚集地,是触发好奇心、探索欲的地方。如果说教科书是凝定的博物馆,那么博物馆是生动的教科书,它是未成年人受教育的最好的公共场所。故宫"款待"未成年人,让更多未成年人入院参观,经济收入是少了些,但人文和教育赋能的价值大无边,公众应该竖起两个大拇哥为之点赞!

　　在很大程度上,未成年人其实"住在成人身躯里",成年人对了,未成年人才会对。在工业化时代,需要大规模标准化的人才,教育培养人才也是标准化统一化,但是在数字化时代,需要大规模个性化的人才,教育就得"有教无类",不能再是"一刀切",而需要给每个未成年人"个性赋能"和"按需赋权"。学校的教育,习惯于一刀切的"标准化",而课余的比如"博物馆教育",那就不会也不可能是"标准化教育",千姿百态的博物馆馆藏文物藏品,能让孩子们触发不同的兴趣,只要成年人引导正确,那么未成年人就会产生你想象不到的想象力和创造力。

　　博物馆绝不仅仅只是提供"知识"。遥想 20 世纪 20 年代初,爱因斯坦在获得诺贝尔物理学奖后,首次到访美国,有记者问他声速是多少,爱因斯坦拒绝回答,他说,你可以在任何一本物理书中查到答案。仅仅考察一个人的"知识储备",这是最简单的,也是最愚蠢的。所以爱因斯坦接着说:"大学教育的价值,不在于记住多少事实,而是要训练大脑会思考。"这还真是说到点子上了。"我没有特殊的天赋,我只是极度好奇。"爱因斯坦始终认为,"想象力比知识更重要"。

知识只是基础,智慧才是力量,而想象力就是杠杆。把教育等同于知识,并局限在知识上,是过去的落后的教育;今天我们需要的是"大教育",是更为广博的教育,尤其是能够激发孩子们想象力、创造力的教育。我们其实看得很清楚:缺乏想象力、创造力的学子,往往就是个考试机器,几乎没有创新力、创造力,最终往往流于凡俗。

爱因斯坦有著名的质能公式 $E = mc^2$(E 代表能量,m 代表质量,c 代表光速度),在今天,我们可以将其置换成一道教育成长公式:让 E 来代表创造性成就,m 代表知识,c 则代表兴趣、好奇心、想象力——最后这一类看起来有点"虚无缥缈",其实是最重要的,也是最稀缺的,它基本不是学校机械教学所能给予的,它大抵需要的是课堂之外的,比如博物馆的供给。

自由有多大,天才就有多大。英国最著名的伊顿公学是贵族精英学校,学生大部分时间安排是半天上课,半天自主,自主的半天时间用于运动和自由活动。孩子要成才,要给他最大的自由发展的时间和空间,真正的天才,都是在自由中成长的。在自由的时空中不知道该干什么的,那是无法成才的。天天批量化、机械化的反复作业训练,难以培养出真正的天才。

我们辉煌的故宫博物院,而今免费"款待"未成年人,最可宝贵的就是让未成年人自由驰骋在历史文化的汪洋大海里——希冀孩子们最终能够爱上人文、超越教育、成就人生!

【篇五】故宫与文化潜移熏陶

盼望着,盼望着,疫情之下的故宫也要恢复正常了。2022 年 6 月 7 日,故宫博物院、中国国家博物馆、首都博物馆、北京画院美术馆等北京主要艺术文化场馆,将按照 75% 限流要求恢复开放。因疫情防控要求,故宫博物院 5 月 3 日起关闭了所有室内展厅,5 月 12 日开始暂时闭馆。(澎湃新闻 2022 年 6 月 6 日报道)

随后,另一个与故宫有关的好消息是:香港故宫文化博物馆(香港故宫)历时近 5 年的建造,于 2022 年 7 月 2 日正式向公众开放。

获中央政府批准,来自故宫博物院的 914 件珍贵文物赴港,在香港故宫文博馆开幕展中亮相。其中一级文物 166 件,属"国宝"级别;时间跨度为 5000 年,种类齐全,有绘画、书法、青铜器、陶瓷、金银器、珐琅、玉器、漆器、玻璃、玺印、织绣、首饰、雕塑、图书典籍、古代建筑等。这是故宫博物院自 1925 年成立以来,最大规模的藏品出境外借展出。

香港故宫,是香港与故宫博物院的合作项目,由香港赛马会慈善信托基金拨捐 35 亿元成立,主体结构工程于 2019 年 3 月动工,2021 年 12 月如期完成。香港故宫建筑的设计造型,上宽下聚,很像中国古代的方鼎。其间我女儿在香港中文大学读博士,研究的是先秦两汉文学文献,她特意抽时间去参观了一整天。今后疫情过去,我们方便赴港之时,得去好好看看。

大家都知道有个"台北故宫",有很多文物菁华;我曾去参观过多次,当然不仅仅是去看"翠玉白菜"或"鸡缸杯"。已经有好多年未能去宝岛台湾,甚为想念。2022 年 6 月 19 日,台北故宫博物院文物保护者、资深研究者索予明在台湾逝世,享年 103 岁。1948 年,国民党政府决定将在南京存放的包括故宫文物在内的大量珍稀文物运往台湾;故宫文物分三批迁台过程中的多位押运人里,索予明是最后一位离世者。1965 年,台北故宫博物院建成开馆,原暂存台中的文物转运至台北故宫,收藏至今。为文物续命,是时代的责任。

文化的熏陶,总是潜移默化的,润"人"细无声。一个人无形无声中的变化,往往有两种方向,都是潜移弗知的:一是向下,一步步走向堕落,终归于腐烂;一是向上,一步步走向升华,终将是绚烂。

天不怕,地不怕,就怕一个人没文化。什么是文化?作家梁晓声说,文化就是"植根于内心的修养,无须提醒的自觉,以约束为前提的自由,为别人着想的善良"。这是从个人文化视角出发给出的答案。春风化雨,文化化人,一个常常沉浸于博物馆、美术馆的人,不太会是一个未开化的野蛮人。多多去博物馆看展出,而不是成天想着"名车展",像新近发生的深圳女子因车位与人发生争吵而宣称"家里有 50 辆宾利"的糗事,或许就能避免。

这是一个刷屏了几天的社会新闻：端午假期，广东深圳某小区，一名女子因车位被占与人发生争吵，并欲用其宾利车堵住该车位，称"家里有50辆宾利"。争吵中，大庭广众之下，那个用豪车占车位的"中年男"，忽然往下一躺，假摔式的倒地让人忍俊不禁；而"中年女"显然也是急上头了，咕咚一下就躺倒在男人边上，意思自己才是受害者……此外，该女子在争吵中称其老公"为某国企领导"。

这哪里是斯文扫地？连半点斯文都没有。住在10多万一平方米的豪宅里，开着豪车，却是此般的素质，当真是让人惊掉下巴、笑掉大牙。一个人穷得只剩下钱，在现实生活中还真是存在的。

低级欲望，随时放纵随时可得；高级欲望，当然只有克制才能达成。人之初，大约既不是性本善，也不是性本恶，而是性本私，如果没有文化的潜移默化的涵育熏陶，那么，各种出尽洋相的纷争一定没完没了。想起英国诗人沃尔特·兰道尔的诗句："我从不与人争，没有人值得我与之争；我爱大自然，其次爱艺术；我伸出双手，向生命之火取暖；下沉的火快烧残了，我也准备离去。"这是何等的人生境界、文化潇洒！

我真心地期待一个常常逛车展、开宾利或劳斯莱斯之类豪车的人，能够去看看齐白石那极简笔墨、大写意绘画。此次恢复开放的北京画院美术馆，其"岁朝三余——北京画院藏齐白石作品特展"将延展，齐白石笔下那些充满祥瑞之气的艺术佳作，应该能够带来文化的熏陶、精神的愉悦、人生的涵养，哪怕只是一点点。

贰

文化遗产不仅仅是金山银山

尊重文化多样性知难行更难

　　玫瑰和紫罗兰各有清香,文化存在形式需要多样。第三届全球化论坛 2005 年 11 月 8 日在杭州开幕,本次论坛主题为"尊重文化多样性,共建和谐世界",旨在推动不同文明平等对话,促进世界和平与共同发展(见 2005 年 11 月 9 日《都市快报》)。由人民日报社、全球化合作基金会、联合国教科文组织文化多样性全球联盟主办的本次论坛,将就"尊重和维护文化多样性、维护不同文明平等对话"等专题进行研讨。

　　"文化是与经济、环境和社会并列的可持续发展的第四大支柱",这是一直致力倡导文化多样性的法国前总统希拉克的深刻见解。而日本学者池田大作则说:文化是以调和性、主体性和创造性为骨干的,是人的生命力的强韧产物。在笔者看来,文化是人类的本质属性,没有文化的人,那就不会是这颗蓝色星球上的"高等动物"。

　　经济学家斯蒂芬·玛格林曾说:"文化多样性可能是人类这一物种继续生存下去的关键。"对文化多样性保护的认知,相比于生物多样性保护,地球人迟滞了一步。早在 1992 年,联合国环境与发展大会就签署了《生物多样性公约》,直至十多年之后的 2005 年 10 月,联合国教科文组织第 33 届大会才以压倒性票数通过了《文化多样性公约》,而有的大国还是竭力反对这个公约的。

在全球化时代，如何保护文化多样性，是人类面临的崭新问题。保护文化多样性，前提是认识与尊重文化多样性。越是民族的，就越是世界的，这说的其实就是多样性的文化。文化能趋同，文化亦可立异。而尊重文化多样性，就要尊重文化的独立性、异质性和完整性，不把这"鸭头"当成那"丫头"。

联合国教科文组织在 2001 年 11 月第 31 届大会上通过了《世界文化多样性宣言》，其中说道："文化是当代围绕认同、社会凝聚以及知识经济的发展的各种争论的核心。"多样性的文化必然有冲突，这种冲突或停留在文化层面，或扩张至观念高空，或延伸至战争领域，一如著名学者亨廷顿教授对文化冲突引发世界性战争的担忧。要协和万邦，就需要跨文化对话、越国界沟通，让"和"的文化弘扬，让"中"的精神光大。全球化时代保护文化多样性，如果说不需要"同枕头商议"的话，那么，必然需要"同桌面沟通"，最终抵达和谐共处、达到多样并存。

文化是可传播的，文化是有力量的，文化是可以发展的，文化是能够成为遗产的。文化需要宽容、包容、兼容，所以，文化的繁茂，需要自由气息氤氲的文化生态环境。有的文化能成为产品，有的文化则永远是不可出售的无价之宝。要保护地球上的文化多样性，每一个文化的细部都要被尊重和重视；尊重一小棵文化植株，也就是尊重整个文化的生态。

从终极意义上说，文化是人的文化，文化是人的造化，文化多样性的终极作用是提升人类自己。也正如此，一切文化的难题，都是人的难题。人的难题，其实就是最大的难题，所以保护人类文化的多样性，相较于保护地球生物的多样性，具有更多的复杂性。

人类文化的多样性，就是人类世界的软实力。尊重和保护文化多样性，知难行更难。保护文化多样性与保护生物多样性一样，既要防范天灾，更要力避人祸。在地球上，文化多样性是一张色彩斑斓美丽和谐的织锦，我们没有任何理由将其中的几处蛀出虫孔。

外交档案与外交文化

变动的世界,中国的外交。打开档案,让我们进入共和国的外交史。

档案封存,那只是柜子里的机密;开放之后,就成了全民的财富。早年的外交档案,大多没必要永远尘封。我国解密外交档案,很大程度上是"补课"。美国1975年之前的外交档案有近95%都已开放,俄罗斯开放了外交档案总数的90%。外交的思想理路,外交的文化文明,外交的经验教训,外交的方法技巧,在历史和现实中都具有非常价值。今天,外交不仅仅是外交部的事情,外交界有诸多值得我们思考和学习的地方,比如:

学思想。外交官最需要思想和头脑,外交要站在世界的战略高度来看待世界。你看美国外交家亨利·基辛格博士所著的《大外交》一书,就知道战略性的眼界、思想、思维是多么的重要。外交部原部长杨洁篪曾撰文,提倡"科学办外交",提出我们必须实事求是地界定我国国际定位和角色,不做超出国情和力不能及的事,同时也不回避应尽的国际义务。这就是一种重要的外交思想。我们都知道,1964年中法建交是中国与西方大国关系的重大突破,但鲜为人知的是,早在1949年10月10日,"国民党政府"驻法使领馆的11位外交官,宣布脱离旧政权,成为第一批"起义"的国民党外交官,解密档案记录的"起义"经过惊心动魄。拥抱新中国,这不仅是思想,而且还是理想。

学方法。外交是历史的,外交更是当下的。法国佳士得拍卖圆明园鼠兔首铜像一事,引起了轩然大波。我听到网民中最典型的狭隘民族主义的声音是:一把火烧掉卢浮宫,把里头的东西统统抢走!外交家、外交学院前院长吴建民曾说:"民族主义情绪,成分上来说包含两个方面,一是热爱自己的国家,这无可非议,另一个成分就是排斥他人,这就不对了。不满的情绪有合理的因素,但是采取排斥的办法,不利于中国的开放,所以我不赞成把这类行动冠以爱国的标签。"追讨流落海外的珍贵文物,只能依靠法律途径和外交途径,狭隘民族主义者宣泄情绪、排斥他人,这绝不是好方法。国家与国家之间不可斗气,而要斗智。

学妥协。与西方沟通,要"刚柔相济"。外交谈判,最终要达成妥协,这样才有双赢。美国在外交上往往给人以"刚有余、柔不足"之感,其实美国还是注重妥协与结果的,也有不少"柔"的考量。美国没有外交部,外交职能由国务卿承担,前国务卿希拉里就很推崇"巧实力外交"。她的丈夫、前总统克林顿也曾说:"我们必须教育我们的孩子,要用语言而不是用武器,去解决他们的冲突。"用语言解决冲突,这就是外交的使命。外交行动很重要的一点是"顾全大局",为妥协打基础。早在1978年12月16日,中美两国正式签署建交联合公报后,当时卡特总统第一个电话就打给勃列日涅夫,"我向他表明,与中国建交并不是两个大国联合起来对抗苏联",而且还派高层外交官到莫斯科,让苏联领导人不要过分焦虑,"他们确实感到焦虑,而且还威胁要取消限制战略武器的谈判……谈判后来还是完成了"。这也就是一种妥协的结果。外交若无妥协,那么只有双输。

学沟通。有记者曾问国新办原主任赵启正:"和外国人交流时最重要的事情是什么?"赵启正用一个字回答:笑!"笑"是沟通的法宝。如今我们对外交流日益增多,广义来说,每位出国者都是"外交人士"。遗憾的是,许多官员出国后只会官腔,不会沟通。吴建民在《人民日报》撰文称:一些官员在国内讲话时假话、大话、空话、套话、废话连篇,去到国外就不会说话,把大量时间浪费在无效交流上。"有的代表团,万里迢迢到国外招商,介绍自己的省份或者城市,结果一上台先说天气,'在这个春暖花开的季节,我来到美丽的巴黎,巴黎人民有光荣的革命传统……'让人云里雾里。""一些官员喜欢一上台就是'尊敬的××、尊敬的××',8个'尊敬的'下来,3分钟就没有了。"对外交往,不懂"世界语",只会"老套话",结果就是"零沟通"。

文化遗产不仅仅是金山银山

文化遗产,蕴含着共同的记忆与价值认同。保护文化遗产,是保护我们的历史,是呵护我们的现在,是守护我们的未来。

全国人大代表、杭州歌剧舞剧院院长崔巍,在 2016 年全国两会上呼吁:一定要加强对文化遗产的保护与传播,让文化遗产保护专家、民俗专家及艺术家参与各地文化遗产保护规划的制定;通过精耕细作,保持每个文化遗产的独特性。

文化遗产是不可再生的优质文化资源。2016 年 G20 峰会主办地杭州是历史文化名城,来自杭州的代表、委员,对遗产遗存特别敏感、特别上心。近年来,杭州市政协力推将钱塘江海塘和钱江潮作为"世界文化景观"申报世界文化遗产,先从争取列入预备名录做起。钱塘江海塘和钱江潮,是数千年来钱塘江两岸人民与大自然的杰作。杭州市的吴越海塘、明清海塘和海宁的鱼鳞大塘,是中国海塘建筑史上标志性的实物遗存;而且,钱塘江海塘在许多位置造就了特别惊心动魄、美丽惊人的钱江潮。推动申遗,是进一步的保护。

文化遗产,也是让一个国家成为"最佳"的必有选项。美国曾发布了一项"最佳国家"分析报告,其中文化影响力和遗产就是两大重要指标;德国名列第一,日本是唯一挤进前 10 名的亚洲国家。毫无疑问,文化遗产保护之优之好,是获得佳评的重要内容。

国务院印发了《关于进一步加强文物工作的指导意见》,"重在保护"是关键内容之一,提出了诸多硬举措。对不可移动文物的保护,除了继续开展抢救性保护,还要加强文物日常养护巡查和监测保护,"重视岁修,减少大修,防止因维修不当造成破坏";城乡建设中,要做好基本建设中的考古调查、勘探、发掘和文物保护工作,保护历史文化名城、村镇、街区和传统村落整体格局和历史风貌;坚持抢救保护和预防保护相结合;鼓励社会参与文物保护,提高公众参与度,形成全社会保护文物的新格局;通过文物保护补偿、公益性基金等,加强私人产权不可移动文物保护维修;等等。

文化遗产,就是金山银山,但文化遗产不仅仅是金山银山,不能只"瞄"着金山银山。保护和开发,两者之间一定要找到一个平衡点,一个最大公约数。无论如何,保护一定是第一位的,利用才是第二位的。保护是本,利用是末,本末不可倒置;利用是毛,保护是皮,皮之不存毛将焉附。北京故宫也好,台北"故宫"也好,文物都有"限展品"。今年年初,我在台北故宫博物院有幸目睹了限展品——《富春山居图》的《无用师卷》。《无用师卷》自从来到台湾后,迄今只亮相过10余次,每次的时间都很短,"保护"的时长,远超"利用"。

然而,存在于城乡民间的各种文化遗产,受保护的程度就参差不齐了。"将遗产作为经济创收的手段,与旅游业开发过度结合,致使文化遗产及文化环境遭到破坏。"崔巍在深入基层、考察各地文化遗产的过程中,发现不少地方缺乏对保护文化遗产的正确认识,更缺乏专业保护和管理水平,甚至有部分极富代表性的古建筑,也改造成小商品市场、小吃街,而且是满街的"伪文物",破坏了古建筑的文化氛围与意境。

与有形的物质文化遗产相比,作为"无形遗产"的非物质文化遗产,更具民间性,重在好传承。无传承,则无保护。全国政协委员、山东诸城派古琴传承人高培芬,这次提出提案,直言"传承是最好的保护"。但是,不少非遗项目出现断档、断代的状况,面临着后继无人、濒临失传的现实困境。全国人大代表、中国艺术研究院院长、非遗中心主任连辑认为,非遗所有的传承体系、内容都是个体的、家族的,仅通过行政命令去指挥是不行的。非遗传承需要全社会、集体性的觉悟和意识,国家对非遗的重视如何精准发力,确实是一个急需解决的大问题。

调动社会力量参与文化遗产保护,而不是调动社会力量参与"蚕食"文化遗产,这是一个基本点。

让《思想者》回到象牙塔

2003年4月初,罗丹著名雕塑《思想者》应邀去北京"玩"了一把。媒体前前后后沸沸扬扬了好长时间。我看到《北京娱乐信报》说:露面第一天,《思想者》有点忧郁。

《思想者》干吗忧郁呢? 关键是折腾《思想者》的人没"思想"。这些没思想硬想弄出点思想的人,企图让没文化的地方硬是"文化"起来。那就是,他们把《思想者》搁房交会上了! 且看报道的描述:"早上9点多,记者来到展厅,却看见《思想者》门前冷落,驻足观看的人寥寥无几,偶尔有欣赏或拍照者多为媒体记者。相比之下,相邻的展位却门庭若市,不论是青春靓丽的热舞还是人体彩绘都成功地吸引了行人的眼球。面对熙攘的人流、嘈杂的音乐,又要努力跟时髦的女孩竞争吸引行人的注意,罗丹这尊作品似乎该改名叫'忧郁者'了。"

早在1880年左右,法国著名雕塑家罗丹创作了第一个小型石膏《思想者》雕塑,第一个大型铜铸雕塑在1902年完成。在罗丹的指导下,"那竞技者式的肉体支撑着"的《思想者》,翻铸了多尊雕塑;由此《思想者》能够"走世界",这本身是好事。

我实在闹不明白主办者怎么把这次《思想者》的展出地点放在了2003年的北京春季房展大会上。房展大会,"天下熙熙,皆为房来;天下攘攘,皆为房往",在那样的境地,无论在门口蹲着的是法国的"思想者"还是中国的石狮子，注定是没有多少人关注理睬的。与其责怪看房者怎么没文化，不如反思主办者为何缺思想。

文化，是环境中的文化；思想，是环境中的思想。在房展会这样的环境中，青铜铸像《思想者》恐怕连石狮子都不如。这有报道为证：在一张售房广告专刊上，彩色大字标题写着："罗丹传世之作《思想者》成为房展看门人!"下面还有一段嬉笑怒骂、讽刺挖苦的小品文，题目是《思想者被楼市弄哭了!》，文中以一个暴富者的口吻，在开导教训"思想者"，说："你这回，在房展会上坐坐算是不错了，以后是看家是护院还不一定呢!"于是乎，"那法国佬托着下巴哭了!"这个"法国佬"是第二次来北京，要知道，十多年前他老人家第一次来北京的时候，可高兴了，当时他是矗立在中国美术馆前的，引起了北京人的极大关注，前来瞻仰欣赏合影者络绎不绝。当时是一个什么样的环境条件？中西方文化交流和文化资讯显然没有今日之发达，《思想者》能来北京，是多么稀罕的事，而且，搁中国美术馆前，才真正搁对了地方。

超越一个特定环境中人们普遍文化思想水准的事情，是无法达到预期目标的。这跟超越一个特定环境中人们普遍道德水准的事情无法施行是一个道理，比如一些地方发放什么"公益伞"结果很快全部肉包子打狗——有去无回，就是这个情况。折腾这些事的人，愿望是美好的，他们是想让象牙塔里的宝贝艺术走出象牙塔，与"经济社会"相结合，可是必须明白"现实是残酷的"，"教训是深刻的"。其实何苦一厢情愿，强人所难。可悲的是，报道说，"《思想者》在展会结束后将移至在顺义天竺的售楼处继续免费展出"。

面对这样近乎亵渎的折腾《思想者》，为什么中国或法国没有思想家、哲学家、文化学专家出面干涉一下或者呼吁一下？想让《思想者》不再是"忧郁者"，让他真正开心起来，那么就应该让他回到象牙塔，回到他老人家该待的地方。一年多前，《思想者》来笔者所在的杭州时，就是待在博物馆的大院里的，尽管瞻仰的人不算很多，但起码与整个环境相协调，与整个气氛相融洽。

黑格尔在他的《美学》中说："雕刻是古典理想中的真正的艺术。"房展会上的现代之人，还有多少"古典理想"乎？一位古罗马的哲人谈到青铜雕塑时曾说:"青铜与艺术结合就产生出美,它通过优美的人体表达出人的心灵的颤动。"同样我们不能忘了,艺术与环境结合才产生出美,即使是把《蒙娜丽莎》真迹挂在厕所里,也没有人不会认为那不是赝品;同样,垃圾场里站着维纳斯,也是不可能美丽光芒四处闪烁的,而那注定是连心灵都会断臂的维纳斯。

奇迹评选与文化存量

　　无非是活动,不要太当真。2007 年 7 月 8 日凌晨,我半睁着眼睛收看凤凰卫视直播的世界"新七大奇迹"评选揭晓盛典,头一个开出的"新奇迹"就是"中国长城",我不禁笑了。心说,大约是 7 个里头倒数第一个吧,老外喜欢把第一搁最后说的。不管中国长城列第一还是列第七,甚至不管入选没入选,我觉得都不要太当真,因为这个"新七大奇迹"评选本来就是一民间活动,活动也就是娱乐娱乐玩玩的,谁当真谁傻。

　　这评出来的"新七大奇迹"是:中国长城、约旦佩特拉古城、巴西基督像、印加马丘遗址、奇琴伊察库库尔坎金字塔、古罗马斗兽场、泰姬陵(2007 年 7 月 8 日中国新闻网报道)。尽管是在葡萄牙首都里斯本揭晓的,其实是瑞士旅行家贝尔纳·韦伯先生创立的,很"民间"的活动。"揭晓盛典"上,俩小伙子代表中国上台领证书,看上去仿佛是临时找的两个旅居西班牙的华侨青年,显然是"无名小卒"——我这样说没有轻视普通人的意思,只是表明这活动实在很"民间",否则好歹也请姚明刘翔这俩小伙子代表中国去"领奖"吧。

　　老的"七大奇迹"是公元前 3 世纪腓尼基旅行家昂蒂帕克总结的:埃及吉萨金字塔、亚历山大灯塔,巴比伦"空中花园",土耳其阿耳忒弥斯神庙、摩索拉斯王陵墓,希腊罗德岛巨人雕像、奥林匹亚宙斯神像，这是一个人眼中的伟大人造景观，倒也举世公认。而今那评上的"新奇迹"，其实也都是老遗存；"新七大奇迹"与其说是"新的七大奇迹"，不如说是"新选七大奇迹""民选七大奇迹"。

这"新七大奇迹"的评选，并未增加这个世界的文化存量。中国长城评上去也好，评不上去也好，同样没有增加或减少中国的文化存量。只是如果长城落选，倒会刺激一些"愤青"的脆弱神经。正因如此，这次评选活动表现出一个鲜明的反差，就是小国热情大国冷对。约旦皇室几乎全体出动，为佩特拉古城拉选票，约旦 600 万人中约有 200 万人通过手机或网络投了票，难怪约旦的佩特拉古城像一匹"黑马"；而美国纽约自由女神像、德国新天鹅堡、法国埃菲尔铁塔统统得票不高，就因评选未能增加其文化存量，所以国民没有多少参与的积极性和激情，这才叫"强的"。我看埃及的表现最好，不仅嘲笑评选活动"不科学、荒唐"，还抗议。人家金字塔是硕果仅存的古代世界七大奇迹之一，你将它弄到"新的七大奇迹"里参与投票，逻辑上都不通。

至于拉票活动，只要守着"民间对民间"原则，也不是什么大不了的事情。群众团体中国长城学会出面拉票，中国网民疯狂投票，热闹热闹，也没什么大坏处。"语不惊人誓不休"的时评家们或喊"长城参评奇迹是悲哀"，或叫"长城参评凸显文化自信危机"，这属于"扯淡"。人家网民投票也是玩玩的，真正属于民间对接民间，你当什么真。说不要太当真，我最希望不要动不动把"爱国"牵扯在内。爱长城，要紧的不是"拥长城而自傲"，而是保护好长城一砖一石，不要为了运煤开路把长城截成一段段，不要为了挣钱弄什么城砖刻名留念，不要把城砖搬回家凿成猪食槽用以养猪。我们的文化遗存灭失得太快，这才是问题的严峻性所在，而不是什么"文化自信不自信"问题。

一个国家，一个城市，应弄清楚自己的文化存量，努力增之而避免减之。我们一些地方，对汽车保有量津津乐道，而对文化遗存的保有量一知半解；汽车增量蒸蒸日上，文化增量空空如也。国家非物质文化遗产保护工作专家委员会副主任乌丙安发出的警示，需要我们高度重视，那就是警惕"非遗热"变成"毁灭潮"。因为一些地方政府态度如此"鲜明"：能评上世界、国家级，全力支持;能评上省、市级,适当支持;什么都评不上,基本不支持。这是多么恐怖的情形,多少存量文化遗产将被无情放弃!"警惕对非物质文化遗产的一次集中毁灭",才是有良知的醒世警言。

民选的世界"新七大奇迹"结束了,热闹也过去了,我们静下心来做点保护文化遗产的实事,这是最要紧的。

没有什么发现是最好的发现

"回顾得越远,可能前瞻得越远。"这是丘吉尔说过的一句话。考古就是回顾,考古就得"瞻前顾后"。2002 年 9 月 17 日上午,吊足了全球观众胃口的埃及金字塔考古直播终于结束了,在最了不得的胡夫金字塔神秘通道"阻路石"后面,仍然是"阻路石",而另一具石棺打开,里面也只有一具遗骨——其身份也不显贵,大概与现在的工地包工头差不多。这个结果让我等观众多少有些失望:因为没有什么发现就是发现,没有什么结果就是结果。

仔细想想,这样也好。让未知的空间继续未知下去,让未知的过去继续未知地存在。古埃及的国王费那么大的劲用那么大的巨石建那么大的金字塔,不就是把死后的自己包裹得严实一些,以免科学家和盗墓贼的打扰吗?

考古发现与文物保护从来是个二律悖谬的事。今人要补史、证史,就需要考古,需要考古发现,同时也通过考古发现为其他学科研究提供物证,但文物一旦出土,就离开了它最温暖最安全的老家,其命运就变得不可测。

这样的教训在我们这个文明古国不少。由于条件限制,考古发掘出的一些国宝文物,一经空气、温度、光线等影响,就会迅速变化,原貌难保,比如 1974 年秦始皇陵出土的兵马俑身上的颜色;比如 1956 年在明代第十三帝朱翊钧及其二后的定陵中出土的一些丝织品;比如 1972 年在湖南长沙马王堆一号汉墓中出土的女尸;等等;在保存过程中都遇到了诸多无法解决的困难。

文物之所以为文物,就是因为它是不能再生产的,一旦遭到毁坏就不可再得。文物作为具有历史、科学、艺术价值的物质遗产,它不是仅仅传给我们这一代的,而是还要传给子孙后代万代。正因如此,我国有关部门明确规定,秦始皇陵、乾陵等帝王陵,目前绝不会进行发掘。这是明智的,没把握就别动,留在地下总比毁在地上强。

可是不知为什么,热闹的媒体对冷静的考古越来越情有独钟。这回金字塔考古,共有 140 多个国家的电视台进行现场直播。中国中央电视台与美国国家地理频道达成协议,"享有中国大陆地区的独家转播权"。原来是指望"古文明,新发现"的,最终主持人也只好表示"遗憾",因为实在是没有什么"新发现"。这让人想起 2000 年北京老山汉墓的发掘,当时也是央视现场直播,媒体炒得沸沸扬扬,吸引众多观众眼球,引起社会广泛关注……但后来进行年度"全国十大考古新发现"的评选,北京老山汉墓榜上无名,其原因就是"缺乏新问题、新发现",可见电视直播和媒体炒作终究是代替不了考古的科学价值的。设若评选 2002 年全球"十大考古新发现",这回埃及金字塔的考古行动,恐怕也是"榜上无名"。这次直播考古没有什么"新发现",已经是对我等观众的"看客心理"一次结实的打击;彼时"榜上无名",那不啻是对人类的探秘心理一次更了得的打击!

探秘似乎是人们与生俱来的嗜好。但探秘总要惊动、惊扰神秘的存在。千百年来,人们已经把金字塔骚扰得够呛了,它最后包裹的那点宁静,为什么还要急急忙忙将其打破呢?胡大或许真的有先知先觉,你用现代机器人携带的钻头在阻路石门上钻出一个伤孔,他让你透过伤孔看到的是"最好的风景":仍然是"阻路石"!

"经济人"和"文化人"

那是复活的军团。他们在地下沉眠了 2000 多年,在一个出乎意料的寻常时刻,惊醒,破土。

这就是世界第八大奇迹——秦陵兵马俑,气势恢宏的战士方阵。在 2009 年 6 月中国文化遗产日到来之际,兵马俑第三次发掘启动。远在杭州的《都市快报》,特别派出记者奔赴西安,进行了一次"挖掘式"的采访。让兵马俑军团告诉中国和世界,历史的我们是怎样的博大深邃,现在的我们该怎样保护文物和文化。(2009 年 6 月 28 日《都市快报》报道)

文物是人类历史的见证,文物是人类文明的坐标。秦始皇陵兵马俑,就是人类文明坐标上极其闪亮的星群。悠久的历史,给陕西这片神奇的土地,留下了极为丰富的文物——除了秦陵兵马俑,还有中华民族始祖轩辕黄帝陵、唐太宗昭陵、唐高宗乾陵、司马迁墓、明代西安城墙、大慈恩寺、法门寺、大雁塔、小雁塔、西安碑林、耀州碑林、汉茂陵石刻、唐乾陵石刻,等等等等。

出土的文物是可见的,但我们只看到具象的文物是不够的,我们需要清晰地看见"文化"。2009 年 5 月 9 日,我收看了陕西法门寺举行合十舍利塔落成暨佛指舍利安奉大典的电视直播,那是文化性的大典,不是"文物行动",更不是"旅游活动"。我们要明白,"世界文化遗产"可不是"世界文物遗产"。没有文化意识,只有经济眼光,那是难以保护好我们的文化文物的。著名经济学家张五常曾经发表博文《是打开始皇陵墓的时候了》,受到了广泛批评。他认为,"如果打开秦始皇陵,每年仅门票收入就可达 25 亿元",赚这种钱对社会有利,对世界有利。我坚定地反对这个建议,我赞同专家的观点:下一代人都没理由去挖!

对秦陵的最好保护,就是不动它。文物保护的"最少干预"原则,才是一条"有文化"的原则。此次秦兵马俑发掘只限于 200 平方米的范围。即使将来技术更加成熟,兵马俑也不会全部发掘并修复陈列出来,大部分兵马俑仍然会深埋土中,何况秦始皇陵。秦俑馆前馆长袁仲一说得好:"让秦始皇陵永远安静地在那儿,这是一个最理想的模式。"

稍早一点,有人强烈呼吁开挖唐太宗昭陵,说这样才有望把《兰亭序》真迹给取出来,而每年的门票也能收入几个亿。历史上,唐太宗骗取《兰亭序》、真迹随唐太宗陪葬昭陵的故事,已经流传久矣。我本人爱好书法欣赏,我也极喜欢这"天下第一行书",但我绝不期待打开昭陵看到真迹,即使现在的技术发达到能够保护出土的纸质书法作品。我也不认为那些强烈渴望看到《兰亭序》真迹的人是有文化的人,更遗憾于如今"经济人"太多而"文化人"太少。

从"文物保护"提升到"文化保护",是对我们当代人的必然要求。不该开挖的动辄乱开挖,那不是人类文明的坐标,而是人类愚昧的坐标。历史上,各种通过损害文物而损害文化的惨剧上演过不少,不说东陵大盗孙殿英,也不说风雪定陵在"文革"期间被"砸烂",就看看南京古城的大规模拆迁,就知道"文保"之难。在 2006 年那次"大拆大建"被暂时叫停后,旷日持久的"文保"拉锯战又打响了;29 位南京文化界人士挺身而出,发出了联合署名《南京历史文化名城保护告急》的信函……如今,我国只有文物保护,没有文化保护,这是制度层面的巨大缺陷。

在文物文化的时间简史上,如今的我们,将留下什么样的坐标轨迹? 这不是仅仅保护好一个秦始皇陵兵马俑就能回答的。

叁

文化是生命的表达方式

一阳来复阳明学

都是在一阳来复的开年之际,两届"阳明学与浙江文化"学术论坛在浙江工商大学举行,我都应邀出席。论坛由浙江省伦理学会和浙江工商大学哲学系主办,这是落地的、接地气的学术交流,贴近浙江实际,贴近浙江文化。

2017年是首届,在1月10日进行了一天,专家学者们共话"阳明学与浙江文化精神建构";2018年从1月10日至11日,时间扩展了一倍,除了学术交流,突出了"阳明心学与教育成长"的论题。

南宋以降,以浙学为代表的浙江在地域文化传统,在中国文化版图中占据重要地位,至明清两代已成文化重心,此中最关键的人物便是王阳明。而今举办"阳明学与浙江文化"学术论坛,正是浙江文化领域的"一阳来复"。

2018年论坛邀请到台湾杨祖汉、蔡家和两位教授莅临作主旨发言,发表独到的学术见解。表现形式也有生动的变化,杭州电视台知名主持人李天琼女士将她的名栏目《钱塘论坛》搬到了现场,与会专家们坐成一排,面对电视镜头表达得更加华彩。论坛结束后,我给操刀者、浙江工商大学哲学系主任徐晟老师发微信,点赞曰:邀请了台湾学者,让"高大上"的更"高大上";举办了电视论坛,让接地气的更接地气。

"高大上"的主旨发言,浙江工商大学校长、浙江省伦理学会副会长、王阳明的余姚老乡陈寿灿,他谈王阳明,那叫一个亲;中国孔子基金会副会长、浙江儒学学会会长吴光,他解读王阳明的政治哲学——"明德、亲民、止至善"是体、用、要的关系;台湾中央大学教授杨祖汉,他谈"程朱陆王二系的互通";台湾东海大学教授蔡家和,他阐述"黄宗羲与王阳明'心体说'之合会可能"——嗯,边听我边想:黄宗羲与王阳明这两个余姚同乡,真当是千古大咖、中国智者、浙江骄傲……

接地气的,是围绕着"阳明心学与教育成长"进行的电视论坛。给我最深印象的,是知名中学教育专家、杭二中原校长、海亮教育集团现总校长叶翠微的发言,他一开始就说自己是湖北人,当年从荆楚大地到浙江大地,之所以选择浙江,是冥冥之中选择了文化。翠微校长清晰地表达了他的教育理念:教育要有"致良知"的DNA,要回到"道"上,而不是在"技"和"术"上耍聪明;教育要回归人的本性,不能只见分、不见人,抑或只见人、不见心;基础教育要"知行合一",要引导学生认知人与自我、人与社会、人与自然……

论坛上专家学者们金句迭出:金子的成色与金子的分量要有清晰的区分;多一点"含文量",少一点"含金量";教育让人的生活更美好,文化是机器人所做不到的;让人回到人本身,幸福源泉一定是在精神层面的;物质的边际效应会丧失殆尽,精神文化一定变得最重要……

细思当今教育,其实处于一个艰难时刻。千圣皆过影,良知乃吾师;越是艰难处,越是修心时。面对阳明心学,我们更应清晰地明白:心灵是不能安装假肢的!

文化是生命的表达方式

从终极意义上看,文化是生命的表达方式,生命表达,表达生命。从生命本身来看,无所谓雅俗,亦不分贵贱;从生命本质来看,最需要平等,最需要自在。一年回首,我的耳畔响起的是"恋曲2005",只想把罗大佑旋律中的爱情置换为文化。

2005年,多位高龄大师的相继辞世,构成了独特的文化事件。金秋,文学大师巴金逝世,享年101岁;盛夏,国学大师、书画家启功逝世,享年93岁;阳春,社会学大师费孝通逝世,享年95岁……他们以超过百岁或逼近百岁的高龄"挥手自兹去",这样的"以百岁至百年",是最令人欣慰的。他们一生都以文化为生命,都以生命为文化,高耸起文化人的精神桅杆,从而赢得了广泛的尊敬。

与大师不一样,草根的文化意蕴,最初切入公众视角的,当然不是"生命"的方式而是"生活"的方式。如果说巴金、启功、费孝通他们是"最容易宁静的最深的潭",那么,刘心武红学、"超级女声"甚至"芙蓉姐姐"等,似乎就是水花波纹。然而,作为一种文化存在,我尊重他们,因为这个多元社会,文化的形态应该是丰富多样的,文化多样性与生物多样性一样,需要大象雄鹰,亦需要蝼蚁麻雀。我们可以尊敬文化的大象,我们也要尊重文化的蚂蚁。"生活"作为"生命"的一部分,至少"芙蓉姐姐"和刘心武的"草根红学"都有生活的融入。我一点也不喜欢一地鸡毛的"芙蓉姐姐"甚至"草根红学",但他们作为一个客观的文化存在,我知道在形而上的层面需要权利尊重,一如尊重反对他们的声音,因为反对也是一种权利。

可是我比较喜欢"超级女声",为此我曾作过一篇《超级女声的文化密码》,试图解读草根文化的根部意义。"超级女声"里的"超级女声"们的歌之咏之舞之蹈之当然还是生活的方式,但这种规则约束之下的自由娱乐,是有极强穿透力的,观众喜欢,百姓拥护。至于那种"一台独大"形态中高高在上的"主持人精英"的话语霸权式的批评,在我看来大抵是"小骂帮大忙",或者"大骂帮小忙"。至于不少学者把"超级女声"看成"政治民主"的"初级阶段",我则不客气地说,这是犯了"政治幼稚病"。"超级女声"的"短信票选"就算是"民主",那你为什么只想到"政治民主"的语词,而忽视了"娱乐民主"的存在呢?

娱乐文化当然是以自由为特色的,而PK声里的娱乐比赛,就可以有民主的成分了。自由自在、公平民主的生命状态,其实是可以与娱乐生活融会贯通的。然而,让我感到最遗憾的是中国电影的世纪百年。在2005这个"电影百年"的纪念年度,我倒不关注《孔雀》的开屏、《七剑》的下山、《青红》的颜色、《功夫》的搞笑和《无极》的炒作,而是感慨于百年中国的电影对世界电影文化史贡献了太少的杰作。

与此相呼应的,恰恰是韩剧文化的崛起。在我看来,所有研究中国文化的人,都应该读读一篇长文章,那就是《看了又看——韩国学者谈韩剧》,是《中国青年报》著名栏目《冰点》中的特稿,刊于2005年10月12日。在《大长今》创下2005年韩剧新的大陆收视纪录的时候,我们实在不必垂涎人家女主角的容貌美丽,不必艳羡人家摄制班底的功夫厚实。中国演艺文化界的漂亮女人并不比韩国少,电影电视的制作人员功底也并不比韩国差,但是我们弄出来的东西确实相形见绌。韩国影视文化在专制控制时代是一派萧条的,在从"独裁政府"到"民间政府"到"国民政府"再到"参与政府"演变中,韩国文化也跟着自衰而盛地演变,如今他们的口号是"老百姓就是总统、总统就是老百姓",这让公众明白为什么文化兴盛同样"功夫在诗外"。

泰戈尔说:"生命自有她对无穷所负的使命。"文化作为生命的表达方式,所负的使命是沉重的,但面向"无穷"的前行,必须轻装。

世界最大语言资源库的文化典藏

"五里不同音,十里不同调","殊俗问津言语异",中国是当今世界上语言资源最丰富的国家之一。2021年8月1日《文汇报》以整版的篇幅报道"世界最大语言资源库是如何建成的":历时5年,中国语言资源保护工程首期已完成1712个调查点的语言资源调查采集,建成了"中国语言资源采录展示平台";不久前,"语保工程"二期正式启动。

中国语言资源采录展示平台是"语保工程"的重要组成部分,公众注册登录后,在这里可以看到一个丰富多彩的语言方言世界。这个大数据库,涵盖了123个语种和全部汉语方言,背后的原始文件数据超过1000万条,其中音频数据超过560万条,视频超过500万条。为了采集、研究这些语言资源,全国有350多家高校和科研机构参与,4500多名专家学者奔赴一线付出心血。

传统方言义化现象,正在快速地大面积地消逝,他们在和时间赛跑,"时间"在此刻并不是"最好的朋友",因为结果必然是时间获胜,但这不是放弃的理由,看到这段描述的话,我感动了:"为了完成调查工作,大家不畏赤日之炎、寒风之凛,肩负各种器材,奔走于城乡郊野、大街小巷,记录即将消逝的乡音,捡拾散落的文化碎片……"

"语保工程"获得公众的大力支持,9000多位语言方言发音人,面对镜头,用方言口述地方情况民谣传说等,永久留存。

　　其中杭州话的一个调查点杭州上城,由杭州师范大学国际教育学院负责,有多位杭州本地人以地道的杭州话从各个角度介绍杭州的方方面面。杭州方言属于吴语太湖片杭州小片,是宋室南渡、建都杭州后形成的一支带官方语言色彩的吴语。在平台上,也言明"杭州话为本地普遍通用的方言,近年来变化较快,正在向普通话靠拢"。

　　研究显示,我国的语言主要分属汉藏、阿尔泰、南岛、南亚和印欧五大语系,其中共有13个语族,28个语支。汉语拥有官话、晋语、吴语、闽语、粤语、客家话、赣语、湘语、徽语、平话土话等十大方言,内部又可分为成百上千种小方言土语,丰富性为世界之最。

　　方言文化很博大,也很有意思。比如我们吴语中保留着古语的入声字,入声字发音短促,要辨别古诗词中哪些是入声字、属于仄声,用吴方言念一念就可以清晰确定,比如"一二三四五六七八九十"的发音,一念就知"一六七八十"发言短促,属于古语入声字。

　　"语保工程"呈现了学术性和社会化的互补,学者们对采集的语言资源逐步进行深度开发应用,公众可以亲近它,使用它,同时也为保护它尽自己的一份力量。通过"语保工程",一大批濒危汉语方言和少数民族语言得到科学系统的调查保护。语言方言文化的抢救、保护、典藏,正在与时间赛跑。在我国现存的130多种语言中,有68种使用人口在万人以下,有48种使用人口在5000人以下,其中有25种使用人口不足千人,赫哲语、苏龙语等使用人数不足百人。

　　英国著名人类学家弗雷泽说过:"一切理论都是暂时的,唯有事实的总汇才具有永久的价值。"方言文化研究领域的重要成果,不仅体现在该"中国语言资源采录展示平台"上,也体现在首批出版的"中国语言文化典藏"系列丛书上,这套丛书把语词的方言发音和生活、实物等相结合来呈现,具体包括房屋建筑、日常用具、服饰、饮食、农工百艺、日常活动、婚育丧葬、节日、说唱表演等。首批20卷,包括了杭州、苏州、潮州、金华、江山、遂昌、寿县、宜春、澳门等极具特色的方言。

　　语言是历史的沉淀,是文化的标志。母语方言,是祖先一代一代流传下来的声音,连接着过去、现在与未来,从情感情怀的角度看,这些标准的乡音可勾起你的乡思乡愁。"语保工程"致力保护语言多样性,得到了联合国教科文组织的高度评价。记录方言,透视文化,传承历史,珍藏经典,价值无限,功德无量。

字典的文化记忆

字典文化,本身就是一种独特的文化现象。伦敦时间 2016
年 4 月 12 日,吉尼斯世界纪录英国总部,有关负责人正式确认
《新华字典》是世界"最受欢迎的字典"和"最畅销的书"。截至
统计时间,《新华字典》全球发行量共达 5.67 亿本,这还不包括
盗版盗印的。《新华字典》入选吉尼斯世界纪录,更是为"字典
文化"增添了一笔重要的注脚。

作为新中国第一部现代汉语字典,《新华字典》由商务印书
馆在 1953 年出了第 1 版。它小巧便携,定价便宜,作为工具书,
它本身就是普及性的。其定价,被称为"一直是 1 斤肉的价
格"。孩提时代在农村,文化书籍相当贫乏,但在村里最有文化
的家庭,能见到一本《新华字典》,也算是相当的稀罕。有人则
在扉页上手写一句"本书值千金,破了伤人心,若被朋友借,千
万要小心",以示珍惜。《新华字典》白话释义、白话举例,承担
着扫盲识字的功能,被称为"为文化民生而生"。在中国古代传
统语文学当中,"小学"是指分析字形、研究字音、解释字义的学
问;《新华字典》就是当代的"小学"之书。

早期的字典,当然都深深地打下了历史的痕迹。比如对一
些珍稀动物的解释,原先总是离不开"皮可利用肉可吃"之类,
贫困时代与环保时代真是霄壤之别。《新华字典》虽是一本"小

字典"，可在当年是集举国之力编纂的，汇聚了一批大学者，如叶圣陶、魏建功、邵荃麟、陈原、丁声树、金克木、王力、游国恩等。后来随着时光的流逝、时代的变迁，《新华字典》一次次修订，到现在已出到十几版了。而且近年还推出了双色本、大字本及纪念版等，我看纪念版定价高达 168 元，而购买者众，说明读者拥有不一般的文化情结、文化记忆和文化留恋。

汉语常用字 3500 多个，这与早在 1901 年初版的《澄衷蒙学堂字课图说》所收 3291 个汉字差不多；而《新华字典》随着不断的增订，字数大有增加，如今已是逾万字，而不是"脑筋急转弯"式的回答"新华字典"4 个字。但从严格的文化意义上说，《新华字典》毕竟是"极简主义"的字典，为此还屡屡引发争议，比如有论者就拿一个"京"字的释义作比较——《新华字典》释"京"："京城，国家的首都，特指我国首都。"而《澄衷蒙学堂字课图说》则曰："首善之区曰京，北京，京都；大也，京为天子所居，故大之，国朝因前代之旧，以顺天府为京师，为城三重，宫阙壮丽，居民二百万，人烟稠密，冠绝各省。"以此批评《新华字典》的简陋。简明与简陋总归是不一样的，而对传统文化中的扬弃，似乎也不太好把握。

时代发展到今天，书本化的字典和词典的使用在减少，而在线查字词已越来越普遍，确实也越来越方便。各种版本的在线"汉语字典"，算是"字典文化"的新形态，但它们不可能给人以文化记忆。而且在线字典大抵是求全不求精的，释义雷同，比如我在线查"虎"字，其中对"虎"的作用，就是一句雷同的"骨和血及内脏均可入药"，还是"吃""用"第一。老虎听了其实是有意见的。

姓氏文化的现代视角

姓氏作为民俗文化,蛮有意思的。它是生命的标志符号,能超越时空;它与老百姓密切相关,百姓百姓老百"姓"嘛!

原本丰富到24000多个姓氏,如今只剩"零头"了。作为中科院的研究项目,中科院专家袁义达用了两年时间,调查完成了《中国姓氏统计》,这是中国历史上第一部按照姓氏数量排序的"新百家姓",调查人群数量将近 3 亿,基本涵盖全国,找到约4100 个姓,而我国历史上最多曾出现过 24000 多个姓氏。(2007 年 2 月 5 日《新闻晚报》报道)

这是历史流变,也是生活流变,更是文化流变,不管今天留下多少个,姓氏是不会消亡的。那些今天建议取消这个、明天倡议取消那个的专家,估计没有人敢斗胆提议取消姓氏的。当代中国人的姓氏,大都可与历史上著名人物的姓氏联系起来,甚至可以追溯到太古初民的原始崇拜。比如今之"屈"姓,上溯至屈原,再由屈原上溯至"帝高阳"——屈原赋骚,首句即为"帝高阳之苗裔兮"。有的姓氏蛮有趣:柴米油盐酱醋茶,"开门七件事"事事有人姓,不可思议的"酱"姓人也被找到了。还有"一",江苏昆山玉山镇有此姓,有的属一那娄氏之后,有的由乙姓演化而来;"拾",徐州九里区有此姓,出处不详;"百",重庆北碚区有此姓,来源于黄帝之后;"千",郑州上街区有此姓,其祖先可追溯到三国时期。

如今有许多人、许多单位在研究姓氏。观察今天的姓氏，需要现代视角，因为时代毕竟在进步。把父母两个姓氏合在一起作为自己姓氏的越来越多，有的时尚人士新造时尚姓氏，而网名的"姓""名"更是千姿百态了。《新民晚报》有个有意思的报道：大连福利院让孩子们改用普通姓氏，男孩不再姓"国"，女孩不再姓"党"，这意味着沿用了 30 多年的规定被打破。尽管今天姓"党"姓"国"的人不少，我们不往"宏大意义"上想，这两个姓其实蛮普通也蛮不错的，但让孩子们自己选择姓氏，"百花齐放"，避免整齐划一，这就是一种进步。我们不要为姓氏的改变过于担心，文化从来都是在变与不变中发展的。

在姓氏研究中，作为专家的袁义达蛮有现代视角、现代思维，他将姓氏分布与疾病分布联系起来看，发现许多地方"不谋而合"，提出"对姓下药"的想法。比如在《中国人口主要死因地图集》中，糖尿病在山东地区发生率较高，而孔姓在山东出现的频率也是最高的。"这二者之间一定存在某种内在联系，如果找到姓氏和遗传基因的关系，根据姓氏开发出个性化药物，甚至'对姓下药'也不是不可能的事情"。这看起来颇像名导赖声川的"创意学"，有点把"暗恋"与"桃花"连在一起而成为舞台名剧《暗恋桃花源》的味道。姓氏文化研究，还真需要这么一点创新创意。

姓氏作为文化，凝聚着民族性格民族精神、蕴含着民族的真善美，是中华民族认同的标志，是同胞百姓沟通的纽带。拓展姓氏研究领域，是认知历史的需要，是传承文明的责任，也是构建和谐的内容。而一个人爱自己的姓名，也是内心和谐的因素呢。正像易中天所说的："鄙人 50 多年行不改姓，坐不更名！就是真名实姓在江湖上行走！"

"坐不改名行不改姓"，不亦悦乎！

肆

让精神更文明　让文明更精神

"爱城主义"与城市软实力

"有人晕倒了!"2019年7月29日早上8点多,杭州74路公交车行至秋涛路天城路口附近,有乘客突然大喊。司机项军民立马靠边停车,和几位乘客一起搀扶起晕倒的年轻女性。她面色惨白,已经说不出话了,看上去非常虚弱。项军民立马回到驾驶座,一边启动车子,一边抱歉地对着一车乘客喊:"快送医院! 救人要紧! 要耽误大家时间了!"

"没事,师傅你就放心开车吧,我们等你!"当时正值早高峰,满满一车的乘客,没有一个人说"不"。公交车很快开到了距离最近的解放军第903医院。项军民果断背起晕倒的乘客,还有三位同车乘客帮扶着,一路快跑跑进了医院急诊科。晕倒的女乘客身体状况已经稳定。

这是文明杭州的一个文明细节。不仅仅是一位公交车司机在帮助他人,而是整车人—— 一个群体都在帮助需要帮助的人。这些日子杭州天气很热,但杭州市民百姓的心更热。就在7月29日这天,杭州多地气温超过了40℃。乘客晕厥,可能是中暑,中暑严重的也可能患上危险的热射病;可能是低血糖,也可能是神经反射性晕厥;可能是脑源性晕厥,也可能是心源性晕厥——后者可能会心肌梗死,危及生命……紧急就近送医,就是最佳选择。

杭州是全国文明城市,点滴文明铸就城市软实力。城市软实力,关乎城市精神、城市思维、城市观念、城市人文、城市品质;城市的崛起,也是从精神崛起开始的,精神的崛起引发了思维的崛起、观念的崛起、人文的崛起、教育的崛起,等等,概而言之就是文明的崛起。美丽杭州的独特韵味、别样精彩,更多地体现在城市文明的软实力上。帮助他人者和被帮助者,都能在这样的城市文明中产生认同感、找到归属感。

认同感、归属感、自豪感,都是人类在精神人文层面的基本需求。城市之人,需要城市之爱。无论是哪座城市,个别人的文明海拔高度不高,那属正常;如果一群人的文明海拔高度不高,那就很可怕。而美丽杭城,总是洋溢着城市之爱。

城市之爱,厚植了"爱城主义"。"爱城主义"(civicism),是《城市的精神》一书的作者提出来的一个新词;书的两位作者,分别是来自加拿大蒙特利尔的清华大学政治哲学教授贝淡宁、耶路撒冷希伯来大学社会学系主任艾维纳·德夏里特。他们的理念是,我们需要有独特的城市精神,来抵挡异化和遗忘,守望我们的历史和未来。他们更多地将城市精神视为一种"和而不同"的团结的力量,认为城市精神应该表现城市公民最有共鸣的情感。

是的,城市精神是城市软实力的精魂所在;城市精神寓于市民的精神世界,外化成为城市文明的表征。在我们耳熟能详的"最美杭州人"之外,需要一个个、一群群"美的杭州人",就像救人的公交车司机和伸出援手的乘客,他们即使没有"最"字,而属于普普通通的"美的杭州人",同样很感人很暖人——那样的精神软实力,因为人人能为,一定多多益善。

立文明之规 建文明之城

"积力之所举,则无不胜也;众智之所为,则无不成也。"文明的建设亦相同,文明的养成也一样,需要"众智",需要"积力"。从 2016 年 3 月 1 日开始,杭州正式实施《杭州市文明行为促进条例》。《杭州日报》在 1 月 27 日刊登了条例全文。出台条例,是立法行为,是杭州市促进文明行为的重要制度设计、制度安排,为的是在法治层面引领文明,以期其成、以获其胜。

罗马不是一天建成的,文明也不是一日养成的。文明需要长期地熏陶,文明需要执着地涵育,文明需要不断地培养。大概念的文明,是中华民族几千年来的文明,那是最为深厚的软实力;小细节的文明,是一个人的一举一动一言一行有教养。城市的文明,要依靠每个市民的文明集合而成;每一个你,都要成为城市文明的一分子。

城市本身就是人类文明的结晶,而文明则是城市最温暖的底色。立文明之规,建文明之城,做文明之人,行文明之事,兴文明之风,才会让我们生活得更有尊严感,更有品质感,更有愉悦感,更有幸福感,才会让"天堂杭州"更加宜居、宜业、宜学、宜游——一言以蔽之,是更加宜人。这是多么美好的意象:西湖的波光粼粼,摇曳着杭州这座古老而年轻城市的美丽身影;温暖的文明之风,抚摸着这里每一个人的盈盈笑脸……

促进城市文明，首先就要杜绝不文明行为。《杭州市文明行为促进条例》对公民的文明行为提出了具体细致的要求，比如第六条规定"公民应当自觉遵守公共秩序，爱护公共设施，维护公共环境卫生"，其中细分为 10 款，包括：不在图书馆、纪念馆、博物馆、影剧院等公共场所场馆内大声喧哗，接听电话应当轻声；语言文明，不以语言、侮辱性动作挑衅他人；等候服务时依次排队，使用电梯时先下后上，使用楼梯、自动扶梯时靠其右侧上下；不随地便溺，吐痰，乱扔果皮、纸屑、烟蒂、饮料罐、口香糖等废弃物；自觉遵守公共场所有关禁止吸烟的规定，不在封闭、半封闭或者人群聚集的公共场所吸烟……

恰好就在 2 月 25 日发生了一起"杭州大妈地铁逃票"的不文明事件：一个中年妇女，贪小便宜，拿了老年人、残障人士或学生才能使用的优惠卡，刷卡进出站；为了掩盖自己的"真面目"，还戴了口罩。地铁工作人员发现后，要求她补票，并按规定处以 5 倍罚款。结果这位妇女恼羞成怒，一巴掌打在地铁工作人员脸上。地铁公安部门按照《治安管理处罚法》，对她处以 5 日拘留，罚款200 元。她成了杭州地铁开通以来，第一位因逃票并打地铁工作人员巴掌而被拘留的乘客。如此野蛮不文明，那耳光恰恰是打在自己脸上。劝阻、制止各种不文明行为，不仅仅是相关工作人员的职责，也是公民责任；对于"辱骂、威胁、推搡或者公然侮辱劝阻人，尚未构成违反治安管理行为的"，《杭州市文明行为促进条例》明确规定"责令改正，处警告或者二百元以下的罚款"。

文明的养成，需要事发时的惩戒，更需要平常的教育训导。促使《杭州市文明行为促进条例》人人知晓，也是一种极为必要的教育。法规规则的教育之外，更需要从小到大的"礼义廉耻"的教育和约束。在这里，让我们一起重温"礼义廉耻，国之四维；四维不张，国乃灭亡"的文明要义：礼，是规规矩矩的态度；义，是正正当当的行为；廉，是清清白白的辨别；耻，是切切实实的觉悟。

文明出行　行出更文明

我见文明多美好,料文明见我应如是。

2018 年,杭州市开展"文明出行 杭城更美"主题实践活动暨文明出行主题日活动,将每月 1 日、15 日设立为"文明出行主题日",全面倡议并推进"礼让斑马线、不乱鸣喇叭、有序停单车、排队上公交、文明乘地铁"。全国道德模范、28 路公交车司机孔胜东,"黄飞华爱心车队"队长、出租车司机黄飞华,被聘请为全市"文明出行形象大使"。

城市是人类文明成果的集中体现。城市因文明而兴盛,文明让生活更美好。杭州是全国文明城市,是我们生活的家园;为了共享更美家园,提升文明层次,倡议"文明出行",让杭城更美更文明,这非常重要,也很有必要。

文明出行,行出更文明。与文明同行,利人利己利公众。倡议"文明出行"的五个方面的内容,抓到了点子上:"礼让斑马线",汽车让行人,行人快通过;机动车礼让行人,是对城市的尊重,是对法规的尊重,是对生命的尊重。"不乱鸣喇叭",让城市更文明更安静;城市安静的程度,就是城市文明的尺度。"有序停单车",既共享单车,又共享文明;举手之劳,用心停车,让大家都能同享便利。"排队上公交""文明乘地铁",是城市文明的一道风景线;养成排队上公交车的习惯,让每一次出行都更文明、更从容……

人因自然而生,人靠社会而立;为了自然的美好,我们需要生态文明;为了社会的美好,我们需要社会文明。文明与文明之间仅仅存在分歧而已,文明与野蛮之间才存在不可调和的矛盾。消弭分歧,取得共识,共建城市文明,同享美好家园,是我们共同的责任。我们需要在全社会形成人人、事事、时时崇尚文明的氛围。

城市文明的颜面,一是环境的卫生整洁,一是出行的文明有序。北方某省会城市的一位朋友首次来杭州玩,陪朋友逛杭城逛西湖,朋友感慨杭州街道真干净,而他们那里脏太多了。一位朋友刚从北京旅游回来,感慨京城的文明程度确实高,乘坐公交车都是安安静静有序排队,认为人的文明一看一接触就知道。

倡议"文明出行",开展主题活动,这是重要的"软的一手";而执法部门的严格管理,则是关键的"硬的一手"。文明是严管出来的,新加坡就是这样的经验。杭州市城管、交警等部门将加大执法力度,开展专项整治。

文明出行,也需要客观环境条件的改善提升。比如依靠人工智能技术的进步,让智慧城市的大脑更发达更健全,能够有效提升管理效率、改善道路交通状况,帮助减少通行时间。

与此同时,还需要特别关注残障人士的出行方便。台湾身心障碍者艺术发展协会创始人陈翠华不久前来杭州交流经验,她的孩子身患罕见病,从小依靠轮椅出行,他们去过很多地方,体验世界各地城市无障碍环境。他们曾在台北策划一次"一米艺视界"的活动,让"轮椅朋友"用相机拍下所见的"一米高的世界",让健全人体会残障人士的真实需求,以此提升城市的善、城市的美、城市的出行文明。

人间天堂,美丽杭城;文明有礼,和谐有序。城市文明化,关键在于人的文明化。让我们从自己做起,从现在做起,开文明车、行文明路、做文明人;让我们多一次礼让,多一分从容,多一种有序;让我们每个人都文明出行,行出更文明!

文明与尊重

2016 年 5 月的两条新闻,入眼入心:在杭新景高速桐庐服务区,在共计 370 个车位里,最近出现了 8 个女司机专用车位,面积是普通车位的 1.5 倍,地上画有粉红线框和女孩图案;而在杭州江干九堡派出所,民警在处理一名满脸稚气且是首犯的偷衣女贼之时,以教育为重,尊重其人格、保障其权利,最后收到了这个小姑娘心潮澎湃的致信感谢。

前一个是公共空间体现对女性的尊重,从"地"上做起;后一个是职务行为体现对女性的尊重,从"心"上做起。这两者都是文明之举。前者能够想到这么做,并且付诸行动,可见其重视细节,尽管是"举手之劳",毕竟也是"举手"了;后者是民警的悉心用心,让法律与爱心并举,尤其不容易:

这个女孩时年 20 岁,老家在江西九江,家里有 6 个孩子,她是老四;母亲留守,父亲外出打工,在上海做水电装修。她感到不被父母疼爱,这次是从上海跑来杭州的,已经一周,手里没钱,又无洗换衣服,于是想到去女装店偷一件来穿,结果一出手就失手,被抓了。值班民警沈骏把她带回派出所,她边哭边做完笔录;最终,她为自己的行为付出代价:拘留 8 天。可贵的是,在她出来的那天,杭州的警察没让她父母去看守所接人,而是由民警出面把她接到派出所,在派出所里一起跟她家人好好谈一谈,

"就算是我们杭州警察多管闲事了"。

这闲事管得好！女孩一家走了以后，桌子上留下一封信，写在一张空白纸上，每一行都写得波澜起伏，像赞美诗："那些星星的微芒，终会成为燃烧的熊熊之光，烧得人体无完肤。一切都是最好的安排，时间扑面而来，我们终将明白及释怀。如果现在及时改正错误，那么我相信明天就能改变世界……"信中还说："我不应该做这件事，不应该偷盗，不应该报假名字。一念之差让我陷入无尽的深渊。在拘留所的这几天，我深深地明白了，犯了错最重要的是要知道悔改，不然下一次，甚至下下一次还会犯错。我对自己犯下的错，而给人民警察带来的麻烦感到深深的抱歉……祝你们身体健康，一生平安。"女孩对沈骏说过，经历过这一回才知道，杭州警察很文明；沈大哥没有"凶"过她，更没有传说中的"打"，态度比亲爹妈还好。她事先还真没想到，杭州警察这么文明地对待她、这么用心地教育她，她能不感动吗！

有句希伯来名言"拯救一个人，等于拯救全世界"，那是讲拯救一个人的生命的，在这个"小偷与赞美诗"的故事中，拯救的是一个人的心灵，同样也是"等于拯救全世界"，就如女孩所说的：我相信明天就能改变世界！

这就是拿文明来教育人、说服人！法治的本质是文明之治。明晰法治这一真谛，才会有真正的"文明执法"；尤其是对于妇女儿童，文明执法是文明社会之必须。

而奇怪的是，有人在这两个关乎"文明"与"尊重"的新闻中，看见的竟然是"歧视"，认为给女司机划出专用停车位是对女性的偏见与歧视，认为对偷衣服小姑娘的关心是对其他同样犯事的"大男人"的异见与歧视——这是哪跟哪？这恰恰说明，在一些人的"心灵空间"，依然稀缺文明与尊重的基因。

细想之下，确实是在看得见的公共空间、公共设施方面尊重妇女儿童大有进步：在一些交通等候区，专设了哺乳空间；不少地方的公厕，女性蹲位的比例已大大增多；就在最近，广州天河机场增设了女性安检通道，安检人员全为"娘子军"，还特别配备了婴儿车，这是充分尊重女性旅客隐私，同时也提升了安检效率……接下来，更重要和紧要的是，如何在无形的、看不见的"心灵空间"，真正尊重女性、赢得文明。

温暖细节与美好生活

生活因温暖而美好,城市因细节见真章。杭城连续两个榜单揭晓,"美丽""美好"成为关键词:

2021 年 1 月 23 日,"杭州美丽生活行业点评与改革传播"年度榜单发布。上榜"年度现象"有 3 个:湘湖驿美丽党建风景线、时尚赋能杭州历史经典产业、杭商传媒华丽蝶变。上榜"年度区块"有 3 个:天目里艺术生活发生器、杭州中国丝绸城数字赋能新业态、经纬天地创意产业园工业遗存转型示范点。上榜"年度事件"有 2 个:"丝绸之路周"互学互鉴促进未来合作、"西湖玫瑰跑 & 南宋婚典"让美丽加持运动。上榜年度人物有 1 人:民族品牌践行者侯军呈。

1 月 24 日,"温暖 2020·杭州十大城市细节案例"揭晓,入选的是:公交车 USB 充电接口、全市首家小区加装电梯售后服务中心、"静音雨篷"改造、"限时车位"、保俶花园"无车化小区"、杭州体量最大保障房项目钱塘新区云上澜苑、永久河人行桥工程、求智社区"幸福汇"老年食堂、萧山所前镇"安全过街神器"智安桩、文晖街道智能适老化样板间。

字面有点枯燥,内涵着实美好。表面是事物事项,内里是人生人文。因为这些事情都是围绕着人来做的,是真正的"以人为本"。

城市要创造美好生活,社区要打造美好家园,往往就是从细节开始的。比如"静音雨篷"的改造,确实是小到不能再小的细节了:位于杭州市下城区流水苑的河西南38号,在老旧小区综合改造中,加装"静音雨篷",上演一个小小的"变形记",获得一致点赞,75户居民还集体出资4.2万元支持街道继续改造,共建共享。"静音雨篷"让我想起我居住的小区,单元铁门的开合,本来砰砰响,住在一楼的人估计够呛,后来忽然有一天不响了,原来给铁门装上了阻尼器。构建社区美好"幸福里",离不开这改进的细节。

评选"杭州十大城市细节案例",由都市快报社主办,我建议今后更名为"杭城十大美好细节案例",直接嵌入"美好"一词。

与"细节案例"评选相比,"美丽生活行业点评"以"行业"为着眼点,面上更广一点,比如上榜的3个"年度区块":近西溪湿地的天目里,由世界顶尖的建筑师设计,其中的茑屋书店几成网红打卡地;杭州中国丝绸城,着力打造杭城首个"丝里杭间"丝绸文化数字体验馆,给公众带来沉浸式体验;经纬天地创意产业园,活化工业遗存,华丽转身,成为文创园区、众创空间……这些看得见的美好,让杭州这座山水之城、人文之城、世界之城,一次次涌现独特韵味、别样精彩,一回回定格千年文脉、美丽华贵。

在美丽中邂逅美丽,在美好中邂逅美好。美好的行动,需要文化的提升、人文的赋魂。在"美丽生活行业点评"榜单发布会上,重磅发布了费建明所著的《美美与共:杭州丝绸与世界》一书。人类的灵魂,一定会通过"美"的形式再现和重生,而丝绸之美,正是美丽再现、美好重生的象征。年届七旬的费建明先生,走过一条美丽的人生"丝绸之路":他是杭州丝绸行业的领军人物,为美丽的杭州丝绸走向世界做出了突出贡献;他是实业家也是学者,他完成了从业界到学界的跨越。他的著作,讴歌杭州美丽丝绸走向世界,用丝绸将美好情怀汇聚成一点,是从实务到文化的升华;他让读者清晰地看到,丝绸之路正是一条沟通之路、合作之路、美丽之路、美好之路。

细节美丽,大节美好。城市的美丽度和温暖度,决定了城市美誉度和尊敬度。公众的获得感、幸福感、安全感"三感共时空",就在此时,就在此刻。

让精神更文明　让文明更精神

牛气冲天起,春风扑面来! 牛年春节到来前夕,"2020 年度杭州市精神文明建设十件大事"揭晓,分别为:

1.杭州喜获全国文明城市"四连冠";

2.《良渚宣言》发布;

3."无障碍电影"打造杭州范本,传递善城温度;

4.绿马甲文明公益行动;

5.打造"最美相融·携手追梦"援建品牌;

6."点对点"定制公交,"心连心"文明杭州;

7."莫鸣,我就喜欢你"禁鸣喇叭成为杭州文明出行新风尚;

8.创新文化会展服务模式;

9.广泛宣传抗疫先进典型,凝聚鼓舞复工复产信心;

10."春风沐浴·温暖阅读"活动。

个中每一件,我都很喜欢!

我住杭州 20 多年,深感杭州的文明美好宜居,深爱美丽杭州;杭州成为全国文明城市"四连冠",当之无愧。"未能抛得杭州去","一半勾留"不仅仅是西湖,还有城市文明。当年《南方周末》《南方都市报》有评论同人鼓动我跳槽过去,我说我不愿离开杭州去广州呀。不仅仅是我爱,我全家都深爱杭州,我女儿将从香港中文大学博士毕业,她说最想回到杭州的高校教书。

不仅仅杭城文明、软硬环境好,杭州下属的桐庐县蝉联县级全国文明城市、建德市首次入选县级全国文明城市,都是好地方。

2020年金秋,在稻子金黄的季节,我去良渚古城遗址公园游览,在灿烂千阳之下,自然之美和遗存之美交相辉映。杭州良渚,是一场五千年的诗意"复兴";良渚之美,美在历史的独特韵味、文化的别样精彩。继西湖、大运河之后,良渚古城遗址成功申遗,文明在杭州又敲下了一个深深的烙印。2020年11月4日,首届中国世界文化遗产年会在良渚召开,这里是实证中华五千年文明史的文化圣地。会上发布了《良渚宣言》,其中有"延续历史文脉、体现生态文明是世界文化遗产城市的重要内涵""公众参与是世界文化遗产价值传承与城市可持续发展的重要基础"等内容。文明既是古人创造留给我们的,又是今人创新留给后人的,一个"宣言"衔接古今,言明了精神文化需要落实的责任。

构建"最有温情的善城",过上"新时代文明生活",当然是精神文明建设的重要内涵。"无障碍电影"也好,"绿马甲文明公益行动"也好,善城杭州,重在行动。我非常佩服杭州广播电台播音主持人雷鸣等人,早在2009年就开始试水"无障碍电影"(盲人看电影)志愿服务项目,如今成了无障碍电影讲解的"杭州范本",还辐射到周边更多的城市。"绿马甲文明公益行动",是由杭州日报、阿里巴巴公益基金会、桃花源生态保护基金会共同发起的自然公益教育项目,直接服务34000多人次,辐射人群近10万人。"江空潮势连,云破月痕新"。公益创新、慈善文明涵盖了方方面面。周六我探访了杭州公益创新之花——富阳花开岭公益基地,他们不仅辐射到周边的城市,还辐射到遥远的农村,为乡村振兴助力,让我深感"闻一善言,见一善,若决江河,沛然莫之能御也"!

文明出行,亦是"文明初心"。"点对点"定制公交,"心连心"文明杭州,是物质和精神的结合;禁鸣喇叭的"莫鸣,我就喜欢你",光这个可爱的名称就让人无比喜欢,曾经的名歌旋律跃然心头。

精神文明的提升,有赖于学习阅读。著名作家茨威格说得好:"读书最大的好处,就是让人精神自治。"特别点赞这次入选的杭州市总工会"春风沐浴·

温暖阅读"活动！2020年5月,我直接为该行动捐赠自己作品签名本共300多册,用于"爱心书房"和"米粒图书馆"的建设。

杭州市精神文明建设十件大事,是经过网络投票和专家评审等方式评选产生的,有广大市民的积极参与,体现了民心民意。精神文明,合乎民心,顺乎民意,方能建设得美好而实在。之前2019年度杭州市精神文明建设十件大事,就曾留给我深刻印象,杭州荣膺"幸福示范标杆城市"、陈立群校长被中宣部授予"时代楷模"称号等,都是实打实的大事;而杭州设立全国首个"926工匠日"、努力让老年人打车约车"不烦心、不揪心"等,看起来只是实实在在的"小事",其实小事不小,因为涉及的群体是大数。

人,是需要精神的,是需要文明的。精神文明,是人类文明的未来,是文明人类的精魂。我们需要让精神更文明,让文明更精神!

世界问候日的问候

　　问候自己,问候家人,问候亲友,问候大家,问候世界! 11月21日,是世界问候日,各地多有纪念活动。新华社报道说:近日,全国各地幼儿园、中小学,纷纷开展绘制海报、剪制"问候心卡"、学习礼仪等丰富多彩的主题活动,表达祝福,传递温情,迎接11月21日世界问候日的到来。

　　世界问候日,对孩子们来说,既是一次"问候"教育、礼仪教育、感恩教育的契机,也是一次"问候世界"、关心人类的契机。在杭州闻涛中学,同学们就表演了问候世界、问候和平的舞台剧。

　　"世界问候日"的诞生,也是因为关心世界。1973年10月,发生了埃及与叙利亚试图击败以色列的第四次中东战争。11月21日,为促进埃及与以色列之间的和平,澳大利亚的姆可马克和米切尔两兄弟,自费印刷了大量有关问候的材料,寄给世界各国政要和知名人士,呼吁以和平方式解决分歧,阐述设立"世界问候日"的重要意义。"世界问候日"由此诞生,成为一个为世界祈祷和平、传递友爱的节日。截至2020年,已有146个国家响应参与。

　　一个生活在社会中的人,几乎天天都离不开问候。11月22日,2020杭州马拉松,万名选手奔跑在西湖和钱塘江畔的"最美赛道";在鸣枪开跑的俯瞰镜头中,许多选手举起双手致以问候,我看视频,看到那份开心和亲切。寒冷的冬日,一个微笑,一次问候,就能传递快乐、传递温暖。

中国文学史上,最著名的"问候朋友",当数白居易的《问刘十九》,也来自冬天:"绿蚁新醅酒,红泥小火炉。晚来天欲雪,能饮一杯无?"新酿了香香的带绿色酒渣的米酒,烧旺了小小的红泥炉,天色将晚雪意渐浓,咱俩能否一起来喝一杯暖暖身子? 最后的问句,轻言细语,问寒问暖,贴心贴肺,言浅情深,余音袅袅。

遥想 1985 年春晚,汪明荃演唱一首《问候你,朋友》,暖透了友情世界:"问候你朋友,桃花又开透。一年一年消息遥远,你是否依旧? 问候你朋友,黄叶离枝头。一年又一年,春去又是秋。匆匆的时光如梭岁月如流,淡淡的回忆如梦往日不回头。问候你朋友,不见已长久,祝福你欢乐无忧……"其实这里的"朋友"是广义的,所以这首歌不仅仅是温暖了友情世界,更是温暖了整个人情世界。

抗疫期间,一衣带水的邻国,贴在一箱箱援助物资外包装上的汉诗,何尝不是一句句暖心的问候:山川异域,风月同天;岂曰无衣,与子同裳;青山一道同云雨,明月何曾是两乡;相知无远近,万里尚为邻……在物资援助之外,有这样的"情感援助",让人难以忘怀。

在社会学家、人类学家眼里,问候语就是一种重要的文化形态。语言是情感表达的纽带,语言是丰富文化的载体。你知道非洲人见面如何打招呼吗?你知道在非洲好朋友们在一起除了玩耍还会干什么吗? 你知道非洲人的音乐和舞蹈细胞是从哪里来的吗? 美国女作家穆里尔·菲林斯和插画家汤姆·菲林斯,合作著有《不一样的问候:斯瓦希里字母书》一书(中译本,花山文艺出版社 2019 年 6 月第 1 版),是美国凯迪克大奖获奖作品,告诉人们非洲生活、生产、交往中的独特语言文化……

问候是一种礼仪,问候体现了文明。问候方式有很多,最简单的一个点头、一个微笑,一句"你好",都可以拉近人与人之间的距离。作为礼仪之邦,与问候相关的礼节,是我们优秀传统文化的一部分。礼仪周到,如沐春风;文明之地,让人流连。所以,我们每个"社会人",都应努力成为彬彬有礼、温文尔雅的谦谦君子。

问候从心开始,让爱温暖彼此!

第二辑

莳花一犁雨

有个理念我说过无数遍:人生从小要有"两个养成":

一是养成好的品格——尤其是善良的品格;

二是养成好的习惯——尤其是阅读的习惯。

良好的品格还包括坚韧等,但是善良要排在第一位;良好的习惯还包括运动等,但是阅读要排在第一位。

"如果有人问我,有哪两种习惯,一旦养成就会对年轻人一生成长有益处,我想说第一种是读书,第二种是运动。"清华大学校长邱勇曾说,读是一个动词,读书是一种行动,使之成为一个习惯后才能真正感受到读书的种种好处。他希望清华校园能形成一种浓郁的读书氛围,希望读书能成为清华校园的一种时尚、习惯,最终成为一个传统。

我想通过"莳花一犁雨"这一辑,谈文化,说书香,看学术。

山水是根,文化是魂。文化共富离不开人文"后视镜"。文化往往藏在细节里。

"倚门回首,却把书香嗅",这是最美好美妙的意境。一元复始阅世界,这里有医院大厅的书店,这里有"杭州书房"的最美之选,这里有书香浙江的人文书山……

学术文化,不属于大众文化。我关注"问题导向":真知识和伪科研、赞美师娘为何丢了200万、职称评定改"三唯"、文化数字化需要利益公平化……我期待能引发共鸣。确实,学术往往不是学术、不是文化问题,而是社会问题。识者有言:"一个简单而又重要的起点就是,基于学术质量的优劣,而不是靠关系来分配所有新的科研经费。"

只有直面问题,不断解决问题,才有不断进步。思想文化的进步,毕竟也是"青山遮不住,毕竟东流去"。

"只要阅读这位'煽动者',能用它神奇的钥匙,为我们打开内心深处自己本不懂得如何进入的所在,那么这'煽动'就大有裨益。"法国杰出作家马塞尔·普鲁斯特,喜欢浸入书中,间接体验作者的人生;喜欢迷于沉思,让意识流动,追忆逝水年华——他有一个绝妙的阅读体验,那就是,"我们强烈地感到,我们的智慧开始于作者的智慧中止之处","他们智慧的终点,正是我们智慧的起点"。今天我们文化的发展前行,没有完成时的终点,只有不断出发的起点。

壹

文化共富与人文『后视镜』

"天堂"里的文化金秋

　　阳光澄澈,满城金桂暗香浮动;阵雨莅临,一树桂花香水流淌。有"三秋桂子"的杭城,美好得让人沉醉。

　　杭州的金秋,亦是文化的金秋。2020年9月28日夜,西湖边、宝石山上、保俶塔前的杭州文化客厅——纯真年代书吧,迎来20周岁的璀璨芳华。近百位杭州文化人,齐聚在修葺一新的书吧里,共忆走过的纯真与美好。"西子湖边珍藏纯真年代,葛岭春色迷醉爱书之人。"书吧主人别具匠心,给客人的伴手礼,以西湖莼菜、方林富榛子、朱一堂桂花年糕、书吧红袋子的意象,各取其中一字的谐音,构成了"纯真年代"的形象,让人过目不忘。

　　与今天杭州学习型城市很相像,宋人也爱看书,常常是"别筑小室,独处读书"。在改造后的清河坊街区,在鼓楼旁,"南宋书房"将在10月1日试营业。"南宋书房"由著名建筑设计师王澍操刀设计,风格融合古今,一砖一瓦、一台一案,都透着文化底蕴。书房共有藏书2万多册,包含了书店、文化创意馆、艺术咖啡馆、文化大讲堂、文化出版等多种业态,是一家"5.0复合式书店",是一个多元分享空间。在这里展出的图书《宋画全集》,是值得一览的镇店之宝。

　　文化既要创新,又要"念旧"。9月25日,"御见清河坊·宋韵最杭州"2020 南宋文化节拉开大幕。文化节宋韵绕梁,围绕"秀、剧、赛、展、会"5 大板块,推出南宋瓦肆、南宋茶文化博览会、两宋论坛等 20 多项特色系列活动,将一直持续到 11 月上旬。杭州把南宋文化、市井文化、工匠文化和潮流文化,都融进了清河坊街区的脉络,重塑了南宋文化风貌。除了南宋书房,还有御街刘江艺术馆、打铜巷非遗展示馆、匠心市集等一系列文旅体验项目。这届南宋文化节,规模最大,活动项目最多,文化特质最凸显。

尽管不是简单的"古为今用、洋为中用",但古今中外的融会贯通,向来就是文化的"美美与共"。9 月 27 日,2020 杭州国际音乐节,音乐会版歌剧《图兰朵》在杭州大剧院绚丽登场,引领杭城"今夜无人入眠"。这是中央歌剧院和杭州爱乐乐团珠联璧合的一次演出,全长 2 小时,而谢幕的掌声长达 10 分钟!《图兰朵》是意大利著名作曲家普契尼生前最后一部作品,属于普契尼的"天鹅之歌"。它呈现的是西方人思维中的中国古代女人的爱情,经历了上百个版本的演绎;而反复出现的中国民歌《茉莉花》的旋律,见证了优秀民族文化的不朽魅力。30 多年前,中央歌剧院最早将歌剧《图兰朵》引入中国,轰动一时;1998 年,张艺谋推出紫禁城版歌剧《图兰朵》,惊艳世界。有了文化的"美美与共",方能抵达文化的"天下大同"。

杭州国际音乐节,是杭州金秋文化的华彩乐章,9 月 16 日以"多彩京韵"京剧交响音乐会拉开帷幕,将持续到 10 月 13 日。音乐节包含驻节演出 15 场、公益普及演出 10 场、云上音乐会和大师公开课各 4 场,还有城市灯光秀等,共有 37 个系列活动。2020 年是贝多芬 250 周年诞辰,音乐节设 5 场贝多芬音乐会,将演奏贝多芬的《第九交响曲》等。国际音乐节,真正实现了与世界音乐文化的接轨共融。

文化是"软实力",文化亦是"巧实力"。一个地方,一座城市,最需要这样的文化"软实力"和"巧实力"。当年欧洲伟大的文艺复兴,就是从各个城邦悄然兴起的。多元文化、多彩篇章,让天堂杭州更加美好,"当惊世界殊"!

"新天堂"与文化厚植

特色优势赋能,带来能量无限。

建设新天堂,必须不断厚植杭州特色优势,不断彰显历史文化名城、创新活力之城、生态文明之都的特色,在建设新型智慧城市和宜居城市上提供更多经验,充分展现杭州的鲜明标识和独特魅力。

历史文化名城,处于杭州特色优势的首位。2022年是杭州成为首批国家历史文化名城40周年。拥有三大世界遗产的天堂杭州,具有独特韵味,纷呈别样精彩。

文化是根,文化是魂。人文文化,贯穿于创新活力之城、生态文明之都的建设、融会于新型智慧城市和宜居城市的打造。到21世纪中叶,把"新天堂"杭州建成具有全球影响力的独特韵味别样精彩的世界名城,离不开人文的精魂。

人之所以是万物之灵,就在于它有人文,有自己独特的精神文化、精神文明。文明是人类历史积累下来的,有利于认识和顺应客观世界、符合人类精神追求、能被绝大多数人认可和接受的人文精神、发明创造的总和。这样的精神文化,仅是人类才能具有的。丹麦人有句名言:"我们可能记不得国王,但一定记得卖火柴的小女孩。"这就是人文文化的非凡魅力和伟大之处。

杭州处处有历史、步步有文化。作为"南宋古都",杭州有着别样精彩的"宋韵文化",正在大力实施宋韵文化传世工程。典籍中的杭州、文物中的杭州、遗迹中的杭州,需要全方位发掘。唯有高度珍视人类文化遗产,把握好"不忘本来"与"创造未来"的关系,更加注重杭州历史文脉的传承和发展,推动优秀传统文化同当代社会相适应、同现代化进程相协调,充分展现中华5000多年文明史的独特魅力,才能从根子上厚植文化底蕴。

继北京冬奥会之后,2022年金秋杭州将迎来亚运会。琮琮、莲莲、宸宸,三位"江南忆"的好伙伴,已向亚洲和世界发出"2022,相聚杭州亚运会"的盛情之约——"心心相融,@未来!"杭州亚运会是国际体育文化盛会,也是杭州城市发展面临的重大历史机遇。办好亚运会,是杭州今后五年开局的第一要事,"中国特色、浙江风采、杭州韵味、精彩纷呈"是核心要求。"办好一个会、提升一座城",亚运会的到来,正好为"新天堂"建设注入了崭新的文化元素,充分呈现杭州的创新活力。借此东风,讲好"亚运故事",全面提升国际传播能力,构筑对外文化交流平台;放大效应,从而推动城市综合承载力、资源配置力和国际竞争力迈上新台阶。

一座城市发展的活力、魅力和潜力,在很大程度上取决于特色优势,尤其是文化的特色优势是否突出。杭州的"六扇窗"——创新之窗、人文之窗、美丽之窗、开放之窗、善治之窗、幸福之窗,都可以传递特色文化的绝美风景,从而使杭州成为人们心生向往、人生出彩、情感归属的梦想城市,让"人间天堂"的形象更立体、更全面、更有辨识度。

文化有着韧性成长力。人文文化的创新发展,是必然趋势。我们要推动城市历史文脉薪火相传,要建设更多的"文化软件"。文体设施要"织网生根",文化创意须"迭代上新"……文化的创新建设,看起来更为"形而上",所以更需要把具体的"规划图"变成实在的"施工图""时间表"和"任务书"。

对待文化,需要温情,我们要呵护备至;对待文化,需要尊重,我们要"居下临高"。内聚精神,厚植杭州特色文化优势;外塑形象,打造独特韵味"新天堂"。一座富有"新天堂"特色的城市,一定会让人心驰神往!

文明文化的国家国际视角

琴音袅袅,雾霭缭绕,仙风道骨的"黄公望"与当代学子在富春江畔"相遇"……央视虎年春晚节目《忆江南》,如今搬到了桐庐富春江畔亲水平台上,进行了重新诠释与演绎,把传世名作《富春山居图》再度唤醒。

这是江南,这是天堂,这是春天。作为"人文之窗",春日杭州人文文化韵味纷呈:

——忆江南·文化赋能共同富裕研讨会于2022年3月6日在桐庐召开,富春江畔重现音舞诗画《忆江南》,作为"全球最佳旅游目的地"的"潇洒桐庐郡,中国最美县",借助春晚节目《忆江南》的"再落地",进一步提升美誉度、知名度和影响力。

——"2021年度杭州市精神文明建设十件大事"揭晓,"匠心打造全国首个劳模工匠文化公园"等入选。该公园富有创新创意,成为全国首个以弘扬新时代劳模精神、劳动精神、工匠精神为主题的文化公园,追求"国家高度"乃是题中之义。

——全国人大代表、杭州歌剧舞剧院院长崔巍,担任杭州亚运会开幕式副总导演,作为雅加达亚运会闭幕式上8分钟"杭州时间"文艺演出的执行总导演,崔巍表示要"再一次把杭州形象展现给世界";她的底气和信心,来自杭州作为历史文化名城、创新活力之城、生态文明之都的特色优势。

......

"历史文化魅力精彩呈现,努力建成人文之窗。社会主义核心价值观深入人心,世界遗产群落联动效应充分彰显,宋韵文化传承展示中心全面建成,文化产业竞争力更加强劲,国际文化交流更为活跃,都市风范更富感召力、亲和力、吸引力。"这是杭州建设现代化国际大都市要实现的一个具体目标。"新天堂"要建成高水平"人文之窗"、绘就现代版"富春山居图",那么在文明文化领域,一定要立足杭州、放眼祖国、对标国际、拥抱世界。

"新天堂"的人文之窗,需要国家视角。钓台古风忆江南,富春山居黄公望。央视春晚推出的创意音舞诗画节目《忆江南》,就是国家视角中美好江南的典范。《忆江南》让江南名川富春江尤其是七里濑的水光山色和严子陵钓台的人文风情,在唐诗宋词的意境中丰姿绰约地呈现于世人面前,更让600多年前元代著名画家黄公望的"画中兰亭"、中国十大传世名画之一的《富春山居图》,再度走进国人心中,成为瞩目的焦点。有国家高度,就有深入人心的力度。

"新天堂"的人文之窗,需要国际视野。城市国际化,离不开文明文化的国际化。杭州是"重要窗口"、省会城市,地位十分特殊,国际关注度高。文明文化是需要与国际接轨的,杭州此前在全国率先实现"礼让斑马线",而且一直坚持做到最好,就是一个典例。2022年金秋,杭州要举办一届成功的亚运会,无论是开闭幕式还是整个赛事的组织,都要在"中国特色、浙江风采、杭州韵味、精彩纷呈"的要求中,和亚洲、和世界同频共振,做到最好。

体育盛会和人文旅游的国际化要求本质上是一样的。如诗如画的"潇洒桐庐郡",仅做"中国最美县"还不够,要做好"全球最佳旅游目的地",就要有全球视野和国际标尺。《富春山居图》本来就是世界级的,刚发布的"忆江南·富春山居游线路"还需要更具世界内涵,从而像磁铁一样吸引四海宾朋,欢欣鼓舞地走进现实版的"富春山居图"中。

人文之窗看世界,韵味杭州新天堂——让我们一起与文明相依,与世界相融,与幸福相守,与美好相伴!

文化之本在于文化人

建设文化软实力,有赖各界文化人。

2021 年 1 月 28 日《杭州日报》头版头条刊文,总结了 2020 年杭州这座历史文化名城的文化新业态,其中提到:各大文艺院团始终秉持"出人出戏出精品"的理念,积极创排原创剧目,如大型杂技魔术情景剧《忆江南》、越剧现代戏《黎明新娘》、音乐剧《小巷里的幸福》、经典喜剧《飞来横财》等。这里的"出人"是"出戏出精品"的前提。

同一天《艺术典藏》周刊报道了杭州市文艺评论家协会换届消息,刊发了对当选评协主席的夏烈的访谈文章——《夏烈:思想让批评有光彩》。夏烈教授来自杭州师范大学,是该校文化创意产业研究院院长。"文艺评论是培根铸魂的工作。"他说,"一位好的评论家,我认为是一位思想者,没有思想就没有批评。自由的、通透的、富有远见的思想,让评论家在社会中、历史中具有光彩。"他期待"让文艺评论酷一些",当然前提是评论家要"酷"。

岁末年初,杭州市文联各协会陆续换届,皆由文艺名家"领衔"。为什么要有协会,为什么要有组织,组织起来是干什么的? 协会是文艺家们的协会,是做人的工作的,组织起来是为了更好地学习、交流、服务、提高。

文化树人，文化惠民，文化是润泽人心的最深层力量。一个人，一个家庭，一座城市，一个国家，光有财富是不够的。是个人，都要生活在文化和文明之中；而文艺创作，是通向文化和文明的必经之路。

沃土在脚下，创作有心得。在浙江省两会上，政协委员、省市两级作协的副主席张凤翔（即著名网络作家管平潮），在发言中提到"本土亮点"："浙江的每一座城市都是有不同特质的，比如杭州的江南潮涌、宁波的港通天下、舟山的渔家生涯、丽水的青山绿水、湖州的丝源笔都、义乌的货卖全球、绍兴的越晋风流，我们在讲述浙江故事时，只有充分发掘每一个地方的亮点特色，才能更有传播度、辨识度和美誉度。"

"讲故事"，不仅需要本身有好故事，更需要有好的讲述者。文化兴盛，人才为本。人才的基本特点，是智慧与创新。做评论，更需评论家的创新智慧，一如夏烈所言："批评家当然还需要精熟审美的学问，最终是用好看而有创意的文字，写出创作者未必说得清、意识到的含义。"精神的生长，思想的养成，文化的发育，离不开文化文艺，而文艺创作离不开自由心境的批评。有自由，有智慧，有创新，有快乐。在杭州市文艺评论家协会换届大会上，有关领导发表讲话，最后一句是："批评快乐！"全场会心一笑。

文化创造、文艺批评，都需要文化智力。所谓文化智力，即可以适应不同文化环境的能力，适应性越强，则文化智力越高。这是文化智力研究开拓者、美国学者戴维·利弗莫尔在《为谁留的空椅子：多样性如何驱动创新》（浙江人民出版社 2017 年 1 月第 1 版）一书中率先提出来的。作者创造性地提出了一个利用多样性创新的实用框架，倡导文化自立，倡言"多样性驱动创新"。书中提到"空椅子智慧"：始创全球最大网上书店亚马逊（Amazon）的全球首富杰夫·贝佐斯，习惯在召开重要会议时，都准备一把空椅子，时刻提醒诸位：那无形的"谁"，才是决策者中的最重要者。这正是"为谁留的空椅子"书名的来历。这把空椅子像"炮管"，会在高管固执的思维壁垒上凿一个大洞，想到必须尽可能突破自身的视野限制，走向多元化思维，方能进行多样性创新。

人本文化，以人为本。文化人自身的提升和突破，需要这样的"空椅子智慧"。

读河·读人·读中国

　　"读懂了这条河,你就读懂了中国。"2021 年 6 月 21 日至 26 日,杭州出品的纪录片《我与大运河》在央视 17 频道首播,时值中国大运河成功入选世界文化遗产名录 7 周年,这成为大运河文化带国家战略提出后首部播出的大运河主题纪录片。

　　《我与大运河》共分 6 集,分别为《行运》《栖居》《造物》《寻味》《传艺》《追梦》。从策划、拍摄到后期制作,历时 4 年;制作团队从"知之"到"好之"再到"乐之",先后踏访大运河流域 27 城,纵贯大江南北 10 多万公里,拍摄上百个人物故事素材;最终选择以 24 个"小人物"的故事为主,构成了本片。

　　这是从"小人物"视角来观照"大运河"的纪录片,以"小"见"大"。"我"是第一视角——"我见运河多美好,料运河见我应如是!"与 7 年前央视播出的 8 集纪录片《中国大运河》不同,那是一部以"宏大叙事"为特色、展现大运河恢宏历史和现实的纪录片。《我与大运河》中的"我",既是一个人,亦是一座城;有了"我",既见物,又见人,与观众一下子就贴近了。

　　这是"对象性语调"和"情感评价语调"兼容兼具、融合的艺术表达,能引发共情。21 日播出的首集为《行运》,主角是行走于运河的人。当然,老百姓更习惯说的是"走运"——走运河。第一位出场的,是 70 岁的老北京摄影家刘世昭。他曾是首位从北到南骑行大运河的人,如今时隔 30 年,他再度骑行大运河,用镜头忠实记录了沿河的巨变。第二个记录的是杭州风俗画家吴理人,他用 10 年绘就运河变迁的百米长卷,成为一部"清明运河图"。其实早在 2015 年,吴理人就出版了《运河南端市井荟》,其中是 100 幅杭州运河老风情画,有老码头、老腔调、老民谣、老习俗、老风情、老味道、老手艺、老行当,拱宸桥、桥西直街、富义仓、广济桥等都美丽入画。这两位艺术家,用镜头、用画笔,以"对象性语调"如实记录了客观对象,以"情感评价语调"充分表达了主观情感。而这部《我与大运河》,同样是以两种语调的平衡、叠加,娓娓道来,引发观众的共情与共鸣。

这是家国情怀的影像记录与呈现,凝心聚力。京杭大运河,连接家与国。没错,"读懂了大运河,你就读懂了中国"。大运河起始于春秋、形成于隋朝、繁盛于唐宋、取直于元朝、疏通于明清、复兴于当代,不同于古建筑、古遗址,大运河是至今仍在使用的"活态线性文化遗产"。不仅仅是中国人拥有家国情怀,事实上诸多老外爱中国,爱运河,爱中华文化:第一集中有一位爱中国的老外出镜,这是中国大运河"连接"世界的一个表征。郎朗也说,他从运河的韵律中找到了与世界同频共振的节奏。这让我想起来到浙江大学执教的美国人裴大卫,在浙大出版社出版了一本《来自中国的明信片:大运河纪行》,他酷爱旅游,喜欢运河,跑了很多运河沿线的城市,用英文写河、写城、写人、写情,真是不同凡响……家国情怀,凝心聚力,生生不息,《我与大运河》可以多多呈现。

读河,读人,读中国!记住历史,尊重文化——运河保护,离不开运河的人文保护,《我与大运河》具备的就是这样的文化力量和人文价值。

山水是根　文化是魂

大运河几千年流淌，老字号上百年传承。2021 年 5 月 11 日，"文化传承的力量：杭州运河传统老字号系列丛书诞生记"主题分享会，在浙大城院举办，丛书主编王艳教授、副主编冷南羲老师作了分享。该丛书甫一面世，就被评为"浙版好书"。丛书课题组历时整整两年，踏遍杭州运河流域，调研运河老字号的生命信息，破译运河老字号的遗传密码，透视运河老字号的核心价值，通过 12 册书、240 万字、800 张图片、12 段短视频，全景式、立体化、多角度地展示杭州运河沿线老字号的发展历程和属性特征。

西湖运河钱塘江，山水是根，文化是魂，文化有非凡的传承力量。历史底蕴深厚的老字号，积淀着丰富的文化，承载着厚重的历史。它们是杭州这座城市的历史"胎记"和时代"名片"，也是杭城的"根"与"魂"。

"运河学"是一门学问，运河文化研究是一个体系；大规模集中研究"运河老字号"，这是头一回。12 册书，带头的是《运河老字号：前世与今生》，收尾的是《运河老字号：传承与发展》，中间 10 册的书名诗意盎然，分别为《百年汇昌：江南水乡滋味长》《孔凤春：杭粉飘香美名扬》《胡庆余堂：药在江南仁在心》《张小泉：良钢精作工匠剪》《王星记：悠悠古扇诉衷情》《都锦生：锦绣百年丝绸花》《知味观:闻香知是江南味》《方回春堂:妙手回春汉方膏》《西泠印社:方寸之间有乾坤》《奎元馆:江南面王冠天下》。

我们的生存与发展,离不开文化根基。如果说大运河的水是生命的命脉,那么沿线老字号则承载了文化生命的信息。透过这套丛书,我们看到了当代文化人责任感的强力表达,看到了写作创意团队把论文写在祖国大地上的努力;看到了创业开拓者的筚路蓝缕,更看到了承继创新者的与时俱进。

文化需要活化。活的老字号,一定与当下生活息息相关。我家用的剪刀,全都是张小泉;我送的伴手礼,多为王星记;我用的药,常常来自胡庆余堂;"知味停车,闻香下马"的知味观,时不时去吃一顿;"虾爆鳝面"的奎元馆,正是"舌尖上的杭州";"一方好印"的西泠印社,更是文化人的精神地标……

百年之前,西泠印社用一方印章,守护着中国人的人文理想;百年之后,西泠印社留下的金石之印,积淀着西泠文化西泠精神。在当下,印石书画谋发展是必然趋势,但不能步入浮躁和世俗,更不能与建社初心渐行渐远;印学精神,不可能用斧头砍出来、用锉刀锉出来,而只能用刻刀刻出来!

我向来认为,老字号如果仅仅成为非遗标识、历史文化符号,那是很可惜的。保护和传承历史文化,全面推进文化兴盛,老字号应该努力进行新创造,拓展新市场。在京杭大运河的北端,有著名的老字号"狗不理",始创之际生意好到"狗子卖包子忙得都不理人",后来经过国营、加盟、股份制改造、向高档大酒店扩张等一路"折腾","小玩意"被搞成"高大上",弄得非常不接地气,又贵又难吃,远不如杭州的"南方迷宗大包"受欢迎——到如今"狗不理"北京最后一家门店宣告停业,唯有一声叹息。

大运河静静流淌,能滋养文化;文化之河静静流淌,要涵育创新。由此也可见,该套丛书最后以一本《运河老字号:传承与发展》收尾,是如何的意味深长……

运河庙会与文化亲民化

"千年水潆涟,文脉永流传。杭城老时光,庙会新风尚。" 2020第七届中国大运河庙会10月30日启幕,"庙会"二字,就是让文化回归百姓生活。

本届庙会,分设四大区域——大兜路历史文化街区、小河历史文化街区、桥西历史文化街区、运河天地,各区域主题鲜明。庙会开幕式在大兜路历史文化街区的香积寺广场举行,现场进行了传统节目表演。庙会还特设了水上漕舫专线(运河文化遗产专线),市民、游客可以坐船逛庙会。

庙会是原汁原味的中华传统民俗文化。如果说民俗是传统文化的活性载体,那么民间庙会就是其中美丽的一环。庙会是中华民族的文化遗产,它集中包含着民间社会非常丰富的感情和信仰,可谓我们民间社会的百科全书。它是历史的,也是现在的,更是将来的——无论是中原庙会群、北方庙会群,还是南方庙会群,都丰富多彩,引人入胜,历久弥新。

大运河庙会,让文化越来越亲民化,这是老百姓自己的盛会。在本届庙会中,桥西历史文化街区以"国医养生""民间艺术"为主,设有快闪、走播、巡游、徐门浙派古琴音乐会等。大兜路历史文化街区携手"第五届杭州素食文化节",设立了素食文化活动板块,开展"素食生活博览会""悦素演绎""素食名厨名菜秀"等活动;同时在独具特色的艺术空间——富义仓,举办咖啡文化节、平行艺术展、青年艺术家个展。运河天地则汇聚了全国各地农特产品,并且把中外美食文化发扬光大;尤为难得的是,在这里可以尝到来自我国宝岛台湾的正宗美食小吃蚵仔煎、大肠包小肠等……

如果说,此间在滨江白马湖畔举办的第十四届(2020)杭州文化创意产业博览会,更多的是衔接创意、面向未来的话,那么,本届中国大运河庙会,更多的是衔接传统、贴近生活。无论是"新文化"还是"老传统",这都是生活之需、百姓之乐;现场都是人山人海熙熙攘攘,可见百姓公众之喜欢。

文化永恒,运河流芳。修长城是为了阻断外敌,修运河是为了沟通南北。作为世界文化遗产的大运河,孕育了水利文化、漕运文化、商事文化、民俗文化等多种文化形态,是超大规模的"线性"文化遗产;它既是一种文化符号,又是一种文脉传承,更是一种生活方式。时光流转,日月穿梭,运河文化从未离生活远去。

有亲和力的文化,从来都是最具吸引力的。来自美国的裴大卫,曾任浙江大学教师,他迷恋中国,酷爱旅游,通过"走运"来考察大运河文化带,用英文写了一本《来自中国的明信片:大运河纪行》。他从北京出发一路南下,洛阳、扬州、无锡、苏州、杭州、绍兴、宁波……他不但走进了运河沿岸的重要枢纽城市,还进入大运河沿岸更为广阔的地域,深入居民生活的细枝末节。当他来到绍兴,从叫卖的商贩手中买了一柄印有鲁迅头像的扇子时,京杭大运河在他眼里,当然已不仅仅是一条河。

作家徐则臣的长篇小说《北上》,是第十届茅盾文学奖获奖作品,讲的则是"大水汤汤,溯流北上"的故事:公元1901年,意大利的"小波罗"来到了中国,从杭州出发,沿着京杭大运河一路北上;青春作伴,还我故乡,小说展示了一条河流与一个民族的秘史;开头一句是"水和时间自能开辟出新的河流……"

大运河庙会,正是民俗文化领域的"还河于民",正是我们所开辟出的"新的河流"。

"事去唯留水,人非但见山。"这是白居易的诗句。在自然面前,人是过客,而绿水青山是永恒的,但人可以修建运河,可以将民俗和人文融入运河,从而让大运河成为不断流动的文化,永垂而不朽。

美美与共的诗路文化

与山对话,与水交流,与诗融合。2020 年 10 月 12 日下午,浙江省诗路文化带建设暨浙东唐诗之路启动大会,在天台召开。诗路文化带,是在山水诗情中绘就内涵丰富的现代版"富春山居图":这里有幸福美好家园,有绿色发展高地,有健康养生福地,有生态旅游目的地;这里有诗路文化名山,有诗路人文水脉,有诗意森林古道,有文化遗址公园,有诗路名城古镇古村⋯⋯美丽中国,诗画浙江,串珠成链,美美与共。

"龙楼凤阙不肯住,飞腾直欲天台去",天台是浙东唐诗之路的精华所在。在历史上,浙东唐诗之路正是在"前往天台山"这个目标的驱动下形成的。天台山,在浙江天台县北,有华顶、赤城、琼台等胜景,其中以石梁飞瀑最为著名;因为有国清寺等杰出的文化遗存,在 2020 年 5 月与良渚古城遗址等一起入选首批"浙江文化印记"名单。《徐霞客游记》开笔第一篇就是游天台山日记,时在公元 1613 年。历史上,先后有 300 多位诗人吟诵天台山,留下 1300 多首诗歌,占了浙东唐诗之路诗篇总数的80%以上。

建设诗画浙江大花园,离不开诗路文化。在浙江的版图上,大运河、曹娥江、钱塘江、婺江、瓯江等主要水系,其实都是文化纽带。古代文人墨客,或寄情山水探幽访胜,或追慕先哲问道论学,一路行吟,一路咏叹。古人以诗词文化,为今人赋能。一年前,浙江省政府出台《浙江省诗路文化带发展规划》,提出建设"四条诗路",分别是浙东唐诗之路、大运河诗路、钱塘江诗路和瓯江山水诗路;谓之"一文含四带,十地耀百珠",串连了浙江文化精华之"链"、山水之"链"、全域发展之"链"——好一幅有灵魂、有胜景、有历史、有文化的现代版"富春山居图"!

四条诗路,各美其美,美美与共,而钱塘江诗路别具一番风采。下游的钱塘江大潮波澜壮阔,带来大量豪放派诗词,从"弄潮儿向涛头立,手把红旗旗不湿",到"浙江八月何如此,涛似连山喷雪来",再到"须臾却入海门去,卷起沙堆似雪堆",大家耳熟能详。中游富春江静水流深,风光绮丽,被南朝文学家吴均推许为"奇山异水,天下独绝",这里"云山苍苍,江水泱泱,先生之风,山高水长"。上游则有南北二源:北源新安江清纯宁静,"洞澈随清浅,皎镜无冬春";南源衢江妖媚俏丽,"梅子黄时日日晴,小溪泛尽却山行"……

在钱塘江诗路上,有一首美妙绝伦的佳作,那就是当年苏轼在吴山上写的《虞美人·有美堂赠述古》,其有"湖山信是东南美,一望弥千里"的气势,更有"夜阑风静欲归时,惟有一江明月碧琉璃"的宁静——在一轮明月映照下,钱塘江水澄澈得像碧色琉璃。而在钱塘江上游,因着"宋室南渡",则嵌入了一段"宋诗之河",它就是宋诗遍布的常山江,"日望金川千张帆,夜见沿岸万盏灯"。2019年5月,钱塘江诗路文化带首批成果发布:一首钱塘江歌曲《潮起钱塘》、一套《钱塘江诗词选》、一张《钱塘江历史文化旅游导图》、一本《流水的盛宴——诗意流淌钱塘江》。这些"诗路花雨",是对诗路文化实实在在的挖掘。

诗路文化带的建设,是优秀传统文化的活化,是"诗心自在"内涵的彰显,是"绿水青山就是金山银山"理念的践行……这需要政府投入撬动,更需要社会资本积极参与,需要大家勠力同心!

文化共富与人文"后视镜"

千古人豪,千秋景仰。为期三天的 2021·刘基 710 周年诞辰纪念大会,于 2021 年 7 月 22 日至 24 日在浙江丽水青田县举行,重温先贤刘基"道通天地、德贯古今"的风采。据《人民日报》报道,纪念活动分"致敬先贤、传承经典、创造转化"三个篇章,通过文化弘扬、学术交流、文旅融合等,推动刘基文化"活起来、传下去、走出去"。

"三分天下诸葛亮,一统江山刘伯温。"刘基文化是瓯越文化、江浙文化乃至中国文化的重要组成部分。刘基(1311—1375),字伯温,封诚意伯,谥号文成,为元末明初著名的思想家、政治家、军事家和文学家,明朝开国元勋,被后人称作"立德、立功、立言"三不朽伟人。因历史上行政区域的变更,今日刘基文化,同属丽水青田、温州文成,两地共享。文成县纪念刘伯温710 周年诞辰举行太公祭,与"刘伯温传说"一样,"太公祭"亦是国家级非物质文化遗产。

文化需要活化——活而化之;活化需要活动——活而动之。中国丽水刘基文化学术研讨会同时开幕,来自浙江大学、复旦大学、中山大学、丽水学院等高校和各界的一大批专家学者进行了为期一天的研讨——学术为镜,文化为本,以学术之力推动文化进步。表现刘基亲民形象和家国情怀的越剧《刘基还乡》同时首演,呈现了刘基"群居不倚,独立不惧"的风骨精神,让观众深度共情,为之动容。"凝重则刚"和"精神飘逸"两者兼备的刘基雕像在刘府祠广场揭幕,造型灵感来自刘基诗句:"身骑青田鹤,去采青田芝。"盛大隆重的刘基710周年诞辰祭祀大典在刘府祠内举行——童子齐诵刘基家训,后辈赓续先贤文脉。设于"浙南教育典范"青田伯温中学的伯温书院同时揭幕,并向社会开放……

让历史文化转化为当代价值,从而贡献出强大的文化力量。刘基作为中国最杰出的历史文化名人之一,是"一个传奇,一个符号,一个典范,一座丰碑,一条生生不息的河流"。刘基文化是跨越千秋的文化资源,对浙江而言,刘基不仅仅是一个历史文化名人的先贤符号,更是重要的文化视窗,是打造新时代文化高地的核心部分之一。在追求共同富裕的今天,我们需要"向后看"的人文"后视镜",需要"向前看"的"文化共富"。共同富裕不仅仅是物质层面的,精神文化层面也需要共同富裕,这就离不开文化的"美美与共"。有了人文文化"后视镜",我们实现文化共富,才能看清来路,从而辨明前路。

浙江是文化大省,历史文化底蕴极其丰厚,人文文化资源极为丰沛。2021年,纪念"东方凡·高"徐渭500周年诞辰,徐渭艺术馆在绍兴落成开幕;纪念茅盾125周年诞辰,桐乡在浙江传媒学院举办茅盾先生手迹展,等等,都是弘扬文化、传承精神、实现"文化与共"之举。"文化与共",即文化"在一起""同拥有",需要历史文化对接现实精神,实现现实转化、共建共享。

让历史名人走出历史,走向现实,走向世界!"立德,子孙当扬其美德;立功,子孙当国之良才;立言,子孙当诗礼传家。"思想文化的富裕,能够引领社会的进步。人的思想能走多远,决定了一个国家的发展能走多远;人的文化能提多高,决定了一个地方的发展水平能提多高。刘基文化,传承下来,播撒开来,烛照千秋,辉耀万里,光明已然不可阻挡!

精神共富与人的因素

共同富裕是一个世纪性难题,也是一个世界性难题;人类对社会公平的探索,一直没有停止过。

在经济领域,追求社会分配均等化,持续推动民营经济的发展;在文化领域,致力推动文化产业升级,使更多的人才进入文化的跑道赛道,为文化的共同富裕做出更大的贡献。

共享共富,人是关键因素,人对了,共享共富的追求才可能做得对。在文化共富的现实追求中,尤其离不开文化人。

在 2022 年 5 月 19 日中国旅游日,杭州文旅推出"千人(推广)计划",助力"开启美好旅程,迈向共富未来"。首批入驻的专家共有 100 位,涵盖了文博考古、园林、规划、建筑设计、宋韵文化、文史研究、非遗、文化艺术、社会教育、旅游休闲等 10 个领域的杰出专家。比如有西湖文化景观和良渚古城遗址申遗文本负责人陈同滨,西湖文化研究专家陈文锦,宋代城市历史研究专家郑嘉励,西湖水治理专家吴芝瑛,西湖摩崖题刻重要发现者奚珣强,著名画家和艺术教育家全山石,等等。

当"建议专家不要建议""专业的事很扯淡,扯淡的事很专业"成为网络戏言的时候,真正优秀的业内专家,尤其是文旅事业的专家,完全能够贡献他们的智慧、共享他们的成果,助推城市历史文脉薪火相传,解码多元深厚的文化基因,推进文化兴盛,探寻文化共富。

5月20日,由浙江人民出版社出版的《共同富裕的中国方案》新书首发暨研讨会在杭州举行。作者郑永年是资深专家,现任香港中文大学(深圳)教授,被聘为浙江省委高质量发展建设共同富裕示范区咨询委员会委员。《共同富裕的中国方案》本身就是一种文化成果,值得分享。在书中,郑永年将中国共同富裕置于全球视角之下,针对如何实现共同富裕,结合当下社会热议问题,进行了理性、深刻、务实的解读探讨,其中有专门章节谈到"开放带来强大""共同富裕离不开民营经济",切中肯綮。

文化反哺,精神共富。只看见"事",往往是不够的,还要看重谋事的"人"。"天目之山,苕水出焉,龙飞凤舞,萃于临安。"从5月18日开幕到22日闭幕,首届吴越文化节在临安举办,这是创新实施文化惠民工程的典例。拉开首演序幕的,是大型沉浸式歌舞剧《吴越风》,参与演员有140余人,历经了近两年的紧张创作与排练。该剧本身就是聚焦一个"人"——吴越王钱镠,讲述了他波澜壮阔的一生,以及钱氏家训的万古流芳,通过《吴越之王》《功勋钱王》《吴越盛世》《尊奉中朝》四个篇章,让观众沉浸式感受吴越文化的人文魅力。"吴越文化节"本质就是"吴越人文节",而人文的共享,正是最美的共享。

共富是一种均衡。我们需要促进基层教育文化设施布局优化和资源共享,扩大优秀文化产品和优质教育资源的服务供给。尤其是教育,最需要均衡和共富,这是本源性的,教育如果不均衡,校际差距、城乡差距太大,越来越少的农村孩子考上好的高校,最后导致底层固化,导致一代又一代人的差距。"教育共富"离不开"教育均衡",数据表明:教育共同体已覆盖浙江全部乡村学校和60%镇区学校。"教育均衡"关键也在人——优质师资的均衡覆盖,否则"优质共享"就会成为一句空话。

人,做好了是万物之灵;人,做对了是共富之魂。

从上河到河上

在共同富裕中实现精神富有,在现代化先行中实现文化先行。通过"文化+""博物馆+",杭州萧山区河上镇一个个村落找到了"诗与远方"。

这些年来,河上镇依托老建筑,打造各种名人故居、纪念馆、非遗馆和抗战主题馆等,在当地形成了具有鲜明地域特色的"乡村博物馆群落"。这里有中美合作抗战纪念馆、萧山抗战纪念馆、瞿缦云故居、魏风江纪念馆、萧山科举文化馆、河上非遗展示馆、⊥(shàng)美术馆等。

这是一卷现代的"文化河上图",也是一卷现代版《清明上河图》《富春山居图》。从北宋"上河"的民俗风情璀璨画卷,到如今"河上"的现代乡村博物馆群,这是历史发展的必然。北宋大画家张择端的《清明上河图》,是5米多的长卷,那是北宋都城汴京繁荣的见证;而今的河上镇,博物馆的"画卷"何止5米:

这里有瞿缦云故居纪念馆,全方位展示在大革命时期就投身于革命斗争的瞿缦云的一生;这里有科举文化馆,展陈了萧山历代科举人物的题名碑拓片、手书对联、四条屏、扇面小品,还有科举捷报、牌匾、石碑等,其中尤为珍贵的是"帝师"朱珪、民国浙江都督汤寿潜等萧山科举人物的墨宝;这里的⊥美术馆,从废旧厂房改造而来,已成为集艺术展览、艺术收藏、艺术创作、学术研究、公共教育等功能于一体的美术馆，吸引了 40 多位艺术家进驻，逐渐成为杭州的"艺术家村落"……

众所周知，《清明上河图》之后，千百年来，仿摹者众。台北故宫博物院所藏的《清明上河图》摹本不少，几年前曾经搞过一次展览，我去参观过。相比于那些纸上的摹本，而今我们的"文化河上图"，是更为直观的活生生的现代文化生活画卷。

博物馆是文化底蕴的体现。进入博物馆，看到古人留给我们的文物，崇敬之心油然而生。当然，博物馆在城市里并不稀罕：作为上海新地标之一的浦东美术馆，2021 年正式开馆，展示的是世界顶级的"艺术盛宴"；在 2020 年年初，杭州海塘遗址博物馆开馆，那是"国内唯一"，呈现了潮涨潮落、塘筑千年、涛声依旧的"沧海桑田隔一堤"的主题……相比之下，更为可贵的是，如今在追求共富的乡村，也在规模建设博物馆、陈列馆。

鼓励乡村建博物馆，鼓励企业建博物馆，鼓励基层建博物馆，这都是关乎"文化共富"的远见卓识。田野上有了博物馆，田野就不再是仅仅出产稻米：在衢州的常山，有个"常山稻作文化馆"，展示稻作文化的璀璨，袁隆平先生为之题下"耕读传家"；在丽水九龙湿地之畔，有个"鱼跃文化产业园"，浙江金牌百年老字号"鱼跃"以文化陈列馆的方式，全方位呈现酿造技艺的非物质文化遗产……工厂里有了博物馆，车间就不仅仅是生产机器："杭州富春江水电博物馆"经由杭州市园林文物局批复设立，成为富阳首家民办水电博物馆，也成为少年儿童工业技能学习基地……设立基层民办博物馆，全面提升其发展水平，从而给基层尤其是农村实现"文化共富"提供了不一样的路径——这路径何尝不是共富的"捷径"！

富"口袋"容易，富"脑袋"则难。萧山河上的这片"乡村博物馆群落"，体现了"文化自觉"，蕴藏着"文化共富"密码，就是为了富"脑袋"的——我们既要追求物质生活共同富裕之基础，更要追求精神文化生活共同富裕之升华！

国家级街区的保护与复兴

    2022 年年初,首批国家级旅游休闲街区名单正式公示,共有 55 个街区上榜。这是根据《旅游休闲街区等级划分》评审出来的街区。其中浙江省有三个:杭州市上城区清河坊历史文化街区、宁波市江北区老外滩街区、温州市鹿城区五马历史文化街区。

    "国家级"是荣誉,"旅游休闲"是"表","历史文化"是"里",而保护、更新和复兴是核心要义。

    这些街区,都有深厚的历史文化积淀,本身就很著名。我们耳熟能详的清河坊就不用说了,这次上榜的北京市东城区前门大街、福州市鼓楼区三坊七巷历史文化街区、成都市青羊区宽窄巷子、南京市秦淮区夫子庙步行街,等等,早已是著名的历史人文类旅游景点。有的是在历史名街基础上发展成为现代化的商业街区,比如郑州市二七区德化步行街、成都市锦江区春熙路等。这些街区不仅是历史文化的展示地,同时也满足了人们日常生活购物和休闲旅游的需求。

    我国已形成了物质文化遗产、非物质文化遗产和传统村落三大保护体系。对于一座完整的历史文化名城来说,拥有足以反映名城特色的历史街区,能够留住城市文化的"根"与"魂",兼容物质文化遗产和非物质文化遗产,是至关重要的。一座城市的人文历史,不仅可以通过文字、图片和影像档案记载、传承下来,更可以通过现存历史街区、建筑遗存等来印证。它们保存了城市文化的集体记忆,传达了城市发展变化的丰富信息,是城市居民文化观、文明观的可靠载体,是一种不可再生的宝贵的文化资源。

当然,古街也可以唱出新韵,历史街区的保护、更新和复兴其实是一个整体。著名街区的风貌特色,都是在长期的历史发展中形成的,当地的人文文化、名人名家、民风民俗都给街区打上了深深的烙印,从而赋予了城市深刻的历史文化内涵,所以保护是第一位的;历史街区的安全性、完整性、独特性和可持续性等,要努力避免不断遭受威胁。

同时,城市建设与历史遗存保护不应成为一对矛盾,而应该互为联系、互相促进、协调发展。保护、更新和复兴做得好,就是一首诗、一幅画、一篇千古绝妙的美好文章。这次首批国家级旅游休闲街区名单的出台,不仅仅促进旅游,更重要的是鼓励和促进各地更加重视历史文化街区的保护,努力实现全方位的复兴。在数字化时代,可以对文化街区进行更为精细化的文化管理,可建立数字化、网络化的档案库,走上数字化保存与推广之路。

街区的复兴,包括环境复兴、经济复兴、社会复兴、文化复兴等要素,需要齐头并进。历史文化保护领域的规划师、设计师,城市发展的决策者、管理者,都要重视"复兴策"。历史街区作为独特的城市文化空间,文化复兴当然是核心,如果只有"商业化"而稀缺人文文化,那就会千篇一律而没有多少特色了。所以重视内在人文价值,重视历史性、文化性以及艺术性,始终都很重要。

如今乡村古村落在强化"活态保护",城市街区的保护也可以从中借鉴。"活态保护"是针对问题而来的:旅游过度开发、传统民俗消失、古村落专职保护人员和专家缺乏等。没有钱不行,但仅仅拿到钱做不好事情更不行。有些地方在拿到保护资金后,不知如何使用,只能做一些表面的维修文章,甚至用现代瓷片去贴祠堂。长效保护机制如何建立,文化保护与休闲旅游如何结合得更好,活态保护原动力如何持续提供? 乡村古村落和城市名街区,面对的问题本质上是相同的,都需要进一步探索与创新。

与人群中的"文化中产"相似,历史文化街区属于城市的"文化中产",它不像博物馆、美术馆、科技馆那样高端,它是更为大众化、普适化的。一个人、一座城,在文化上万万不能"无产","文化无产"就是"文化贫穷",还是那句老话:没文化,很可怕。蕴含城市历史文化的宝贵资源,不能被现代摩天大楼淹没甚至吞噬,而要不断唤醒历史文化的缤纷记忆,在此基础上使文化不断生长、走向繁荣。

保护和复兴,是一个长期的过程,在这个过程中,要使旅游休闲街区的品牌建设注入更多的文化元素。杭州是"南宋古都",为实施"宋韵文化传世工程",清河坊历史文化街区毫无疑问要营造出更多更好的"文化软件"、承担起更大更重的文化责任。

贰

倚门回首，却把书香嗅

文化产业与城市更新

  文化是城市的生命。一座伟大的城市，一座世界名城，总是蕴含了各种能量、形象和活力。杭州加快建设独特韵味别样精彩世界名城，文化是其中的精魂。

  这是 2017 年杭州的"文化菜单"：全市文化及相关产业增加值实现 1580 亿元，增长 21.9%，占 GDP 比重 12.6%；荣膺全国文明城市"三连冠"，在首次全省城市文明程度指数测评中名列第一；新建农村文化礼堂 150 家，建成首批 50 家社区文化家园；15 部作品入选全国、全省"五个一工程"，"中国作协网络文学研究院""中国网络作家村"挂牌运作；荣获联合国教科文组织学习型城市奖章；成功举办第 13 届中国国际动漫节、第 11 届杭州文博会和首届杭州电竞峰会……（见 2018 年 2 月 11 日《杭州日报》报道）

  城市文化是一个城市的形象，是行走的经济；文化产业化，让一个城市的文化经济生机勃勃。当今世界，文化与经济已是水乳交融，文化与科技的结合日益紧密，文化成为一个重要产业，很多城市的文化已然发展成了一个重要的产业群。城市文化经济学告诉我们，现代文化产业自有内在的经济结构与经济逻辑；文化、经济与技术的相互融合，让文化生产与城市产业集聚之间的关系更加密切；世界性的国际名城，恰是现代文化产业的发祥地。

文化产业与城市更新,两者不可分离。不仅是杭州,放眼世界,诸多著名的城市,在传统的工业化转型升级过程中,多以文化为导向来复兴老工业区,让城市迭代更新。那些老工业建筑,那些废弃的厂房,转变为文化和知识街区,包括博物馆、剧院、影院、音乐厅等,聚集在一起,这些地方通常在交通便利的区域,具有区位优势,在今天已是殊为可贵的文化地标。比如杭州大运河的标志性建筑拱宸桥旁边的桥西直街,这里许多老厂房就变成了宝贵的博物馆——这就是文化产业转型促进城市更新的典型。面向未来,则有更多的文化转型和提升的空间,无论这些空间是有形的还是无形的。

这些文化产业,让"机械社会"转变为"文化社会""有机社会"。机械社会是靠机械型经济的外力来推动的被动的社会形态;而文化的、有机社会,则是内生的、有人文、有活力的社会形态。正因为如此,城市更新有了更广阔的天地空间。与传统物产相比,文化产品作为精神产品,文化产业作为价值产业,在生产、流通、分配和消费等方面,都有着自己独特的运行规律和发展轨迹;文化产品和文化产业只要成为经济活动的核心,必然会为城市创造出巨大的精神财富和社会财富。

当然,文化不能仅仅重视资本的增值,而不重视人尤其是文化人的价值,否则那是"以资本为本",而不是"以人为本"。对文化人的尊重和重视,关键是要有宽厚宽容的文化精神。文化人的艺术创造、学术探索、技术革新、制度创新,都是宝贵的,即使失败,我们也要有一种宽待试错、宽容失败的文化精神和文化态度。拥有了宽容文化,才能使人性得到发扬,使人格得到提升,使人权得到尊重,使人文得到发展,从而使人类文明生生不息。

杭州是历史文化名城,更应该是现代文化名城。已有的文化业绩值得骄傲,但面向未来,需要更多的文化构建,从而适应世界名城的发展与建设需求。

书香迎新:开启最美最好

当晨曦再次唤醒大地,有美好阅享书香飘溢,我们忘却冰封的寒冷,迎来崭新一年的开启。

元旦,2021"书香迎新 阅享美好"活动在浙江图书馆举办,以阅读揭开新年大幕。8位重磅嘉宾,来自文学、音乐、影视、博物、考古等领域,其中有著名作家刘醒龙、徐则臣,有南开大学文学院教授、《掬水月在手》联合制片人张静等。他们的讲述言近旨远,由个体经验延伸至群体生活,阐释了对阅读和生活的感悟。

1月3日,获选2020年度中国"最美的书"的《植物先生》在杭首发,作者是杭州市作家协会副主席袁明华。这本抒写植物的书,这本"二十四节气植物研学课",清新而唯美、轻柔而舒适,是优雅美丽、洋溢着春天气息的读物。以"最美的书"来"阅享美好",是真正的开启最美最好。《植物先生》将和其他入选的中国"最美的书"一起,代表中国参加2021年度的"世界最美的书"评选。

2020年岁末,共青团杭州市委启动"青春悦读·满城书香"活动。作为公益阅读场域的线下"悦读益站",现已拓展到1400余家,累计捐书3.8万册,开展荐书、评书等活动1200余场;在不久的未来,杭州将建至少3000个"悦读益站",致力培养青年阅读习惯,培育书香社会。

全民阅读,书香润泽。唯读书不可辜负,让阅读时刻在线!茨威格有名言:"读书最大的好处,就是让人精神自治。"而我常常说:"与其花大钱搞大你的房子,还不如多花钱丰富房子里的内涵。"书,就是最重要的内涵之一。无论是私家书房还是公共图书馆,坐拥书城,就可以让阅读的个体沉浸于最美最好的滋养中。

在"书香迎新 阅享美好"的"脱口秀"环节,浙江博物馆馆长、鸟类学家陈水华分享了一本书——《美的进化》,这是耶鲁大学鸟类学家理查德·普鲁姆的名著。"《美的进化》中提出了一个革命性的观点:"鸟类的羽毛之所以如此绚丽多彩,完全是鸟类出于审美的需要——原来审美不是人类特有的高尚情操,而是动物最基本的生存能力。"是的,"美丽"从来都不是人的专利。

《美的进化》写动物,《植物先生》写植物,两本都是美丽之书。植物的花叶同样绚丽多彩,何尝不是植物出于审美的需要?由动植物为主构成的大自然是很神奇的,审美与进化,不仅仅属于灵长的人类。有一个说法,"植物诞生于几亿年前,却在指点人类的未来"。植物作为经过长期演化的生物体,其建构方式和动物完全不同。植物具有模块化的结构,具备人类想不到的遍布全身的智能。植物具有坚韧性和灵活性,有着卓越的适应能力。植物能够巧妙拟态,以此来戏弄天敌。植物还能用"触觉"和"记忆"对环境做出判断,甚至可以在不消耗能量的情况下进行移动——我曾经从院子里捡了一把紫藤的豆荚果实,一天夜里豆荚爆裂喷射出种子,让我深感惊奇。

"一花一世界,一叶一节气",《植物先生》以二十四节气为纲,识草木之名实,为草木作歌赋,抒写了应时而生、与节气对应的 24 种美好的植物。

"植物先生"袁明华是一位旅行家,他走过七大洲四大洋 120 多个国家;他热爱自然、热爱草木,他沿着英国"植物猎人"威尔逊的足迹,不断追寻心中的植物——科普打底,人文培根,地标导航,游记呈现。寻找植物,与万物对话,是科学,更是人文。在孜孜以求中,袁明华看见每一片植物的叶子都闪烁着美好的光芒,一如作家王尔德所说的:"梦想家在月光下不断寻找前进的方向,他为此受到的惩罚,是比所有人都提前看到曙光。"

毫无疑问,在声音、图片和画面越来越易产和常见的今天,更难创作、更稀罕、更珍贵的还是文字。在杭州的作家中,笔名为大元的袁明华是我最佩服的作家之一,他像重型坦克,看起来速度不快,但非常扎实,在文字的战场上不断地向前推进。他不是轻骑兵,也不是轻盈的匕首投枪,正因如此,他的作品很结实、很厚实、很敦实,很有分量。在此基础上,《植物先生》成就了其真、其善、其美。

最美的书,来自最美的人;最美的人,来自最美的心。《植物先生》符合我心目中好书好文的五个"言之有":言之有物——作者笔下的植物,是行万里路读万卷书而得来的,非一般的丰沛;言之有识——《植物先生》的副标题是"二十四节气植物研学课",这是教科书的高度,更是文化的高度;言之有人——《植物先生》不仅仅是写植物,植物背后是人;言之有情—— 一切景语皆情语,作者对植物深爱的感情无与伦比;言之有文——这是作家写的植物,而不是植物学家写的论文,这是文学语言的表达,可看也可朗读。

阅读,就是美的历程。电子阅读时代,更需找回纸书之美。《植物先生》书籍设计者许天琪的作品,已连续三届获选中国"最美的书"。"从一张纸开始设计一本书",为了对应 24 种植物,他们研发出相应的 24 种手工的花草纸。在花草纸中,植入真实可见的植物纤维和果实纹理,从而在书中构建了一座平面"植物园"——这是如何的"植物恋"和"草木歌"! 书籍配页装订,都是纯手工制作。一本最美之书的创新创意,实现了真正的原创、首创、独创。闻着,都有大自然的植物之香。

哦,书香! 书香杭州,书香浙江,书香中国!

图书天堂的内涵增量

阅读是一种信仰。人其实很矮小,都是被书垫高的。

买书、借书、读书,皆是用书"垫高"人生的方式。然而,在这个热闹嘈杂的时代,把人像磁铁一样吸纳在书本上,并不是一件容易的事。作为公共图书馆,一方面应该增强吸纳力,以书为本,以更多更丰富的活动为载体,让图书馆成为吸纳男女老少读者的"熔炉";另一方面,需要提升借阅的便利度,让整个城市的角角落落都变成一块块"小磁铁",随时随地吸纳读者。

2020 年 12 月 7 日,杭州市文旅局举行"一键借阅,满城书香"项目通气会,杭州图书馆公布这一项目的实施情况与成效:下半年以来,杭图以读者为中心,携手各区县图书馆,通过一键借书、双免一降、数字扩容、悦读服务、省市互通五大举措,实现了五大转变:网上借书操作减化、快递送达时间缩短、线上线下借阅资源增大、图书相关费用减免、数字资源访问提升;图书馆真正成为市民"家里的书房"。

在过去,"山不走到我这里来,我就到它那里去";而现在毕竟是"互联网+"的时代了!"一键借阅",即通过杭州办事服务APP、杭州图书馆及杭州文广旅游微信公众号、支付宝等渠道实现,登录一次就可在线借书、还书、续借等,平均下来每本至多 1元钱,为读者节省了到馆借阅的时间及交通成本。与"一键借阅"相似,"书店借阅"不仅让读者选书更方便,而且更有兴趣和乐趣——这是杭图在全国首创的"悦读服务":读者可以"书店选书,杭图买单",每人每年可从书店借走的新书量增加到了60册。

我曾经对多位在图书馆工作的朋友说过一句话:"你是在天堂的天堂里工作!"前一个天堂当然是"天堂杭州",后一个天堂就是众所周知的"天堂就是图书馆的模样"。杭州图书馆作为"天堂",其外延扩展、内涵增量,让人感佩。

随着时代的演变,如今的图书馆,就应该是以图书为本的综合体,不断丰富内涵。在一些发达国家,许多大学的图书馆、以总统名字命名的图书馆,往往都是"图书馆综合体",既是图书馆,也是陈列馆、纪念馆、档案馆、博物馆、文化馆、研究馆。融入更多的文化活动,是当下我们打造图书馆综合体的必由之路。

好多人可能是通过著名指挥家郑小瑛的到来,才知道杭州图书馆有一个"杭州市民合唱学院"。原先,杭州图书馆有个音乐分馆,依托音乐分馆,创建了这个纯公益的、体系化的合唱学院,迄今已整整20年;学院下设市民合唱团、合唱指挥师资团、少儿团等多个分团,多年来在国际国内获奖无数。

好多人可能不知道,杭州图书馆创办的《文澜·文史版》,是一本极高品位的文史类杂志,竖排本,宣纸印刷;内设《孤山听雨》《吴山天风》《南屏晚钟》《文澜书话》等丰富的栏目,从中可以一窥杭州这座历史文化名城深厚的文化积淀和文脉传统。

杭图还组织推出大量的文化分享活动,比如"杭州书房"的"琴系南宋·浙派古琴音乐分享会",比如以抽象派画家杰克逊·波洛克独特的滴流艺术为知识引入的、以泼洒滴流方式制造色彩画面的小朋友堂课活动,比如《赵城金藏》最新发现经卷暨唐宋重要佛教典籍特展,比如"橙心橙意,一路有你"的志愿者活动,等等。广义地看,这些也都是一种阅读,更是一种熏陶、一种受教、一种"垫高"人生的经历。

图书天堂,内涵增量,外延扩展,书香盈袖,幸福满城。

"杭州书房"的最美之选

"杭州不仅有满陇桂雨,更有满城书香!"在2021年岁末,有个"最美之选"的活动,由杭州市文化广电旅游局联合《都市快报》共同推出——从已有的94家杭州书房中,评选出市民最喜爱的"十大最美杭州书房"。

杭州书房2019年启动建设,计划到2022年建成100家。看到一条很牛的跟帖评论是:"打算都去看一次!"

杭州是学习型城市,杭州书房是一种新兴的公共文化空间,以方便市民"人人皆学、时时能学、处处可学",呈现了书香杭州的气质、文化名城的底蕴。这些书房的名称富有特色,可谓"花枝摇曳":城市客厅、西湖书房、钱塘书房、武林书房、大运河书房、公望书屋、南宋书房、仁和书房、千鹤书房、先锋书吧、蜗牛读书馆、拾光图书馆、隐士音乐书房、海小枪枪童书馆、径山书院……

"弥陀寺公园明远书院,后院有着杭州最大的摩崖石刻;虎跑公园里的梦泉书院,103年前曾是弘一法师出家住过的寺庙厢房。"《都市快报》的报道写得让人心旌摇荡,"坐落在790米高安顶山上的杭州书房富阳安顶分馆,成了杭州海拔最高的书房,长年云雾缭绕,千亩茶园、十里茶香,如入仙人之境;开在有着900多年历史的古村落富春江镇茆坪村的文昌阁乡村生活馆,门口一条卵石铺筑的小道马岭古道穿村而过……"

"惟书有色,艳于西子。惟文有华,秀于百卉。"这是唐朝诗人皮日休说过的话。读书的厚度,决定了人生的高度。人生需要出发,阅历和阅读都很重要,两腿出发去路上,眼睛出发到书里。行万里路,是有灵魂的身体在路上;读万卷书,是有身体的灵魂在路上。要多劝人读书,要少劝人喝酒。"不是在杭州书房,就是在去杭州书房的路上",这无疑是人生最美好的姿态之一,比那赶饭局奔酒局的动作要美。

书房可以是家中的、私人的,也可以是城里的、公共的。城市公共书房,是对图书馆、书店尤其是学校课堂的重要补充。有识之士曾说:"教育的最大问题,就是大家都不读书,或者说,老师只读教学参考书,学生只读和应试有关的书,学校里完全没有自由阅读的空间和时间。"在公共书房,最可培养"悦读闲书"的氛围。现在我们得少一点"小镇做题家",多一点"小镇阅读家",但这两"家"之间的时空距离不是一点点,期待公共书房可以缩短这样的距离。

"用一间书房抵抗这个不太完美的世界",这正是书房的独特价值。英国作家毛姆曾说,"阅读是一座随身携带的避难所"——在以此为题的书里,毛姆开篇就讲"读书应该是一种享受":"我想要指明的第一件事就是阅读应当是享受的。当然,为了应对考试或学习知识,我们需要阅读许多书,这类阅读中是不存在什么享受的。我们只是为了获得知识而进行阅读……这种阅读不是我心中所指的那种阅读。我接下来要提到的书籍既不会帮你拿到学位,也不会教你谋生的本事;不会教你如何航船,也不会教你如何修理停运的机器,但是这些书会让你活得更加丰满。"

有位爱书的朋友曾说:"买书是乐趣,藏书是麻烦,送书是纠结,散书是煎熬,传书是痴想。你的珍爱,可能是后辈的负担;趁拿得动时,三年内不会看的书,早些扔了吧。"其实公共书房都可以有这样的机制:让市民的许多优质藏书"藏"到公共书房中来。

估计还有不少市民还没去过杭州书房,没有在里面沉浸过。杭州书房的建设,希望有更多的民间参与,参与经营打理,参与文化活动,参与阅读与思考。供给侧这一头做到位了,与需求侧能够更匹配;公众最大程度的参加,就是对杭州书房的最大支持。

最是书梯能登高,最是书香能致远。去书房,去看书,是人生的最美之选。

医院大厅的书店

2016 年 3 月 12 日,周六,白岩松主持的央视新闻频道《新闻周刊》,最后播放"特写"《医院"图书科"》,说的是"书店开进医院大厅"。

杭州,浙江省人民医院,住院大楼大厅。进门左边是星巴克咖啡,右边是晓风书屋。央视解说道:"暖色的灯光,木质的桌面,清新的油墨味,零星几盆绿植,一间小小的书店'藏在'大厅一角,静静等待着路过的人们……"

这个书店我去过,是晓风书屋的分店之一。作为一个读书人和写作者,在医院大厅看到书店、闻到书香,那是分外亲切,而且一种温暖的感觉油然而生。这里不仅有书架,还有输液架。这书店的开设,不是晓风书屋自己找上门去的,而是医院院长黄东胜主动邀请入驻的。央视报道说,书店老板收到医院的邀请时,几乎立刻就回绝了——实体书店已经举步维艰,医院里买书的人能有多少? 来看病的人哪还有心思看书? 面对书店的拒绝,院长黄东胜开出了优厚的条件:房租全免,装修全包,带着书和员工进场就行。

医院是一个关怀之地。不仅仅是医疗上的关怀,还要有人文上的关怀。黄东胜院长真是不一般,面对央视镜头他说:"我曾在德国留学,那儿的医院非常重视人文关怀,更人性化一些,书店啊咖啡店啊不是什么特别的事情……"我们看多了大医院的人山人海,仿佛总是"兵荒马乱"。医院如果仅仅是无休止的排队、冰冷的板凳、浓浓的药水味,那么,只要进入医院确实就像进入另一个世界,"连灵魂都会降低温度"。医生也好,病患也好,以及陪护的亲属,怎样才能让他们在医院里感受到欢愉和安慰,哪怕是瞬间的、片刻的? 酷爱读书的黄东胜,第一个就想到了书店。

一座城市的品质生活,当然也应包括医院。科学和人文,在这里应该是双重的拥有。杭州,这个学习型的城市,在"医院书店"这个细节上,那么明晰地呈现出来。

医院的人性化氛围,对患者来说是最暖心、最宝贵的。在台湾,有的医院在大厅里还摆上钢琴,有义工在义务弹琴,病人和家属,可以静静地聆听。"医院大厅摆钢琴",这可不是"乱弹琴"。

仁者不忧,智者不惑,勇者不惧,这背后就是情怀。1999 年获得德国基尔大学外科学博士的黄东胜,是 2012 年 1 月就任浙江省人民医院院长一职的;上任时他铿锵有声地说:"我将不辱使命,不负重托,竭尽全力把医院建设搞上去,把患者的满意度提上去,让大家共享医院的发展成果,不断提高幸福指数……"医院确立了"仁爱、卓越、奉献、创新"的核心价值观,并切切实实付诸行动,难怪这些年来,口碑一年更胜一年。

人文品格,一定能够帮到医院,助力发展。有报道说,几年过去,黄东胜教授领导医院,在没有增加一张床位的情况下,各项业务增长 45% 以上,员工人均收入增长 50% 以上,获得的科研经费资助翻了 7 番,博士以上学位人员数量增长 1.5 倍……这些数据之外,以书店为代表的人文品质和仁爱价值,则更是无法估量。正如央视所评论的:"一间开在医院里的玻璃书屋,有着润物细无声的力量。在这里,阅读和生命一样,都是世间最美好、最值得去善待的事。"

生老病死,生命的自然规律。"有时,去治愈;常常,去帮助;总是,去安慰。"即使是在医学科学无能为力的时候,最可宝贵的人性人文的安慰,也一定可以到达。

永远的电子书

从"阅读神器"到"泡面神器"再到"神器告别神州",亚马逊电子阅读器 Kindle 及其电子书业务,要彻底告别中国了。

2022 年 6 月 2 日,亚马逊中国发布关于 Kindle 中国电子书店运营调整通知:将于 2023 年 6 月 30 日,在中国停止 Kindle 电子书店的运营。此后用户将不能再购买新电子书,但已购的电子书下载后可继续阅读。

伴随着数字经济的快速发展,我国数字出版产业也逐渐兴盛,电子书阅读市场发展迅猛。电子化阅读是一个大趋势,利用智能手机或阅读器阅读电子书,已经越来越普遍。电子化阅读习惯不断得以巩固,市场需求也日益扩大;当当云阅读、微信读书等,都普遍受到欢迎。

实体书有实体书的味道,电子书有电子书的便捷。调查显示,2021 年我国成年国民人均纸质图书阅读量为 4.76 本,而电子书阅读量为 3.30 本,后者直逼前者;最近一年里,浙江省大学生纸质图书人均阅读量为 8.48 本,而电子书为 13.50 本,后者超过了前者。网络化、电子化阅读的勃兴,是公众阅读习惯发生巨变的明证。

亚马逊在中国的足迹,始于 18 年前。作为一家全球企业,亚马逊通过创新为客户提供有价值的产品与服务。作为一位写作者,我本人是亚马逊电子书的老客户,尽管也用其他电子书,但主要是使用亚马逊,已经习惯成自然;不仅每年要购买大量电子书,而且还是其包月服务的会员,每月自动付费 12 元。同时,我也是亚马逊电子书的内容提供者,先后有 7 本书上了亚马逊电子书;我在广西师范大学出版社出版的人物随笔集《太阳底下是土地》,如今在亚马逊电子书店上仍然有售。

而所谓"泡面神器",是指 Kindle 阅读器压在泡面盒子上,轻重大小恰到好处,学生尤其是大学生最喜欢顺手这么干。其实亚马逊的电子书不仅可以在阅读器上阅读,也可以通过手机客户端来阅读。而对于写作者,因为可以随时搜索与拷贝,使用非常方便,所以电子书是一个巨大的写作资料库。

早在 2016 年,我国就已成为亚马逊在全球 Kindle 设备销售的第一大市场。但是近年来境况越来越不好,尤其是新冠疫情持续的这几年,亚马逊业绩受到了很大冲击;2021 年底,Kindle 天猫旗舰店关闭了。与此同时,当当、京东、掌阅、阅文、文石等多个国内品牌,也陆续推出自有电子书阅读器产品,竞争日益加剧。有人较早就预言 Kindle 在中国"绝对无法取得成功",背后有盗版、知识产权受侵犯等原因。当然,从最宏观的层面来讲,我们爱阅读者还是偏少,当电子书的人均阅读量成倍成倍增长之后,市场总量才能真正做大。

广义的数字化阅读,也包括网络平台的知识汲取。比如浙江大学"智慧古籍平台",借鉴知识图谱理念,综合运用大数据技术,将中国古典文献图谱化、智能化,从而打造了一个非一般的大数据平台,集浏览、查询、研究于一体,熔审美阅读、知识学习、场景体验于一炉。

阅读,是世上最简单的修行;形成阅读习惯,必将一生相随。而电子书的出现,让这样的"修行"与"相随"变得更简单、更方便。亚马逊电子书即将停运,这当然是个很人的遗憾,但电子书是永远存在的;说不定将来的哪一天,亚马逊电子书会宣告"我又回来了"。

阅读者可以孤独,但一定不会寂寞——无论是读实体书还是读电子书。在"轻阅读"时代,可以预见,电子书必将能够强劲助力数字经济、数字文化的发展;而阅读电子书,必然会成为每个人越来越习惯的"惯习"。

书香浙江的人文书山

浙江之美,在于绿水青山,亦在于人文书山。

"很高兴在杭州遇见你!"世界读书日那天,被称为"最美书店"的钟书阁,在杭州滨江开张,这天有两万多人涌进这家书店,那真叫"挤爆"! 店方感慨:遇到这么热爱读书的杭州人,太骄傲了! 是的,你说颜值最高的是书店,还是杭州的读书人?

"你愿意在家开辟空间,把它装扮成你心中的读书乐园吗?你愿意将喜欢的好书与大家分享,结识其他热爱阅读的伙伴吗?"在浙江台州温岭,该市图书馆推出"家庭图书分馆"计划,直接把图书搬进市民家里,以点带面,推进全民阅读,首期 30 个名额被一抢而空。温岭市图书馆藏书近 64 万册,2015 年接待读者超过 291 万人次——人气越来越旺。这里经济比较发达,"旺财"之外还要"旺才";这个海边的市,还专设了 1 家渔船上的"家庭图书分馆"! "家庭图书分馆"是一个小小的创新,却让那么多书香之家、那么多读书人喜出望外。

阅读需要倡导,阅读需要氛围,阅读需要鼓励。台州的黄岩图书馆,从 2014 年开始,就在"世界读书日"举办作家来现场签名赠书活动。湖州的德清图书馆,则在全国首创"驻馆作家"机制,陆续请来蒋子龙等全国著名的作家走进德清,驻馆十天半个月,为读者开讲座,与读者互动交流,从而推进全民阅读。倡导全民阅读,太需要这样的创新,哪怕是点点滴滴的小小创新。

杭州图书馆的创新创意能力,我向来很佩服。2016年初,他们推出"悦读"服务计划,图书馆里没有的书,你可以直接去新华书店"借"! 如今,读者个性化,阅读多元化,而图书馆提供的图书,多是依赖馆员采购时的主观判断,不一定能够精准把握读者需求,往往造成了馆藏图书流通率不理想,这叫"供需不匹配"。如何改变这种"你给什么就是什么"的状况? 那就变成"我要什么你给什么"呗! 杭州图书馆原馆长褚树青说得好:悦读服务,就是将采购员选购图书的"专属权利"交给读者,读者在杭图找不到的书,可以直接到新华书店去"借书"!

如何匹配得好? 借助"互联网+",图书有没有、多或少的信息,读者能够很快掌握。这也是创新。

去新华书店借书,这个不仅可以有,而且应该大力推广。宁波就开始推行了:从世界读书日这天开始,27万持证师生可免费到12家新华书店借书——这活动名称叫"你选书、我买单、即借走",诚意满满,让多少读书人从心动变为行动! 创新的活动当然可以仿效,在当地你是第一个仿而效之的,那依然是创新。

2014年,在杭州繁华地段的解放路新华书店旁,开了浙江省第一家24小时书店——"悦览树",兼营咖啡。新华书店要铺开"悦览树"矩阵,试图把更多的人从网络拉回真实的书店。当年"通宵营业"就让人很吃惊了,而今他们又来个创新:店内设立住宿空间,爱书又爱旅游的你,到这里可以睡在书的海洋里! 这个很像青年旅社,年轻人特别适合。坐拥书城,可以一边喝咖啡,一边闻书香;看书累了,就拉下帘子,休息,那就变成了"睡拥书城"。床位收入,可以抵消实体书店的不少房租。

书香杭州,书香浙江,在创新中前行,当然会更让人向往!

"美丽建设"的民间力量

2016 年"520"这天，一个微信公号发布有关"中国最美社区图书馆"的消息，并向公众募捐、众筹图书。这个"中国最美社区图书馆"，在杭州知名的良渚文化村，是由日本著名设计家安藤忠雄设计的，很美很自然，很好很环保。这是继"中国最美书店"钟书阁在杭州滨江开张之后，我们又欣喜看到的一个"最美"。

"5000 年的遗址边，有等待被装满的大书架。"此前良渚文化村有个社区图书馆，不大，共有 13568 本书，都是由"村民"捐赠的。在这里，妈妈带着孩子在绘本区安静地画画，穿着校服的学生相伴趴在桌上写作业，物业的保安兄弟拿着一本厚厚的小说静静地站着翻看，年过半百的老人坐在沙发上捧着书打盹……后来大家想把图书馆做大，于是有了安藤忠雄的设计作品；落成之后，再次发起募集图书。我这个并非"良渚文化村村民"的普通杭州人，感动于这个"最美社区图书馆"，整出大大小小 10 箱书，捐赠给这个距离我家挺远的图书馆。

在这里，我看见了多重之美：

一是建筑本身之美。安藤忠雄是世界级的建筑大师，是建筑界最高奖——普利兹克奖的获得者，被称为"光的大师"。邀请这样的建筑大师来设计，这本身就具有国际化眼光。安藤忠雄在考察了这里良好的环境之后说："我的建筑一定不能输给前人，要对得起这片青山绿水；不要破坏自然，建筑应该与自然共生。"所以，这一被称为"大屋顶"的建筑，在屋顶有数十扇三角形天窗，将屋外的自然光引进来；若从空中俯瞰，1万多平米的多边形建筑就融在森林之中……杭州的人居小区，非常需要这样既美丽又环保、既实用又可以传承的建筑艺术作品。真正有品质的社区，就应该有自己的地标建筑。

二是社区图书馆之美。作为社区图书馆是该建筑的主要功能之一。杭州作为学习型的城市，书店和图书馆都需要"遍布各地"；而图书馆最好是像幼儿园一样多，去图书馆看书就像送孩子上幼儿园一样方便，那真叫一个美滋滋。这是因为，每一个图书馆，无论大小，其辐射范围都是有限的，所以，最重要的是图书馆要多，要深入社区。良渚文化村的这个"村民图书馆"就是一个范例，而且，通过民间的、公众自筹的方式聚集书籍，这个特别有意义，都要等公家的图书馆进社区，那是不太现实的。

三是民间文化品质之美。建筑竣工后，安藤忠雄说了一句妙语："我的任务已经完成了，这个公共空间的真正价值和灵魂，要靠良渚文化村的居住者一起来营造。"是啊，他们就是在积极营造凝聚在这个公共空间里的文化品质之美。这，正是民间力量投身"美丽杭州"建设的典例，在一个点上增加了杭州的"美丽度"。杭州正在全力推进历史文化名城、创新活力之城、东方品质之城和"美丽中国"的样本"三城一样本"建设，从而全面提升杭州城市的国际化水平，这不仅仅依靠政府的力量，而需要民间力量主动的、大量的投入——共建共享，不正是这个意思吗？

图书馆，一定是真天堂；天堂杭州，需要处处都有这样美丽的阅读天堂。期待有更多民间力量投入"美丽杭州"的建设！

倚门回首,却把书香嗅

"书藏古今,港通天下",说的是拥有天一阁和宁波港的宁波。如今可以说是"书展古今,文通天下",因为宁波举办了2021年浙江书展。

10月9日至11日,第七届浙江书展在宁波国际会展中心举行。本届书展以"致敬百年 读领风尚"为主题,共有参展出版社300余家,展销约2万种图书,其中宁波出版社展出有关宁波历史文化的图书100多种;书展设有主题馆、浙版馆、宁波馆、特色书店馆、运河文化馆、数字阅读馆等10个馆。同时,全省新华书店、特色书店、农家书屋还设有100多个线下分会场,天猫、京东等电商平台网络书店设有100多个线上分会场。这是全方位、立体化播撒书香文化。

作家莅临现场参加活动,向来都是书展的重要内容。本届书展共推出450余场阅读推广活动,参与的文化名家有易中天、阎崇年、陈子善、周大新、李敬泽、艾伟、鲁引弓、柳建伟、李洱、安意如等,为读者呈现一场场书香盛宴。易中天在浙江书展天一阁论坛上,以《两宋文明之谜》为题,让现场观众"穿越"回两宋。

书展首次发布"年度作家"和"年度致敬作家",著名作家莫言、周大新获评2021年度作家,刘震云、麦家、东西、阎崇年获评2021年度致敬作家。

书展还首次组织"城市萤火虫"换书大会。顾名思义，"换书大会"就是以书易书，"它交换的不仅是一本书，更是一段感悟、一种人生"。这是非常有意思的公众沉浸式参与书展。书就应该流动起来，让用过的好书不再沉淀下去变成死书。为保证每一本进入交换区书籍的质量，换书大会实行严格的准入制度，把教辅用书、损坏严重的图书等排除在外。今后各地的书展，都可以推而广之，组织类似的换书大会。

也是在 10 月 11 日，2021 年天府书展举行新闻发布会。书展在 15 日开幕，浙江出版联合集团成为书展首次设立的年度主宾团，将携 1500 余种精品图书参展。如何展示浙江历史文化金名片？宋韵文化作为重要的文化标识，丰富多元，"流动"千年，具有中国气派和浙江辨识度。所以主宾团将突出"宋韵""江南"特色，在书展中重点推介《宋人丘壑——宋代绘画思想史》《遇见宋版书》等宋韵文化产品线，《看见 5000 年：良渚王国记事》等良渚文化产品线，《二十四节气在江南》等江南文化产品线，《浙东唐诗之路》等诗路文化产品线，全面展现浙江历史文化的深厚积淀和特色魅力。

"书展古今，文通天下"，就是以书展播撒书香文化，让书展进一步成为城市阅读和全民阅读的"最美风景线"。带着孩子逛书展，是最具成长价值的事半功倍的亲子行动。埃隆·马斯克是著名的创新型企业家，他母亲这样描述他的童年："我带着几个孩子上街，一眨眼，埃隆就不见了。等我找到他时，他一定'被落在'书店里了。他坐在地上，完全沉浸在自己的世界里。"一个人从小养成爱阅读的习惯，一辈子都不用愁；而最让人担心的是，从小只读教科书、教辅书而不读其他书籍。著名学者钱理群教授曾不无忧虑地说："教育的最大问题，就是大家都不读书，或者说，老师只读教学参考书，学生只读和应试有关的书，学校里完全没有自由阅读的空间和时间。"从"小镇做题家"跃升到"小镇阅读家"，距离不是一点点……

让我们一起"倚门回首，却把书香嗅"！

一元复始阅世界

初岁元祚,吉日惟良。钟声响彻,温馨跨年。一元复始,期待更新万象;一阳来复,沉浸人文辉光。

"天涯也有江南信,梅破知春近。"迎新迎春,不仅有江南的梅花,还有文化书香。杭州"十二 Yuè"全民朗读跨年夜,从2021年最后一天晚 8 点开始,一直到新年钟声敲响——这是杭州首次推出的文化跨年直播,用全民阅读的饕餮盛宴,打开了美好的新年。文化跨年跨文化,线上线下,各行各业的阅读者踊跃参与,仅征集到的全民朗读视频就达 200 多个! 历时 4 个多小时,密匝匝接连播出,喜洋洋欢迎春天。

内心有光,书香致远。你阅读这个世界,这个世界就是你的。杭州是学习型城市,去岁末,网易旗下学习平台发布《2021成年人学习图鉴》,杭州超越北上广,成为"最爱学"城市,学习氛围最为浓厚。外卖小哥蔡光轼满心喜悦地开讲"脱口秀",朗读的竟是《章太炎传》! 这,就是我们深爱的书香杭州,让我们坚定相信阅读的力量!

杭州是具有独特韵味的历史文化名城。在弥陀寺公园杭州书房上演的"宋潮之夜"专场,荡漾着宋韵的熠熠星光。也是去年最后一天,在撞钟祈福声中,宋韵文化国际传播园在吴山城隍阁景区盛大开园,这是全国首个以多元文化活动为载体的宋韵主题文化园区。而净慈寺2022年元旦新年吉祥钟声法会，因为防疫不对外开放，但新年钟声依然会响彻每个人的心房。

船在海上，马在山中，诗在心里，而钟声跨越时空。繁花开遍地，见证文化的共富与共荣。作为文化跨年的一个品牌，纯真年代书吧文学迎新晚会已进行到第22届，这次以朗诵会、诗剧和跨年音乐会为主，在浪漫温暖中带来美妙体验，与杭图音乐分馆穿越时空的"乐"读专场相得益彰。无论是跨年还是非跨年，无论是在场还是不在场，你的朗读或演奏，都可以穿过戴望舒的杭州"雨巷"，抵达人文的诗与远方。"启航2022"央视跨年晚会，首次走出演播大厅，把主舞台设在浙江台州，从这里昂扬启航，因为温岭石塘就是美的诗与远方——这里最早迎来祖国大陆新千年的第一缕曙光。

人文之光，总是默默体现于"无用之用，是为大用"。爱读书的伙伴，可以是现实的"打工者"，但绝不会是时代的"零余人"。元旦春节，如果我们待在家里，可以聆听翻动书页的沙沙声；如果前往图书馆或杭州书房，更可以坐拥书城。阅读与人文，能让我们在愿景碰到顽固之壁时，以最柔软的方式着陆；而人生电力不够、余额不足，能够充电弥补的，唯有人文思想。人文的阅读，更能让一个人从知道者变成智识者：我们阅读历史，明白"三千年未有之大变局"的起承转合；我们阅读现实，领悟"人生海海"里的绝望能够诞生希望。

面对困难，杭州是别样精彩的"杭铁头"之城。疫情使环球同此凉热，战疫就是披荆斩棘，就是乘风破浪。浙大一院护理团队，曾经出征援鄂、驰援意大利，发生了太多感人故事；他们写了《战疫护理札记：这一路星星闪耀》一书，他们的朗读视频，洋溢着信心、勇气和希望。抗疫的背后，就是人文的重量。而这次杭州之声24小时跨年大直播，则是疫情之下的"云跨年"，在激情之中致敬城市梦想家、艺术家、追光人和亚运奋斗者……杭州作为亚运之城、健康之城，在岁末，"亚运倒计时"千架无人机编队表演，惊艳了主场馆"大莲花"；而杭图的"亚运文化空间"，则是公共图书馆与杭州亚运的时空融合，"十二Yuè"朗读跨年的零点倒计时，就从这里开始。

钟声响彻，新年到来。新的一年，我们即使不能改变世界的疫情，那也不能被这个世界改变。杭州是人文善城，有人文，有悲悯，才有关怀，才有温暖。杭州花开岭慈善公益基地，邀请来自全国各地的多位寻子家长相聚跨年，其中包括成功找到被拐儿子的孙海洋。他们与法律专家、志愿者一起，研讨如何做到"天下无拐"，达成了"花开岭共识"，这是在务实地弘扬志愿者的人文精神。志愿之花开遍山山岭岭的花开岭，就是一个慈善公益的理想谷。

杭州的山水，杭州的人文——就是我们的"双峰插云"！

新年钟声响起那一刻，是过往一年的终点线，更是崭新一年的起跑线——这是阅读的起跑线，这是人文的起跑线，这更是文明的起跑线。

一元复始阅世界——阅进2022，跃进2022！阅读世界，阅向未来！滴答滴答滴答滴答，2022，让我们充实好思想又出发！

叁

文化藏在细节里

以更开放的眼界构建文化重镇

一座城市,仅有"绿化"是不够的,还需要"文化"。

一座城市,能够拥有历史文化是美好的,但还需要现实的、世界的、创新的文化。

这是迄今为止全世界规模最大的环球主题公园——北京环球影城(即北京环球度假区),已于 2021 年 9 月 1 日开启试运行,于 2021 年 9 月 20 日盛大开园。这是中国第一座、亚洲第三座、全球第五座环球影城主题公园;是继美国洛杉矶、美国奥兰多、日本大阪、新加坡的圣淘沙岛之后,环球影城的又一鸿篇巨制。它的规模比上海迪士尼乐园大很多,仅员工就有上万名,游客将是千万级别。环球影城目前竣工的是一期,占地近 156 公顷,投资千亿,是北京最大的中外合资项目;将来还有二期、三期。它地处北京主城区东边的通州,通州是北京城市副中心。

二十年磨一剑,从开始谋划到最终尘埃落定,这座空前的乐园经历了 20 年时光的考验,如今终于迎来了"爆款":

这里有哈利·波特的魔法世界,有变形金刚基地,有功夫熊猫盖世之地,有未来水世界,有小黄人乐园,有侏罗纪世界,等等;它以电影为主题,为游客提供全方位、沉浸式文化娱乐的极致体验。除了众多的娱乐设施,目前每天有 24 场娱乐演出。作为 IP 缔造者本身,环球影城有着得天独厚的优势,环球与华纳、梦工厂一起,在过去的一百年里,通过一系列 IP,构建着现代人想象力的边界。

北京环球影城不久前还荣获"能源环境设计先锋"金级认证,成为全球首家获此殊荣的主题公园度假区。

作为历史文化名城,北京的文旅特色,主要依靠历史文化遗存,面向现代化、面向世界、面向未来的景区相对欠缺;如今环球影城的开园,就是一种优势互补,显然能够辐射整个北京的文化消费,助力经济发展。

文明互鉴,文化互融,北京环球影城是以更开放的眼界构建文化重镇的典范。文明互鉴是构建人类命运共同体的人文基础,在新时期我们更要有开放的眼光眼界,从而在城市文化建设中,能够更加充分地展示城市特色、体现人文精神、提升文化魅力。

文化的开放,是改革开放的题中之义。中国改革开放的伟大航程,虽历经千难万险,但开拓的脚步从不停歇。改革与开放,须臾不可分离:没有改革,就没有开放;没有开放,就没有改革。遥想整整四十年前的 1981 年,可口可乐在北京烤鸭厂的一个旧厂房建厂,生产出第一瓶中外合资的可口可乐,这成为中国对外开放的一个标志性事件。与器物经济的对外开放相比,精神文化领域的对外开放,更能体现一个国家的文化自觉和文化自信,而今北京环球影城的建成,就是一个明证。

毫无疑问,文化有两大基本功能:一是"以文化人",即文化可以促使人们在精神层面修行成长;二是"以文化物",就是促进文化产业化,从而使人们获得物质和精神双丰收。当然,"以文化物"的"化物",不是"物化",器物经济的增长,本质上是为了精神财富的增长。娱乐向上提升一步,那是文化;娱乐向下坠落一步,那是物质。北京环球影城应该让娱乐不断向上提升,从而成为既能"以文化物"又能"以文化人"的典范。

文化要打造高地,文化要寻求共富。祝愿并相信,北京环球影城将会成为享誉中外的世界顶级的主题公园!

拓展多元而炙手可热的习得园地

哔哩哔哩,超高人气;学习学习,凝心聚力。2021年1月30日,哔哩哔哩(简称B站)"2020年度百大UP主"颁奖,知识区UP主"罗翔说刑法"摘得"年度最高人气"奖。同一天,西子湖畔,群贤咸集,由浙江省社科联、浙大城市学院和杭州文广集团联合举办的"新时代融媒体发展的新闻评论与理论探索暨《钱塘论坛》开播800期前瞻"主题研讨会召开,20多位来自学界和业界的大咖,一起探讨传统理论电视节目的新媒体转型发展。

这恰好是两个方向融合的象征:一种是年轻世代高度聚集的B站张开翅膀热烈欢迎像罗翔这样的学者进驻,增加新媒体平台核心的学习元素;一种是像《钱塘论坛》这样的传统电视媒体理论谈话类节目,主动探索新媒体转型之路,让理论传播插上融媒体的翅膀。这正是平台介质与优质内容得"融",专业媒体与平台媒体要"合"。

有"融"乃大,"合"中再造。媒体融合,是跨越多个媒介平台的内容流动,多种媒介产业之间的合作,以及受众行为的转移。从"相加"到"相融"的一跃,是媒介关系的深度重构,它离不开"三大再造":平台再造、理念再造、"源"和"流"的流程再造。这种重构和再造,正是传统媒体实现华丽转身的关键所在。尤其是像《钱塘论坛》这样的理论节目,非常需要通过融合,从金字塔的塔尖上走下来，要有塔基更广大的受众来支持和支撑；或者说，就应该成为整座金字塔，而不仅仅是塔尖的一部分。

理论、知识、学习，其实有着一股特别的魅力。在 B 站，你以为年轻人只会娱乐消遣，殊不知他们早已解锁了 B 站的另一种用法——学习，结果是"1 亿年轻人成为同班同学"。作为"知识区"的 UP 主（即视频音频上传者），"罗翔说刑法"是用"普法单口相声"，赢得了"年度最高人气"，这佐证了"B 站是用来学习的"这一趋势，更验证了媒介"因融而赢"的可能性。

媒介融合，意味着边际界限的模糊、交叉、突破、浸润，如果"边界"是十分清晰的，那么就意味着融合深度不够，甚至仍然"两张皮"。《钱塘论坛》作为电视领域优质的理论传播平台，创办至今已近 20 年，是"勇立潮头的探索者、时代声音的记录者、理论创新的书写者、社会正义的发声者"，一言以蔽之，是优质内容的提供者；那么，如何更好地实现华丽转身，创新思想理论的融媒体表达，真正做到"边界模糊浸润"，从而推出更多更好的融媒体作品，以满足多元受众的学习需求，就成为越来越迫切的任务。这，也正是全方位、多视角研讨的"主攻方向"。

现在是融媒学习的时代。不仅是学习，还要有效"习得"。习得即学习和掌握——学而时习之，习而时得之。在语言学当中，狭义的"习得"概念，侧重是指在自然社交交际中获取语言知识，也就是一种无意识的形态；如果是有意识地在教育教学中获取语言知识，则称为"学习"。"学习"和"习得"两者往往是融合的，不能完全区分开来。在 B 站上看罗翔说刑法，你也可以有意识地学习，也可以无意识地习得，也可以两者兼而有之，但它毕竟不是一本正经的慕课（MOOC）。实际上，在社交媒体，在网络知识园地，更多的是自然而然的习得，这也符合网络媒介传播的特点。

习得的园地，需要多元；多元且喜闻乐见的习得园地是最可宝贵的。而习得的氛围，就应从"冰点"走向"热点"。如日中天的"罗翔说刑法"，正是融媒体时代"最容易习得"的典范，其实它也可以从 B 站拓展到其他媒体平台，赢得更多受众。无论是作为电视理论名牌的《钱塘论坛》，还是平面媒体上的理论版,如何成为一个有热度的学习领地,让"高大上"的理论插上融媒翅膀能够翱翔,赢得更多受众尤其年轻人的喜爱——这是拓展多元习得园地的需求,这是"文化现代性"和"媒体现代性"的要求,这更是时代的召唤。那么,"人才为本,内容为王,平台为基"这三个具体维度都不可或缺,都要同时同步、坚韧执着地向前掘进。

爱上中国年

爱上中国年,乐享中国年。

沙文·穆罕默德是西湖大学教授,2018 年 9 月刚来杭州,是国际著名的智慧生物医疗器械领域的科学家;他参加了 2019 年浙江"侨乡中国年"系列活动,第一次深入体验"中国年"。2019 年 1 月 27 日,他和一批老外一起,兴高采烈地来到了侨乡青田县方山乡龙现村,品味中国传统年俗文化。挂灯笼、捉田鱼、写春联、学唱鼓词……穆罕默德教授尤其喜欢看方山村村民下中国象棋,饶有兴味地拍摄了视频,他说:"我自己也学过一些中国象棋!"

这是"游浙江、过大年"的"侨乡中国年"活动,由浙江省政府新闻办等多家单位联合主办,来自葡萄牙、美国、乌克兰、塞尔维亚等国家的 42 位国际友人,以及 10 位海外文化宣传大使莅临参加。活动第一站是浙江改革开放先行地之一的义乌,在这里向国际友人展现浙江的发展故事;之后前往"两山"理念指导下文化产业蓬勃发展的丽水市莲都区古堰画乡,讲述浙江的山水故事;再到有"联合国村""中国田鱼村"美誉的龙现村,感受浙江的人文故事。这一线路安排,十分切合"创新、协调、绿色、开放、共享"的发展理念。

这是开放视角下的"老外在中国过大年",能够近距离感受浙江浓浓的年味,最直接体验浙江的民俗文化、乡风乡情。1月25日,国际友人首先参观了义乌国际商贸城、义乌城市规划馆,实地感受当地经贸的繁荣发展,了解义乌的历史变迁、发展现状和规划远景。来自葡萄牙的友人佩德罗说:"我是第一次到中国,(义乌)这个城市的现代化让我留下了非常深刻的印象,和我之前在书本上一知半解了解的中国完全不一样。"次日,国际友人一行从义乌市出发来到丽水市莲都区,参观了古堰画乡、下南山古村落、百兴菇业等地,写福字、游山水、观看传统表演、与当地群众近距离互动,体验了原汁原味的中国年。

到了侨乡青田,活动尤为丰富,体验挂灯笼、写春联、做麻糍、学唱鼓词、学青田鱼灯舞等一系列传统年俗活动,观看并参与乡村春晚,下田捉田鱼并品尝田鱼宴。在全世界都很著名的龙现村,是青田稻田养鱼的典范村,稻田养鱼已经养成了文化,这个有着700多年历史的"稻鱼共生系统"的农作方式,被联合国粮农组织评选为世界农业文化遗产;年夜饭的田鱼,可是一道十分重要的传统菜。国际友人直接体验"田鱼文化"的每一环,成为"特色文化中国年"里无法忘怀的一幕。

老外"请进来",文化"走出去",让世界爱上中国年。让年味越来越浓,让"年文化"越来越有文化,这越来越重要。文化是生命本来的形而上活动,有了文化文明,人生在世才有丰富的精神、充沛的快乐。一个中国人,对自己的家园、历史、民俗和文化有着非同一般的深情与自信。越自信,越开放;越自卑,越封闭。在开放的视角下,应该清晰地看到,一个民族受到世界的尊重,它一定要在精神文化层面对人类做出大的贡献。而改革和开放,本质上是精神文化层面要改革和开放;中国开放的加速度,需要思想文化开放的加速度。这,也正是举办"侨乡中国年"活动的深层意蕴。

文化藏在细节里

　　文化藏在细节里。在许许多多的文化细部，我们还是不要那么"自信"为好。

　　比如，在新媒体时代，表情包文化是网络新文化之一，搞不好要吃官司的。2018 年 2 月，"葛优躺"表情包侵权案落判，北京一中院终审认定艺龙网公司构成侵权，判决其赔偿葛优 7.5 万元并赔礼道歉。

　　在电视剧《我爱我家》中，著名演员葛优客串了一把，扮演纪春生——一个伪装成"民间科学家"的骗子加懒汉，该角色在剧中将身体完全躺在沙发上的放松形象，被称为"葛优躺"，成为网络热传的形象。

　　对于"葛优躺"，网友们传一传也就算了，可作为商家的艺龙网公司，却擅自在自己的官方微博上发布含有"葛优躺"形象的内容，这是用于商业目的，显然是侵犯了他人肖像权。葛优上法院打官司，一审、二审都得到了司法的支持。

　　表情包用错，企业赔偿了也就好了，今后当心就好；可是，文化名人在文化细节上出错，影响就大了去了。向来是"咬文字、嚼文化"的《咬文嚼字》，公布 2017 十大语文差错，其中有一个就是"人名误读"：央视播出的《朗读者》节目中，濮存昕强调老舍的"舍"应该读作 shè，这在观众中产生了很大影响。其实正确的读法是 shě。"舍"有 shě 和 shè 两个读音。读 shě，为舍弃；读 shè，为房屋。老舍原名舒庆春，字舍予，笔名老舍。舍予是舍我、无我的意思，"舍"即舍弃，应读第三声。如果读 shè，"老舍"便成了老房子，显然不是这个笔名的寓意。根据亲友回忆，老舍生前自己也读 shě。

一个字的读音，是够细的文化细节了。我们"大节"通常没问题，而"细节"往往很容易出错。作为著名话剧演员的濮存昕，偏偏非常自信地把一个字给念错，这非常不应该；董卿作为央视相当有文化的主持人，面对濮存昕自信的错，她是轻易"听信"了，这也非常不应该；而最终这个差错在央视播出——央视有多少把关人啊，这就更不应该了。

濮存昕在话剧《雷雨》中饰演周萍，我看过的，由此我想到另一个人名的读音问题。我的一位前同事曾跟我提出来，说《雷雨》中的"蘩漪"的"蘩"作为姓应读 pó 音。我立马去查了下《曹禺全集》，验证我同事说的不对，因为准确的名字是"周蘩漪"，姓"周"而不姓"蘩"，是"蘩"而非"繁"。查《现代汉语词典》，"繁"作为姓氏，确实读 pó；而"蘩"，读 fán，解释为：古书上指白蒿(一种草本植物)。"蘩漪"，与草、与水相关，如果少了草头，变成"繁漪"则不知所云了。另外，从语音语感来说，也不该发"婆姨"之音。

《都市快报》曾刊发的一幅书法作品中，将"叫醒服务"错写成"教醒服务"，将"争分夺秒"错写成"争分夺妙"，够离谱的。媒体作为文化传播者，要小心再小心，以免在细部一错再错。

在文化细部，我们还是别那么"自信""自以为是"为好。

年度汉字里的现实与文化

2017 年开年不久，"2017 指导性年度汉字"——"麗"（简体为"丽"）字发布，寓意新故相推、金鸡报晓、日丽中天。随即，《中国纪检监察》杂志公布 2016 年度汉字 3 个：规、严、责。规，是依法治国，是制度治党、依规治党，有法度，重约束，讲谋划；严，是严明纪律的严，是严惩腐败的严，是严格监督的严，是严肃问责的严；责，要唤醒责任意识，要激发担当精神，要倒逼责任履行。此前，在 2016 岁末，由国家语言资源监测与研究中心、商务印书馆等主办的"汉语盘点 2016"活动揭晓了"年度国内字"，亦是一个"规"字。"规"自规矩，规矩乃方圆之至也。

汉字是中国文化的基因。岁末评选过去一年的"年度汉字"，年初发布新一年的"指导性年度汉字"，这本身就是一道文化风景。年度汉字的选评，在世界汉字文化圈中可谓一帜高扬。自 1995 年起，日本汉字检定协会在每年的 12 月 12 日公布年度汉字，因为 1212 的日语谐音是"良字一字"。2016 年日本年度汉字是"金"，照例由京都清水寺挥毫写下书法大字；年度汉字由民众票选产生，是日本这一年来世相民情的缩影。马来西亚的年度汉字评选，则是选出一个"贪"字，该国一位专家说，这"非常贴切地反映了人民一年来对生活环境与社会氛围的关心、不安和不满等情绪"。

年度汉字，正是现实的折射，也就是"大浪淘沙，岁月留痕"。

我国台湾地区选了一个"苦"字作为 2016 年年度汉字,很生动很形象;而海峡两岸 2016 年年度汉字则选出一个"变"字,反映了现实的变化、时代的脉动。山东广播电视台 2016 全媒体年度汉字评选,入选的汉字是"开",寄意开放发展、开拓创新。广东《新周刊》新锐榜评选的 2016 年年度汉字则是"刷",刷微博、刷微信、刷淘宝、刷外卖、刷网剧、刷存在感、刷屏——正如网友所言的:我刷故我在! 在杭州,刷支付宝来支付成了常态,支付宝发布的 2016 年全民账单中,杭州人均支付 18 万,全国第一! 移动互联网的迅猛发展,带来了社会观念、行为方式的嬗变、聚合与分化,现代人成为"刷一代"。当然"刷"字也有传统的意义,有人就举例说,"2016 年杭州 G20 峰会刷新了中国形象"……

如果想一想的话,每个人的脑海里都会有一个年度汉字。有个自媒体节目《趉趉说字》,评选 2016 年年度汉字为"霾",不言而喻,2016 年我们有太多的时空进入了"霾时代"。江山如此多娇,引无数"雾霾"竞"缠"腰! 治"霾"进行时,为拯救美丽蓝天要使出"洪荒之力"! 我们绝不能是"朝闻霾,夕死可矣"! 公众对席卷全国的雾霾有焦虑、有怨怼,那么,公民的一举一动里都有防霾治霾之重。河北是雾霾重灾区,在 2017 年的河北省"两会"上,草根明星、省政协委员王宝强带来了两个提案,其中之一就是关于雾霾治理的。已是两个孩子父亲的王宝强,希望能为子女营造一个绿色健康的环境。

环境就是民生,青山就是美丽,蓝天也是幸福。我很赞成把"麗"(丽)字选为 2017 指导性年度汉字。繁体的"麗"字,正如《说文解字》所言的,"麗,旅(侣)行也",因为"丽"来自"鹿",鹿的特点不是单独行动,是结伴而行;"丽"有对称与均衡的含义,而鹿角的纹样与形状具有和谐与对称的美感,因此引申为光华与美丽之意。为了蓝天丽日、风和日丽,大家要团结相向、结伴而行,投入到防霾治霾的行动中。这也正是一个汉字中所蕴含的公众期待。

年度汉字评选,跨文化、跨学科、跨时空,凝聚一个汉字。其实,评选"年度字词",不仅是汉语文化圈的事,牛津词典也是年年评选年度词语的,"post-truth"(后真相)被评为 2016 年年度词语,立马引起了舆论的热议,而且也标志着一个"后真相"时代的开始。

十大流行语和社会文化心理

　　好语言不是蜜,但可以粘住一切。2018 年 12 月 3 日,《咬文嚼字》编辑部例行公布了 2018 年十大流行语,入选的是:命运共同体、锦鲤、店小二、教科书式、官宣、确认过眼神、退群、佛系、巨婴、杠精。这十大流行语,当然是黏性比较强的语言,不说全部,至少会有那么几个曾经粘住过你。

　　语言是社会的,语言是大众的,语言是流动的,语言是变化的。语言是一种最普遍最直接的文化,自然而然产生的语言,因其主体性、真实性与社会性,最明晰地反映出社会文化心理。

　　分析这十大流行语,"命运共同体"是政经类语词,当然是政治性强于社会性;"退群"则兼具政治性和社会性。从社会学价值来看,"退群"的流行,说明公众对国际重大事件的关注——美国前总统特朗普就老喜欢"退群"。还有论者认为:"锦鲤"的横空出世,反映了公众对美好生活尤其是偶获性的美好生活的向往;而"巨婴"(指心理滞留在婴儿阶段的成年人)和"杠精"(抬杠成精)的流行,则反映了民众的正确价值观,对负面事件、对不理性行为的反思与批判。

　　那些很机智的网络语词,贴近网友、贴近大众、传播广泛、受众众多,往往也流行持久。其中最具网络语言风格的,莫过于"确认过眼神"与"佛系"。

2018年走红网络的"确认过眼神"——从眼神里得到了证实,出自林俊杰《醉赤壁》里的一句歌词:"确认过眼神,我遇上对的人。""确认过眼神"的流行,反映了人们面对良莠不齐的海量消息尤其是虚假信息时,希望得到"确认""甄别"的心理,而"眼神"则是一个特别形象的意象。

"佛系"是个外来词,日本某杂志率先推出一个"男性新品种"——"佛系男子",即爱独处、专注于自己的兴趣、不想花时间与他人交往的男人。到了我们的网络上,"佛系生活"的"佛系",意指"不争不抢,不求输赢,不苛求、不在乎、不计较,看淡一切,随遇而安"的生活态度。"佛系"一词迅速引爆网络,并显示出了超强的构词能力,"佛系青年""佛系生活""佛系人生""佛系乘客",等等,层出不穷。有人说,"佛系"的流行,既包含消极生活的文化心理,又包含对非理性行为的反感心态,内涵丰富。

好的网络语言,是要建立在好内容之上的。有网友制造了一个由"穷""丑""土"三字组合而成的"新字",谓之"年度汉字",尽管这反映了部分网友的"网络文化心理",但将其说成"年度汉字",那未免太凌驾于"年度"与"汉字"之上了,那不过是一种社会情绪的宣泄方式,显然代表不了"年度汉字"。

在2018年十大流行语中,非常值得一提的是"店小二"。"店小二"虽然是个旧词,但其流行语义是崭新的,最初源于浙江主要领导人所提倡的:政府部门、领导干部要当好服务企业、服务基层的"店小二"。低姿态的"店小二"形象,最优质的为民服务,这与浙江推出的"最多跑一次"改革也十分契合。公众喜欢、欢迎这样的"店小二","店小二"当然是越多越好。

无论你是否获得"锦鲤",大家都是一条船上的"命运共同体",有"店小二"为你提供"教科书式"的服务,而且那是经过"官宣""确认过眼神"的,那么你成为"佛系"也无妨,可以让"巨婴""杠精"主动"退群",而始终在线的你,就为越来越多、越来越丰富的网络语言文化点赞吧!

什么标语口号时间之齿才无法啃动它

一部标语口号史,就是一部时代变迁史。

2007 年 8 月 13 日,《中国青年报》有个很有意思的报道,标题是一串数字:

96.3%的人确认我们生活在标语中

59.9%的受访者认可"标语是时代的烙印"

46.8%的人觉得好玩的标语是民间智慧的体现

报道说的是,日前国家计生委宣布准备"清理、规范、更新人口和计划生育标语口号"。标语,这个在中国社会一向司空见惯的东西,忽然间引起了媒体和民众的极大兴趣……

国家计生委要求各地对计生标语"改头换面",这是计生工作开展 30 多年来首次进行标语的清理、规范与更新。这一行动昭示着时代文明进步的一种变化,所以反响强烈。有媒体为此进行了一次公众调查,96.3%的受访者认为"生活中标语口号随处可见"、59.9%认可"标语是时代的烙印"。

"标语"与"口号"两个概念是相辅相成的,作为语言表达的一种特殊形式,前者多张贴,后者多呼喊,口号可张贴而成标语,标语亦可呼喊而成口号。标语口号都是时代的产物,是时代需要的一种反映。政治主张之弘扬,社会理想之寄寓,工作目标之确立,心中激情之宣泄,最直接最热烈最有影响力的就是标语口号。在半个多世纪前,教育家陶行知从提高民族素质出发,提出做人要做"一品大百姓"的口号,他毕生以此自勉勉人,想老百姓,做老百姓,爱老百姓,为老百姓,学老百姓。

时代不同,标语各异。近代以降,我国的标语口号日渐兴盛。比如晚清时期的"师夷长技以制夷""中学为体、西学为用",国民革命时期的"劳工神圣""革命尚未成功,同志仍需努力",全民抗战时期的"兵民是胜利之本""一寸山河一寸血、十万青年十万军",解放战争时期的"一切反动派都是纸老虎""将革命进行到底",等等。新中国成立后,不同阶段的标语口号更是时代特色鲜明,从"抗美援朝、保家卫国"到"百花齐放、百家争鸣",从"横扫一切牛鬼蛇神"到"革命无罪、造反有理",从"实践是检验真理的唯一标准"到"发展才是硬道理",从"不管白猫黑猫,抓到老鼠就是好猫"到"同一个世界 同一个梦想"……这些标语都精要地记录了沧桑世事和社会变迁。

标语中国,口号无处不在,将历史斑驳地记在了墙上。好标语是时代呐喊的强音,坏标语则是一种"精神软暴力";好标语是无形的精神财富,具有一种文化凝聚力和向心力,而野蛮的标语则是反人性、反文明的。不少"深入人心"的标语确需抛弃,比如"飞车盗抢,当场击毙""偷井盖者抓住剁手"的警示标语,等等。这种冷漠强硬、缺乏人文关怀和以人为本思想的标语,越是"语不惊人死不休"越是令人恐惧,在现今尊重百姓权利的时代,是应该将其"拿下"了。

可爱的标语朗朗上口易懂易记,好玩的标语体现民间智慧。为了增加标语的文化内涵与文学色彩,前几年北京市还请作家来拟写交通标语。对于那些非人性化标语,不仅要"改头换面",还要"洗心革面",非此而无以体现社会价值观的发展进步;不仅要清理这些标语口号本身,更要清理"公权力"对"私权利"的态度。

优秀的标语口号,时间的牙齿是无法啃动它的。今后新拟一个标语口号,都要想一想其人性化与人文化、牢固度与生命力。

风俗与陋俗

"习俗是法律外的法律",这说的是习俗的厉害。习俗当然有良俗和陋俗之分,陋俗至今有着顽强的生命力。不信的话请你看这个"闹洞房出了格,新娘新婚之夜被强奸"的奇事:

据 2003 年 4 月 8 日南京《周末》报等多家媒体报道:1 月 23 日,河南叶县农民铁刚和翠花结婚,洞房花烛夜,闹新房"陪床"的男青年三树将新娘强奸了。按照当地的风俗,同村的三树等四五名男青年一同就寝到两位新人的床上"陪床"闹房。几名男青年和新郎、新娘入睡不久,因床上人多,新娘子起身到客厅的沙发上睡觉。半夜时分,三树起身小便后返回卧室时,发现了半躺在客厅沙发上的新娘,三树冲动之下走向了沙发……事毕,三树欲再次与新娘发生性关系时,新娘才发现与自己亲热的人不是自己的丈夫,愤怒不已的新娘叫骂扑打着三树……

这个事情的结果是法院认为三树的行为已构成强奸罪,判处有期徒刑 4 年。让我感到不可思议的,倒不是三树的行为,而是"四五名男青年一同就寝到两位新人的床上,陪床、闹房"的"风俗"。此等恶俗,还存在于 21 世纪,存在于开放中国的农村,还真让人感觉到"文明社会"的建设真不是一朝一夕就能到来的。

应该说,新中国成立以来,陈规陋俗的扫除卓有成效,笔者

60年代出生于浙江农村,童年时还耳闻村里的婚丧陋俗,印象极深的是这么个事情:4个男青年疯狂闹新房,在婚床上用棉被将新娘压在底下,4个青年分坐棉被的四角,没想到结果是把新娘活活闷死了! 曾经的闭塞导致文化生活的单调和精神生活的空虚,难得闹上一回新房,疯狂一把,这是产生陋俗的土壤之一。但改革开放后,"春风又绿江南岸",哪还有那种疯狂闹新房的陋俗存续?

"风俗"一词,在我国古已有之,"美教化,移民俗"(《诗序》),"入竟而问禁,入国而问俗,入门而问讳"(《礼记》),"心气和怡,则风俗齐一"(《乐论》)。风俗,作为一个民族相沿积久成习的文化现象,普遍存在于人民生活当中。有着五千年悠久历史的古老中国,历来被看作世界上风俗文化最发达、最丰富的国家。风俗文化代代相习,传承不断,在漫长的封建社会,风俗文化达到鼎盛。但是,风俗中的陋俗却一直与良俗相伴相生,裹小脚的陋俗就是中华民族曾经的巨大耻辱。风俗文化中的婚俗文化相对来说生命力更强大,而婚嫁陋俗似乎总是不肯轻易退出历史舞台。

此前《江南时报》曾报道了一个"陈规陋俗恼煞人,新郎临阵换新娘"的事:南京市浦口区沿江镇村民田某,在父母的包办下,与安徽一女青年确定了恋爱关系;春节,田某带着迎亲车队远赴安徽农村喜接新娘。按当地风俗,村里姑娘出嫁,新郎要给村里每人两包喜烟和20元喜钱,否则新娘便难以冲出重围。哪知,田某随身携带的数条香烟和4000元钱发完后,仅打发走部分村民。那些没有拿到喜烟喜钱的村民则不依不饶。面对此情此景,田某思绪万千,想到了昔日女友。气愤之余,他打手机与女友联系,征得其家人同意后,立即调头直奔女友住处,将心爱的女友接回家中。

无疑,陋俗是文化糟粕,而在陋俗背后,是一种隐性的精神状态,这种精神状态和生活习俗是相互依存、相互渗透、相互促进的。说到消灭恶习,雨果曾说:"风车不存在了,风却还存在。"逆动的社会因子、消极的精神状态和相对落后的经济,都在阻碍风俗的变革步履。拆毁风车是容易的,抵御风气却很难。风俗的良性嬗变,需要社会的共同努力。

艺术市场化的诚信操守

2002 年 5 月 17 日《文汇报》报道：上海市徐汇区法院 16 日公开审理了一起罕见的"裸体画风波案"，杭州女模特状告上海美术教授徐芒耀和辽宁美术出版社。原告缪某没有到庭，因为她处在精神抑郁症的发病期，目前意识不清，无民事行为能力。

原告方提出：她男友在杭州新华书店翻看了辽宁美术出版社出版的人体画册《一代画风》后，一气之下离她而去。画册两页中，她的裸体形貌逼真再现，这正是当年徐芒耀教授对着她的裸体创作的。

原告缪某在 1995 年与浙江美术学院（现中国美术学院）签订了《合同制模特工作协议》，约定"配合教师完成课堂的教学任务"，"按基本工资和课时工资计算报酬"。彼时，徐芒耀教授在该院带教研究生，他参照缪某的裸体，创作了尺幅不小的教学示范画。但是，现在这样的"教学示范画"示范到书里去了，示范在广大读者面前，于是成了被告。

艺术是需要市场化的，特别是在市场经济时代。但艺术的市场化，必须以诚信守法为前提。缪某代理人在法庭上指出，当时徐教授亲口向原告承诺，保证该画不公开发表，只作个人作品收藏。但早在 2001 年 6 月，浙江美术出版社与徐芒耀合作出版了一本画册，其中也用了与本案相关的同一张人体画。结果被告进杭州市中级法院,后经法院调解,被告徐芒耀与浙江美术出版社以补偿原告人民币2万元了结该案。

8月28日,该案有了结果:上海市徐汇区人民法院对此案作出一审判决,确认画册《一代画风》的出版商辽宁美术出版社、女模特的人体肖像画作者徐芒耀构成侵权,承担民事赔偿责任。两被告赔偿原告精神损害费2万元人民币;在法院指定地点,两被告以口头方式向原告赔礼道歉;停止销售《一代画风》,并收回未售出的画册。

同样的侵权,被告方为什么会一犯再犯?市场化的利益使然,你只要看看现在图书市场上泛滥成灾的"人体艺术造型"之类的"画册",就能明白个一二。尽管被告代理律师认为画家的"两幅画稿酬仅得100元人民币",而出版社出版画册"还亏损了63.75元人民币",但"被告以营利为目的说法不能成立"的说法是这样的虚弱。我们并不反对艺术在市场化中获利,但艺术不能"泛市场化",不能不顾诚信操守,把什么都拿来卖。

诚信的忽视、操守的丧失,长时间来侵害女性模特的人身权利,以致类似的案件一而再再而三地发生。早在1988年12月,中国首次"油画人体艺术大展"在北京展出的时候,不仅引起轰动,也引来轩然大波,两名女模特状告中央美院违背保密承诺、侵犯肖像权;直到9年后,两名模特胜诉而获得赔偿。同样,在2001年4月,首届中国人体摄影艺术巡展也轰动一时,一位海南的模特也以侵犯其肖像权和名誉权为由诉诸公堂,要求赔偿精神损害费和侵权赔偿费共计100万元。最近,"少女写真照"兴起,也闹出了状告照相馆侵权的事。这类案件,原告与被告在法庭上是平等的,但在上公堂之前,谁是强势群体、谁是弱势群体,可以看得很清楚。不可思议的是,针对这种侵权案,不少人竟以"太保守""不开放"来谴责女模特。

模特,特别是女性模特是一种特殊的职业。在欧美,美院的女模特备受尊敬,因为她们天使般的身体为世界创造了美;在日本,演艺明星的写真集公开出版发行成为影迷的珍藏,因为她们的身体是她们艺术生命的一个组成部分。但是,在中国,这份特殊的职业庶几成了一种"高风险职业"。因为画家、摄影家掌握着"形象霸权",在丧失诚信的情况下,完全可以祭起艺术的大旗去赢得自己的利益。而留给女模的是什么? 报道所展示的缪某的悲惨结局最能说明问题:恋爱破灭、精神失常;不仅终日抑郁,还曾割腕自杀,幸被救回。

丰子恺曾言:"艺术不是技巧的事业,而是心灵的事业。"一位哲人则说:"美是一面镜子,你在这面镜子前可以照见你自己。"在艺术市场化的今天,失去诚信操守,美在一些人——比如"画家""出版家"的面前就成不了镜子,照不着自己。要在源头和根本上保护女模特的人身权利,不仅需要个体的诚信,还需要群体的诚信和社会的诚信。相信法律永远站在诚信一边,市场也永远在诚信一边,而艺术,真正的艺术,也永远站在诚信一边。

财富增量·知识增量·文化增量

组织部出面组织培训"富二代"——2009 年 8 月这条消息一出,江苏省委组织部立马被推向舆情浪尖。不管怎么说,他们的目的、出发点都是好的。由此也有了个极好的辩论题:"富二代"进党校培训该不该? 或许一方说"可探索",一方说"是错位",一时恐怕也难以得出个标准答案般的结论。

确实,组织部所组织的,多为干部事务;作为培训的具体落实机构,党校或行政学院主要也是为党政干部的培训提高提供服务的。但从现有的、广义的"党管人才"理念看,组织部门与党校系统为"富二代"等民企后备人才提供培训服务,也未尝不可。现在有个很现实的问题是,民企后备人才确需培训提高,而适合的、"中性"的牵头部门与落实机构又是"别无分店",没有其他的,那么,组织部门与党校先尝试着做起来吧,许多事情确实是需要实践来检验的。或许,那结果就是"帕累托改进"——在不减少一方福利的前提下,通过改变现有资源的配置而提高另一方的福利。而更理想的是,因为"另一方"福利的提高,进而能促进全体福利的提高。

不可否认,这些年来公众的社会心理中,有一股"仇官"与"仇富"的情绪涌动,组织者要特别当心一个新举措恰好让这两股情绪纠集在一起。当我看到报道说,华西村老书记吴仁宝是培训老师之一，我觉得这就颇有意思。这位一天最多吃 8 个煮鸡蛋、只吃蛋白不吃蛋黄的老吴，是个比较可爱的人，他兼有小官与富人的双重身份，然而在他身上较少出现"被仇官"与"被仇富"的情形。我想他应该可以给"学徒"以较多实践知识的增量。

当今时代，对于民营企业家及其"富二代"来说，财富增量大抵已不是第一重要的事情。比财富增量更为重要的，是知识增量与文化增量。也就是说，头脑富起来，比钱包鼓起来，更显重要。而通过知识增量，则可促进文化增量，进而通过文化增量，反过来促进财富增量，这才是一个良性循环。如果没有知识增量以及文化增量，财富增量往往就不可持续，所谓"富不过三代"就是这个道理。

说实话，头脑没有富起来，思想没有富起来，精神没有富起来，人文没有富起来，人格没有富起来，那么，富人其实还不是富人。有的"富一代"在富起来之后，富而好利、富而好赌、富而好淫，甚至转向毒品。有些"富一代"学会了赚钱，但没有学会教育孩子，结果是富了一代人，害了一代人；富了这代人，害了下代人。如今有些"富二代"的不良表现，确实受人诟病。"富起来后怎么办"是个大问题，似乎并不比"怎么才能富起来"好回答。那么，这一切问题，都需要通过教育学习、通过知识增量与文化增量，在潜移默化中得以解决。

对文化增量，外部环境是可以提供各种帮助的。早在 1979 年，《人民日报》就展开了系列讨论，"为富字正名"。这就是文化意义上的为"富"解脱。文化既要"化文"，更要"化人"。包括"富二代"在内的民企后备人才，迫切需要在现有知识存量与文化存量的基础上，大踏步向"增量"迈进。那么，进党校去学习，就很需要一点"思无邪"的精神，不要只想到"人际关系增量"，乐不思蜀地把心思都用在"搭建人脉关系"之上。

肆

学术头衔·科学伦理·科研文化

量子可纠缠，科研不纠缠

我们生长于"经典世界"，而今渐渐进入一个崭新的微观空间领域，它叫"量子世界"。

继 5G 之后，量子科技日益成为社会关注的焦点热点。2020 年 10 月 16 日，中共中央政治局就量子科技研究和应用前景举行第 24 次集体学习，表示要加强量子科技发展战略谋划和系统布局，把握大趋势，下好先手棋。时任清华大学副校长的薛其坤院士进行了讲解。薛其坤带领研究团队，于 2013 年在国际上首次发现"量子反常霍尔效应"，荣获 2020 年度"菲列兹·伦敦"奖。

量子理论是 20 世纪科学的重大进展之一。早在 1900 年，德国著名物理学家普朗克就提出了量子这个概念。"一朵云降生了量子论，另一朵云降生了相对论"。

当今"第二次量子革命"正在兴起。现代信息技术，量子力学是硬件基础，数学是软件基础。新华社 10 月 18 日报道说，具有代表性的是量子通信和量子计算，是科技大国重点抢占的战略技术高地。量子通信，是信息安全传输的"保护盾"，窃听者必然被察觉并被规避；量子计算，则是未来计算技术的"心脏"，谷歌研究人员发论文称，"基于一个包含 54 个量子比特的量子芯片计算系统，它花费约 200 秒完成的任务，传统超级计算机要

1 万年才能完成"。

在量子世界,最著名的原理就是"量子纠缠"——爱因斯坦于 1935 年最早提出了"量子纠缠"的概念。现在通俗地讲就是:两个不同量子,在彼此相互作用后,处于纠缠状态,就像有"心灵感应",无论相隔多远,一个量子状态变化,另一个也会随之改变。量子世界还真是"有你有我"。

我国有一位"光量子纠缠鬼才",他叫陆朝阳,以研究量子纠缠闻名,被称为在量子世界里"打怪升级"的"超级玩家"。就在 10 月 7 日,"2021 年度罗夫·兰道尔和查尔斯·本内特量子计算奖"授予陆朝阳,他成为首位获此殊荣的中国科学家。

青年才俊陆朝阳,1982 年 12 月生于浙江东阳。1998 年春节前,他在东阳中学读高中时,潘建伟教授前来所做的一场科普报告,为他揭开量子世界诡谲离奇的一幕,由此他沉迷其中。陆朝阳回忆:"讲座非常生动有趣,在我们高中生听起来甚至有些疯狂。"潘建伟院士是我国量子研究的领军人物,同样是浙江东阳人,1970 年 3 月生人。他是中国科学技术大学常务副校长、九三学社中央副主席,也是西湖大学创校校董会成员;他还来到西湖大学,讲了一堂《从爱因斯坦的好奇心到量子信息科技》的公开课。"墨子号"量子科学实验卫星科研团队就是他领衔的。

2000 年,陆朝阳考入了中科大物理系,顺利进入了潘建伟团队实验室。2007 年,24 岁的他在国际上首次实验实现了六光子纠缠"薛定谔猫态"和"簇态",刷新了光量子纠缠的两项世界纪录。2008 年,经导师潘建伟建议,陆朝阳去英国剑桥读博。潘建伟自己是在维也纳大学完成博士学位的。与导师一样,陆朝阳学成归国,继续深入研究探索量了世界的奥妙,把这个领域做大做强,真正为国为民所用。这就是优秀知识分子的家国情怀。

2010 年,28 岁的陆朝阳成为中科大最年轻的教授、博士生导师。潘建伟、陆朝阳他们带领团队,构成了中科大量子研究的"梦之队"。2015 年度国家自然科学奖唯一的一等奖,授予"多光子纠缠及干涉度量",获奖者就是潘建伟、陆朝阳等 5 人。欧洲物理学会公布 2015 年度国际物理学领域 10 项重大突破,潘建伟、陆朝阳等完成的"多自由度量子隐形传态"名列榜首。

陆朝阳说得好:"做科研,可以聆听自己的梦想,跟随自己的兴趣,一直在创新,挑战新高度。"他在量子计算、量子通信、多光子纠缠、光子操控等研究领域获得了诸多突破。2020年2月,他荣获美国2020年度"阿道夫·伦奖章",也是国内第一人。10月18日,2020世界青年科学家峰会在浙江温州举办,陆朝阳获得第16届中国青年科技奖,他在开幕会上作了主旨报告《第二次量子革命》,从"量子保龄球游戏"开始,介绍了固态量子光源、量子隐形传态和光量子计算等方面的最新研究成果,讲述了量子世界种种匪夷所思的奇观。

如果说生产是"加法"、创新是"乘法",那么基础科研、科学原创就是"几何级数法"。在量子科学领域,产生了很多技术革新:核能、核磁共振、晶体管的发现、激光的发明、巨磁阻效应的发现、高温超导材料等,走进寻常百姓家的LED灯也离不开量子科学。如果基础研究不行,被"卡脖子"是必然的。

量子研究,领域广泛,前景广阔。一个最新消息:潘建伟、陆朝阳等与国外学者合作,在同时具备高纯度、高不可分辨、高效率的单光子源器件上观察到强度压缩,为基于单光子源的量子精密测量奠定了基础。(2020年10月18日《科技日报》报道)

2019年年初,浙江大学发布"量子计算与感知会聚研究计划",直面国家战略需求和全球重大科技挑战。2019年8月,浙大王浩华教授带领的量子计算研究团队,携手中科院等,历时两年,研制出首个具有20个超导量子比特的量子芯片;2020年3月,浙大袁辉球团队首次在纯净的重费米子化合物中发现铁磁量子临界点,并观察到奇异金属行为,从而打破了普遍认为铁磁量子临界点不存在的传统观念……

量子科研,未来可期。量子可纠缠,科研不纠缠,需要一往无前!

未来科学大奖：民间的力量

世界因科学而美丽。每年"未来科学大奖"揭晓颁奖，都是中国科学界的盛事。历经 9 个月评选，2021 年获奖名单于 9 月 12 日公布，4 位卓越科学家得奖：袁国勇、裴伟士获得"生命科学奖"；张杰获得"物质科学奖"；施敏获得"数学与计算机科学奖"。

袁国勇和裴伟士来自香港大学，他们发现了冠状病毒（SARS-COV-1）为导致 2003 年全球重症急性呼吸综合征（SARS）病原，以及由动物到人的传染链，为人类应对 MERS 和 COVID-19 冠状病毒引起的传染病产生了重大影响。张杰来自上海交通大学，他通过调控激光与物质相互作用产生精确可控的超短脉冲快电子束，并将其应用于实现超高时空分辨高能电子衍射成像和激光核聚变的快点火研究。施敏来自台湾阳明交通大学，他对金属与半导体间载流子互传的理论认知做出的贡献，促成了过去 50 年按"摩尔定律"速率建造的各代集成电路中如何形成欧姆和肖特基接触的关键技术。

未来科学大奖设立于 2016 年，关注原创性的基础科学研究，表彰大中华地区做出的、在世界上有长期影响力的科研成果，被很多人看作"中国版诺贝尔奖"。科学要面向世界、面向未来。"未来科学大奖"名称中冠以"未来"二字，具有前瞻性，可谓富有远见。

未来科学大奖是由科学家、企业家群体共同发起的民间科学奖项,其评审体系主要参考诺贝尔奖、图灵奖等国际著名奖项,采取提名邀约制和国际同行评议制,单项奖金为100万美元。每项奖金由4位捐赠人共同捐赠,他们都是企业家、行业领军人物:

"生命科学奖"捐赠人:丁健、李彦宏、沈南鹏、张磊;"物质科学奖"捐赠人:邓锋、吴亚军、吴鹰、徐小平;"数学与计算机科学奖"捐赠人:丁磊、江南春、马化腾、王强。

科学发展,需要民间的力量。诺贝尔奖也是个人设立的。无论是成功的科学家还是成功的实业家,其背后最根本的动力和做法是相同的。科学家要有孜孜以求、不断进取的"科学之脑",企业家尤其是民营企业家设立科学大奖,则是体现"人文之心"。

对于基础科研,尤其需要企业家们更多的投入。基础科研就是面向未来的,不一定立马就产生经济效益。许多一流的成果,也需要漫长时间的研究才可能出来,不能急功近利,不可急于求成。"立竿见影"的实用科技当然是重要的,而基础科学研究不以任何专门或特定的应用或使用为目的,很多基础研究成果很难商业化生产,但基础科研是建设世界科技强国的基石,是建设创新型国家最根本的动力源泉。

事实上诺贝尔科学奖重点也是奖给基础科研成就的。大学是否真正重视基础科学,是能否称为世界一流大学的一个关键。如今各种大学排行榜风起云涌,评选中如果引入"诺贝尔奖"因子,那么诸多没能培养出诺贝尔奖人才的大学,排名就必然会大大后退,因为其基础科研水平和能力不足不够。

只有眼光放得很远,才能真正重视对基础科研的大规模投入。事实上基础科学研究往往最终能够"变现",发挥跨越性的巨大的现实作用。没有理论物理,哪有原子弹。卢柯是2020年未来科学大奖之"物质科学奖"得主,他是材料科学家,2003年当选为中科院院士时年仅38岁,属于改革开放后当选年龄最小的院士,他还入选为发展中国家科学院院士、德国科学院院士、美国国家科学院外籍院士；正是他开创性地发现和利用纳米孪晶结构及梯度纳米结构以实现铜金属的高强度、高韧性和高导电性，这样的成果最终也会实现"实用"。

民间力量，倾心反哺，尊重科学，珍重科研，注重原创，奖励杰才，开创时代，开辟未来。

学术头衔·科学伦理·科研文化

2014 初夏，中国院士制度要迎来"大修"了——要改进和完善院士遴选机制、退休退出制度，等等。至此我国有 743 名科学院院士、802 名工程院院士。院士是国家设立的最高学术称号，原本为终身荣誉——没有"退出机制"。此前出了个著名的"烟草院士"事件，中国烟草总公司郑州烟草研究院副院长谢剑平，在 2011 年成功当选中国工程院院士。他所研究的"减害降焦"被斥为伪命题，中国工程院除了"动员"他自愿请辞外别无他法，谢剑平只表示"还在考虑"。这个事件充分说明，院士的进退机制，真得"创新、再创新"了。

"烟草院士"为什么能顺利入选？众多院士的呼吁为什么都无法阻挡"烟草院士"的当选？这些年来，为什么那么多官员、企业家都一门心思去参评院士？这背后究竟有哪些非正当利益在驱动？当然，这里院士"退不退休"与院士"退不退出"是两回事，但"不愿退休"和"不愿退出"都一样，都是因为"院士"这个称号不仅仅是"荣誉"，还有巨大的"实惠"。

科学人才培养使用的机制，有好的也有差的、劣的、坏的，坏的机制让好人也变坏，更别提随后的科学成果了。最高的学术头衔，需要匹配最高的科学伦理。这种伦理，就是科学家、科技工作者及其共同体应该恪守的价值观念、社会责任和行为规范——在处理人与他人、人与社会、人与自然的相互关系时,应遵循最高的行为准则,这样才能与"院士"这样的最高头衔般配。爱国奉献、淡泊名利、以身作则、严格自律、崇德向善,善养浩然之气、求实之风,做到学为人师、行为世范,这都是科学伦理的内在要求。这里尤其重要的是,需要科学家求实求真,要说真话、掏真心、问真相、传真知、明真理。

追求万物背后的规则,追寻万众心中的伦理,在科学界更应如此。

也在 2011 年,出了一个候选院士"捐精"风波,如果不是这个"意外",他很可能成为院士了。随后,他被移送司法机关;再后来,他被北京高院以贪污罪终审判处 13 年——他利用科研项目的便利,报销虚假的差旅费、劳务费、交通费、文印费等,骗取科研经费第一笔 124 万元,第二笔 5 万余元,第三笔 17.8 万元。我们无法想象,如果不是祸起萧墙、家庭内部出了问题,这个违反伦理道德的研究员,这个贪污科研经费的犯罪分子,今日很可能春风得意地坐在院士的宝座上呼风唤雨呢!

腐败与亚腐败对知识界尤其是对高级知识分子的渗透,需要引起高度的警惕。因为知识界的腐败早已不是孤例。2013 年,南昌大学校长周文斌落马,揭开高校腐败江湖的一角;随后涉嫌行贿他 100 万元现金的某工程公司董事长也"进去"了。这个周文斌,是俄罗斯工程院外籍院士;他继续鼓捣下去,成为咱们自己的工程院院士,也完全是可能的。

院士遴选,是科学界的大事;科学家成绩的评审,要靠业内的学术共同体,而不是靠单位搞公关、个人拉关系。此前,社会上热议原铁道部副总工程师张曙光"只差一票落选院士"事件,其参选过程中,原铁道部的力挺起了不小作用。每次院士增选,候选人及其所在单位"助选拉票""集成、包装"的现象都是屡禁不绝。

伦理若坏,风气必败;制度不良,歪风必狂。早在 2010 年,清华大学生命科学学院院长施一公和时任北京大学生命科学学院院长的饶毅,就联合在《科学》杂志上撰文,批评中国的科研经费分配体制和科研文化问题,指摘许多人把太多的时间用在了拉关系上,文章轰动国际学术界,值得科技界警醒与反思。

　　改革院士遴选和管理体制、实行院士退休和退出制度,这是必须的;在这过程中,以最高的科学伦理、最优的科研文化准则来要求院士和候选的"准院士",也是应该的。如果不是"德学双馨""德高望重",那就不配"院士"之称号。

学术需要清白

学术从来都是严肃的事情，无论是对于别有用心去举报的人，还是对于"非别有用心的人"，都要严肃应对，严正对待。

2021年8月23日，复旦大学研究生院发表声明，回应张文宏博士学位论文"被举报"一事：不构成学术不端或学术不当行为！经由复旦大学学术规范委员会认定，张文宏博士学位论文符合当年博士学位论文的要求，附录综述部分存在写作不规范，不影响博士学位论文的科研成果和学术水平。

复旦大学接到举报后，第一时间回应，并及时进行认定，还张文宏以清白，这值得点赞肯定。今后如果还有谁能够拿出"铁证"证明张文宏的博士论文涉嫌抄袭什么的，大可继续举报，相信该委员会照样会认真对待，予以实事求是的科学的认定。

近来有关张文宏的所谓"争议"，主要是两点：

一是所谓"与病毒共存"。张文宏本来就没有反对"病毒清零"，他所表达的"与病毒共存"是指"新冠病毒会在地球上长期存在"的客观事实。由于这一"客观"事实上难以消弭，张文宏一直呼吁大家，在尽快接种疫苗的同时积极做好常态化疫情防控，不断修补防线薄弱点，这与"外防输入，内防反弹，精准防控"的举措并不违和。在地球上，细菌和病毒远比人类的历史久远，人类如何努力，迄今在全世界真正达到清零的也只有一个病毒——天花。今后的科学史必将证明：新冠病毒会否长期存在于地球之上，包括存在于动物身上。

第二就是他的博士论文"涉嫌抄袭"。众所周知，"举报"者主要是两个：一是网名"大盛说"的赵盛烨，他认为张文宏博论"综述部分"大篇幅抄袭；二是"打假斗士"方舟子，他不断发表视频、推文，反反复复恶攻张文宏，可谓是"竭尽其所能"，从头到尾有无数的无端揣测，却没有拿出一个确凿的证据。

学术的归学术，防疫的归防疫。学术面前人人平等。学术之外，公众爱戴拥护张文宏，那是民心所向；学术如果真有问题，那当然也不必客气，但必须看到，20多年前的学术规范要求和现在并不完全一样。

据我所知，复旦大学学术规范委员会行事是认真的。好多人可能并不知晓《复旦大学学术规范》，其中第三章为《学术不端行为的认定》，明确规定学术不端行为是指"在实施研究、撰写论文、实验报告或申请课题、参加各类评选活动或申报奖项过程中故意实施的造假、篡改、抄袭、剽窃等严重违背学术诚信的不良行为"，其中具体规定了"学术不端行为的表现"，第一项就是"抄袭、剽窃、侵吞他人学术成果"；同时对"学术不当行为的界定"作出明确的规定。

遥想整整十年前的2011年，著名学者朱学勤教授也被"举报"，他的博士论文《道德理想国的覆灭》被指抄袭。朱学勤当时的回应极有底气，称可以"开胸验肺"。后经著名学者葛剑雄领衔的复旦大学学术规范委员会审查认定，在学术规范方面存在一些问题，但"对其剽窃抄袭的指控不能成立"。《道德理想国的覆灭》几乎是我们文科学习者的必读书，它最终反证了许多所谓"举报者"不仅仅是其"道德理想国"已覆灭。

对于学者来说，抄袭无疑是一个极为严重的指控。历史惊人相似的一幕，如今又在张文宏身上重演了。虽说"清者自清，浊者自浊"，但关键时刻还得有及时的学术认定。举报当然是公众的权利，但对于那些构陷者，绝不能让他们的构陷"零成本"。

文化数字化与利益公平化

文化有了越来越多的数字化产出。文化数字化中,很重要的一块是文化资源数字化。资源数字化之后,就有新的利益产生,而利益分配需要公平,这样可促进文化和文化数字化的发展,形成良性循环。

毫无疑问,数字技术、数字平台,助推文化数字化,对文化的传播有着重要的赋能力,体现了数据价值化。但现在不公平的情况比比皆是,比如新闻数字平台不出产新闻,但汇聚了众多新闻信息,从而赚了大钱;学术数字平台不出产学术论文,也仅仅是汇聚了众多论文电子版而一本万利。

2022年初,"九旬教授赵德馨诉中国知网"入选"2021年度网络治理十大司法案件"、入选"2021年度中国十大传媒法事例"。赵德馨是中南财经政法大学退休教授,他状告中国知网(运营方为《中国学术期刊(光盘版)》电子杂志社有限公司),获赔70多万元,该事件引发了广泛的社会关注。

"过去知识交流很困难,写个论文收集资料,就是纸质的一个字一个字地抄。"进入互联网数字时代,发生了革命性的变化,尤其是文化资源数字化平台的建立,为资料查找提供了极大方便,加快了科研进程和知识交流。赵德馨教授主编的《中国经济史辞典》,被知网制成电子版,他的助手要用电子版,赵教授以作者的名义问知网要一个,知网不给,得要花钱下载,一本26元。"这个事就把我搞得生气了。我们创作的东西,一分钱不给我;我下载要利用,你还要问我要钱,这个太不合理了。"他发现还有百余篇论文被知网擅自收录,于是提起了诉讼。然后他的文章也被知网同步下架。

我本人也有1000多篇文章包括论文被知网收入该数字平台,有的下载是免费的,有的则要交费。比如原载于《中国报业》的《"视频化生存"时代的"视频化表达"》一文,免费,迄今有378次下载。原载于《文学自由谈》2021年第3期的《沈昌文的书之爱》一文,共8页,得付费下载,价格为3元,已被下载14次。作为作者,我要下载,同样得注册后老老实实付费才行。

网友有个通俗而形象的说法:"这就像自家辛苦种的果子被别人偷了拿去卖,自己还得拿钱向人家买,真的太不合理。"被赵德馨教授起诉后,中国知网进行了公开道歉,然后下调了硕博士学位论文下载收费金额,算是有个姿态,其他没变。和知网相似,百度的"百度文库"和"百度学术"也是庞大的数字平台,搜罗大量有点价值的资料文章,然后进行"收费阅读",使用者实在无奈。

文化数字化平台,为平台的搭建,为把文章集中到平台上来,当然也有一点成本支出,有一些文化贡献,但和数量庞大的论文文章的内容相比,这几乎是微不足道的。文章的作者,以及编辑出版者,拥有的权利不能被忽视,应有的利益不能被侵吞。权利是人人都有、人人平等的东西;利益是符合条件的人有,其他人没有的东西。当一个作者发表了他人没有的文章,他就应该拥有他人没有的这一份利益;现在这份利益有很大一部分被数字平台侵吞了,"吃进去的要吐出来"——就像赵德馨教授获赔的那70多万。今后得通过制度设计,避免这种利益侵吞。

如今学术期刊纸本订户越来越少,有的几乎是"零订户",学术传播基本或完全依靠数字平台。在国内几大学术数字平台中,知网是龙头老大,能够轻易损害和榨取学者和期刊的权利和利益,这种局面非改不可。最近,《清华大学学报(哲学社会科学版)》常务副主编仲伟民教授提出,历史发展到了某个节点,像知网这样的平台,必须坐下来认真讨论与编辑部、与作者的关系问题,并设法解决,传统的鸵鸟政策恐怕行不通了。

与数字变革时代相适应的治理方式、生产方式、学习方式、生活方式等正在逐步形成。利益的公平分配,关乎数字文明、数字公平和数字正义。数字化需要公平化,否则必定会影响数字化发展。在文化数字化改革领域,我们应该积极探索,走在前列。

涉古研究的开放合作

中国古生物研究,论文频现"洋作者"。2022 年 4 月 11 日中新社报道:中国近年古生物研究热闹非凡,不断有新属种恐龙、古脊椎动物化石发现;不少由中国主导的新属种古生物研究,外国权威专家也参与其中。

同一天新华社报道:中办、国办印发《关于推进新时代古籍工作的意见》,要求加强古籍抢救保护、整理研究和出版利用,促进古籍事业发展,为实现中华民族伟大复兴提供精神力量。其中提道:"统筹事业和产业两种形态、公益和市场两种资源、国有和民营两种力量、国内和国外两个市场,推动形成古籍行业发展新局面。"

文化领域,需要大气开放、创新包容,需要促进多元融合、达成文化认同,从而进一步把祖国宝贵的文化遗产保护好、传承好、发展好。有开放的理念、开放的制度,才会有创新的环境、蓬勃的发展。文化建设,不能只是"闭门造车"。

中国地大物博,化石资源丰富。专家认为,当前的东西方古生物研究各具优势、有着互补性,合作可以将研究做得更完美、更有影响力。中外合作研究成果初显:2022 年 3 月,亚洲最古老剑龙——元始巴山龙的发现有关论文发表,其第三作者 Susannah C. R. Maidment 是英国自然历史研究博物馆研究馆员;

2020 年发现的普安云阳龙,论文第二作者 Roger B. J. Benson 是英国牛津大学地球科学系教授……

涉古研究,东西方具有互补性,需要开放合作,这是文化的现代发展观。古籍研究工作,同样需要中外合作。近代以降,由于种种历史原因,大批中国古籍流散海外,不少珍本、善本、孤本为国内罕见。联合国教科文组织曾经有个初步的调查统计:在全球 200 多座主要博物馆中,记录在案的中国文物有 167 万件,而流散在海外民间的约是此数目的 10 倍,这些文物中包括大量的古代典籍文献。美国现存中国古籍总数量接近 400 万册,其中善本不少于 70 万册;欧洲总量约有 200 万册;而在"日本所藏中文古籍数据库"中,可检索到 91 万条汉籍书目。

古籍的抢救保护、整理研究、出版利用,需要国际化合作、全社会共同支持。国外也有众多汉学家,在中国古籍文献领域取得突出研究成果。近年来,在海内外有识之士携手合作下,大批海外中文古籍以影印出版或数字化等方式回流中国,为促进中外文化交流、推动学术研究发挥了重要作用。比如由学者徐永明、黄鹏程主编的《美国哈佛大学哈佛燕京图书馆藏子部善本文献丛刊》,由广西师范大学出版社出版,全书所收文献多达 158 种,规模十分庞大,极具研究价值。

"无论国际风云如何变幻,中国都会坚定不移地扩大开放。长江、黄河不会倒流。"改革开放发展了自己,造福了人民,也有利于世界。这个开放的"大门",不仅仅是经济领域,文化领域也一样,绝不能关上。只要是有利于扩大高水平开放的事情,无论经济人文,都应该积极去做好。

探月科学的"真善美是"

　　盼望着,盼望着,第一幅月球的照片到了,终极成功的喜悦来了。这是公元 2007 年 11 月 26 日,中国科学史将铭记这一刻:随着"嫦娥一号"卫星所摄月球照片的公布,我国首次月球探测工程取得圆满成功。(2007 年 11 月 26 日新华社报道)

　　从火箭发射升空,到卫星绕月飞行,到载荷成功工作,走过"三步曲"的"嫦娥一号",集中体现了科学精神,完美展示了科学的"真善美是"。真者,天人合一;善者,知行合一;美者,情景合一;是者,表里合一。求真、求善、求美、求是,在探月工程万千科学家与技术人员身上,发挥得如此淋漓尽致。

　　"求真"是科学精神的核心要素。发射"嫦娥一号"月球卫星,不是为了绕月而绕月,而是为了科学而探月。所以,整个工程中首次设立了"首席科学家";卫星上携带了许多科学探测仪器,要完成一系列科学目标的探测。此前发射成功的日本"月亮女神",科学目标也很有特色,他们花很大的力气测量月球的重力场,包括月球背面的重力场。从本质上说,发射卫星还真不是为了先期的"过程",而是为了后期的"探测"。有了科学精神的"黏合剂","天人合一"之真完全能够求得。

　　"求善"是科学精神的伦理品德。对于太空来说,月球是属于整个宇宙的,这就是"宇宙理性"的基本要求;对于人类来说,月球是属于整个世界的,这就是"月球伦理"的基本要素。与"奥运无国界"一样,月球无国界。知行合一,人类世界是这样想的,亦是努力这样做的。遥想1978 年,美国卡特总统的国家安全事务助理布热津斯基访华时,向中国赠送了一件特殊的礼物——1 克的月球岩石样品。如果缺乏科学之善,人家就不会献出这一珍品;我国探月的成果,亦将成为全人类的财富。

"求美"是科学精神的华彩身姿。月亮是美丽的。从"嫦娥奔月"的神话开始,人类就陶醉在情景合一的美好遐想里。其实,今天科学工作者的勇敢探索精神、一丝不苟的工作作风,就是一种风姿无限的美丽。"科学是使人的精神变得勇敢的最好途径。"布鲁诺说得多好。月球因月球而美丽,地球因地球而美丽,两者是不能"置换"的,否则我们将会迎来丑陋。俄罗斯成功试爆威力巨大的"炸弹之父",据说能把地球炸成"月球"的模样,可是人类能把月球弄成地球否? 所以,任何科学探索,只能让地球、月亮、太空变得更美丽,而不是相反。

"求是"是科学精神的永恒价值。科学工作者离不开从"实事"而"求是"的表里合一。弘扬求是精神,成功才有最大保障,所以"嫦娥一号"卫星总指挥、总设计师叶培建铿锵地说:"人家是一个脑袋两只手,我们也是一个脑袋两只手,人家能干成的事,我们也一定能做到!"在现当代中国科技史上,求是唯实,向来是被崇尚的价值观;作为科学家的浙江大学老校长竺可桢,所强调的就是"只问是非"的科学精神。只要是"求是"的,那么人脑就是一个独一无二的容器,你往里放得越多,它盛得也越多。

科学的发展进步历程,向来是一种悲欣交集的福音;探索路上,所有的艰难困厄,最终必将汇聚为成功的喜悦。今天,一帧"嫦娥一号"卫星所拍的月球照片,清晰地告诉我们:中国复兴之路,需要科学的精神、科学的自信、科学的定力、科学的创新,而这一切,就是科学之真、之善、之美、之是。

自信需要智性

　　人类世界最高荣誉的奖项是诺贝尔奖。至 10 月 15 日，2007 年诺贝尔奖统统揭晓。最后一项经济学奖由 3 位美国经济学家分享，他们是赫维茨、马斯金和迈尔森，因为他们为"机制设计理论"奠定基础；美国人已是连续 8 年没有错过诺贝尔经济学奖了。（2007 年 10 月 16 日《环球时报》报道）无论科学奖还是人文奖，2007 年度的 6 个诺奖，被美英德法 4 国"包揽"——除了和平奖是美国前副总统戈尔与联合国的政府间气候变化专业委员会（IPCC）分享之外。10 月 8 日首先"开奖"的是生理学或医学奖，由美英的 3 位科学家获得；9 日是法国与德国科学家获了物理学奖；10 日是德国科学家摘走化学奖；11 日揭晓的文学奖被英国女作家多丽丝·莱辛摘得；12 日是和平奖在"不和平"的环境气候中"平和"地开出。

　　中国人对诺奖的揭晓，多了平静，少了喧嚣，这是一种成熟。当今中国还真没有多少人能"自信"在不久的将来能摘下诺贝尔奖桂冠。有一位得过诺奖的华裔名人不久前对国内媒体说，中国有望在 20 年左右得这个奖。我颇不以为然。你看看诺贝尔奖，多数奖励的是十几年甚至几十年前的成就，而且这些成就具有"可持续性"，长时间被实践证明其价值巨大：经济学的"机制设计理论"可是 20 世纪 70 年代末的研究领域；德国科学家埃特尔因为"固体表面化学过程"研究而获得化学奖,这种关乎"铁为什么生锈"之类的现代表面化学研究,更是早在 20 世纪 60 年代就出现了……通常来说,十几二十年之后的诺奖,奖的就是现在的成绩。

有人戏言:"你有诺贝尔,我有吉尼斯。"因为国人爱好折腾各种各样的"吉尼斯世界纪录",多以"人数第一"而"取胜",动辄千人弹琴万人刷牙什么的,无论规模多大,皆能一蹴而就。"我国高等教育规模超俄美居世界第一位",这也是不少人津津乐道的事情,但是,规模庞大,质量如何?最可怕的就是满足于数量第一,而科研领域百折不挠的"西西弗斯精神"却不知道跑哪儿去了。今后我们的研究如果不能专心致志、不是一心一意"加速度",能在 20 年左右赶上与超过"美英德法"乎?

自信很重要,但是自信需要智性的支撑。没有智性的"自信"是"伪自信",是一种自负,甚至是一种自欺。因为无智性之自信,属于无自知之盲信。"智性"就是要求我们既要清晰地看到自己哪些方面的进步,又要清醒地看到与世界发达国家有哪些水平差距,并努力找到消除这些差距的路径。我国的"嫦娥一号"探月卫星火箭在 2007 年 10 月 24 日下午 6 时左右发射,我们要看到"嫦娥一号"的非常不简单,亦要看到我们的探月行动比发达国家可是迟了几十年,这样的智性眼光与智性心态,才是正常与正确的。

身边的现实也让我们看到进步中的许多差距。这里说几个给我印象极其深刻的细节。一个是本埠媒体报道:2000 多元的德国不锈钢炒锅煮二两盐水花生,"煮出世界科学史上经典一幕"——冷却后锅盖不容易打开了,因为密封性实在太好,就像著名的德国马德堡半球实验,内部真空的两个半球合在一起即使 16 匹骏马都难以分开。再　个是在青岛,著名的团岛灯塔,是 100 年前的 20 世纪初由德国人建造的,至今还在使用,而且发光灯球质量完好如初。另一个是萨马兰奇先生 6 月到北京为第 13 届世界奥林匹克收藏博览会开幕剪彩时,那把剪刀无法将彩绸剪断,只好换了一把再剪,有电视台把这个当好玩的"花絮"播送,我就想着那剪子真是质量太差了,比"石头剪子布"当中的剪子好不到哪里去,只能在戏台上演戏用……这就是一种活生生的差距。看清差距，并不会消磨自信，而是让我们的自信避免"凌空蹈虚"。

2007 年，我国的经济总量很快要赶上德国了，但与德国相比，差距不仅仅是在诺贝尔奖领域。现实生活中，不少人奇怪德国人制造出的东西怎么会那么坚实、经久耐用，其实不能只看"物"的本身，要看看"物"背后的"人"——智性就是要求一个人能够清醒地看到"物"的差距背后"人"的差距在哪里。德国前总理默克尔曾访问南京，她没有住总统套房，而是住了中等的房间，房价只有总统套房的 1/20；早餐时，她没到贵宾包间用餐，而是到 7 楼的大餐厅吃自助餐，取面包时，一不小心一片面包掉在地上，她不让他人帮忙，而是自己将面包捡起，放到餐盘中，端回座位，直到把盘内所有食物吃光，离开时还频频向人们问好，没有一点架子……一个大国总理这样低调、朴素、谦和、平易近人，尤其是捡面包的"小动作"被媒体报道后，让无数中国人感动。默克尔不是作秀，而是本质如此，既很智性，又很自然。我们太需要增强"文化软实力"，而一个人的素质，其实就是"文化软实力"的具体体现，"素质软实力"是最容易在"人"那里反映出差距来的。

曾任人民大学新闻学院院长的赵启正先生，写了本有意思的书《在同一世界——面对外国人 101 题》，让我们看到一个人提高自己"素质软实力"的重要性。其中有一篇是《与佐利克谈交通》，世界银行前行长佐利克曾任美国副国务卿，他所提出的"利益攸关者"概念很著名，但他对中国开车者"德行"的评论并不很"著名"，所以许多人并不知道。赵启正在书中说道：佐利克博士访问上海，晚上一起进餐时，他谈到了中国的道路交通，说，来过中国多次，每次坐在汽车上都有些忐忑不安，他发现许多司机随意地频繁变道、抢道，在高速公路上车距也太近；"为此，佐利克在车上就给一位法国保险业的朋友通了电话，告诉他，在中国车祸会比较多，保险成本比较高"。佐利克的说法与行动，确实让我们汗颜，因为他所批评的行为，早已成为我们习以为常、熟视无睹的"习惯"了。

"智性"是一种深入到素质血液里的因子，好在许多中国人已经具备了这样的因子，国人之间亦是"有比较就有鉴别"。比如，在日本名古屋机场，有一名中国男子拒付行李超重费,非理性地与日本机场工作人员大吵大闹,而排在后面的一位陌生同胞觉得其有失国人形象,就代其买单;这很让日方机长感动,让他从经济舱免费升为头等舱。由此可见,国人与国人之间,素质差距是如何之大。北京美轮美奂的现代建筑中,一些国外设计大师的作品尤为突出,给人留下不可磨灭的印象:"鸟巢"是瑞士建筑师创意设计的;国家大剧院则由法国建筑师保罗·安德鲁主持设计……安德鲁的椭圆"水中蛋"方案一出来,一些中国建筑专家就出来反对,有的甚至称它为"坟墓";更有一种妒忌的说法,说人家外国设计师只弄出个创意草图,就拿走了几百万的费用——这颇有点"吃不到葡萄说葡萄酸"的"酸性心理"。然而,我们换个角度看,开放的中国能够大度地接纳这些"外来"的现代建筑,不正表明中国人越来越自信了吗?当今中国,毕竟有越来越多的人"志于道,据于德,依于仁,游于艺",而不再是傻呵呵的盲目自大或盲目排外。

自信向来都是承受大任的第一要件。莎士比亚说:"自信是走向成功之路的第一步,缺乏自信是失败的主要原因。"明朝薛瑄则云:"人当自信,定见明,自信笃,可以处大事。"中国走上复兴之路,需要自信的中国人;自信的中国人需要充分的"自信力",但是发达"自信力"就要摈弃盲目的"自欺力"。鲁迅的驳论名篇《中国人失掉自信力了吗》,是增强民族自信力、凝聚力,唤起民族自豪感、歌颂民族脊梁的"大手笔",可其中有一句话很容易被忽视:中国人现在是发展着"自欺力"。这当然也是对一些"没有相信过'自己'"的人的一种讽刺,但我们至今还有一些人确实在发展着"自欺力",而"自欺力"恰是对"自信力"的消解——这是值得警惕的,值得我们认真对待之。

从商才到智才

2020"杭州院士家乡行",迎来一批"最强大脑"。22位院士故地重游,抚慰绵绵乡愁,同时实地调研考察,为杭州"十四五"规划贡献智慧和力量。10月27日上午,杭州市召开"十四五"规划院士专家座谈会,院士们各抒己见、畅所欲言。潘云鹤、张泽、李兰娟、陈云敏、吴汉明、陈文兴、戴民汉、冯长根等院士从各自专业领域出发,立足国际国内前沿,紧扣杭州实际,为杭州"十四五"时期发展建言献策。

翻开两院院士名录,会发现很多亲切的杭州籍院士名字;还有许多籍贯不在杭州,但曾在杭州这片土地上学习、生活、工作过的院士们,杭州是他们的第二家乡。长期以来,院士们心系桑梓,为杭州的发展献计出力。

作为经济发达地区,杭州遍布"商才"。10月23日,第四届世界杭商大会开幕,"云聚钱塘,杭向未来",一大批功勋杭商、杰出杭商、优秀杭商获得表彰。中国工程院院士、阿里巴巴集团技术委员会主席王坚在杭商大会上说,企业家在这个特殊的时代有一个特殊的使命,就是要把城市变成创新的载体,"对于杭商来说,要让杭州为世界的创新做贡献,杭商将被重新定义"。王坚院士所言的创新,最核心的是需要人才的支撑,而一流的创新,离不开一流的人才。

商才、文才、智才，都是人才，而一流的科研人才，谓之"智才"，他们都是杭州所需要、所欢迎的人才，都被杭州热烈地拥抱。

作为"最强大脑"的院士，则是智才的最杰出的代表。他们的创新，是"第一推动力"；他们的科研，就是跟新的东西打交道，不断地探索、不断地创新。"创新从来都是九死一生"，创新走的是别人没有走过的路，做的是前人没有做过的事，难免荆棘丛生、困难重重，"筚路蓝缕，以启山林"，只有不畏辛苦沿着陡峭山路不断攀登的人，才有希望达到光辉的顶点。院士们的才智、成果和贡献，成为"中国骄傲"。

从"商才"到"智才"，构成了一条"尊重链"——就是我们尊重劳动、尊重知识、尊重人才、尊重创造、尊重创新。在全社会营造崇尚科学、尊重院士的浓厚氛围，切实当好"勤务兵""店小二"，服务好院士专家，我们才能一步步走向"尊重链"的顶端。

"四海云集话桑梓，凝心聚力绘未来"，这是 10 月 25 日启幕的第二届萧山人大会的主题。萧山是经济强区，"商才"遍布。项目回归、资金回流、信息回传、技术回援，都很重要，但最最重要的是"人才回乡"。这次大会上有个萧山人才政策推介会，其中介绍湘湖有个"院士岛"，给人深刻印象——他们是把"最美的风景"留给"最美的未来"。"院士岛"是湘湖定山岛，地处湘湖这个"宝葫芦"的"肚子"里，这里成为全省"浙江院士之家"首批试点单位。湘湖"院士岛"引进了多位院士和顶尖专家，欧阳晓平院士、励建书院士等已经入驻"院士岛"；未来，还会有更多院士来到这里，构建高等研究院，开展科研工作，"院士岛"将成为才智喷涌的"最美风景"。

我们要激发创新动力、引领核心技术新突破，要释放数字活力、引领经济社会新发展，离不开院士这样的高端稀缺性人才。让更多的非杭州籍院士变成"新杭州人""新杭州院士"，正是"院士岛"、正是"天堂杭州"所追求的。

杭州全城重才智，天下智才重杭州——这，正是杭州之幸、天堂之福！

职称评定改"三唯"

高校"一聘定终身"的现象仍然存在,中小学教师评价标准中一线业绩的比重过低,评职称仍以学历、资历、论文和政府奖项为主……2017 年 7 月 31 日《都市快报》报道,浙江省人社厅近日通报职称改革的典型问题,要求"必须逐条整改"。

实行了 30 年的职称制度,是需要调整和改革了。按照中央精神,要重点改革"唯论文、唯资历、唯学历"论,让专业技术人才获得更科学的评价和肯定。"三唯"问题是一个看准了的问题,也是一个看准了但不容易改的问题。事实上,30 年来,"唯论文、唯资历、唯学历"愈演愈烈,改起来已然有了"积重难返"之感。

30 年前我在高校工作,那时我是小年轻,经常要为参评的教师送审论文,也就是不论你的论文发表在什么学术刊物上,以教授审看的结论评语为准,重视的是内容本身,这个有点像申请到欧美高校读研时教授写的推荐信。而现在呢,已是一步步演变为数量化和数字化,规定发表在什么"级别"的刊物上才算数,"论文"成为一道卡你的门槛。最可笑的是,各种为了你评个中级职称而设置的"发论文"杂志漫天飞,给钱买版面就发,遑论论文的质量,评定之时也没有人看一眼你论文的质量如何。所以,"为了评职称"而制造的"垃圾论文"多得一畚斗一畚斗的。

评职称搞得越来越复杂,跟"唯论文"相似,"唯资历、唯学历"其实也是"定量""比例""卡住"的同义词,正所谓"正入万山圈子里,一山放过一山拦",让奋斗在第一线的人士仰天长叹、徒唤奈何。设置得复杂的,还要你获得政府性的奖项多少多少才行,第一线、最基层的人员是最多的,那些奖项哪里够你分得一杯羹的。

在教育领域,这次督察通报提道:"各地中小学教师评价标准分学段细化不够,评价指标仍然以论文、科研为主,教学和班主任工作等一线业绩的比重过低,学校竞聘考核结果在评审中没有得到体现,学校的用人主体作用发挥不足。"这让我想到,多年来数不清的中学老师找我帮助他们找地方"发论文",不为其他,就为评个职称。在卫生领域,"各地对基层医护人员的评价简单套用省里的指导标准,没有体现解决常见病、多发病和日常护理的基层特点",这情形简直就是"你基层的、一线的评什么职称呀,干活去"!

"唯学历"本身就是一个"一刀切"的产物,大家都知道早年的史学大家陈寅恪不爱文凭,搁现在哪里成得了"教授的教授",连成为一个"教授的助教"都难。30多年前毕业的"大专生",在那个年代也算是凤毛麟角,但如果你不看重文凭,没去弄一个"本科",那你现在要评个中高级职称就麻烦大了,即使你一直战斗在一线、业绩斐然往往也枉然。

评职称,应该是评水平、评实绩,要过多少年才能往上评,就是"唯资历"。到了快退休了,资历老到老掉牙了,放你一马给评上去,也是"唯资历"。"从事本专业工作25年以上(含25年)的"是某专业的"破格"晋升高级职务条件的条件之一,这是典型的"唯资历",如果你"从事本专业工作24年",即使你业绩贡献比25年的大25倍也不行。

职称评定中的"三唯"必须改,问题是怎么改,怎么才能改到位。任何改革都是利益的再调整,职称改革亦不例外,而这个改革涉及调整政府部门的利益,权力放不放,就是一个大前提式的问题。"评审仍由政府主导,社会化评审改革步伐缓慢,难以体现业内评价,难以推动行业规范发展",这是这次省人社厅通报中说到的一个方面的问题。有道是"你叫不醒一个假装睡觉的人",那么同理,你也叫不醒一个假装改革的人。这,就是必须首先要改掉的。

通报中还说到新闻出版等领域,"评价标准过于陈旧,重论文、重奖项的倾向没有得到转变,业绩标准有待完善",这个说得很准。比如新闻专业申报副高职称,首先就是"学历和任职年限":本科学历、中级职称任职 5 年以上;一个方面达不到,就要申报"破格",而"破格"的条件是世纪初制定的,一看那必须具备"三项"条件,你就乖乖地放弃了,因为你多么厉害也难以达到。

职称评定改"三唯",改的是基本价值取向。而要改革价值取向,就要改制度设计。尤其是"制度性瞧不起"乃至"制度性羞辱",得首先破除。

中国大盾构的"硬核掘进"

"飞天有神舟,潜海有蛟龙,追风有高铁,入地有盾构"——任何超级工程,都离不开大国重器。

国产盾构机又上新了!"基建狂魔",如虎添翼。一部机器下线,也成为网络热点。

2020年9月27日,我国最大直径的"京华号"盾构机在湖南长沙下线,制造者是中国铁建重工集团。这台盾构机整机长150米,总重量4300吨,最大开挖直径达16.07米,一次性开挖隧道断面近6层楼高。"京华号"刀头涂装红色京剧脸谱,代表"忠勇义烈"。(2020年9月28日《人民日报》报道)

9月28日,我国最大直径泥水平衡盾构机"长城号",在江苏常熟下线,制造者是中交天和机械设备制造有限公司;这台整机总长145米,总重量4500吨,开挖直径同样是16.07米。(2020年9月28日央广网报道)

这两台创纪录的16米级盾构机,是超级"吃土神器",都将用于北京东六环改造工程,它们将硬核掘进,穿越北京地下复杂的地质地理条件。其中通过泥水"加压"达到压力平衡的盾构机,主要适用于地下水压大,土体渗透系数大的地质状况,能力非凡。

12米以上直径的盾构机,就是超大直径盾构机,集机械、电气、液压、信息、传感、光学等尖端技术于一体,制造的要求极高,难度极大。就在不久前,中国铁建重工集团已经出厂两台15米级超大直径盾构机,分别用于杭州的艮山东路、下沙路隧道工程建设。

盾构机,也叫隧道掘进机,英国早在1825年就发明并使用。它被称为"工程机械之王"、工程机械中的"航空母舰",体现了一个国家的综合科学技术水平,所以是"国之重器"。国外著名的英吉利海峡隧道、日本东京湾海底隧道和青函隧道、丹麦斯多贝尔特的海底隧道、瑞士圣哥达基线隧道等,都离不开超级盾构机。2020年4月7日,在建的川藏铁路拉萨至林芝段全线47座隧道全部贯通,这就是一场全断面隧道掘进机大会战。我国90%以上的地铁都是采用盾构法施工的;没有盾构,就没有今天中国地铁建设的大发展。

曾几何时,盾构机市场被德国、美国和日本三个制造大国长期占领。你自己造不出来,那只有买人家的,购买者没有任何议价权,"花钱还要看脸色"。1995年,铁道部首次引进两台德国硬岩掘进机,就花了几亿元人民币的巨资。

我国的科技工作者,从零开始,研究制造盾构机。光是弄清楚刀具问题,就用了将近5年时间。到了2008年,我国第一台拥有自主知识产权的盾构机,终于成功下线。2013年,当年的"老大哥"德国维尔特公司,已被中铁装备收购。从没跑到起跑,从起跑到跟跑,从跟跑到领跑,实现了华丽转身;从无到有,从有到优,从优到强,如今我国已是世界盾构强国——这,就是"中国大盾构"。

盾构机是高科技和制造业紧密结合的产物。比如"长城号",应用了诸多完全自主研发、世界首创的先进技术,实现了"大块头"与"智能化"的完美结合。刀具是盾构机的牙齿,一般情况下,在砂卵石地层,超大直径盾构机平均每掘进200米需进行刀具更换;而"长城号"全球首创长距离掘进不换刀技术,可实现连续掘进4800米不换刀。

中国大盾构,构建了中国盾构精神。以科技创新为源动力,以建设市场需求为驱动力,一大批盾构领域的科技工作者,以忘我的精神,奋斗在第一线,走在最前列。从创建国家重点实验室,到主轴承国产化;从突破关键核心技术,到盾构技术成为我国领先世界的科技项目,被世界公认……如今的中国大盾构,制造门类齐全——先后生产出了世界首台马蹄形盾构、世界最大矩形盾构、全球首台斜井双模式全断面隧道掘进机、全球首台永磁电机驱动盾构机,等等。中国大盾构,技术含量高,而且款式多,产量大,价格低——如今已然昂首"走出去",实现了从"装备中国"到"装备世界"的跨越。

　　制度强则国强,人才强则国强,科技强则国强,创新强则国强。制度创新是当务之急,因为一切滥觞于体制制度。制度强则人才强,人才强则科技强,科技强则创新强,创新强则国强。未来在盾构制造领域,我国还将全系统创新,实现掘进机无人化。相信中国大盾构,将不断"硬核掘进",创新创新再创新,攻坚攻坚再攻坚!

嗜热菌为什么是个"幌子"

我居杭州,在杭州西湖边著名的老十景之一"曲院风荷"旁,一路之隔有座静谧小院,"华大基因"就坐落在这里。这里是"一套班子两块牌子":华大基因研究中心杭州中心、中国科学院人类基因组生物信息中心南方基地。我国完成了人类基因组计划的1%测序任务,而华大人就是这个1%的主要承担者。在1%测序任务完成后,华大从2001年7月开始,全面展开水稻基因组测序工作,2002年4月5日《科学》杂志发表了《水稻基因组序列草图》的论文,这是中国科学家独立完成的植物测序工作,引起了轰动。

但是,地处杭州黄金地段的华大却没有因此获得"黄金",而是为此背负了7000万元的"辉煌"债务。据2002年第16期《三联生活周刊》报道:经最终核算,华大为此付出的总成本达1.6亿元。中国科学院、国家计委、科技部、浙江政府、杭州政府、北京政府、国家自然基金会相继投资进入,总计7000—8000万元,亏空尚有7000万元左右。"华大现在有很多设备、试剂的钱都没付。"华大的一位负责人说,华大与丹麦政府在2000年签署了家猪基因研究计划,2001年到位第一笔资金400万美元,他们把大部分家猪计划的款项也挪用了。

华大陷入财务困境,深层次反映了什么问题? 华大是在体制外创立的,报道说,华大负责人自己也说"华大是个怪物",因为他们的身份是双重的,华大是一家非营利的民营公司,而中科院则代表政府机构。参与商业性较强的项目时华大写在前面,后面是"暨中科院基因组生物信息中心";如果公益性强,则把"暨"的两端做一个翻转。华大成立后的第一个项目是研究嗜热菌,接下来就申请到了1%任务,而且得到国家立项,拿到7000万元的经费。华大的一位负责人接受采访时曾说:"嗜热菌是个'幌子',做了它我们就可能拿到1%;而后来1%也是个'幌子',为了我们做水稻、猪和家禽。将来华大最终是要做中国人自己的测序和多态性研究的。"这一个接一个的"幌子"为华大带来了名气和资金;华大要生存,也只有依靠这些"幌子"一次次艰难地证明自己。

从事世界最尖端的生物科技研究的华大,要有"双重身份",要靠嗜热菌作"幌子"、靠"1%"作"幌子","一次次艰难地证明自己",最终还是陷入财务困顿,典型地真正反映了我国科研体制存在的弊端。在计划经济的影子里,他们必须一次次申报立项,费时间费精力跑项目跑审批,为了能够"立项"赢得经费支持,就必须有"幌子";在市场经济的召唤下,他们成立的又是民营公司,是非营利性的,因为他们是做基础研究的,距离转化应用挣大钱还比较遥远;他们选择"相对独立"的道路,因为难以找到哪家民营大单位将他们"包"下来,提供短期难见回报的巨额经费支持。华大就这样在计划经济和市场经济的夹缝里,像怪物一样艰难地生长。

我国是一个特别需要科技的国度。科技是第一生产力,但科技要成为"第一生产力"必须有好的体制的保障。"十五"计划提出以科技进步和改革开放为动力,关键是在环境建设和体制创新上有所作为。从华大的运作方式中,可以看出我们科技体制创新的紧迫性。全国许多科研机构,几年来进行了所谓的"科研体制改革",其关键内容就是"科研课题承包到人头",科研人员必须凭借个人的能力和关系,自己去找课题要经费,自己给自己发工资,不少单位的改革"成果"就是不少科研人员成了"科研个体户",倒是干部和其他行政人员仍然轻松"吃大户"。有一个青年科学家学成回国,期望在国内大展宏图,但他对体制环境无法适应,连实验用的材料都要层层审批,还得自己挤公共汽车去买;很多时间精力要花在人际关系上,无奈他只好又出国了。这样的情景,你让科学家们如何"两耳不闻窗外事"、一心一意搞科研?在计划经济阴影下,短期行为、浮躁倾向,必然会成为影响科研原始性创新的顽症。我们应该看到,国家自然科学奖和国家技术发明奖的一等奖,已经是连续几年空缺了,更别说诺贝尔奖如何如何。面对这样的"空缺",如果不从深层次问题上找原因,那么,我们迎来的恐怕是更多的"空缺"。

"为1%而生,为水稻而死",这是华大负责人的感叹。如果科技界的体制"痼疾"不除,那么,真正的原因和结果都将是"为科研而生,因体制而死"。

像保护生命一样地保护知识产权

【篇一】像保护生命一样地保护知识产权

2022北京冬奥会如火如荼,成为迄今收视率最高的一届冬奥会。尽管疫情肆虐,但冰雪运动带来的激情欢乐是巨大的,为全球人民所共享。不仅赛事节目成为时效性极强的热播节目,冬奥吉祥物"冰墩墩"也成为紧俏品,都具有极大的社会关注度和影响力,具备极高的经济价值,而有关侵权"有意"或"无意"地发生。

财经网2月14日报道:北京快侦、快诉、快判一起制售盗版吉祥物"冰墩墩"和"雪容融"玩偶案,犯罪嫌疑人任某被判处有期徒刑1年并处罚金4万元,成为全国首例侵犯北京冬奥吉祥物形象著作权刑事案件。

"制售盗版冰墩墩罚4万元"的词条,也冲上了微博热搜。如此盗版,是以营利为目的、明目张胆的"有意"为之,显然不是帮助你实现"冰墩墩自由"。"判处有期徒刑1年"的刑罚,警示性十分鲜明。

熊猫造型、憨憨的"冰墩墩",与"蛋糕"的形象很接近,这段时间"冰墩墩"变"蛋糕"的案件屡屡发生。天津市河东区一家蛋糕店就被举报了,执法人员检查比对发现,该蛋糕店确实在销售订制"冰墩墩"蛋糕,而该店并未取得奥林匹克标志相关授权。该案正在进一步处理中。

而在杭州富阳区,有一家烘焙店也在"试水"售卖"冰墩墩"蛋糕,市监部门现场检查发现,该店已接订单5单,尚未实际销售。鉴于该店主观故意不强,违法情节轻微,已及时下架相关广告链接并进行退款处理,主动消除了违法后果,最后是被约谈并予以批评教育。

有的侵权,确属"主观故意不强",那是因为对知识产权的无知,在"无意"中发生了侵权。

更"轻而易举"的往往是赛事节目的侵权,尤其是各种发布视频的自媒体会盗用。日前上海浦东法院发出1号行为禁令,禁止某手机直播软件盗播北京冬奥会赛事节目。

现在赛事已经过半,从网络监测数据看,保护工作基本达到了预期效果。截至2月12日零时,27个主要视频、社交、直播及搜索引擎平台,共接到各类权利人通知后删除涉冬奥侵权链接32376个;通过自查主动删除涉冬奥侵权链接227452个;各平台处置各类账号3363个。

商家也好,自媒体也罢,都要牢固树立保护知识产权的法律意识。其实侵权形态有不少,比如就有"聪明人"在抢注"冰墩墩"和"谷爱凌"等商标,国家知识产权局依据《奥林匹克标志保护条例》《商标法》有关规定,驳回了第41128524号"冰墩墩"、第62453532号"谷爱凌"等429件商标注册申请;同时宣告已注册的第41126916号"雪墩墩"、第38770198号"谷爱凌"等43件商标无效。

知识产权是"智慧财产权"。智慧来自大脑,保护知识产权是在保护我们自己最可贵的大脑。今天你去侵权、损害人家的大脑,明天别人就可以来损害你的大脑。知识产权和契约精神,不能成为国人的两个短板、两根软肋。

当然,知识产权商业性的"变现"与公益性的使用,两者的性质大不同。你在雪地里堆个雪人"冰墩墩",当然不违法。澎湃新闻报道说,元宵佳节到来,上海金山区不少市民自制"冰墩墩"汤圆,图个开心,志愿者还将亲手制作的

"冰墩墩"汤圆送往社区老人家中。这种公益性的行为完全不是商业使用,当然不属侵权。

一个健康的社会,一定是尊重他人的大脑和智慧的。我们要像呵护健康一样地呵护知识产权,要像保护生命一样地保护知识产权!

【篇二】真知识和伪科研

知识有产权,产权需保护。2021 年 4 月 26 日,第 21 个"世界知识产权日"。杭州开展了"4·26"知识产权宣传周主场活动;知识产权运营公共服务平台 2.0 版正式上线,下一步将融入杭州城市大脑,让全社会共享"知识产权数字红利"。

此间披露的数据表明,2020 年,杭州市有效发明专利拥有量 7.3 万件,增长 25.2%,居全国省会城市第一;在世界知识产权组织最新发布的 2020 年全球创新指数排名中,杭州跃居第 25 位。

知识产权,也就是大家熟悉的"IP",即"智慧所有权""智力成果权"。设立"世界知识产权日",当然是为了尊重知识、崇尚科学、鼓励创新、保护产权。所有的创新都离不开知识——知识知识,有知才有识;"知"是基础,"识"是关键;这个"知识"当然要求有"真知"、有"卓见"。唯有如此,才能有创新创意,才能有发明发现,才能拥有别人没有的核心技术,在此基础上,变成产品,拥有市场。

"每 8 个浙江人中就有 1 个是老板",同一天,北京一次新闻发布会上披露的这个最新数据,引人瞩目。广义的"老板",包括个体工商户,自己做自己的老板;即使是这样的"小老板",要想发展,尤其是可持续发展,同样离不开知识创新。有道是,"每个企业都始于创意"——知识驱动智慧,智慧带来创意,创意促进创新,创新带来发明,发明化作产权,产权得到保护,由此可以推动企业发展、经济振兴、人类进步。相信有许多创新发明,就是"老板"自己的,在经济成长中成为核心竞争力。

创新发明,都是非常不容易的,可以有天赋的帮助,但无法投机取巧。同一天,"河南一职校校长发表熟鸡蛋返生孵小鸡论文:用意念已返生40多枚"成为刷屏的热点新闻,轰动一时。报道说,郑州市春霖职业培训学校校长郭平(本名郭花平,平时也使用名字"郭萍")作为第一作者,曾在《写真地理》杂志发表《熟鸡蛋变成生鸡蛋(鸡蛋返生)——孵化雏鸡的实验报告》一文,其中讲到学生们运用自己的"超心理意识能量方法"等,成功将完全煮熟的鸡蛋变回生鸡蛋,然后还能孵出小鸡来。

果然是"煮熟的鸭子也能飞"呀!看到这个报道,忍不住喊一声"额滴神啊(我的神啊)"!魔术师刘谦如果看到,估计会撇撇嘴说:你们这个魔术也太小儿科了吧!不仅仅有"熟蛋变生"这样的"扯淡",该校长还有"物体穿瓶越壁""煮熟绿豆返生发芽"等"著述"。她表示,这些"全部属实",她培养的学生有特殊能力,还能"隔空操纵手机拍照"什么的,不过具体原理她不知道,她只是写出这些现象……类似的伪科学,早在三四十年前就风行过,其实都是很低端的造假,有的本身就是魔术。到了今天,这种假学术、伪科学,竟然还由校长领衔,弄成论文,堂而皇之地发表在所谓的学术刊物上,这真是匪夷所思,让人啧啧称奇。

发明创造,与日常的所思所想密切相关。就在写这篇文章的头一天晚上,我还真的梦见了自己的一个"创意发明":这是一个"自行车环保篮",由内外两个套装篮子组成,内外篮用密码锁锁住,外篮本身固定在自行车上,而内篮可以提出来,用来买菜购物——也就是我梦见把菜篮子跟自行车篓组合在一起了,这对于众多骑自行车去购物买菜的人来讲,可以减少使用塑料袋。我是天天骑自行车出行的人,于是有了这样一种梦见,一哂。

这个郭平校长日思夜想的就是搞所谓"潜智能开发",忽悠家长孩子来培训,以此来赚钱,所以他们弄出"蒙眼辨色"这些骗人把戏荒诞玩意,竟然有许多家长相信这种特异功能和"学术论文",付出天价培训费,把孩子送过来学这种玩意儿,这智商也是让人无语。更有荒唐杂志,还来刊登这种"伪科学论文"——对,他们也是外包卖版面赚钱的。最终的结果可想而知,这学校和那杂志最终都被查处了。

尊重事实、尊重常识、尊重科学，这是学术科研、创造发明的基本要求和前提条件。真知识、真发明，要真保护、不打折；伪科研、伪论文，则要真打击、不留情。可悲的是，多少假学术、伪科学大行其道，而真正的知识产权往往保护不力。也在这一天，《2020 微信知识产权保护数据报告》发布，报告显示，2020年全年，微信品牌维权平台累计处理超 6.5 万个违规个人账号；微信视频号已处理超过 3.3 万条侵犯知识产权的短视频；其预警机制对近千个重点影视作品实现了动态保护……目前还有 70 多家影视传媒单位以及长视频平台，还有500 多位艺人，联合发声反对网络短视频侵权行为。

固有的山水风景要保护，传承的文化遗产要保护，创新的活力经济同样要好好保护。创新是引领发展的第一动力，保护知识产权就是保护创新。无论是著作权还是产业产权，"保驾"要落到实处，"护航"要一路相伴。2020 年 10月，中国（杭州）知识产权保护中心获批筹建，期待以此为契机，使我们的知识产权保护更上一层楼。

学术为何"学而无术"

【篇一】有一把悬剑总比没有好

高校的师生,本应是思想最活跃、视野最开阔、问题意识最敏锐的群体,但这些年来,学术腐败沉渣泛起,颇有沸腾之势,倒给人思想很偷懒、视野很逼仄、不以抄袭剽窃为意的印象。新闻都听得耳朵起老茧了:有学生抄袭别人论文的,有先生剽窃他人成果的,有导师在学子论文前胡乱署名的,甚至还有校长副校长级别的学术腐败中人。对此,"零容忍"的话好说,"不漏网"的事难办。

如今,武汉多所高校引入论文抄袭检测系统,武汉大学、武汉科大等七八所大学,都陆续开始用它来辨别是否涉嫌抄袭。(2009年11月25日《长江日报》)沈阳的辽宁大学、沈阳大学等高校,也启动了"论文测谎仪"——"论文原创性审查系统",对研究生论文进行审查。还有一些高校,更早些就用上了这种检测方法。

尽管系统名称有不同叫法,但基本原理是一致的,就是建一个海量数据库,尽可能将多年来书刊网络上的各种论文资料"一网打尽",然后以百分比的形式,对受测论文是否存在抄袭现象进行评估。如果雷同率超过一定的比例，那就涉嫌抄袭，就要提交处理。

我是很支持这种手段的。它作为一种进行初级鉴别的方法，简明扼要，快捷方便，是现代技术手段在反对学术腐败中的有效使用。它是一把悬剑，悬在研究学术做学问者的头上。每个要接受检测的人，都得好好掂量掂量，看看自己的大作过不过得了这第一关。尽管检测系统可能尚有缺陷，但我相信在后道工序上可用人工来弥补，不会轻易冤枉好人。

论文本是一个人学术水平的透镜，如今它却需要一个"照妖镜"，这事情看起来怪怪的。有高校干脆宣布，拟将取消本科生论文，引起了轩然大波。有些所谓的论文，还真像是"遮羞布"，当不得衣服穿。但高校要普遍取消"论文制"，那恐怕也不太现实，尽管"垃圾论文"多得遍地都是。祭出"照妖镜"，实属无奈之举。因为当今教育确实是得病了，而且病得不轻。不少大学生或成"考证机器"，或成"论文抄手"。从教师到学生，急功近利、急于求成，集体性丧失了专精学术、专攻学问的热情与耐心；师生甚至一些校级领导人，频频冒出抄袭剽窃的丑闻。所谓论文，在很大程度上已被扭曲。在所谓核心期刊发表多少论文，成了衡量高校学术水平的"准星"；学术评审机制早已行政化、官场化，并且日益偏离学术发展的正常之轨、正当之道。这个根子上的问题，还真不是一日两日就能解决的。

现在，有一把悬剑总比没有好。但 2009 年 6 月 24 日《新闻晨报》的报道说，上海多数高校不采用"防抄袭软件"，"目前上海仅两所高校引入该系统"；一些高校表示，防止学术造假应该从根源上抓起，加强学生学术道德意识，同时规范导师指导制度。我以为，道德在利益面前往往是靠不住的，自律不如他律，"头上三尺有神明"远不如"头上有一把悬剑"。毕竟，有悬剑就有威慑力。

学术需要良心支撑，鉴别需要技术手段。那论文抄袭检测系统，就是透彻病灶的 X 光；多好的医生，也不会放弃现代诊疗设备。

【篇二】学术为何"学而无术"

本来是"不学无术"，现在是"学而无术"，都读到硕士了，连一篇毕业论文也弄不起来,还要去抄袭剽窃。

曾有戏言说:抄一个人的是抄袭,抄许多人的是研究。这个"史上最牛的硕士论文抄袭",还真是一点研究都没有:《江苏省 FEEEP 协调度研究》,被抄成《山东省 FEEEP 协调度研究》,内容啥都一样,只是把"江苏"两字替换成"山东",把江苏的统计数据换成山东的统计数据。(2009 年 5 月 25 日《中国青年报》)这种"直接用替换键搞定"的"论文成功法",原来如此管用,不仅省时省力——五分钟就搞定,且能顺利通过答辩。这哥们敢这样做论文,真是对论文的极大蔑视。

学术为何"学而无术"? 这是教育形式主义给害的。教育形式主义,只看过程,不管实质,只看文凭,不管水平。反正你交了学费了,读满时间了,弄出"论文"了,管它论文是嘛玩意,睁一只眼闭一只眼高抬贵手就让你通过了。如此说来,因担心博士论文无法通过而自杀身亡的武汉大学 34 岁博士生杨志高,还真是让人同情,他要不是志高又德高,那就抄点凑凑嘛,可他不愿意这么干,就与自己的生命、与自己的研究说拜拜了,多么可惜。

早就有人建议取消本科毕业论文,可硕士博士总离不开论文的。如果一个人读研时就学会了"拷贝窃取法",那么毕业后走上工作岗位若继续从事科研,将会是怎样的"研究"形态? 这些年来,学术界不断传来学术不端的消息:有导师抄学生的,有学生抄导师的;有遥远地抄袭国外的,也有在他人学术成果上署名的;有虚拟科研数据的,也有拿人家的芯片贴上自己的标识而彻头彻尾造假的,不一而足。

官场化的学术体制,是导致种种学术不端的一个根源。早有论者揭示高校学术不端之情形,我老在想:许多人学术职称提高了,学术水平并未提高,学术水平提高了,学术思想并未提高,这是为什么? 要防止学术不端,有基本之道可循:

第一,很要紧的是让学术与权力剥离。学术科研最需要独立思考的脑子,不能伴着权力生、跟着利益转。而现在"依附"色彩太浓,从生存依附,到利益依附,到权力依附,到体制依附,到身心精神依附,都使学术和学术中人失去了

"独立之精神、自由之思想"。

第二,很重要的是事前公示。毕业论文做好后,可在一定范围内先行公示,让论文公开化,就像干部任前公示;研究项目则公示立项情况,尤其是经费情况,当然涉密的除外。应设立举报电话,发现问题,可向所在学校或单位举报,重要的也可直接向教育部举报。学术自觉不是天生的,很大程度上都是依靠外部监督而催生的。

第三,很必要的是事后督察。发现问题,从严惩处。有的大学开始使用"抄袭检测系统",这是一种可用的技术手段,当然是好的,可操作性强;而更重要的是,要真正做到教育部原部长周济在"高校学术风气建设座谈会"上所说的:对学术不端行为要像体育界反兴奋剂一样"零容忍"。现在怕就怕不能真正做到公开、透明、从严管治学术造假。在"史上最牛的硕士论文抄袭"事件中,那位指导教师若被取消导师资格,甚至要"换饭碗"——像浙江大学坚决开除论文造假者一样,那么接下来还有谁敢对"学而无术"如此不负责?

【篇三】是学术,就需要质疑

"曹操墓"波澜又起。来自全国各地的23位专家学者,在苏州召开了一个论坛,多方质疑河南安阳"曹操墓"的真实性,认为其发现和发掘过程,存蓄意造假行为;指称画像石明显是用电锯锉的、曹操不可能被称为"魏武王"、出土石碑出现"现代文字"等。(2010年8月23日《扬子晚报》报道)

是学术,就需要质疑。当然,这个论坛的质疑,是"反曹派"一方的观点,并非定论。对质疑,也可以反质疑。"挺曹派"向来针锋相对。反质疑也不一定是定论。曹操是盖棺了,"曹操墓"不见得论定。理越辩越明,真金不怕火炼,若是黄纸包冒充黄金块,火里一烧就露出原形了。

学术之争,不是名气之争,不是意气之争,更不是斗气之争。一些地方拼了命争名人,死去的名人也争,活着的名人也争,真实的名人也争,虚拟的名人也争,还有一些地方大争"孙悟空故里",让人笑掉大牙。这都是不良的地方政绩观和狭隘的地方利益观给害的。

从当地大打"曹操墓"这块牌子看,恐怕是有政绩冲动和利益冲动。6月份起"曹操墓"已尝试向游客开放,今后门票价格初定为60元。此墓是我开,此树是我栽,你想看一眼,钞票拿来!

考古本是一门学问,而今很奇怪,把考古也弄成政绩了,发现一个什么,就变成旅游之地,搞成赚钱的机器。我希望这个"曹操墓"的考古学术之争,努力撇清与权力利益的关系,尽量超脱一点、纯粹一点,在这个浮华的时代,不妨让学术重回象牙塔。

学术来不得半点虚妄、虚假。为名为利的学术,终归是短命的。曹操死了,早变成鬼魂了,不能站出来说话了,但不能为了利益把不是他的坟墓说成是他的,更不能为了证明是他的而作假,否则那不是在"骗鬼"么?

专家需要专家的制衡,学术需要学术的促进。所以在学术问题上,不要怕"反对派"。有"反对派"是好事、幸事。有了"反对派"的质疑,才能去伪存真,才能导向正确,才能走向纯正。

遥想当年,爱因斯坦的广义相对论不也是要经过质疑而最终取得求证的吗?我们知道,1905年是"爱因斯坦奇迹年",这一年26岁的爱因斯坦发表了5篇划时代的科学论文,包括现代物理学中三项伟大成就:狭义相对论、光量子假说和关于分子热运动的理论。而十年之后的1915年,被称为另一个"奇迹年",这一年爱因斯坦完成了广义相对论,认为万有引力不是一般的力,而是时空弯曲的表现。他计算出星光在穿过太阳附近时所产生的偏折角度为1.75角秒。但这需要通过拍摄日全食照片,以观测恒星的光接近太阳时发生小小的偏离。1918年6月,美国天文学家坎贝尔在美国的一次日全食中,拍下了若干照片,经过繁复的测量与计算,其结果认为爱因斯坦的理论不能成立,他提出了质疑。但在1919年,英国天文学家爱丁顿万里跋涉,到达非洲普林西比岛观测日全食,对观测结果进行严密计算,最终证明爱因斯坦是对的。这就是科学的质疑与反质疑,是求真、证伪的学术较量;这种求证的过程,是科学进步之必须,它需要科学的大脑、科学的良知,而不是沽名的欲望、挣钱的功利。

最后，让我们重温历史学家陈寅恪先生说过的话："我侪虽事学问，而决不可倚学问以谋生，道德尤不济饥寒。"

【篇四】论文网购与斯文扫地

一名自称"工业管理"专业的湖南籍成人自考生，利用境外服务器弄了个"英文国际论文网"，一年内在全国收取 50 多人"代写代发"论文费约 200 万元。被骗者很多是国内科研机构研究员、大学副教授、讲师或医生。（据 2012 年 5 月 20 日新华社"新华视点"报道）

这个"代写代发""包写包发"的"论文买卖"，收费着实昂贵的，50 多人 200 万元，厉害。看得出来，这些掏钱买论文的人，主要是为了评上高级的职称，自己又缺乏那个能力，于是走个捷径——他们其实也计算过的，付出这几万元，今后尤其是退休后将有更大的"投资回报"，总体还是合算的；只是不曾想到，对方是一个"斯文骗子"，根本就没有"代写"的能力。

在网上"卖论文"的是骗子，你买一个"论文"去换取荣誉和实利，不也是一种欺骗行为吗？所谓"网购论文"，足见斯文扫地也。科学伦理，早已被抛到九霄云外；科研底线，早已被"网购论文"者击穿。

底线要求，是最基础的法理要求，更是最基本的伦理要求。5 月 20 日南京大学 110 周年校庆，该校施行的是"序长不序爵"原则，这不也是一种校庆的基本要求、底线伦理吗？厦门大学教授易中天在浙江图书馆文澜大讲堂开讲"先秦的政治智慧"时，说自己是"底线主义者"，他提出中国社会需要大力强调"底线"教育，各行各业要坚守底线。他说得很对，然则，斯文人上不守底线的行为，也太普遍了。在科研领域，自欺欺人的事儿，这些年来出现得太多了，大量"有数字"但"没素质"的垃圾论文的出现，就是一个明证。

所谓论文，是科研成果、科研水平的体现；形成论文、拿来发表的，作为一种科研成果，好歹有点发现、有点创见，为人类世界多少有所增益，不能是自娱自乐，不可是抄袭剽窃，更不可完全是别人的东西花钱买来算自己的，否则，只有击穿底线、斯文扫地的笑话。

科教的没落，是一个国家的悲哀。垃圾论文，只能让人"发现"垃圾。

"发现，包含这样的意思：看别人做过的事情，想别人没想过的事情。"1937年诺贝尔生理学或医学奖获得者、匈牙利生理学家圣捷尔吉·阿尔伯特曾经这样说。圣捷尔吉是个让人尊敬的科学家，他因为与"生物燃烧过程"有关的发现而获得诺奖。二战期间，他宁可放下科研，去参与抵抗纳粹德国运动。

当今我们的职称评聘，真应该是一个"名至实归""实至名归"的事情。不到那个份上，你还是悠着点吧。

赞美师娘为何丢了 200 万

师娘入"冰川",作者成"冻土"。中文核心期刊《冰川冻土》刊发徐中民的论文,肉麻赞美"导师的崇高感和师娘的优美感",引发舆情激荡;如今作为学术不端行为被查处,撤销项目,追回 200 万元已拨资金。

2020 年 9 月 17 日,国家自然科学基金委员会公布了《2020年查处的不端行为案件处理决定(第一批次)》,徐中民名列其中,并被通报批评。处理的主因,其实远比"赞美师娘"深刻:在项目申请书中,提供大量虚假信息。

徐中民引起公众广泛关注的两篇论文,早在 2013 年就发表了,一是《生态经济学集成框架的理论与实践(Ⅰ):集成思想的领悟之道》,二是《生态经济学集成框架的理论与实践(Ⅱ):理论框架与集成实践》。这个"生态经济学"被作者弄成了"导师马屁学"和"师娘赞美学",你还真没想到它们竟然是国家级项目,资助金额高达 200 万元,而且发在《冰川冻土》这个学术杂志上。

论文中,称颂导师程国栋:"胸怀博大,成为中国科学院院士已 20 年,'移山造海'的成果丰富,实乃国之栋梁,望之可让人顿生一种崇高感。"称赞师娘:"雍容华贵,仪态大方,性格温柔体贴,近处让人能感到春草的芬芳,优美感四溢……"论文中还有这样"发自肺腑"的高论:"圆满的人生不只是诗中的字眼,也有生活中的写真,导师和师娘的人生就堪称圆满。因此……阐述了导师的崇高感和师娘的优美感;接着,在此基础上构建了带普适性的人的发展之路。"百万诚可贵,师娘价更高。若非为百万,师娘何说道?

这是面对导师和师娘,跪着写论文。师父、师娘、弟子三者皆俗,朋友笑曰:"可筑'三俗堂'供之。"中科院的《冰川冻土》为何能够刊发此等"论文"?盖因徐中民的导师程国栋,当时就是其主编!《冰川冻土》发稿,原来也是深谙"导师马屁学"。程国栋则辩称:他 2011 年从领导岗位退下来后,对期刊的关心很少;这两篇文章的发表,他事先一无所知。为此,他提出引咎辞职。"挂名主编",其实也是一种学术造假。

而此等恶劣的马屁论文,竟然能够堂而皇之地登上大雅之堂,最根本的原因在于"大雅之堂"已然低俗不堪。论文已很快做了撤稿处理,徐中民当时接受媒体采访时则辩称:"自然科学家需要情感注入,万事视为水,有情才生春。自然科学没有情感的注入,就是冷冰冰的。"科学是需要人文的注入,科学精神和人文精神的融会贯通,才是科学之幸和人文之幸,但是,"人文"是什么? 什么是"人文"? 这个不搞清楚、不弄明白,就会差之毫厘谬以千里。一如大学通识课很重要,但"通"什么、"识"什么糊里糊涂甚至一塌糊涂,那么结果必然适得其反。如果"马屁"是人文、是文明的话,那么人类的精神花园里一定是玫瑰凋谢、屁臭熏天。

这次处理,放肆赞美师娘是"导火索",而弄虚作假是"炸药包";赞美导师师娘是"斯文升天",而弄虚作假则是"斯文扫地"。徐中民申请项目时提供大量虚假信息,包括多名参与项目的人员身份信息虚假。多少所谓的"科研项目",本身就跟遍地滋生的垃圾论文一个模样? 科研高额投入、低效产出,一直来就是一个大问题。

"冰川"应该是最洁净的,"冻土"也不要冻进垃圾。期待科研领域能够以此为戒,真正做到干净干事做科研。

第三辑

艺文一瓢饮

英国艺术家约翰·罗斯金,1858年在剑桥艺术学校的开学致辞中说:"在通常情况下,所有人类所能达到的艺术成就,不过是源自对自然景观本身的纯粹的喜爱,以及神圣的和忘我的崇敬。"

纸寿千年,文寿百代——前者只要保管得好,后者需要成为经典。"艺文一瓢饮",谈人文,说影视,通过艺文说文艺。我们当今的艺术创作,距离经典还普遍较远。

我在2022年2月1日,也就是虎年春节正月初一写这些文字的时候,恰好遇到"央视春晚"与"中国男足"成为热议之题。

网友说:"原本大家要骂死春晚的,不料被国足抢了头条。""国足"是在世界杯争出线的征程中,完败垫底的"小兄弟"越南队,确实震惊了国人。公众心目中,这支足球队成为持续时间最长、当量最大的负能量。

中国新闻网微信公众号在当晚21:59发了一条推文,立刻成为爆款,全文只有4句对话,如下:

记者:1∶3输越南。

编辑:不发,大过年的。

记者:王老师,请支持一下暂时遇到困难的中国足球。

编辑:过完年再说。

我称之为新媒体融媒体时代即时新闻评论年度最佳。"暂时遇到困难"已经"暂时"多少年了? 都记不清了。距离2015年2月27日中央全面深化改革领导小组审议通过《中国足球改革总体方案》,也已过去了7年漫漫时光。

文无第一,武无第二,竞争、竞赛、对比,就见高下。

而央视的"春晚",因为是"独一份",不用拉出去与外国队比赛,收视率又奇高,一直在过着好日子。我本人是多年未看春晚了。这次虎年春晚据说有一两个古典舞蹈节目还不错,这就像中国男足打越南队,最后进了一个球。

文体文体,文与体是联在一起、融于一体的。文艺和体育都一样,都需要天赋,都需要尊重内在规律,不能弄成"文体政绩工程";只靠"顶层设计"和领导干预,显然效果不彰。老话说,"强扭的瓜不甜";不扭曲,才能茁壮成长,就像约翰·罗斯金所说的,要有那种"纯粹的喜爱",那种"神圣的和忘我的崇敬",那是自发的,是发自内心的,所以才是真正强大的。

壹

电影的好时光

"四行"非凡,《八佰》非常

八一三事变过去了 83 年,终于等来《八佰》这部接近史实的电影。

在影院的近两个半小时里,观众个个屏息凝神,时时泪流满面,目不转睛地看那"最黑的夜,最亮的光"……

截至 2020 年 8 月 28 日,《八佰》正式上映一周,累计票房已突破 15 亿元。作为后疫情时代的"救市之作",《八佰》不负众望,仅在超前点映阶段票房就突破 2 亿元。电影文化的软实力,就这样在市场上呈现了文化硬实力。

这是一部值得二刷的电影,可以普通银幕看一次,IMAX 银幕再看一次。《八佰》剧本创作是十年磨一剑,在 2017 年 9 月 9 日上午 9 时开机——暗合 1945 年 9 月 9 日 9 时在南京举行的中国战区受降仪式的时间,全程拍了 8 个月。它全程采用数字 IMAX 摄影机拍摄,是亚洲首例;这种业内最顶尖的数字摄影机,目前全球仅有 4 台。起名为《八佰》,是因为古时军队编制十人为"什"、百人为"佰"。一个文化人,如果在 2020 年没去看《八佰》,那就是无可挽回的文化的损失。

2020 年度最佳电影,非《八佰》莫属。本该 2019 年就上映,却屡遭撤档;能够上映,实属不易;尽管有删节,仍然值得好好一看,不可错过。"可以毫不夸张地说,它代表了当前中国电影的最高制作水准,丝毫不逊色国际一流电影。"著名电影评论家、清华大学教授尹鸿评价说,"这种高能量的视听强度,从始到终都没有松懈。"看这部电影,精神上是一种洗礼,视觉上是一种冲击,听觉上是一种惊奇,它的精神气质与现场质感,都值得反复细看。

片尾曲《苏州河》,感人至深,催人泪下。那是根据世界名曲《伦敦德里小调》改编的曲谱,重新填了词:"故土燃烧,守卫者涌向风暴……"几回回聆听,几回回泪流。天下至性至情至爱之艺文,都是一种非凡的"哭泣"。清末作家刘鹗在《老残游记》序文中说:"《离骚》为屈大夫之哭泣,《庄子》为蒙叟之哭泣,《史记》为太史公之哭泣,《草堂诗集》为杜工部之哭泣;李后主以词哭,八大山人以画哭;王实甫寄哭泣于《西厢》,曹雪芹寄哭泣于《红楼梦》。"《八佰》就是管虎他们这批主创者伟岸的歌哭!

这当然是一部史诗电影,尽管呈现的只是淞沪会战最后的一个片段——四行仓库保卫战的四天四夜。淞沪会战,让上海的苏州河化为了血河。四行仓库是金城、盐业、中南、大陆等 4 个银行的堆栈,是一座钢筋混凝土结构的坚固大厦。发生于 1937 年 10 月底的这场保卫战,"八百壮士"气壮山河,抵挡住了日军的多番进攻,极大振奋了因淞沪会战受挫而下降的中国军民的士气。领军的是谢晋元团附(团附即团部附员,类似于"团长助理"),毕业于黄埔军校第四期;号称率八百壮士,实际上只有 1 个加强营,包括 3 个步兵连、1 个机枪连、1 个迫击炮排,仅 400 余人;他们孤军据守四行仓库,激战来犯日寇。

"四行"是非凡的"四行",《八佰》是非常的《八佰》!电影里最基本的事实,都有历史依据。然而,电影作为一种艺术表达方式,对于来源于现实的题材,尤其是重要的历史题材,通常表现手法是升维的而不是降维的。这是优点,亦可能成为缺点。如果不升维,那么这样的电影可看性就会变差,观众不买账。但升维之后,难免会觉得夸张,甚至让一些观众感到"太狗血"。遥想 2014 年徐克执导的电影《智取威虎山》,改编得更夸张,山洞里还藏着飞机呢。艺术化的升维、加持和赋能,如何把握好度,这真是两难之事。

以几个典型情节为例,略加分析:

其一是送国旗、护国旗的情节。孤军不孤,包括租界内的广大爱国民众,一直以各种方式支持四行仓库里的战士,其中就有献送国旗的女童军。她是高中毕业的杨慧敏(亦称杨惠敏)小姐,当她看到四行仓库附近,只有侵华日寇的太阳旗和租界里的英国米字旗,就想着要在四行仓库升起自己的国旗。在10月28日夜间,她将一面大国旗紧紧地缠在身上,再罩上制服,经过垃圾桥(当时租界内生活垃圾多在桥旁码头外运,所以俗称垃圾桥),钻过铁丝网,匍匐着爬过去,抵达四行仓库。国旗送到之后,她坚决要留下来服务伤员,但是谢晋元团长坚决不同意,清晨时分,硬把她送到门口,将她推出去:"冲过马路,跳下河!"杨慧敏在回忆文章中说:"我猛冲过去,跃下苏州河。头上枪声大作,我知道敌军发现了我,这时已是白天了。我平日练就的游泳技术救了我,我深潜水中,游至对河公共租界登岸。抬头一看,苏州河畔站满了人……"电影为了表达更强的戏剧性,将杨慧敏送国旗的来程描述成冒险游过苏州河。然则,这,有何不可?

国旗送来了,要在屋顶升起。可是没有旗杆,于是临时用两根竹竿连接扎成旗杆。"这时东方已现鱼肚白,曙色微茫中,平台上站了一二十个人,都庄重地举手向国旗敬礼。没有音乐,没有排场,只有一两声冷枪声,但那神圣而肃穆的气氛,单纯而悲壮的场面,却是感人至深的。我一辈子永远不会忘记。"这是杨慧敏的记录。营长杨瑞符在他的《孤军奋斗四日记》中,这样记载:

"我青天白日满地红的国旗,飘舞在闸北的上空,顿使四行周围的许多太阳旗,黯然无色!……晨七时许,敌寇见我大厦楼顶高悬青天白日满地红的国旗,越加恼羞成怒,便在交通银行的窗口不断地向我猛烈射击,我士兵沉着应战,毫不畏惧。敌寇飞机也特别加多,终日在空中盘旋,企图轰炸。我屋顶之防空部队,严加防范,稍见低飞,即用高射机关枪瞄准射击。因此敌机被我先后击退者达四五次,终未肆虐。"①

在电影里,为了护旗,在敌机猛烈扫射下,守卫四行仓库的战士死伤严重,

---

① 杨慧敏、杨瑞符的引文,均见全国政协文史和学习委员会所编的《八一三淞沪抗战亲历记》,文史资料百部经典文库,中国文史出版社2015年1月第1版。

夸张是夸张了一点，但并不离谱。

其二是与敌同归于尽的情节。历史的情景是："一队日军，用坦克掩护，冲破火网拦阻线，企图冲到仓库下用烈性炸药炸毁仓库。危急关头，身上缚满手榴弹的敢死队员陈树生，拉燃导火索，从三楼窗口一跃而下，'抗战胜利万岁'，只听一声轰然巨响，咱们的战士与20余名敌人同归于尽……"（详见《谢晋元》一书，郭萌萌编著，团结出版社2015年8月第1版）在电影《八佰》里，是多位"陈树生"一跃而下，这一情节让观众的眼泪夺眶而出，这显然是"视死如归""同归于尽"情节的放大。不免就会有人认为不可理喻、不能理解："我实在想不通，这与直接扔手榴弹下去有什么区别？"

是的，我观影的时候，脑子里也想：这还不如把一捆捆手榴弹捆绑在沙袋上，投掷下去！然而，当我仔细读过杨瑞符营长的《孤军奋斗四日记》之后，才恍然大悟：彼时军人，面对外侮，面对强敌，哪像现在的人这般惜命！"杀身成仁，乃人生一大快哉！"为正义而牺牲生命，是最为伟大光荣的事情！杨瑞符营长，是黄埔军校六期毕业，天津人，时年30岁，他性格豪放，是有名的勇将，每战身先士卒，负伤多次；他在10月28日的日记中这样写：

不成功，便成仁！

晨一时许，敌寇枪声渐稀，这是我深夜静思的时候了。我想：这次假如我成了功，我不愧为一个国家的革命军人，不愧为先总理的信徒，不愧为蒋校长的学生。这次假如我成了仁，那么关于我家的善后，早经最高领袖替我准备妥了。我父亲兄弟一辈子是不会受苦难的。而我个人呢？我相信我成了仁以后，只要中华民族的历史不断绝，我一定会在历史上留下一个光荣的名字；同时恐怕还有无数的中华后裔替我立祠焚香了。这真是我"不成功，便成仁"的唯一时机。残暴的敌寇啊！你来吧！我要利用你来完成我杨瑞符的人生观了。不顾一切地拼吧！死算什么？人活百岁，总是一死……

豪气干云！"文官不爱钱，武官不惜死。"谢晋元说的是"吾人应以个人生命,贡献于国家民族,只有国家民族之自由,而无个人之自由。只有国家民族之生命,而无个人之生命。其次为生死意义,应当死则死,如果当死却偷生,实为妄生",当"与敌人同归于尽"成为最崇高的理想之后,那么,陈树生视死如归,跳下去,引爆炸弹,成仁取义,就不是你所想象的"生命是第一宝贵的"了。这层意思,在电影里应该有更清晰的表达,作为基本的逻辑铺垫,这样能够让今天的观众更好地观看理解。

还有就是最后撤离时冲过桥的情节,这个看起来不像撤退而像冲锋,且有那么多人在租界这边桥头伸手迎接,不顾枪林弹雨,这确实夸张了。四行仓库四周东、北、西三面环敌,唯一可以撤离的路线,只有越过苏州河上的垃圾桥,进入南边的租界。事实上,午夜撤离过桥受伤不少,有十余人,杨瑞符营长也左腿中弹。他在回忆文章中说:

"时已深夜十二时,我军开始遵命向英租界撤退,奈敌寇事先已明了我军撤退企图,除以探照灯和机关枪四挺严密封锁我必经之西藏路外,并以各种火力集中压迫,弹如雨下,我军仍以不屈不挠之精神,竭力施行火力制压,并利用敌火稍为间断时间,奋勇冲出,不幸当我随队冲到西藏路口时,被敌弹洞穿左腿。直至深夜二时许……我受伤十余人及高悬屋顶之国旗,均安全携出,余心大慰。"

不具备基本史识,确实就难以理解这样的电影。当时还有许多场景,电影没来得及表现。四行保卫战的初期,多次战斗是在仓库外面的阵地上进行的;在完全撤入仓库之后,杨瑞符营长严令各连官兵"须彻夜赶筑工事,加紧戒备,不准任何人睡觉";在他的《孤军奋斗四日记》中,多次写到绝对不准睡觉:"大家有三夜没有睡觉,弄得精神疲倦,那是事实,但是我们不拼命地将工事完成,敌寇就会马上要我们的命,试问大家要睡觉还是要命? 以后我假若看见不服从命令而睡觉的人,我绝对地严加惩罚。"战士不能睡觉,他自己更是带头不睡觉——战争之残酷,可见一斑。我在想,"绝对不准睡觉"可以在电影里多加表现。

如今,在电影《八佰》面前,不同类型的观众,就像巴别塔的建造者,说着不同的语言,无法沟通,也无法建好"巴别塔"。恶毒攻击者有之,吹毛求疵者有之,难以理解者有之……对于用心创作的艺术之作,尽管有这样那样的不足,我们要少一点苛责,多一点宽容。至于那些不看电影就胡喷的人,不能不让我感叹:这届"非观众"不行!也只有原谅这些无知者、自以为是者,我不由得想起美国电影《太空旅客》中的一句台词:"不是他们醒得太晚,而是我们醒得太早。"

有的人蹲在屁股的高度,你怎么指望他看见脊梁!

电影《八佰》对战斗场面的影像呈现是一流的,对人物群像的刻画是生动而多维的,对抗日爱国精神的讴歌是令人血脉偾张的。尤其是对人心人性的刻画,是真正下了功夫的。战场上军人们大多灰头土脸,但性格各异;租界里各色人等花花绿绿,也表现不一。群像的视点镜头里,没有一个突出的、高大全、"三突出"的主角,这尽管让观影者看起来似乎有点不适应,但何尝不是电影主创者的追求。是战士还是苍蝇,是英雄还是狗熊,拉到战场上遛遛。在微信朋友圈里,杨锦麟先生说得好:"打一场恶仗,就知道英雄和狗熊如何区别!能做三百下俯卧撑的,未必就是一条好汉;街头小混混的,未必就是一只狗熊!"

另外值得一说的是,文艺界很早就关注四行仓库保卫战。最早记录四行仓库保卫战的一本小册子,是《气壮山河的八百孤军》,是《战时小丛书》的第1册,由上海抗战出版社在1937年年底出版发行,这可是四行仓库保卫战之后的两个月。再就是《八百壮士》曾两度拍成电影:早在1938年,阳翰笙、应云卫执导的故事片《八百壮士》就拍竣上映;1975年,台湾地区拍摄了《八百壮士》,丁善玺执导,林青霞出演杨慧敏。林青霞在《八百壮士 戏里戏外》这篇文章中,记述了自己的拍摄经历。开镜那天,杨慧敏也精神奕奕地来了:

　　　　她很怀疑这么瘦小的我能不能胜任勇敢的女童军(五尺六的我当时还不到一百磅)。她用她那又粗又大的食指一边大力戳我那满是排骨的胸膛一边说:"你要硬起来!知不知道!你要硬起来好好地演。"我被戳得倒退两步,心想,她真不愧是女中豪杰。①

孤军营之后的命运,杨慧敏送国旗及其之后的人生传奇经历,完全可以再拍一部影片,成为《八佰》续集:

400多壮士进入租界后,被缴械——所谓"收缴武器暂为保管";他们被租界当局关在公园里,成了"孤军营",被软禁了4年多时间。88师师长孙元良在《谢晋元与八百壮士》一文中有详细的描述(详见《八一三淞沪抗战亲历记》一书)。孤军营战士失去自由,手无寸铁,但在谢晋元率领下,仍过着严格的部队生活,早操、值勤、站岗,从不间断。

而最令人痛心的是,谢晋元不是死于日军枪弹,而是在1941年4月24日早操时,死于郝鼎诚等几名叛徒的乱刀之下,年仅36岁。上海10余万人参与吊唁追悼。凶手后被租界当局法办——《八佰》中塑造了几名要逃离战场的士兵,其实也是对此暗合呼应。一直坚持写日记的谢晋元,日记由此戛然而止。

2015年8月上海远东出版社出版了《谢晋元抗日日记钞:谢继民解读》,这是日记的部分摘录,由谢晋元儿子谢继民进行了解读。早在1945年10月,上海正言出版社就出版了《谢晋元日记钞》,如今已是文物,网上有一两册在售,两三千元一本;当然也有廉价的复印本,我买了一阅,即知这是谢晋元日记的"残本",是从1938年3月16日开始直至去世前的部分日记,共编选了161篇,记载了谢晋元在孤军营近4年的日常境况和心路历程。其中1941年4月22日最后一篇日记最后一段,分析了欧洲战场的形势,言明德国步步紧逼,从巴尔干,到希腊,到法国,到直布罗陀,到苏伊士运河,到埃及,最后是苏联,"亦在危险中矣",这样的二战国际视野,给我深刻印象。

浙大党委原副书记、90高龄的周文骞教授,当年就住在英租界,曾前往哀悼谢晋元团长,见到被害后的谢团长的遗体。在看过电影《八佰》后,他亲撰《我真的见过谢晋元团长》一文,回忆当年和小学同学一起去哀悼谢团长的亲历见闻,其中写到一个细节:"进入营房是一个操场,只见一匹栗色的战马在操

---

① 详见林青霞随笔集《窗里窗外》第89页,广西师范大学出版社2014年8月第1版。

场一圈又一圈地奔跑。士兵们告诉,这是谢团长生前的坐骑。现在主人逝去了,剩下这匹马在操场中孤独地跑着,不知它是否怀念着谢团长了,场景倍觉悲凉……"

1941年12月7日,日本偷袭珍珠港,太平洋战争爆发。随即整编的四行仓库壮士落入日军手中,成了任日军宰割、折磨、报复的俘虏,历经各种磨难,最后活下来的仅有四分之一。"愿有朝一日,晨曦映照,终还乡。"片尾曲《苏州河》所唱的美好愿望,大部分战士都没有实现。

飒爽英姿的杨慧敏,在1938年参加了世界青年和平大会,后到世界多地巡回演讲;香港沦陷后,杨慧敏多次往返于香港和内地,营救在港爱国人士;再后来她被同胞陷害,一度被戴笠囚禁……

这些故事,如果拍成《八佰》续集,尽管不是壮怀激烈、碧血横飞,但同样能够引人深思、发人深省。

让我们记住历史:国共合作,共同抗日;兄弟阋墙,共御外侮;艰苦卓绝,浩气长存!

2014年9月,经党中央、国务院批准,我国公布《第一批著名抗日英烈和英雄群体名录》,谢晋元等八百壮士(1937年,国民革命军陆军第9集团军88师524团)被追认为英雄群体;同时还有狼牙山五壮士(1941年,八路军晋察冀军区第1军分区1团7连6班)等。

四行仓库遗存,如今已入选"中国20世纪建筑遗产"。它是战争的象征,更应该是和平的象征。

温故·一九四二·电影与历史

温故不易,知新更难。

在设施先进的现代影院,看《一九四二》电影,心情相当沉重。这是2012年岁末,距离1942年已有整整70年。

冯小刚真的很不容易,只有这样有思想有情怀的导演,才会历时19年,锲而不舍,把刘震云的一部小说变成震撼人心的电影。

原本富裕的地主,一家向西,从逃难变成逃荒,最终落得个一无所有……死,原来这么容易;生,原来这么艰难。"至少要让他们像人一样死去",都变成了奢望。

撕开历史给人看,才能温故,进而知新。为了拍摄《一九四二》,演员得减肥控制体重,张国立最高纪录减了24斤,饿到直打晃儿,饿极了的时候,发现根本就没有力气说台词;徐帆同样要承受饥饿的痛苦,饿到别人递给她一小块萨其马,立马狼吞虎咽吃进肚子,眼泪夺眶而出。

比饥饿更苦痛的,是卖儿卖女,是死亡成为终极。而在巨大的灾难面前,悲伤都显得太奢侈;悲哀到极致,人是哭不出来的。徐帆饰演的花枝,是一位母亲,她为了孩子把自己给卖了。母女分手的时候,已无哭天抢地。粗粝和麻木,平静到绝望,才是更为接近真实的表演。

这是电影快要结束时的一个镜头:蒋介石问河南的"一把手"李培基,究竟死了多少人? 李培基犹豫了一下,回答"政府统计数字,1062人";上下皆知这"政府统计数字"是怎么回事,蒋介石于是问,实际呢? 李培基低声嗫嚅:300万。

这是关于河南1942年灾难的概数:全省人口3000万,饿死300万人,流亡他省300万人,濒于死亡等待救济者1500万人……如果不是刘震云的小说、冯小刚的电影,这些数字依然知者寥寥。

刘震云是我喜爱的小说家,但他的《温故一九四二》真是一部很糟糕的小说——如果用严格意义的小说尺度来衡量。要人物没人物,要故事没故事,要情节没情节。假如删去那些对话,就是一个纪实文学,或曰报告文学。这样的小说,传播效果应该是很差的,大部分人不会去读。电影里的人物和故事,都是后来再创造的。但是,这并不会降低这部作品的思想、内涵与分量。

电影《一九四二》有着杜甫式的对民生的悲天悯人,有着屈原式的哀民生之多艰的情怀。《一九四二》之名,一定会让人想起奥威尔的小说《一九八四》,或者其他真实的墓碑式的年份。哦,那不是奥威尔的《动物庄园》,更不是赫胥黎的《美丽新世界》,那就是中国抗日战场最难熬的1942年,就是1942年的中原河南。1938年6月9日,面对侵华日军的步步紧逼,国民政府决定"以水代兵",阻止日军西进,下令扒开了黄河的花园口,致使黄河决堤改道,形成大片黄泛区,间接导致惨绝人寰的1942河南大饥荒。大旱加蝗灾,天灾加人祸! 那时河南处于中日双方军队对峙的前线,水深火热中的受灾百姓更加遭殃。柴火、雁粪、观音土都成了食物,这些都吃光了,等在前面的只是死亡。

彼时南阳《前锋报》特派驻洛阳记者流萤(即知名作家李蕤,原名赵悔深,河南荥阳人),撰写河南旱灾系列通讯报道《豫灾剪影》,写下触目惊心的"无尽头的死亡线"。那是1943年3月到4月间,他接受《前锋报》社长李静之委派,冒着生命危险,孤身一人骑一辆自行车,在河南灾区采访20多天,撰写灾区通讯10余篇,后来将灾区通讯集成一册,题为《豫灾剪影》,由前锋报社出版(见《李蕤文集》第四卷第772页)。

其中述评《暗哑的呼声》是新闻史上的名篇,文中写道:"河南农民,是一头牛,一只骆驼。忠诚、驯顺、忍耐,是河南农民的特点。抗战六年来,河南农民抢先拿出自己所有的一切交给国家,默默地捧出汗水换来的粮食,默默捧出自己的儿子,谁都知道河南兵役第一,征购征实第一。""……他们便吃干了的柿叶、剥下的柿蒂,蒺藜捣成的碎粉,吃麦苗,捡收鸟粪,淘吃里面未被消化的草籽……""在洛阳,这繁华的街市,人会猝然中倒。郑州市两礼拜中,便抬出一千多具死尸。偃师、巩县、汜水、荥阳、广武和广大的黄泛区,每天死亡的人口都以千计……"

苍天在上,蝼蚁在下!重庆《大公报》派到河南的记者张高峰,发回报道《豫灾实录》;总编辑王芸生阅后奋笔疾书,撰写了新闻史上的著名社评《看重庆,念中原!》,刊登在 1943 年 2 月 2 日《大公报》上,以犀利的笔锋直指国民党政府的腐败暴政。文章中有两大鲜明对比:一是重庆与河南的对比:"重庆还很少听到饿死人,一般人家已升起熊熊的炭火,而在河南,朔风吹雪,饥民瑟缩,缺衣无食";二是"惨绝人寰"与"照纳国课"的对比:河南的灾民卖田卖人甚至饿死,但是还得"饿着肚纳粮,卖了田纳粮","罄其所有,贡献国家"……

不承想,此文一发,蒋介石大为震怒,下令《大公报》停刊三日。专制独裁,就是这个德性,容不得半点不同的声音。孟子曰"民为贵,社稷次之,君为轻",在此刻曰了也白曰,完全没有用。

上下五千年,纵横八万里,中国历史上就是一个饥荒频仍的国度,"灾荒之多,世罕其匹",灾荒记录不绝于史。历代政府对防灾救荒表现各异,学界对灾荒的反思反省也有断有续。如今我们能够吃饱了,真的不能"饱了肚皮忘了饿"。好在知识界对灾荒历史还是有很多研究的,比如《中国灾荒史记》《灾荒史话》《中国灾荒辞典》等,都是很严肃的研究著作。

然而,仅仅停留在学界,研究灾荒史的"温故",很难促使广大民众"知新";正是冯小刚的电影《一九四二》,试图"以一个最黑暗的剧本,最终要呈现一个最有希望的电影",从而能让众多观众看见灾难、反省历史,其功其德,真当无量。

让我们记住:如果忘记过去的灾难,那么灾难就会悄悄地潜伏在你前进的路上。

《芳华》的芳华

A

小说和电影《芳华》，说的是"小人物"在"大时代"里的故事。我这里所言"大时代"的"大"，不具褒贬含义，是一个中性词。而冯小刚的电影，基本上也都是抒写小人物的命运的。

电影《芳华》，我点映时就去看过了。在经历了莫名其妙的"推迟"之后，终于在 2017 年岁末的 12 月 15 日正式上映。

12 月 16 日，韩寒写下了长长的一段文字，对《芳华》表达了几乎 360 度无死角的欣赏，直接认定《芳华》是"年度华语电影最佳之一"。嗯，说出了我的感受："电影中，那一代人的芳华却不似佳酿，他们都是时代洪流里的浮萍，甚至冷暖都不自知。看这部电影，感觉时间过得很快，不知不觉两个多小时就像片子里主人公们的青春一样流淌过去了。"

韩寒还介绍一个他"分辨电影好坏"的办法，就是看观众的下巴："这年头其实很好分辨电影的好坏，你跑进电影院看观众的下巴就行。好的电影，整个电影院里大家下巴都是黑的，因为都在看电影；差的电影，整个电影院里大家下巴都是亮的，因为都在看手机。"

我和我的家人，就是全程黑着下巴看的。

12月18日，杂文家鄢烈山先生看过电影后在微信上说："平心之论，我刚看完，给9分。"而我给《芳华》9.1分，给动画片《COCO》(中文名《寻梦环游记》)9.5分，分别为我所给的年度评价最高的国产和外国电影。

B

然而，褒贬激烈。

我想问一些人：你比对过电影《芳华》里写"好事"与"坏事"的比例吗？细节，情节，桥段，那么多你期待或不期待的"负能量"，你看不到么？

至少，你要看到，电影里男女两位主人公，都是被上头的专制权力给彻底改变了人生命运的：

因为"你触摸了我"事件，男主被上头抓去"检讨"，"诱导"不成，就被摁倒在地，之后发配到伐木连去伐木。你是好人、"活雷锋"也没有用。这跟后来他在海南"讨生活"时，讨要被扣车辆却被残暴地卸下胳膊假肢、推倒在地的情节，异曲同工。

女主无声地抗议上头对男主的不公，暗拒而不肯出演A角，结果因为上头是高手，在台上一番表演，当众将你一个人捧到天一样高，根本就让你下不了台；可是完事后，立马当众宣告，将你逐出文工团，发配去了野战医院。

黑，真黑，想看"黑"的人，请问你还要看什么"黑"？

C

平生最痛恨似是而非！

有那么几个自以为是的伪文化人，去了影院也不认真看电影，更不会去买一本小说《芳华》来读，就在那里胡说八道。

这几个固化思维者，常以犀利时评家自居，以为站在批判的立场，以批判的角度去批判别人,那自己永远是立场正确的,永远是认知正确的,永远是写作正确的,永远是老子天下第一对的;动不动发一些似是而非、抖机灵的宏篇大论,随时扬抑,哗众取宠,他倒是乐在其中。

好吧,你开心就好。

D

得寸进寸,多么宝贵。

在万般黑暗中,有人点燃一支红烛,撕开一点缝隙,你却高高在上,不食人间烟火,故作高深,用两只鼻孔看人,说:你为什么不点一把火炬! 你为什么不放一场大火! 也有的则是歪着嘴巴,说:你的蜡烛为什么是红色的!

E

都是一个院子里的狐狸,你就甭给我说聊斋了。

一位媒体界的朋友,在看过《芳华》之后,在微信上写了一段话,我特别赞同这句:"都是吃过闭嘴饭的,别站着说话不腰疼。"依然在媒体做着新闻的人都应该好好反思这句话。

今下,从那么多胡说八道中,你可以清晰地看到:人性依然复杂,人心更加复杂,人脑更更复杂!

F

只要想想,冯小刚喜欢的是把刘震云和严歌苓的作品拍成电影,只要读过一点刘震云和严歌苓的作品,只要用心看过冯小刚导演的主要电影作品《集结号》《天下无贼》《唐山大地震》《一九四二》《我不是潘金莲》,只要知道《芳华》的编剧不是别人而正是严歌苓本人,你都应该不会简单轻率地全盘否定电影

《芳华》。

但偏偏有人故意将电影《芳华》与小说《芳华》予以割裂,然后一通胡说八道。最简单、最直接、最粗暴的是:一见到"文工团"仨字,就立刻想到白胳膊,就想到,就想到,就想到……就想到私生子,就想到冯小刚在"讴歌'文革'",必须批倒批臭。

有一个低劣之论,说"《芳华》致敬的是导演的春梦"。这哪里是"一千个人心目中有一千个哈姆雷特",这是典型的淫者见淫。

高论者如此这般否定冯小刚和《芳华》的基本盘,这才是一个让人哑然失笑的笑话。这其实与"文革"思维无异。

冯小刚生于1958年,我生于1966年——这是"文革"开始的那年。比我小10岁的人,可能对这部电影基本就无感了,这可以理解;因为1976年"文革"结束,他才出生,无感就说无感,不要胡说八道就行。可怕的就在于,许多胡说八道的人,就是没有经历过"文革"的,却继承了"文革"的思维和衣钵。

G

平生最讨厌极端。我憎恶极左,也讨厌极右。一些比极右还极右的论者,借冯小刚的电影浇自己心中莫名的块垒,借人家的一桶水,在上面漂自己的一层油。

这种做法屡试不爽,用来骗骗那些缺乏独立之精神、自由之思想而且也不会花时间深入研究探讨的人,倒是很成功。但是,你以为这样真的好吗?

极端者的一大荒谬就在于,认友为敌。

极端者就把冯小刚看成"变老了的坏人",甚至是"变老了的敌人",如同他所憎恨的"跳广场舞"的大妈。荒谬透顶。

认友为敌与认贼作父,本质上没什么区别。

认友为敌者,最终能成得了事吗?能乎?

那么极端,那么变态,不仅把同一个阵营里的战友当成敌人,而且把一代人都看成是坏蛋。有的甚至给一代人贴一个"红卫兵"的标签,然后其挞伐就是天然正确的了。还有所谓"不是老人变坏了,而是坏人变老了",他指的是"某一代人都是坏人,现在是坏人变老了",就这个极端思维。

极端者憎恨你点蜡烛而不放火。极端者会说你点蜡烛是讴歌而不是撕开黑暗的一条缝隙。

你不难看出,一些年轻的极端者,尽管没有经历过"文革",也同样是"文革"思维,"文革"话语。如果说极左者是"逢美必反",那么这些极端者是"一事不爽就必反",甚至是"逢事必反""逢人必反",仿佛天下就是他一个人对的。

一旦是这样的极端者掌握了大小权力,有了他所要的"自由"之后,他很可能比曾经的极权者还极权。你必须警醒着。

中国并不缺乏极端而暴戾谋功的能量,而是缺乏温和而坚定前行的力量。但是很不幸,现在就是极端的能量很吃香,越极端越扯淡,越扯淡越受追捧。多少庸众,尤其是聚集在互联网上的,就像聚集在广场上的群体一样,把大脑交给了众体,交给了扯淡者。

H

电影评论家尹鸿说:"一代人的青春芳华,一个时代的精神病,《芳华》用一种怀旧的格调描绘了一组群像,准确、细腻、丰满,有一种淡淡的关怀和悲天悯人的缅怀。历史的氛围和质感完成得很饱满。黑纱覆盖、猪跑大街、精神病和断臂的隐喻都很有意味。"

尹鸿是清华大学新闻与传播学院教授、影视传播研究中心主任、中国文艺评论家协会副主席。他还深为感慨地说:"中国电影的难,是许多哪怕站在圈子边上的人都不能理解的。你这厢嫌他云淡风轻,他那边早已是疾风暴雨。为这么一部电影,多少人在砥砺顶雷啊。《芳华》难能可贵。"

显然还是尹鸿老师比较懂制度环境,毕竟他既懂电影,又懂新闻传播。

I

冯小刚在他的散文随笔集《不省心》(长江文艺出版社 2013 年 9 月第 1 版)中,生动而又无奈地说:"中国电影就是方方面面都酷爱联想引申,所以老得逼着导演为避嫌修改,最后改得非驴非马,改成了四不像。"这一节的标题是《被电影掠夺一空》,7 个字,其实一切已是尽在不言中。

而今,他又被电影《芳华》掠夺了一次。有的时评家,倒不是掠夺他,而是将他打翻在地,再踏上一千只脚,当然,臭脚。

J

回忆历史,回忆时代的残酷,回忆人性的复杂,当然也回忆善良的好人。

"冯导用着最小心翼翼的手法,把最隐蔽的伤口扒开,展现给世人";伤口虽旧,同样也会引发怀想。

朋友圈里一位在杭州的女士,曾当过文艺兵,她说:"亲们,别惦记了,我们那个年代已经没有刘峰,只有万峰安峰叶峰。"刘峰是《芳华》的男主,后"三峰"则是在杭著名媒体人。

《南方人物周刊》前主编徐列先生,发布文章《请帮忙找我当年遥望过的文艺女兵》,说的是《芳华》上映后,网上一条消息刺痛了他的神经:在当年的战斗中,一位文工团女兵被火烧死。顷刻间,尘封 40 多年的记忆之门被打开了,因为孩提时代的徐列见过一位美丽的文工团女兵,后来部队大院里流传着一位文工团女兵被烧死的消息,"美的东西被毁灭之后,让痛楚留在了活人的心底";那么她是不是就是徐列先生曾经见到过、美得让人怦然心动的那位女兵呢?

很远很感人!我转发了这篇文章,立刻收到我的前同事、军人出身的马国军先生发来的消息:

"巧了，我正好知道，这是1979年战斗中，战死疆场的唯一女兵。××军×× 师文工队，姓郭——其哥哥，就是1980年代创作《让世界充满爱》的作者郭峰。 在战场上，郭与五六位战友乘卡车从前沿返回后方，途中遇敌军阻击，结果郭 受伤倒在车上，没能下车，待接应人员赶来，发现郭已牺牲，敌军还点火将车与 郭的遗体烧焦，郭成为此车唯一的牺牲者。——告知这些的，名叫刘义，郑州 人，在同一车上。1985年我们同为××军宣传处战友，我们俩还住同一宿舍。"

我立刻将这一需要求证的信息发给了徐列先生。

不久，徐列发布文章《四十年后，我找到了自己的〈芳华〉女主角！》

她叫黄波，她还活着！

"我的文章被转到了××军子弟的一个群，当年的军宣队人员确认，那位跳 芭蕾舞的演员叫黄波，参加过战争，但并没有牺牲，她还有一个非常出名的女 儿叫陈萨，是与郎朗和李云迪齐名的钢琴家。"朋友把徐列先生的电话转给了 黄波，"待接到黄波电话时，我内心愉悦但并没有惊喜，一切似乎合情合理水到 渠成，世界很大但也很小，四十多年的风云流变也可能浓缩为两小时的一部影 片，就像《芳华》那样，最美最难忘的也就在那一瞬间"。

实际牺牲的女兵，是××师的郭容容，而另一师的女兵黄波，还活着。因为 同属××军，同为文艺女兵，又都跳芭蕾舞，后来以讹传讹，张冠李戴了。××师 的郭容容，也并不是郭峰的妹妹。

战争是残酷的。这从《芳华》电影里6分钟的战争长镜头可见一斑。你热 爱战争的唯一原因是没参加过战争。在这和平的年代，战争没有赢家，和平没 有输家，别动不动就打来打去，都是人类都是人。

K

舞台小社会，社会大舞台。揭开社会大舞台的帷幕，残酷历历在目。电影 里那些被侮辱和被损害的小人物，是怎么来的？

文艺兵出身的冯小刚，祖籍湖南湘潭，出生在北京一普通家庭，由于父母离异，成了"苦孩子"。严歌苓和冯小刚都在文工团工作过。准确地说，冯小刚是在京剧团。

"我于1978年入伍，在北京军区战友京剧团任美术组学员。三年后提成二十三级小干部，时任美术设计。七年后，部队精简整编遭遇淘汰。那一年是1984年。元旦刚过，政委笑眯眯地找我谈话，态度异常和蔼，我心头一沉，知道这回'狼'来了。我很配合，对组织上的决定做出一副无所谓的样子，我甚至第二天就搬出了军区大院。"这是冯小刚在自传《我把青春献给你》（长江文艺出版社2010年7月第1版）中所写的一段，这一章是开头一章，就叫《转业》。

冯小刚在书中写了一个执着于理想的"苦孩子"步履维艰的奋斗史，写了对青春往事的回忆，写了对中国电影的坚守与反思，而这一章与《芳华》关系最密切。

被劝转业！立刻搬离！并不是战友京剧团要解散，而是与一场一厢情愿的恋爱有关。是的，青年冯小刚恋上了一个女孩，结果是：因为女孩的父亲是团里的一位老同志，他强烈反对，同时通过权力，立马将冯小刚"驱离"，因为冯小刚是战友京剧团里的"低端人士""末端人口"，可政委所给的冠冕理由是"部队精简整编"。更没有想到的是，更大的悲剧在后头——不久冯小刚就知道了，那女孩的心上人，根本就不是他这个面目一点都不"美术"的"冯美术"，而是一位在民航工作的英俊小生。

冯小刚在战友京剧团的"青春遭遇"，就是这样的人生与事业的双重打击、严重挫败。他是家庭专制的受害者。不要以为冯小刚的所谓"怀旧"，都是怀那幸福美好的"旧"。

知道这个大背景，你应该可以更好地理解冯小刚导演的电影《芳华》，少一些胡说八道。

冯小刚在书中说："日后的岁月里我仍然犯过很多次一厢情愿的错误，我对自己的愚蠢一腔悲愤又无可奈何。谁让我心地善良痴情不改呢。"

一厢情愿，这在事业上叫作坚韧和执着。

心地善良，这才有对小人物的同情与关切。

L

《芳华》也会老去,毕竟这只是一部电影。相信很多年之后,仍然会有人翻看这部"老电影"。

在当下,最广大观众的观看,感动,泪目,以口为碑,这就是对《芳华》最高的奖赏。

崇尚崇高：辛德勒的名单

似乎已经越来越少有人提及念及"崇高"二字了。然而，很长一段时间来，崇尚高尚、崇尚崇高的感念常常牵扯着我的心。

这是 1990 年代中期。刚刚看过一场电影，整个身心被电影震撼的同时被人物品格更加强烈地震撼。辛德勒！《辛德勒的名单》！出淤泥而不染的纳粹党员辛德勒，在二战期间拯救了一千多名犹太人！在我热泪盈眶地走出影院的时候，我明白世界为什么不会灭亡，因为在那么艰苦的景况下依然有着那么高尚的形象屹立于天地之间，而且"拯救一个人，等于拯救全世界"，何况辛德勒拯救的远远不止一个人！

崇高的品格，高尚的情操，这是人性璀璨闪亮的一面。有了这闪光的一面，水深火热才被踩之于脚下，腥风血雨才被埋之于泥土，卑鄙无耻才被彻底洞穿。高尚的人性是对卑鄙的兽性的抵抗和搏斗。尽管古往今来往往"卑鄙是卑鄙者的通行证，高尚是高尚者的墓志铭"，但只要崇高、高尚力量大到一定程度，卑鄙必被埋葬。"有的人活着，他已经死了；有的人死了，他还活着。"崇高者的躯体可以被摧残，崇高者的精神不可被磨灭。要不以为卑鄙者的通行证镀上了金就能走向"辉煌"，历史往往把他钉在耻辱柱上！

追求崇高，崇尚高尚，当然要付出代价。辛德勒最终也是不可躲避地面对破产,因为他的钱全花光了,为了拯救被法西斯蹂躏的犹太人,为了拯救人类,拯救人类的崇高。一个拯救崇高的人是绝不会躲避崇高的。然而现今的社会的确有不少人在躲避崇高,反而对卑鄙眉来眼去。如果这世人面对崇高都如老鼠见猫心惊胆战退避三舍,而面对卑鄙却如猫见老鼠兴高采烈"奋不顾身",那么,世界差不多也就到了末日。所幸的是,情况并非严重如此,比如王蒙先生评说后辈王朔的小说为"躲避崇高"——其实本质说的是"伪崇高","崇高"是面具;不少人也斥王朔为"痞子文学",我们还是能从王朔的《渴望》里看到对人性美的渴望。

电影来源于澳大利亚知名作家托马斯·基尼利的同名小说。小说从 1943 年秋天的波兰写起,开篇第一句是:"暮秋时节的波兰,克拉科夫旧市中心边缘斯特拉斯泽维斯克果大街一幢时髦的公寓楼中,走出一位身着昂贵大衣的高个儿青年,大衣下面是双排扣无尾礼服,礼服翻领上别着一枚巨大的装饰用黑珐琅底金质纳粹徽章。"

作者在序言中说到,他是 1980 年在美国加利福尼亚比弗利山庄的一家箱包店,问起几种公文包的价格,从而得知店主是位"辛德勒幸存者":"正是在普费弗伯格箱包店意大利进口皮革制品的货架下,我才第一次听说奥斯卡·辛德勒,这位锦衣玉食的德国人,这位投机商,这个魅力四射的男人,这个矛盾的化身,听说他如何在那个如今通称为大屠杀的年代里,拯救一个被诅咒种族的男男女女的故事。"于是,作者开始对散居在 7 个国家的 50 位"辛德勒幸存者"进行采访,在"这份对奥斯卡惊人历史的记述"中,作者用小说的手法,讲述了一个真实的、崇高的历史故事。

一切的高尚与崇高,都应该是让人景仰让人倾慕的,正如一切的卑鄙龌龊,都应该令人唾骂令人斥责。在看《辛德勒的名单》之际,我就深深地体会到那种蕴含了崇高的人格力量对我的吸引力:在长达 3 个多小时的影片放映过程中,我不忍让眼睛离开银幕片刻。后来,我还去看了第二遍。那是无法忘怀的影调,整部电影是黑白色,只有那个小姑娘的外套是唯一的一点红色;在片尾,犹太人走出隔离区,走向原野,色调逐渐明亮,变成彩色,最后鲜花置于辛德勒的墓地……

　　崇尚高尚,是我努力完善自己人格的行为规范之一。由是,我又一次想起了铭于心头的一些名言:先下之忧而忧,后天下之乐而乐;宁可天下人负我,不可我负天下人;吃的是草,挤出来的是奶……并再一次告诫自己:在现在的社会大环境下,不可利心无隙,而要爱心无限……

票房 56.8 亿元的国产商业电影

　　2017 年,电影《战狼 2》票房创下 56.8 亿元人民币的天文数字纪录。以平均票价 40 元计算,那就是 1.4 亿人次观看了这部电影。现在已然创下了中国电影最高票房纪录,这恐怕是一时不容易被打破了。

　　对于这样的"现象级"的、超级票房的商业电影,是不宜轻忽的。各种网络快评众说纷纭,批评之声不少,或曰"好好消费了一把主旋律",或曰"个人英雄主义+国家主义的爆米花电影",或曰"从《泰囧》到《战狼 2》,开启了比拼低智商赚大钱的时代",或曰"反正我是一点也不感动,抹黑整个世界,能光彩你一个吗",或曰"尚待开启的民智,成就了这么一部狗血片",不一而足。萝卜青菜,见仁见智。这个时代,发出多元声音才是正常的。

　　商业电影首先是娱乐"消费品",事实上对娱乐之外的"期待"不宜过高;在目前的管理模式下,能够有一部让多数人在娱乐中看得下去、不知不觉忘了时间的电影,已经很难得了。这跟相当吸引人的电视剧《人民的名义》的出现很相似,出现一部好看的反腐剧,比满屏都是抗日"神剧"好歹要好一点。很长时间没有好的国产电影可看,出来这么一部"好看的"《战狼 2》,这正是人气爆棚的重要原因。当然,作为娱乐的、商业的影片,《战狼2》也是很神的;对电影要求高的知识界,如果称之为"战狼神剧"也是可以的。但不管如何,能够这样拍得吸引人,让众多观众愿意掏钱买票进电影院,人民群众喜闻乐见,而且创了票房纪录,这是很重要的事,值得理性研究。

电影作为文化艺术品,那是真正的综合艺术,不可能是"一个人下的蛋";导演是"一把手",是灵魂,犹如乐队的指挥,要选择、调动各种好乐器好乐手,才能奏出一场华彩的交响乐。《战狼2》的导演吴京很厉害,他不仅仅是导演,而且是主演、主要编剧者和主要投资人,他做得可不是一般的成功。

吴京在这部电影里所动员的非一般的要素非常之多,其中主创公司就有20多个,包括出品、联合出品、发行、联合发行等,还有宣传方是杭州黑马影视文化有限公司,这是制作和发行方面;而在关键的内容要素中,更是聪明并聪敏得非同一般。

我观影的第一感觉,就是"学好莱坞大片学得最像的中国片"。整个电影的气场、结构、桥段,都是学习或者说是模仿美国大片的。爱国,个人英雄主义,硬汉,以一敌百,救人救美,当然还没有到一些美国大片"一人救国救地球"的份上,但也够吸引人的。

谁强跟谁学。看得出来,吴京已经是"最大限度地发挥自己的想象力和表达能力",尽管《战狼2》肯定不是"杰出作品"。

《战狼2》的叙事结构,完全模仿好莱坞大片,开场来个让人紧张得屏气的情节,快速切入交代背景,故事推进节奏极为快速,场景变化让人目不暇接;一般电影通常为1000多个镜头,而《战狼2》却高达4000多个,想闷场也难。

摄制时,吴京请来《美国队长》的导演罗素兄弟参与制作,整个音乐团队是好莱坞的,后期视效团队是新西兰的,动用的群众演员来自十几个国家。这部影片实际是一次全球分工的实践,这种全球化工业协同的国际因素,使得影片颇具美国大片的气质和模样。

国家因素则使用得很巧妙,那就是利比亚撤侨这个史实大背景被吴京用得充分且到位。爱国主义情感在这样的叙事背景下,最容易爆棚。既是主旋律电影,又是商业大片。而有了大背景,就可以纵横捭阖、大开大合,"打得痛快"恰好就击中了观众的心。

在拍摄中,则是力求"真实再现",爆点位置多、火力大,算下来"炸"了上百辆车;坦克、直升飞机、无人飞机的运用,都尽量做精准。场景准确了,情节神奇一点观众不会计较了,会认为这是在"演电影"。有的细节细察之也经不住推敲,比如最后男主把五星红旗套在自己手臂上高高扬起,通常那套在旗杆上的套子没那么大,为了套进手臂就设计得大了好多,不过观众也不以为意了。

作为一部现象级的商业电影,《战狼2》的巨大成功,其实主要不是在"艺术精湛"上,这就更值得深入研究和探讨了。

生活和文化的"有依之地"

有个消息引起轰动,还真是让人"莫名小激动"。北京时间 2021 年 3 月 1 日,中国女导演赵婷,凭借《无依之地》夺得第 78 届金球奖最佳导演,影片获得最佳剧情片奖。赵婷成为史上第一位获得金球奖最佳导演的亚裔女导演。此前《无依之地》已经获奖无数,包括第 77 届威尼斯电影节金狮奖。接下来就是期待奥斯卡金像奖了。电影已确定引进国内,定档 4 月 23 日。

《无依之地》尽管看起来有点"平淡",没有激烈的戏剧冲突,但留给人的印象极深刻。女主名叫弗恩,若在中国就是典型的扶贫对象,其生活需要"有依之地",有兜底保障。在 2008 年金融危机的影响下,以弗恩为代表的一批无力负担住房支出的美国老年人,被迫住在逼仄的房车里,成为四处打零工的房车游牧族。这些当代"游牧人",实质上是"半流浪人"。已成"半老太婆"的弗恩,不得不离开故乡,开始游牧新生活,将生活成本压到最低。这是自由的选择,亦是无奈的选择。

饰演弗恩的弗兰西斯·麦克多蒙德演得太好太真切,完全不逊于 2018 年在电影《三块广告牌》中的表演。主演也好,赵婷也好,都把美国的现实一角真实呈现出来,让人无比感慨:生活,尤其是老年人的生活,需要"有依之地"。

和"人的生活"一样,人类的文化也需要"有依之地"。生活在美国的赵婷,始终是中国人。她1982年出生,是一个地道的北京大妞,父母离婚后,她成了著名演员宋丹丹的继女。这次获奖后,宋丹丹激动地发文:"我的宝贝,真不知该如何祝贺你了!今天,在人家的主场拼人家的强项,取得了这样的认可,创造了这样的纪录,你是我们家的传奇,相信你的故事也会激励无数中国的孩子。"赵婷16岁才出国求学,那时还是一个不懂英文的中国女孩;她先后辗转于英美两地,最终在美国找到了拍摄电影的"有依之地",爆发了她在电影领域惊人的天赋。

尤其是这回拍了一部"批判"美国的电影,以一流的艺术水准,被美国人送上金球奖领奖台,而电影拍竣时,她才37岁。她以异乡人的身份,捕捉到了本地人难以观察到的写实之微妙和写意之神妙。有学者认为,赵婷处理电影中角色情绪的能力超强,"在真切细腻与多愁善感之间界限分明"。赵婷的经历、成就和获奖后淡定的表现,还真是验证了那句话:"如今你的气质里,藏着你走过的路、读过的书和爱过的人。"

诚如赵婷所言,电影给了电影人一个"一起笑、一起哭、一起相互学习"的机会。电影所表达的内容,涉及现实社会学;电影如何去表达,则是涉及文化社会学。"上有迢迢河汉,下有滔滔江水。"作为"头部文化"之一的电影,同样需要"有依之地",不能"游牧""流浪"。好电影源于创作的自由心境和良好环境。美国电影人,已经通过《白宫陷落》等电影,让白宫"毁灭"过好几次了。中国有导演曾说:"不要害怕电影。电影没那么可怕,也没那么重要。如果一个国家因为电影而感到恐惧,那绝对不是因为电影太强,而是因为他们自己太脆弱了。"

就内容而言,如果说赵婷《无依之地》的成功依据的是深切的现实,那么,另一位中国导演贾玲的处女作《你好!李焕英》的成功,依据的是感人的情怀。该片异军突起,截至目前票房已超48亿。早在2016年,在浙江卫视明星跨界喜剧竞演节目《喜剧总动员》中,贾玲主创主演的喜剧小品《你好,李焕英》就成了经典。共情引发共鸣,关键就在内容一流,一如名导侯孝贤所说的:"那个影像形式玩到已经不能再玩了,最重要的还是内容,那个时代的内容。"

央视大型文化类节目《典籍里的中国》一推出就创收视新高,并成为"网红",其"有依之地",就是中国博大精深的典籍,以及用文娱解读典籍的创新方式。

这一切的背后,最重要的是,整个社会的制度环境,要成为文化繁荣的最优化的"有依之地"。

贰

单纯而充满关怀的人类之爱

遇见阅读者和朗读者

人类的阅读,才应该是真正的"天保九如":如山如阜,如冈如陵,如川之方至,如月之恒,如日之升,如南山之寿,如松柏之茂。

2017年2月18日晚,央视节目《朗读者》首播,让电视的"文化之火"又火上一把。这是主持人董卿首次担任节目制作人的文化综艺节目,得到了观众、网友的大赞。曾经,电视普遍被认为是"缺少文化"的、忙于"娱乐至死"的,收视率最高的似乎都是那些明星跑来跑去唱来唱去游来玩去的节目。然而,一段时间来,像董卿主持的《中国诗词大会》《见字如面》这类文化节目开始受到瞩目。前者以"赏中华诗词、寻文化基因、品生活之美"为宗旨,后者"用书信打开历史"。做了22年电视的董卿,因其喜爱,下决心做了这档"真正自己喜爱的节目"——《朗读者》。

《朗读者》这个节目名称好。让人立刻想起德国作家哈德·施林克的小说《朗读者》,以及后来改编的电影《生死朗读》——女主凯特·温丝莱特演得不错。《朗读者》中的"朗读"二字重文字,"者"字重人。董卿由衷感慨:"我们要展现有血有肉的真实人物情感,并感动于他们让我们遇见了大千世界。我对于一档有着人文精神的电视节目的追求,终于要实现了。"以电视节目的表现形态看,"朗读者"形象更丰富,观众遇见"朗读者"显然比遇见"阅读者"来得带劲。单一的读书节目,在电视上生存的概率似乎是越来越小了,非常好的凤凰卫视《开卷8分钟》——8分钟都难以为继。所以,董卿和她的班子把《朗读者》制作得高大上,突出朗读者本身的故事性,一下子就把节目变得好看了,于是不再是曲高和寡,而变成了雅俗共赏。

朗读本身就是艺术,如果朗读的内容是真正好的艺术作品,那么,观众听众就沐浴在双重艺术的熏陶中了。此前,网络上的"为你读诗"公众号大受网友欢迎,今年正月初一我就聆听汤唯为我们读了顾城的短诗,那真是美好的新年礼物。诗文是《朗读者》节目中所读的主要内容,正如董卿自己所说的,她期待通过节目去唤起大家对文学的一种认知、一种最温柔的记忆。当然,朗读本身的时间占比偏少,这在我看来是一个缺点,今后可以调整、增加。

在《朗读者》中,我们遇见了朗读者演员濮存昕、世界小姐张梓琳,他们的朗读,普通话标准不标准、专业不专业、有没有口音,此刻显得不十分重要了;遇见了96岁高龄的著名翻译家许渊冲,许老先生讲话中气十足,他可是真正的大咖,毕业于国立西南联合大学外文系,曾获国际译联北极光杰出文学翻译奖,"诗译英法唯一人";也遇见了普通人、四川成都"鲜花山谷"的浪漫夫妇周小林殷洁。这就是"星素结合"的方式。更让我惊喜的是遇见我的浙江丽水老乡——无国界医生蒋励,这位当年的"美女学霸",从丽水中学毕业后,考入北大医学部本硕博连读,后入职北京大学人民医院,成为一名妇产科医生,2013年奔赴阿富汗,成为战火中的天使——援外的无国界医生,后来又去了巴基斯坦;曾经"聆听真炮声"的她,在央视偌大的演播厅里,朗读了诺贝尔文学奖获得者鲍勃·迪伦的反战歌词《答案在风中飘扬》。

在朗读对象中,我们遇见了汤显祖、莎士比亚,遇见了翻译家朱生豪,遇见了作家老舍,内容侧重情感类,所以董卿给节目定位为"大型文化情感类节目"。从情感、人生、体验,走向文学,这应该是电视节目适合的切入口。濮存昕现场朗读老舍的《宗月大师》,这是感恩之文、情怀之文,选得好。曾经患有小儿麻痹症而被手术治好的濮存昕,是结合自己的感恩情愫所选的。《宗月大师》是老舍先生的散文名篇，没有宗月大师也就没有后来的老舍，没有大师作家老舍。"在我小的时候，我因家贫而身体很弱。我九岁才入学。因家贫体弱，母亲有时候想教我去上学，又怕我受人家的欺侮，更因交不上学费，所以一直到九岁我还不识一个字。说不定，我会一辈子也得不到读书的机会。因为母亲虽然知道读书的重要，可是每月间三四吊钱的学费，实在让她为难。"有一天，还不是宗月大师的刘大叔来了，"一进门，他看见了我。'孩子几岁了？上学没有？'他问我的母亲。他的声音是那么洪亮……我们的小屋，破桌凳，土炕，几乎禁不住他的声音的震动。等我母亲回答完，刘大叔马上决定：'明天早上我来，带他上学，学钱、书籍，大姐你都不必管！'我的心跳起多高，谁知道上学是怎么一回事呢！第二天，我像一条不体面的小狗似的，随着这位阔人去入学……"

与老舍的穷出身不一样，来自上海的董卿，属于"含着金汤匙出生"的那种，父母曾经都是复旦大学的高才生；1994 年，她从浙江电视台开启主持生涯。学生时代，董卿原本就是个爱阅读的学霸；现如今，她通常每天都保证一个小时阅读时间。"假如我几天不读书，我会感觉像一个人几天不洗澡那样难受。"她深有感触地说，"读书让人学会思考，让人能够沉静下来，享受一种灵魂深处的愉悦。"阅读是一种生活方式，朗读也可以成为一种生活方式；繁忙如董卿都能做到时时开卷，我们可不能只遇见"开卷考试"。

如今《朗读者》节目组制作了"朗读亭"，比普通电话亭稍大，里面有专业的摄像、录音设备，让普通百姓参与朗读，镜头可能会被节目采用。朗读亭之前到过北京和广州，分别在北京的国家图书馆、广州的省立中山图书馆站过台。朗读亭也来到了杭州街头，参与者踊跃，进进出出人头攒动——杭州毕竟是一个学习型的城市。朗读亭把杭州好几个有意思的地方串了起来：塘栖古镇、天子岭环保图书馆、杭州图书馆、钱江新城的城市阳台、浙江大学紫金港校区和浙江图书馆。

汤唯在大年初一所读的顾城的短诗，最能描绘《朗读者》节目的艺文之光了："光知道我们的生命里/排列着细小的鱼籽/光让鱼籽苏醒而有呼吸/呼吸编织成新鲜的红草/红草一委婉就有了全部章节/这时柔软的天空下/不用眼睛就能看见一切。"

看见,是阅读;听见,是朗读——都是美好的事物。全社会的文化革新精进,只能一点一滴做。文教、文化、文明,都离不开一点一滴的根部滴灌。

"潜伏"与"崛起"

都说"雅人热爱苏东坡，俗人热爱东坡肉"，我看电视剧《潜伏》，是雅俗共赏的，兼备了苏东坡与东坡肉两者的素质。

2009 年春节期间，著名作家裘山山从成都回杭州过年，相聚时她就特别推介了《潜伏》。她说好看，编得几乎"滴水不漏"。

编得好，演得更好。男主角孙红雷好得叹为观止；女主角姚晨也很不错。还有很多配角，都演得恰到好处，那个叫有个性。有网络组织为《潜伏》打分，评委包括网友评委、名博评委、草根评委，参与打分的有两千多人，平均分超过 82 分，很不错了。《潜伏》在荧屏的崛起，那是必然的。我很佩服那些演出高手，却更佩服编剧，这剧情的起承转合，是怎么想出来的呢？环环相扣，扣人心弦，看得人们欲罢不能，厉害。

解放战争时期，共产党方面在隐蔽战线上的活计远比国民党方面做得好。比如在蒋介石身边就有一个红色间谍沈安娜，她是共产党打入国民党内的一名谍报人员，潜伏在国民党中央核心机关里十多年，作为速记员，蒋介石的多次讲话都是由她记录。很多核心情报，是从她这里"出口"的。1949 年 4 月，她悄然离开南京回到上海；5 月上海解放，沈安娜长达 15 年的地下谍报生涯才宣告结束。隐蔽战线，精彩异常；如今从谍战领域挖掘影视题材,真是找对了路。

尽管《潜伏》巧合很多,有些细节也太夸张了点,但我看不必鸡蛋里挑骨头了。它应该是有很多地方值得其他电视剧学习和借鉴的。《潜伏》之所以能崛起,我看它本身也是学了人家的。我以为,它就借鉴了苏联的经典之作《春天的十七个瞬间》。吉洪诺夫主演的这部黑白连续剧,当年在中央台播出时就震撼了我。那是1945年春潜伏在德国核心部门多年的苏联特工与法西斯斗智斗勇的故事,真是惊心动魄。

《春天的十七个瞬间》出品于20世纪70年代,播出时苏联万人空巷,电影院的上座率也大幅下降。后来从编剧到导演到主要演员,都获得了国家大奖。吉洪诺夫真是功勋演员,演技炉火纯青。如今我感到奇怪,为什么我们的电视台播过《潜伏》之后,不继续趁热打铁,把《春天的十七个瞬间》拿出来播一播呢。我看《春天的十七个瞬间》就是《潜伏》的老师嘛。比如《潜伏》中深沉男中音的旁白,那风格就跟《春天的十七个瞬间》一模一样。

战乱时期,最沉痛的一句话是"想当间谍都找不到国家,不知道为谁服务"。《潜伏》剧中,最哲理的一句台词是"有一种胜利叫撤退,有一种失败叫占领"。和平时期,不妨说一句"间谍为国家服务,艺术为人民服务"。当今世界已经进入和平时期,人们方才能够这么悠闲地陶醉在谍战剧中。显然,现在继续会有潜伏,但如今的谍战,更大的目的是避免发生战争,尤其是核武战争,因为,人类下一次战争如果使用核武器,那么再下一次战争就只能使用木棒了。那时,你成了间谍可以潜伏在树丛里,但总不能在木棒上播放《潜伏》吧。

反腐大片《国家监察》的"猛料"

"扔也扔不掉,喝也喝不了,送也送不完,倒也倒不尽,早知如此,何必当初。"这是一个妻子的感叹,当时她看到丈夫弯着腰在卫生间里倾倒名酒。她丈夫是个贪官,名叫王晓光,落马前是贵州省委常委、副省长,他成了我国监察法出台后首名被查的中管干部。

王晓光往下水道倾倒的,是一批价格最贵的茅台年份酒。他如此"暴殄天物",是收受的茅台酒实在太多了,那真是"近水楼台先得月"。纪检监察机关在他家中发现有一间房子堆满了茅台酒,数量竟达4000多瓶!当然,王晓光的贪腐,可不仅仅是拥有那么多茅台酒,他采取隐蔽手段以权谋私,将账户挂在亲戚朋友名下,向企业"借款"入市,盈利达1.6亿元……

这些"猛料",来自央视反腐大片《国家监察》,共有5集,分别为《擘画蓝图》《全面监督》《聚焦脱贫》《护航民生》《打造铁军》,2020年1月中旬播出。

第一集里,还有一个贪官和茅台酒关系更直接,他就是袁仁国,茅台集团原党委书记、董事长。袁仁国靠"批酒"谋取巨额私利,仅是他老婆孩子违规经营茅台酒就获利2.3亿余元。大批经销商大搞利益输送,有个经销商送给袁仁国一个定制的5公斤金鼎,上面刻了一句诗,原本应为"酒冠黔人国",为了讨好他,就特地刻成"酒冠黔仁国"。

茅台酒是稀缺资源,权力也是稀缺资源;越稀缺,越能够从中谋利。大权独揽,缺乏制约和监督,那必定是绝对权力绝对导致腐败。

在第二集《全面监督》里,有个"亮相"的落马高官叫赖小民,他是华融资产管理股份有限公司原党委书记、董事长。他在北京有一处房屋,专门用来存放受贿的现金,多达两个多亿。他还给这处房子取了个"暗语",管它叫"超市"。除了现金,他还收受大量房产、名车、名表、黄金、字画。停在车库里的宾利车、奔驰车、阿尔法车等,一水儿百万豪车。权力变现、权力来钱,原来是那么容易,最不容易的倒成了如何把贪腐来的堆积如山的巨款用出去。

大小凉山,是我国最贫困的地区之一,却有干部向扶贫资金伸手。第三集《聚焦脱贫》——聚焦扶贫领域里的腐败。那个出镜的美女乡长冯莹盈,是四川省凉山州雷波县溪洛米乡原乡长,她喜欢打麻将赌博,结果输了40多万,高利贷赌债还不上,于是动了特殊困难儿童领取生活补助的专用存折,陆续从67张存折中取出了88万多元还清了自己的高利贷。面对镜头,冯莹盈说:"这是我人生中的一个炸弹,它随时会爆,会把我爆得粉身碎骨。"

如果说这个美女乡长仅仅是只"苍蝇",那么曾任陕西省分管扶贫工作的副省长冯新柱,就是一只不折不扣的"大老虎"了。他把扶贫当负担,不仅对扶贫工作敷衍应付,而且利用扶贫资金谋取私利,和他关系密切的三家私营企业,顺利加入精准扶贫试点项目,每一家都获得上千万元的扶贫资金投资。冯副省长说:"认为当了副省长了,官更大了,养成了这些自己身上的官僚习气。"但他甘愿被"围猎",跟那些老板住在一起、吃在一起、玩在一起,开心得不得了,连微信群都取名叫"开心团";他落马时,从家中搜出的购物卡就多达674张,受贿总额高达7000多万元。还有安徽省阜南县是个贫困县,却将巨额资金用在"刷白墙"面子工程上,折射出扶贫领域的形式主义和官僚主义。"有急功近利的思想,为了面子、丢了里子。"

公权力姓公,也必须为公,但是公权力大到无边、失去制衡,必然就会走向谋私利,把权力当作追求自我享受的筹码。反腐防腐,就是要解决"绝对权力"

的问题,要有效地制约公权力。若说"反腐败"并不容易,那么"防腐败"则更为困难。一体推进不敢腐、不能腐、不想腐,是反腐防腐的关键所在。"不敢腐"主要是反腐、严惩带来的;"不能腐"则有赖于制约权力的制度设计;"不想腐"与个人的党性觉悟密切相关。

"举头三尺有神明,不畏人知畏己知。"兰考历史上出了一个有名的清官张伯行,他历任福建巡抚、江苏巡抚、礼部尚书,为谢绝各方馈赠,专门写了一篇《却赠檄文》,其中有云:"一丝一粒,我之名节;一厘一毫,民之脂膏。宽一分,民受赐不止一分;取一文,我为人不值一文。谁云交际之常,廉耻实伤;倘非不义之财,此物何来?"很显然,这仅仅是个人的"不想腐",是自我的道德约束,但单凭"自律"是远远不够的,因为"自我约束"并非外部制度环境的优化建设。

三千繁华,弹指刹那。一个领导,随着职位的升迁,公众期待你一定要变好,而不是变差、变烂、变腐、变败。"不能腐"是重中之重,需要强化对权力运行的制约和监督。连袁仁国都说:"要从制度上铲除腐败的土壤。"反腐防腐最重要的"猛料",其实应在制衡权力的最优制度设计。

从"舌尖"到"笔尖"的中国

中国桥、中国路、中国车、中国港、中国网;移动支付、共享单车、智能制造、大国重器、科技创新;绿水青山、扶贫攻坚、城乡统筹、共享小康、走向开放……2017 年 9 月 19 日至 24 日在央视综合频道首播的《辉煌中国》纪录片,宏观微观两结合,以一个个生动的案例,展现了中国发展、中国变迁、中国实力。全片以创新、协调、绿色、开放、共享的新发展理念为主脉络,共分 6 集,分别是《圆梦工程》《创新活力》《协调发展》《绿色家园》《共享小康》《开放中国》,其表现力真当是"棒棒哒",像磁铁一样吸引着观众。

伴随着收视热潮,是好评如潮:"大气,又接地气!""内容很震撼。""文字和画面节奏的掌控能力太好了!"这部片子值得好好看、认真看,有许多段落其实是可以反复看的。

这是一部宏论大片,大节与细节并重,说事和说理相并进,以现实视角看发展,以世界视角看中国,在与世界的相比较中看进步。它不凌空蹈虚,不投机取巧,不哗众取宠。整个拍摄制作非常扎实,这一串数字很能说明问题:摄制团队历时 3 个月,走遍全国 31 个省区市,拍摄近 3200 个小时的高清纪实素材,其中有 300 多个小时是航拍素材,采访了 108 位人物,外加 2 个多月通宵达旦的后期制作,完成了总长约 300 分钟的长纪录片。这就是：占有材料，多多益善，以十当一；使用材料，精益求精，以一当十。它也被称为"众筹之作"，即对内容的"众筹"，一共筹集了逾万条案例线索、照片、短视频，"众筹"了遍布中国大地的精彩的"中国故事"；征集到了"厉害了我的家乡"，"厉害了我的工程"，"厉害了我的技术"，甚至还有"厉害了我的小伙伴"，等等，有些线索运用到了片子中。

多少画面是第一次看到！多少故事是第一次获知！比如，第一集《圆梦工程》第一个事例是港珠澳大桥，我们知道世界第一的港珠澳跨海大桥是世界桥梁建筑史上的巅峰之作，但不一定知道那艘"振华30"起重船。这是世界上最大的起重船，中国自主建，长度超过297米、宽度58米、排水量接近25万吨，"体量超过了世界上所有现役航空母舰"！整个造价20多亿，是为港珠澳跨海的建设特制的，这就叫实力和底气！它前往伶仃洋海域，成功吊装了庞然大物——6000吨的海底隧道最终接头！

《辉煌中国》英文翻译是 *Amazing China*，Amazing 直译过来是"令人惊异"，所以是"令人惊异的中国"，这个其实挺准确，也比较符合老外们的审美习惯。

辉煌发展，来之不易；直面问题，砥砺前行。第四集《绿色家园》，一开始就引用恩格斯说过的话："我们不要过分陶醉于我们人类对自然界的胜利。对于每一次这样的胜利，自然界都对我们进行报复。"纪录片没有回避"中国的快速发展中，经历了这样的报复"。"不以牺牲生态环境为代价换取经济的一时发展"，"绿水青山就是金山银山"，正是伟大的绿色发展理念，引导建设美丽中国的行动不断升级提速。

故事性强、画面感强，是这部纪录片的一大特色。不少画面是摄制组不畏艰难而拍摄到的。为了拍摄第三集《协调发展》，摄制组来到四川大凉山悬崖村，从"天梯"的视角看扶贫脱贫的艰辛艰难。也就是这些日子，讲述著名艺术家蔡国强艺术人生的电影纪录片《天梯》正在上映，影片的高潮部分是焰火制造了一架艺术的"天梯"；而悬崖村有一条现实的、著名的"天梯"，此前以藤条缠就，如今用钢管搭建，摄制组人员被这现实的"天梯"之路震撼。他们背着摄像机、三脚架、轨道等很多沉重的设备，一边攀爬一边拍摄登"天梯"的孩子、修

"天梯"的农民工。如果仅仅是在悬崖下边远远拍个孩子们攀爬"天梯"的镜头来交账,那必然就失去了任何的震撼。

笔者在杭州工作,在纪录片中看到不少杭州元素、浙江元素。片子里有"两山论"诞生地安吉余村,有"富春山居图"诞生地桐庐,有天然"纯净水"之地千岛湖……桐庐的健康小镇,依托优美优良的生态环境,特色养老让人称羡;而淳安下姜村的"河长",则是在全中国铺开的"河长制"的缩影。中国"新四大发明"——高铁、移动支付、共享单车和网购,有两项诞生在杭州;在第二集《创新活力》中,一开始就讲移动支付,这项创新给百姓带来了巨大的便利。

纪录片《辉煌中国》的成功不是偶然的。认真看过,就会发现摄制团队是一个虚心学习、认真落实的团队。第六集是《开放中国》,讲到撤侨,之前团队已经拍摄了一个小范围撤侨故事,制作过程中恰遇电影《战狼2》风靡全国,于是他们向《战狼2》学习,决定放弃已经拍摄的"小撤侨",把利比亚大撤侨的经历搬上荧幕。为了让这个项目能够高效推行,从第一天开始就制定了详细的拍摄、采访、后期制作,包括各个辅助工种配合的任务清单,每天都有一张进度表,要求每个导演、每个工种每天都按照进度表来完成工作。对我们自己来说,要管理好这个项目,时间真的是用天、用小时来计算的。

《辉煌中国》还很好地继承了纪录片《舌尖上的中国》的诸多良好秉性与成功因子,不时会让观众想到"舌尖"。本片的解说,其实就是给《舌尖上的中国》配音的著名艺术家李立宏。这起初是从"舌尖"到"笔尖"。整个制作班子努力精益求精,每一集片子的解说原本有18000多字,但是到最后只留下9000多字。在3200多个小时的高清素材中精选出了这300分钟,他们是看着每一个画面、对着每一个镜头、合着每一个细节,推敲写作成了解说稿,这样就不会像有的"宏大"的片子,声画是"两张皮"。先搞个本子,然后找些画面来配上去,那是一种投机取巧的做法,结果往往给人的感觉是"不搭"。

思想性,玩不得假;艺术性,来不得虚的。花下去的是真功夫,拿出来的是硬作品。电视纪录片,其创作本身是一门艺术,同时也是一项理性、综合性的工程,除了个体的审美情趣,它自有一套构建法式、构件标准和构造流程;思想性、艺术性、建设性，要熔铸于理想和现实，要渗透于每一格每一帧。作为电视艺术家，应该成为拥抱现实的坚定理想主义者，这样才能最终创作出让受众称赞、让时间留存的好作品。

纪录片:个人命运与国家命运

　　2012 年 11 月 9 日,第三届中国杭州青年数字电影大赛颁出"金荷奖",5 部优秀纪录片获奖。获得大奖与 5 万元奖金的是《二》,记录了一个梦想着到大城市混社会的 14 岁贵州乡镇少年的故事。另外 4 部获得优秀作品奖的是:《尘埃》《借我一生》《云上佛童》和《垃圾人》。本届大赛共收到国内外 95 部纪录片作品参赛,大多出自 85 后的年轻人之手。从 20 部入围的作品中,包括作家余华在内的终审评委,最终确定获奖作品。

　　作为中评评委之一,我花了三天三夜看了初评评委评选出的 36 部纪录片,当看到让我惊喜的《借我一生》时,觉得这时间花得一点都不冤了。当时我就说:不管《借我一生》最后能不能获奖,我都要表达我的喜爱。

　　这些来自全国各地乃至海外华人世界的纪录片,触须伸展到不一般的角落,那些平常被忽视的人与事,恰恰是最值得和最需要关注的。它们题材独特、视角独到,平常不常见;它们真是贴近生活、贴近基层、贴近现实的;它们洋溢着底层关怀、人文情怀,尽管让你看着不一定开怀。

　　好多纪录片的名称看上去就很有意思,比如一个字的《二》、两个字的《鬼节》《尘埃》、三个字的《垃圾人》、四个字的《云上佛童》、五个字的《万岁零一天》、六个字的《请翻翻我的书》、七个字的《百万格子小富翁》，等等等等。当然，《借我一生》的片名若是不借他人书名，那就更好了。

几部与老人或孩子有关的片子，留给我极深的印象，恐怕一辈子难忘。《鬼节》让我明白，有了丰富的人生经历，一个老妇人坐在一动不动的镜头前的口述，也这么吸引人。《二》则有着独特的表达气质，会有一种穿透你的身体的感觉。而单佐龙所拍的《借我一生》更是震撼到了我：那个有点像毕加索的八秩老人，驼着背，讲述自己非一般的一生……一个时代赋予一个人什么样的命运？

《借我一生》我前后看了三遍，思考却不止三遍。这部纪录影片，是作者在法国马赛与法国剪辑师 Axelle 合作剪辑出来的，完全超越了早先以《满江红》开头、以"空悲切"切入的版本。一个人一生的命运仅仅与自己一个人有关，那是单薄的；一个人一生的命运，与一个国家、一个民族、整个社会的命运变迁相关，那就丰厚了，那就具有了史诗的性质。这是剪辑对了的故事——剪辑是选择，是架构，是再创造。

我非专家，只是观众，于是就有了很自然的感受：好看不好看，看得下去看不下去，我真心喜欢吗，我被感动了吗，我被震撼了吗……评委们、观众们见仁见智，各有偏爱，这很正常；我个人偏爱有思想、有内涵、有分量的纪录片。相比其他形式，纪录片的现实性、新闻性、可看性都很强，我建议今后"金荷奖"专门做成纪录片的大奖。

这一季纪录片，都是年轻人拍摄制作的。拍《借我一生》的单佐龙，此间正在同济大学读研究生，年方 24。青春难以论断，前途当是无量，明天比昨天更久长——有兴趣、能坚持，将来定有更多优秀的纪录片出自他们激情的双手、激荡的思想，从而一次次映入我们眼帘、刻在我们心上。

单纯而充满关怀的人类之爱

巴德·格林斯潘，一位美国人，史上最杰出的奥运官方纪录电影制作者。

1952 年，26 岁的巴德·格林斯潘带着对电影的梦想，进入了赫尔辛基奥林匹克赛场，从此和奥林匹克纪录片紧紧联系在一起；近 20 年来，他先后担任了多数夏季和冬季奥运会官方影片的制作者，用影像还原了伟大的奥林匹克精神。

格林斯潘从第一部奥运作品开始，拍摄的理念、关注的重点就是"单纯而充满关怀的人类之爱"。他对奥运官方电影最大的贡献是，打破了国际奥委会要求官方电影必须记录所有运动项目的规定，不再以体育项目为叙事主线索，而是把镜头对准了参赛的运动员，进行感人的故事化叙事，表现运动员的人生命运和人生价值。

格林斯潘早期的《杰西·欧文斯重返柏林》，是著名的体育纪录片，这也是他自己最喜欢的作品。非洲裔美国人杰西·欧文斯，奥运历史上最伟大的田径运动员之一。1936 年，在纳粹阴影笼罩的柏林奥运会上，欧文斯夺得 4 项金牌，他的胜利让希特勒气急败坏，拒绝与他握手、向他祝贺。《杰西·欧文斯重返柏林》的重点，在于讲述欧文斯和德国运动员卢兹·朗的友谊。当年正是卢兹·朗在比赛时给欧文斯的建议，使预赛几乎落选的对手欧文斯夺得了跳远金牌。比赛结束后,卢兹·朗当着希特勒的面,最先向欧文斯表示祝贺。卢兹·朗很快受到了纳粹的无情惩罚,被弄去充军,送上二战战场,不久就阵亡了。15 年后的 1951 年,欧文斯重返柏林赛场。格林斯潘从《纽约时报》上得到这个消息,于是跟随拍摄了《杰西·欧文斯重返柏林》;欧文斯在影片中表达了对卢兹·朗最深切的感激和怀念。

这就是"单纯而充满关怀的人类之爱"!这就是格林斯潘感人的电影!在洛杉矶奥运会上,格林斯潘所拍摄的《跑到最后的人》同样感动了无数人;5000 米田径比赛,本来冠军应属于实力最强的大卫·莫克劳,可是比赛前夕他却受伤了;决赛到来,莫克劳坚持走上了跑道,但在比赛开始后,他跑得越来越慢,最后他独自一人蹒跚地跑着——这恰恰是"特别美"的镜头,而格林斯潘的慧眼发现了这样独特的美。

格林斯潘说,他的电影是具有"海明威风格"的,短小的片段,旁白很有限;你不必是个体育迷,你不必是个奥运迷,只是对人的勇气着迷,就会关注运动员们所表现出来的可贵勇气⋯⋯

不谋而合,杭州《都市快报》的奥运特刊,始终贯穿的报道理念,正与格林斯潘拍摄奥运官方电影完全相同,从而让不爱体育的人也爱看这样的奥运报道——因为这是关于"人"的报道,不是"目中仅有金牌",而是倾情倾力关注运动的人、关注运动员的人生,关注那"单纯而充满关怀的人类之爱"。换言之,这不是单纯的体育报道,而是故事,是人生,是细节,是情景,是情感,是人文,是跟寻常套路完全不同的东西,是读者头一天看了电视直播后第二天还有兴趣细细地看的内容。

《都市快报》首次采用了主笔写作制,每人每次主写一位运动员,整合各种信息,挖掘人生故事,把一个人的人生命运写深写透,让读者深切感受到:奥林匹克的精神,可以使每个普通人得到激励,在人生道路上成为"冠军"。比如主笔王真海写射击冠军郭文珺,把这位曾是打工妹的冠军的人生彻底写透,简直成了一部感人至深的青春励志片,充满了人生冷暖,让许多读者尤其是女读者热泪横流。

罗曼·罗兰说:"只有出自内心的才能进入内心。"同格林斯潘一样,这"单纯而充满关怀的人类之爱"的北京奥运会的报道,这故事化的人生叙事,正是从作者自己的内心流出来的,必然会进入读者的内心。

繁荣影视文化的制度设计

　　要繁荣影视文化,离不开好的制度设计。2017 年 9 月 22日,行业组织开始着手限制演员天价片酬,出台了《关于电视剧网络剧制作成本配置比例的意见》。同一天,新当选的中国电视艺术家协会主席胡占凡说,演员"天价片酬"问题严重影响了中国电视剧的发展,需要多个部门下决心共同制定量化标准、实施细则来解决。

　　何为"天价片酬"? 演一部电视剧,一个演员就拿走近亿元! 2016 年,一二线演员的片酬增长了近 250%,一部成本 3 亿元的电视剧,演员拿走 2 亿元片酬。部分演员的片酬甚至已达到影视剧全部成本的 50% 到 80%。这其实早已不是新闻了。网上流传一张图,上面那几张熟悉的演员的老脸,包括几个"小鲜肉",就"撑起"成本的半壁江山了。

　　何为"收视造假"? 你给钱就把你的"收视率"编得高一点。媒体调查报道:目前购买收视率的价格——请注意是"购买收视率",已攀升至每集 30 万至 50 万元人民币。以卫视频道每年播出 13000 集电视剧计,全年有 40 多亿人民币被这股黑势力非法窃取。你不肯出钱"买"收视率是吧? 那可以弄到你不得不停播为止。

　　何为"烂片巨多"? 不说已经播出来的"抗日神剧"烂片是

如何之多了,其实全国每年拍摄的大量电视剧根本就播不出来——通常会有一半甚至更多的电视剧被束之高阁。胡乱投入,产能过剩,野蛮生长,靡费了大量人力物力财力,要说"节能减排",这可是巨大的"不节能不减排"。

几个演员成了"命根子",一个收视率成了"命根子",巨量电视剧成了"沉没成本",事实上事情就这么荒诞。电视剧乱象乱成这样,原因是什么? 有当红演员唯利是图的原因,有收视率调查公司商业欺诈非法掠夺的原因,有长期失管变成恶性循环的原因,有大量资本盲目涌入影视娱乐行业的原因,有整个制度安排存在缺陷的原因,等等等等;还有一个深层的无形的原因,就是当今电视剧的市场不是一个真正市场化、有序的市场。真正充分的市场竞争,就形成不了这种畸形的天价;真正法治的有序社会,就不会有那种荒谬的收视率造假。

2017 年,国家五部委联合下发《关于支持电视剧繁荣发展若干政策的通知》,要对电视剧乱象开刀。是时候该治疗了!

五部委是国家新闻出版广电总局、发改委、财政部、商务部、人社部,可见治乱涉及面之广。通知措辞都是很正面、很原则的,第三条是"建立和完善科学合理的电视剧投入、分配机制",要求"行业组织出台电视剧成本配置比例指导意见","优化片酬分配机制","严禁播出机构以明星为唯一议价标准"。这些规定目前还像油浮在水面,要真正落实,原则的规定要具体细化,要变成"乳",要"水乳交融"才行。如果仅仅是浮在表面的"油",那么下面仍然会是一桶污水。

相比于天价片酬,收视造假更为可恶,称"收视率造假"为"万恶之源"一点也不为过。收视率的高低,与广告收入密切相关,与制片方的片款直接挂钩。比如一部 50 集的电视剧,卖给电视台是每集 100 万元,承诺平均收视率要超过 1,收视率每低 0.1 就扣除单集购片费 10 万元。如果在实际播出时该剧平均收视率被"定为"0.95,那么按照约定的条款要被扣除每集 5 万元,50 集算下来,250 万元片款就没有了。于是,"利益集合体"最终都去与收视率给定方"挂钩"了。

通知第五条说的是"规范电视剧收视调查和管理",直言"坚决依法严厉打击收视率造假行为,切实维护行业秩序"。这话写到通知里很容易,不用一分钟,实在很轻松,可是,落实起来的难度恐怕是写通知的人所想不到的。对于收视率造假的问题,国家新闻出版广电总局不是已"三令五申"了吗,其实也就止于"令"和"申"而已,否则也不会弄得愈演愈烈,试问你见过几个收视率造假被严厉查处的案例?

"三令五申"算是怒怼过"收视率造假"了,然后怼过了也就过了。其实早在2014年7月1日起我国就开始实施《电视收视率调查准则》了,可这三年多来,这"准则"被视如粪土、弃如草芥。把"准则"弄成"歪则"原来是个轻而易举的事。编个假的收视率数据给你,轻轻松松就可以在一年里攫取"40多亿人民币",你可知道这是如何强大的利益集团在操持? 早已有业内人士呼吁对这些行为用刑法打击,这当然都成了刮过就算数的"耳边风"。所以,如何"严打收视率造假行为","严打收视率造假行为"打得如何,公众拭目以待。

至于如何避免"一半电视剧"成为沉没成本,需要综合性的、病骨置换般的、真正的深化改革、深化改革、深化改革。

第四辑

阅读一枝栖

最是书香能致远！

人其实很矮小，都是被书垫高的。读书的厚度，决定了人生的高度。

阅读是一种信仰，阅读是一种快乐，阅读是一种福气，阅读是一种生活方式。读书不需洪荒之力，读书需要"每天开卷8分钟"。

如果到了"买书如买菜"的境界，那么我们的精神文化生活就正常了，每一天都能正常地生活着。

生存的生活是物质的，文化的生活是精神的。如果缺了后一半，人生也就缺了一大半。

阅历不足，阅读来补。行万里路，是有灵魂的身体在路上；读万卷书，是有身体的灵魂在路上。做最好的自己，才能遇见最好的他人；做最好的自己，才能遇见最好的阅读；遇见最好的他人，遇见最好的阅读，成就最好的自己。

我读过的，你没读过；你读过的，我没读过。所以需要交流。远方的先哲的书，身边的朋友的书，都要读一读、品一品、想一想……

大大小小、远远近近，这些读过的书，有不少就是朋友所著，我有感而发，写下阅读札记。他们著作中那么多句子淙淙作响，我所写的，只是回声。

壹

为进步说真话

从左岸到后岸

——陈富强《后岸书》序

蓝墨水的上游，不仅仅是汨罗江，也可能是塞纳河的左岸、天台县的后岸。

后岸是个江南小村庄，这名字，诗意氤氲、浪漫跌宕。自此不用再问后岸在哪里，后岸在陈富强先生的笔下，在这部以此为名的散文集里。

十年散文写作，选辑一册风光。在这里，我们穿越"时间之下"；在这里，我们漫步"大地之上"；在这里，我们欣赏"域外随笔"；在这里，我们一起"水电溯源"……陈富强先生作为电力作家，既有"电"又有"力"，纵横小说、散文报告文学诸多领域，驰骋古往今来人间天地。或许，这就是"生命的精进比才华重要，艺术的坚韧比灵感珍贵"。

每一个人都有自己的家乡，那是离开了也要带在心中的故园；每一个人都有自己的后岸，那是生生不息所依所傍的精神家园。陈富强的家乡，是古城绍兴的安昌小镇——这座江南水乡小镇，在陈富强笔下，特色竟是一个"霉"字："霉的味道，安昌独盛。它们在梅雨季节积蓄，尔后，就再也不愿散去，在镇上的每一堵粉墙，每一片黛瓦里，盘桓、流连，仿佛这座狭长形的小镇，就是霉味的家。"啊呀,这个"霉"字,其实是一个超级褒义词,霉干菜、霉千张、霉豆腐……这种霉味,味道好极了;这种霉味,在安昌已经飘荡了几千年。

近乡情更怯,只因是家园。在安昌小镇的东头,"那座后来埋葬了我的父亲和母亲的西衣山,因为中国历史上一个著名的人物大禹在此娶妻,会见诸侯,安昌的味道,就被历史的尘埃封存,再也无法改变"。故乡有故事,这是故乡的幸运。但是,每一个人家,都有自己的历史和故事,都有慎终追远的历程,这正是怀想故园的精神源动力。有道是,"父母在的时候,故乡叫春节;父母不在的时候,故乡叫清明"。在这篇柔软而温暖的《安昌的味道》中,陈富强说:"现在,我每年看到的安昌,大多是在清明,登上西衣山高高的山岗,远远眺望。我的父母就沉睡于此,他们的坟上,也有野草,和我老家祖屋屋脊上的野草相似。我知道,无论我走多远,我都能闻到从故乡安昌每一片瓦当下,每一块砖缝里,慢慢散发出来的霉味。"是的,故乡安昌,就是作者的精神后岸。

离开家乡,是人的常态。离人把怀人写到极致,那一定是在唐诗宋词里;那是没有互联网的年代,写封信十天半个月也收不到,一出门就是一年半载,所以才有极致的念想,以及把念想写到极致。不过,在今天,从此岸到彼岸,人的流动频繁了,色彩也因此丰富了。陈富强先生去到域外,写下了一系列的随笔,那不是简单的记游游记。从伊斯坦布尔到金字塔,从硝烟沉寂的北纬三十八度到日本冲绳的中国元素,作者一路静静走来,一路腾腾想来,一路悄悄写来,意蕴总是那般丰沛。

在《巴黎秋天》这一篇章中,灿烂的法兰西文化扑面而来,那是塞纳河串起来的珍珠。"我是在黄昏的时候进入巴黎的。塞纳河两岸的灯光正渐次亮起,而这时的天空,尚有几丝最后的晚霞在天边呈玫瑰红,与塞纳河畔的灯光一起在我的眼前轻轻划过。巴黎,在夜与昼的交替中挥洒着她梦幻般的浪漫。关于法兰西,我知道些什么?卢梭,诺曼底,巴尔扎克,卢浮宫,罗丹,圣母院,拿破仑……"人与物,构成灿烂的法兰西文化,装饰着这片美丽的国土;而中国人熟悉巴黎,远比巴黎人熟悉中国。

巴黎人习惯将塞纳河北边称为右岸,将塞纳河南边称为左岸。"右岸用钱,左岸用脑。"右岸有许多的高级百货商店、精品店及饭店;而左岸,则是文化知识界的聚集地,是作家与诗人的天堂,所以荡漾着非同一般的文化氛围。而且,连"知识分子"这个词的产生,都和左岸的文化人有关——正是那些爱读书、用"知"和"识"来改变人类命运的文化人,被称作"知识分子"。由于文化知识界的精英聚集在左岸,于是各种学院、书店、出版社、小剧场、画廊、美术馆、博物馆等逐渐建立了起来。围绕这种文化氛围,丰富多彩的咖啡馆、酒吧和啤酒馆也应运而生,成了左岸知识文化人士重要的聚会场所。几百年来,左岸的咖啡不仅加了糖和奶,还加了文学、艺术以及哲学的精华——这不是"咖啡伴侣",而是"精神伴侣"和"文化伴侣"。从紧靠塞纳河左岸的圣米歇尔大街延伸过去,文化名人和先贤们光顾、聚会过的咖啡馆和酒吧,遍布各个街区;后辈小资们津津乐道的是:当你随便走进一家咖啡馆,也许一不留神就会坐在海明威坐过的椅子上、萨特写作过的灯下、毕加索发过呆的窗口……左岸,因此而成为一个符号、一种象征,成为一笔文化遗产、一个让人心旌摇荡的名词与形容词。

无论是左岸还是右岸,都能静静地受到塞纳河温柔河水的摩挲。而在河中央,有着美丽的西岱岛——那是巴黎最初的发源地,是巴黎原初的心脏;无数中国人耳熟能详的巴黎圣母院,就建在西岱岛上。作家站在桥上看风景,因此作家也成了风景中的一景。"在那座教堂里给我留下了美貌的艾丝米拉达,丑陋而善良的敲钟人卡西莫多",看风景的作家陈富强,静静地进入这座大教堂,作家的情感与情怀,缓缓地荡漾开来、洋溢出来:"我在后面找了一个空位坐下来,我闭起眼睛,一种巨大的宁静在我的心里沉淀下来。那座钟楼上,那个敲钟人还在么?美丽姑娘的幽灵还在圣母院游荡么?我期待浑厚清澈的钟声在我的耳边响起,我相信,在激越的巴黎圣母院钟声里,我能够伸出手,和雨果相握,我要告诉这位杰出的智者,为了这一天,我等了多少年。"是啊,我们所有热爱雨果、热爱巴黎圣母院的中国人,都在期待这一天!

些许年来,诸多中国的城市声言要把自个儿的河打造成"东方的塞纳河",我看到消息总是忍不住笑。东施效颦,还是算了吧!守护好原原本本的自己,那才是最重要的。

"凯旋门在渐渐降临的暮色中沉默着。和凯旋门一起沉默的还有我的眼睛。欢笑的是香榭丽舍大道。当我回过头去,香榭丽舍大道就又一次在我的眼里飘逸而浪漫起来。那些黄色的落叶掉在我的头上,我在秋天的巴黎街头行走着,我要去看夜色里的塞纳河风光。"在作者美丽的叙述中,法国,巴黎,塞纳河,成为人类的文化标杆。塞纳河就是塞纳河,它是无法拷贝无法复制的。那是伟大的文化积淀,独家,独有,独到。学习塞纳河的精神可嘉,拷贝塞纳河的做法好笑。把自己的"民族"呵护好,才是第一要务,因为越是民族的,越是世界的。

所以,塞纳河的左岸属于巴黎,而天台县的后岸属于中国。彼岸的左岸,是精神的、文化的;此岸的后岸,是现实的、美好的。陈富强这样抒写中国天台的后岸村:"村外的始丰溪在晨曦中流淌,两岸的芦苇和茅草长得正好,逆光之间,芦花若梦,在风中摇摆不止,仿佛回到唐朝的时光,见一诗人,迎风而歌……"始丰溪,塞纳河,本质上是一样的溪涧河流。如果说塞纳河是巴黎的母亲河,那么,贯穿天台盆地的始丰溪,就是天台的母亲河。是的,世上没有多少人知道"始丰溪",包括此前的我,但这并不要紧,因为在后岸村村民那里,始丰溪是不言而喻的,是不需要张扬的,是没有必要让全世界的人都知道的。那是家园的母亲河,是养育一方水土一方人的,那是母亲的乳房,有必要让人人都知道么?

家园是美好的,然而家园又不一定是美好的。在散文《哭泣的月牙》中,作者陈富强先生看到沙漠里那著名的月牙泉,"从三十多年前的最深处七米到现在,只有一米多了";"它最后的泉水不应当是它哭泣的眼泪,那些泪水宁可在我们的心里流淌,月牙泉,也应当是清清的,亮亮的,盈盈的,是沙漠里的一只眼"。其实,在很多时候,人类只是奇怪的动物,为了追求"太虚幻境",竟然遗弃绿洲,而去攀爬无边的沙漠;当他们发现那里没有水只有沙的时候,干脆就"喝起沙来"……"朝朝不见日,岁岁不知春",好在这情景终归已经成为遥远的历史。

"农夫插秧,插了一行,再插一行;农夫灌水,灌了一回,再灌一回;农夫除草,除去野草,好长禾苗"……农夫如是,作家亦如是。"你给我一个通宵,我还你一个通道",读陈富强的"后岸"之书,这个感觉分外强烈。罗曼·罗兰曾说:"缺乏理想的现实主义是毫无意义的。"一个缺乏理想、信仰和灵魂的民族,是得不到尊重的;一个缺乏思考、思想和追求的族群,是得不到尊敬的。作家陈富强,因为亲炙此岸与彼岸、历史与现实,所以兼备了理想信仰和思考追求,兼备了现实主义和理想主义;由此,后岸,后岸,后岸,已经远远不是一座村庄的符号,而是作者以及可以与作者分享的读者的整个精神世界!

为进步说真话

——读赵振宇《讲好真话》

为苍生说人话,为进步说真话。什么叫"讲真话"?"所谓讲真话就是讲心里话,讲自己对客观现实的真实反映(意见和建议),讲自己愿意讲的话,讲自己认为正确的话"。赵振宇老师在《讲好真话》一书中,进一步清晰阐释:在现实生活中,"真实"常常与"虚假""伪装"相对应;"虚假"说的是与现实不符,而"伪装"则是凭借外部力量有意掩饰自己的本来面目;而讲真话就要真实地反映客观现实,是由衷之言。

滔滔今世,实话实说;熙熙人间,真话真说。赵振宇老师新著《讲好真话》一书,由华中科技大学出版社于2019年11月出版,是理论性、学术性、文学性、艺术性、可读性兼备的著作。其时我恰好应华中科技大学和中南财经政法大学之邀,前去为新闻学子们开设新闻评论写作讲座,赵振宇老师第一时间将书赠予我,让我这个毕生以讲真话为追求的评论者先睹为快。

我作为媒体评论员,又在浙江大学兼授新闻评论课,与赵振宇老师相识多年。赵老师是华中科技大学新闻与信息传播学院教授,曾任华中科技大学新闻评论研究中心主任、博士生导师,而该学院是国内一流水准的新闻传播学术重镇。赵老师还是国务院政府特殊津贴专家,此前曾担任《长江日报》评论理论部主任、《文化报》总编辑,是打通学界和业界、理论和实践兼备的著名学者。他的主要学术著作有《现代新闻评论》《新闻报道策划》《程序的监督与监督的程序》《应对突发事件——舆论引导系统论》《神奇的杠杆——激励理论与方法》,还有杂文评论集《与灵魂对话》《我们说了些什么——一个新闻学教授的历史回眸》《社会进程中的新闻学探寻》等。

如今赵振宇老师虽已退休,但笔耕不辍。《讲好真话》是一部良心之作,更是一部用心之作,近40万字体现了厚度与深度。讲真话是公民表达,全书除了绪论之外,一共有5章,其中从第一章到第四章,每一章标题的关键词就是"公民表达"4个字。其中第一章是《公民表达的民主意识》,重点阐述公民表达离不开民主意识;第二章是《公民表达的科学精神》,重点阐述科学精神在公民表达中的作用;第三章是《公民表达的独立品格》,重点阐述公民表达独立品质之塑造;第四章是《公民表达的宽容胸怀》,重点阐述公民表达宽容胸怀的培养。第五章是《讲好真话的实现路径》,重点阐述在当今时代各个层面怎样实现"讲好真话"。

在每一章后面,都附有作者自己发表过的讲真话的评论,这些评论有的尽管过去多年,现在来看仍然没有过时,因为它是讲真话、说实话的真知灼见。其中的《多提供讲心里话的地方》《让"常识"成为公众力量》《警惕"负责"的不负责行为》《有宽容才有进步》等,都留给我极其深刻的印象。

爱说真话、爱听实话的人,会觉得这本"百姓立场,公民表达"的厚实之书写得太好了,好到读时一路跟着火花四射,读到结尾简直会燃了起来。

"一句真话的分量,比整个世界还重";"有一句话说出就是祸,有一句话能点得着火";"千教万教教人求真,千学万学学做真人";"一个人如果极力宣扬他自己都不相信的东西,那他就是做好了干任何坏事的准备"……这都是有能量、有分量的真话实话。这样的话,直指人心。

说真话是现代人的基本权利和基本道德。说真话的人有福了!美国圣母大学心理学教授阿尼达·凯利曾主持了一项名为"诚实科学"的研究,发现真诚、诚实、说真话能够使人健康。是人就应该说真话，总要让人说真话，总要有人敢说真话。即使真话不能全说，那也要假话全不说。但是，"小时候说假话很紧张，长大后说真话很紧张"。因为真话往往是揭示真相的话，是批评的话、批判的话、提出意见建议的话。而世上唯有真相和真话最让人害怕。诚如《讲好真话》一书中所引用的陈毅的名言："难得是诤友，当面敢批评。"

"说人话"是讲真话，"说常识"也是讲真话。"2019，可能是过去十年里最差的一年，也可能是未来十年里最好的一年"，这句话《南方周末》2020年新年献词引用过，它并非是确定的情形，但很多人都认为说的是真话，道出了心声。媒体说真话、说出真话、说好真话，发出时代的先声，成为社会的"必需品"。金庸曾说，自己下辈子还想做记者，做报人；他的职业生涯是从杭州的《东南日报》起步的，而武侠小说则是他的副业。他说创办《明报》的时候，香港有60多家报纸，怎么吸引读者？那就是批评要讲真话，办报要坚持讲真话！他为《明报》亲撰了诸多讲真话的社论，特别是在"文革"期间，他撰文批评一些人破坏文物的行径，为此报馆甚至收到过恫吓的炸弹，但他笑称写武侠小说的人是不能低头的，"我可能打不过你，但我不会怕你，因为我的出发点是为保护中国文化"。

那么谁要说真话，真话如何说？怎么把真话说好、表达好？这里是有艺术性的，也有技巧性的，《讲好真话》进行了一系列的分析，给出了切中肯綮的建议。

作者认为，提倡讲真话，仍是当下一个重要课题；提倡讲好真话，不是口无遮拦的"雷人雷语"，更不是信口雌黄的"胡言乱语"，而是在民主、科学、独立、宽容原则上的负责任、高效率的理性表达。书中直言当下"讲真话"存在的不足和问题，比如非理性情绪绑架正义感、大众民意被神化为"正义的化身"、公共决策屏蔽"少数人意见"，等等，还有错将"真话"当"真理"、以偏概全等表达的误区。对于社会而言，公民表达可以使政治不断民主化，集思广益，解决社会问题，针砭时弊，促进社会进步，最终增强全体公民的参与意识，而发挥这样的社会功能，科学精神是必不可少的。要坚持讲好真话的基本原则，其中包括增强人民主权意识,加快民主建设步伐;增强公开意识,提高媒体的传播力、引导力、影响力和公信力;增强参与意识,为公民提供更广阔的对话空间;等等。同时,要坚守科学程序,用制度保障公民表达。

中流击水、沧浪濯缨,这个时代最需要温和而坚定的公民表达的力量。只要掏真心、问真相、传真知、明真理,只要尊重事实、尊重常识、尊重逻辑,上上下下、方方面面都是能够把真话说好的。正如赵振宇老师所言:讲真话、说实话,需要智慧、需要勇气,更需要环境支持;讲好真话,不光是讲话者的课题,还应有社会的治理者参与!

醒里挑灯看剑
——读陆春祥杂文集《用肚皮思考》

在杭州这块土地上,杂文的杂草长得不是很茂盛,而西湖边上平湖秋月、柳浪闻莺之类的风景又与杂文无关。有一编辑创办一个每周一期每期一版的时评杂文版,折腾了一年时间就寿终正寝,头头说虽然你没出事但我怕出事,还是关了吧,于是就关了,那编辑对我说他气得差点拔了十七根胡子十八根头发。还好,总还有几个不识相的书生,喜欢戴着镣铐跳舞,喜欢在夹缝里生存,写写时评,编编杂文,陆春祥先生就是其中之一。2001年6月,作家出版社出版了他的杂文集子,多少为浙江的杂文赢得了一点面子。杂文集名为《用肚皮思考》,有意思吧!

陆春祥是作协会员,曾任杭州桐庐报社的副总编,后调到了《杭州日报》就职,出任评论员。编务之余,他的主要精力主要干两件事,一是睁人眼睛醒着,二是拿起笔管写着。写杂文的人虽然不是"世界皆醉唯我独醒",但"醒着"是极为重要的,醒着才能思考,反之,让眼睛放出逼人的光。陆春祥就这样"醒里挑灯看剑",所以他的好剑法常常击中这世界的要害。

陆春祥的重剑击向黑暗和腐败,特别是对一些"黑"而不"暗"、"腐"而不"败"的事儿,表现出一个清醒书生应有的愤怒。

大事奇事一出现在前方,陆春祥就以一个新闻报人的敏感快速拔剑予以致命一击,先得一分,赢得一片喝彩是另外一回事了。

陆春祥的佩剑挑战的是变异的文化。有一篇稿子的题目是《市市市》,有意思,是不是?"重庆市涪陵市南山市",从省级到地级到县级,你说值不值得予以一番"点击"?"梅花"可以"三弄","市名"是不是可以"三叠"?从地名文化中的"市名三叠"联想到"豆腐渣",则是杂文家的"怪癖"或说击剑手的怪招了。不过陆春祥击出的佩剑有的为"温柔一剑",谁叫他是生活在文化中的文化人呢?桐庐,可是严子陵先生垂钓的地方,范仲淹对严先生当年的颂词"云山苍苍,江水泱泱,先生之风,山高水长",该是对杂文中人有所熏陶和启迪的吧。

陆春祥的花剑是最有特色的,那就是他的"实验文本"。集子里这一辑名称叫作"歪嘴和尚",歪嘴和尚念出"不正经",于是就有趣,当时在《杭州日报·西湖》专栏陆续刊出的时候我就每篇必读,后来在《杂文选刊》上也见着了精彩的剑影。书表、诉状、处方、导游词甚至模拟试题,都成了"花剑手段"。《〈官场政治幽默词典〉征稿启事》,让在官场混过多年、当过领导秘书的人士来起草,恐怕不堪卒读,而陆春祥从"征稿范围"到"编辑体例"到"文字要求",弄得既有板有眼又眼花缭乱,既郑重其事又妙趣横生,不是多年习剑的功力而不能为也。

《用肚皮思考》配了大量插图,图文并茂,很有点风姿绰约的样子。拥有三把剑的"三剑客"陆春祥说自己是"用肚皮思考",这是他的谦虚,他其实是用大脑思考,用智慧思考,用良知思考。

正邪自古同冰炭

——《别让收藏玩死你》阅读札记

　　都说"乱世果腹,盛世文物",而今这文物收藏界已然进入了"乱世"。比999千足金更多更足的,是"文玩"的999"千足假""千足伪"。"一群傻子在买,一群傻子在卖,还有一群傻子在等待",说的就是假冒伪劣的"收藏品"遍地横流,这假货实在太多,傻子都不够用了。在收藏领域最需要鉴识真伪、判别正邪、匡扶正义的时候,学者李飞编著的一本《别让收藏玩死你》(浙江古籍出版社2014年6月第1版)横空出世,真可谓正当其时!

　　《别让收藏玩死你》,40多万字,作者历时三年完成。这部揭露文博界黑幕的作品,图文并茂,事理双盛;原书名是《收藏江湖》,后改为《别让收藏玩死你》,有更鲜明更直接的警示。谁造假? 谁贩假? 谁盗墓? 谁做局? 谁在拍卖时设下陷阱? 谁害得你倾家荡产? "护宝锤"砸错了吗? "国宝帮"是怎样的一个群体? "真凭实据,让人瞠目结舌! 揭秘收藏江湖的惊天黑幕,精彩堪比《盗墓笔记》!"《别让收藏玩死你》层层揭露收藏界的隐秘世界,作者李飞振臂一呼,要对文物收藏乱象进行一次坚定勇敢的拨乱反正!

李飞有一串的头衔：文物学者、收藏家、作家、中国收藏家协会会员、浙江省艺术品鉴赏研究会副秘书长、杭州国立文化艺术院导师等。浸淫文物收藏圈多年的李飞，本质是学者、研究者，他多年来潜心研究中国传统文化，赏鉴中国古代艺术品，已出版学术著作多部，大多为精装精印的大部头：《中国东阳木雕》《中国徽州木雕》《中国明清木雕精粹》《中国传统瓷器艺术鉴赏》《中国传统佛像艺术鉴赏》《中国传统木雕艺术鉴赏》《中国传统金银器艺术鉴赏》《中国传统年画艺术鉴赏》《中国传统玉器艺术鉴赏》《吉祥百子——中国传统婴戏图》《中国历代佛像收藏品鉴赏》《唐卡奇珍——中国古代唐卡艺术鉴赏》《古风今韵——红栋珍藏馆古典家具精粹》，等等。千古文人侠客梦，直面邪恶无所惧。

"正邪自古同冰炭，毁誉于今判伪真。"真的就是真的，假的就是假的，以假乱真、以伪代真，就是邪恶。文玩收藏领域的去伪存真，已时不我待。从造假的种种奇葩手段，到收藏的层层交易黑幕，再到鉴定的纷纷乱世利益，《别让收藏玩死你》揭露了收藏界神秘的"隐世界"、邪恶的"潜规则"。

全书分为《名人收藏》《浮世乱象》《步步惊心》《去伪存真》四大章节。"名人收藏"讲述名人的收藏理念和经验；《浮世乱象》讲述文物鉴定界的九大悬案、收藏界的三大骗局，以及疯狂盗墓的真相；《步步惊心》讲述拍卖的各种玄机；《去伪存真》讲述书画、玉器、陶瓷、青铜器、古典家具五大类艺术品的造假地域及手段，并传授鉴定古玩的诀窍。附录《古玩行业术语100例》等富有知识性。

毁誉于今判伪真——书中有一章就是《去伪存真》，剖析了"纸上迷宫：书画骗局难以鉴定""古玉玄机：玉器遭假最专业""古瓷陷阱：假作真时真亦假""吉金不古：最有技术含量的造假"，等等。是毁是誉，是伪是真，跃然纸上，一目了然。

毋庸讳言，正是如今的全民收藏热，带动了全方位造假热；对于造假者来说，已然迎来了赝品的"黄金时代"，造假手段，登峰造极，形成了完整的产业链，赝品源源不断地涌入市场，进入民间，到达各色人等的手中。书中揭示、剖析了收藏界许多"玩死人"的大案要案：

——"汉代玉凳"今人造，古董也玩"穿越"，说的是 2011 年由北京中嘉国际拍卖有限公司拍出 2.2 亿元天价的"玉器"，这"汉代玉凳"是青黄玉龙凤纹梳妆台组件，号称是汉代的，成为当年拍卖市场的"最贵玉器"。后来调查证实，这个所谓的"汉代玉凳"就是 2010 年产自江苏邳州市向阳村，是根据明代老件仿造的，当初作为高仿工艺品出售，成本约 100 万元，2010 年以 260 万元在河北石家庄售出。荒唐的是，在文物鉴定圈子内，"大家互不拆台"已经成为"潜规则"，即使假到离谱，业内也没有人愿意出来戳穿。

——5 位国家级专家卷入"金缕玉衣骗贷案"，说的是北京生意人谢某，利用假的"金缕玉衣"，成功骗贷 10 亿元。他买了玉片自制出一件"金缕玉衣"，请 5 位国内顶级古董鉴定专家签字鉴定，为它估价 24 亿元。这 5 名专家是怎么鉴定的呢？他们围着看了看就给鉴定出来了。这专家中有故宫博物院原副院长、国家文物鉴定委员会委员杨伯达，杨伯达后来对媒体记者承认鉴定过程不合乎规矩："说老实话，就几十分钟。鉴定时没有开柜，大家就在玻璃柜子外面走了一趟看了看。因为隔着玻璃，看时也不方便……"这鉴定是按评估价值提成收费的，如今业内流行"不打假"，如果有名家开出了评估报告，其他同行通常不会"拍砖"，而是听之任之。

——真假长沙窑"壶王"，说的是杭州南宋官窑博物馆"镇馆之宝"的真假风波。这是一把长沙窑大执壶，由安徽淮北收藏者丁某捐赠，而南宋官窑博物馆的藏品，大部分从他手中征集而来，而且都经过专家"鉴定"，为此杭州市政府还奖励了他 1500 万元。这把"壶王"，在鉴定两年之后，4 个鉴定专家方有 3 个签字认可。求宝若渴，浮躁如斯，你说靠谱不靠谱？2011 年 8 月，全国众多媒体质疑这把"壶王"假得没谱。在央视新闻频道专题片《壶王真相调查》中，故宫博物院陶瓷专家杨静荣认为这把"长沙窑大执壶"为 20 世纪 90 年代的赝品。李飞在书中不客气地说："'长沙窑壶王'事件折射的是文物管理机构对民间捐赠监管的空白。因为监管机制的缺乏，博物馆在接受捐赠时，无论是鉴定还是价格评估都显得很混乱。博物馆仅仅是把藏品撤下来了事，难道算是给公众一个交代了吗?!"

试想,如果那个收藏于中国国家博物馆的后母戊鼎体量不是那么的庞大,而属于轻易可以上手的个头,那今天也一定遍地都是"后母戊鼎"。我国目前已有8000万人直接或间接从事收藏活动,这支队伍还在不断地发展膨大,超过1亿人为时不远。

《别让收藏玩死你》中有一节专门说张大千——"五千年来一大千",年轻时张大千就成为一位善于模仿的"造假圣手"。张大千想不到的是,如今模仿他画作的赝品,已然多如牛毛。央视寻宝节目推出的《传家宝》特别节目,讲了这么一个作假的故事:一位女士拿出一幅张大千的《蕉荫仕女图》上节目,那是她老公从古玩市场买来的,"价格保密"。张大千画仕女是一绝,但鉴宝的专家认为这幅是《蕉荫仕女图》仿品。瞧瞧那虚弱的笔力,外行也不难看出其假。而这位女士立马就拿出了自己的证据——在《江苏画刊》1982年4期的封二上,印的就是这幅仕女图,一模一样。鉴宝专家说,节目组为了慎重起见,到国家图书馆去查证了原版的《江苏画刊》,1982年4期封二印的是画家秦古柳的书画作品,根本就不是张大千的仕女图!作假者花上几百块钱,重印改装了这本《江苏画刊》,成功地推销出了假冒张大千的赝品仕女图!你想的是"捡漏",你得的却是"打眼"——作假者就是如此"玩死你"的!

收藏品市场,已然成为骗子的集中营、痴迷者的伤心地。有的竟然以"今后高价回收"来骗玩普通老百姓,尤其是那些辨识能力较弱的老年人。媒体报道,在湖北汉口,一位73岁的刘婆婆,每月退休金不到2000元,前后上当受骗历时6年,耗资60多万元,购买了170多套假冒伪劣的"收藏品",在家堆积如山,等待高价回收。她不仅花光了自己的积蓄,还找子女亲戚借了不少钱;最后发现上当,悔之莫及,连老伴都弃她而去。

不知从什么时候起,收藏演变为投资与投机,变成钞票的比拼。著名画家陈丹青就他的画作在拍卖会上拍出天价,不客气地说那是"有钱人的游戏"。智性如斯,今有几人? 2014年4月8日,在香港苏富比中国瓷器及工艺品春季拍卖中,明成化鸡缸杯以总成交价2.8亿港币拍出,刷新中国瓷器世界拍卖纪录,买家为上海收藏家刘某。这件鸡缸杯,小如掌中物,绘有公鸡、母鸡领幼雏于花石间觅食"天伦"图。相隔 3 个多月后,拍品终于移交买家。刘某随手用它倒了一杯茶喝掉,以表达兴奋之情:"这杯子距今有 600 年了,当年皇帝、妃子都应该拿它来用过,我无非是想吸一口仙气。"

近年日益兴起一个所谓的"国宝帮",以"国宝"收藏为中心,组成一个"抱团取暖"的利益共同体,形成产、供、藏、鉴、销"一条龙"链条,主要采取"做局"的方式,甚至通过一些地方台的鉴宝节目进行忽悠,有的还辗转港澳台,终极目的就是攫取巨额暴利。这就是一个深不见底的"名利"江湖。有了这个巨大的江湖,"藏品"暴利就有了坚实的基础、无边的可能。

外人所不知的是,一些价格被炒到天上去的真假"文物",成为资本炒作的支点,成为同银行合谋骗取贷款的杠杆,甚至成为洗钱的另类管道。不少"藏家"本没有多少资金,但他能"藏"在国有银行的羽翼之下,只要把"文物"炒成天价,弄成抵押品,银行就成了钞票哗哗如水一般向他流来的"金库",而且取之不尽用之不竭。

《福布斯》杂志曾刊发一篇调查性报道《灌进去,倒出来》,只用两个动词就形象地揭示中国收藏市场的乱象:中国人善于用各种手段把国宝的神话"灌进去",然后在拍卖市场上把低劣的玩意"倒出来"。曾任美国《纽约客》驻北京记者的彼得·海斯勒(中文名何伟),在"中国三部曲"《江城》《寻路中国》《甲骨文》之后,出版了一本《奇石——来自东西方的报道》(上海译文出版社 2014 年 4 月第 1 版),作为收藏品的"奇石",成了"奇形怪状的中国"的一个隐喻。"中国是一个充满教训的国家,我们大家现在还得天天学习。"彼得·海斯勒发出这样的感叹,是因为在中国遇到了太多的"结果呢,全是假货"的情形。

而最最可怕的,则是专家、鉴定者人心人性的堕落。谁来鉴定"鉴定家"?这是李飞在书中提出的一个振聋发聩的问题。"鉴定家"成了"玩死你"的帮凶,在许多著名的"赝品"背后,都有专家伪专家的影子。道德道德,有"道"才有德;失道失德,却是不少文博专家的现实。文物鉴定圈子水很深很浑,在利益驱使下,不少文博专家在为夺取"话语权"而争斗。赝品太多,"伪专家"都似乎不够用了。李飞用"暗无天日"来形容文物收藏界,怒斥"文物鉴定界之乱已到了无法无天的地步"!因着暴利的驱使,"伪专家及古玩骗子变本加厉,设下坑人的收藏陷阱,编织诱人的鉴宝故事,在古玩市场中玩弄着魑魅魍魉的把戏","其戏文之诡谲,主题之露骨,动作之张扬,情节之跌宕,一个胜过一个"。林子大了,什么鸟都有;更为可悲的是,"鸟大了,什么林子都有"。

"砖家"之砖砸下来,倒霉的是半懂不懂、似懂非懂甚至一窍不通的收藏者。文物古董,是人类历史的缩影,是人类文明的物证,它集国学、历史学、金石学、博物学、鉴定学、考古学、工艺美术等知识于一身,"门外汉"还真是一时难以进入其中,辨其腠理、明其经络、知其膏肓。有一回在杭州某剧院,撞见大厅里在搞文物"临展",是浙江某地一企业家所购的藏品,玻璃柜内那些动辄标价上千万的文物令人生疑。富豪企业家往往是钱太多,无处投资,转向文玩,本人压根不懂,不知是哪些专家做的"顾问",忽悠财主上贼船。如果说造假者是在闭着眼睛赚钱,那么为造假者服务的"砖家",就是在昧着良心赚钱。

对捆绑金钱的邪恶的揭露,是需要勇气的。自称"老男人"的李飞疾恶如仇,"安得倚天剑,跨海斩长鲸";作为文物学者,他愤怒挥锄,掘地三尺,使许多深埋地下的收藏玄机露出真相;作者就是想凭一己之力,毫不留情地撕开收藏界"文雅""艺术""品位"的画皮。他说自己"只为坚守最后的书斋,做一个纯粹的文人",坦言"劳瘁不辞披夜月,饥寒常忍履冰霜"。这已是"老李飞刀"的英雄本色。正邪自古同冰炭,毁誉于今判伪真!扶正祛邪,用勇气写成的这本书,故事性、知识性、可读性很强,不想被收藏玩死的人,真该好好一读。

最后我想说的是,文玩收藏应该走过"三境界"——第一重境界:见山是山,见水是水;第二重境界:见山不是山,见水不是水;第三重境界:见山还是山,见水还是水。收藏品变成投资品,是因为文物的稀有性,"见山已不是山,见水已不是水",体现出文物藏品附着的经济价值,这是应该的,但最终应该回归文物藏品的本身,收藏文物是收藏历史、收藏文化,不是为钱而钱,不是以占有为目的,而是"过我目,即我有"的潇洒,回到起点,回到本源,回归"见山是山,见水是水"的质朴,多好。

惟午夜最需幽光

——读林贤治《午夜的幽光》

　　林贤治是可信任的学者思想家。编书也好，著书也罢，都是值得倾注目光的。一串关于知识分子的札记如今结集出版了，这就是随笔集《午夜的幽光——关于知识分子的札记》。其中许多篇什是过去读过的，再看依然幽光闪现。但丁说，最好的骏马适合最好的骑士，最好的语言适合最好的思想。不说最好，那么，林贤治与他驾驭的骏马确是匹配的，他的语言适合表达他的思想；当年的《自制的海图》、后来的《鲁迅的最后十年》，我读时就想：文思俱佳。

　　"宛如一道光束，投向黑暗深处，使周围的人类现形。这是一道幽光，因苍白而显得强烈……"这就是午夜的幽光。《午夜的幽光》文本是比较随意和率性的，不是刻意的研究；随笔的气息于是浓郁起来，学究的色彩不大见到。所以作者不会停留在知识这个元概念上，而是捕获了由此衍生出的那个概念群：知识人、知识分子、知识阶级、知识主义……思想的对象于是具体而鲜活起来，知识分子所捍卫的价值观，贯穿了全书，弥漫了世界。葛兰西、福柯、萨义德、狄金森、赫尔岑、薇依、茨威格、奈保尔、奥威尔、房龙、米沃什、君特·格拉斯、凯尔泰斯、爱默生……还有中国的鲁迅、李慎之，他们以人的姿态扑面而来。而多少"学术研究"的"著作"，都是只见"知识"的树木而不见鲜活的人呢？若是那样，我还不如去见一滴"林中水滴"。

在书中，林贤治引用惠特曼话："只有二流的诗歌才能马上博得人们的欢心。"今日中国，确实也是"只有二流的思想才能马上博得人们的欢心"；学术界大抵如此，时评杂文界更是这样。"优质思想"是无法博得"幼稚思想"的欢心的。其实真正优质的思想，从来也没有期待博得幼稚思想的欢心。优质思想与时代构成的落差是永续存在的。优质思想与幼稚思想抑或二流思想，其无形的差距太大，以至长久小众化了。而"大众化"的想法塞满了报纸版面，恰好因为它迎合了版面操持者的喜好，博取了那庸常的欢心。而这些注定短命的二流思想——如果可以称为思想的话，那也是白天最多是傍晚发出的一点光。

我并不是反对"有一点光、发一点热"，而是想借此说明，《午夜的幽光》是真正在午夜发出的幽光，这样的思想幽光，能够穿透人生与世相，有望让那昏昧的心灵豁然开朗。林贤治的这些随笔，秉承往日的锐利，一如曾经的挺拔；忧思与激情齐飞，幽光共夜昧同在。读《午夜的幽光》，只要有了心灵的共振，那起码可以带给你阅读愉悦。

达·芬奇说："懂得少，爱也少。"继续下去看，懂得少，苦也少。华盛顿有云："在每个国家，知识都是公共幸福的最可靠的基础。"能让知识变为公共幸福的知识拥有者，是真正的知识分子，准确地说是智识分子，其个体的苦的因子往往是多的。我们的社会毕竟还是太稀缺这样的智识分子，太稀缺这些未带海图的旅人，好在林贤治是其中之一。

"几千年来，专制与愚昧的关系都是十分暧昧的。"在书中，林贤治如是有云。烛照晦暗、洞彻暧昧，需要的正是智识者的幽光，这样的光，不仅来自睿智大脑，更来自良善心灵。雨果所说的"无知是第一种饥饿"，在专制与愚昧的晦暗中，这恰恰是无法感知的。惟见幽光穿透晦暗，方知何为第一饥饿。

忍冬花开了，紫地丁遍地。惟人间最缺养分，惟午夜最需幽光。

"非鲁迅时代"的杂文

——读《中国当代杂文二百家》

这是"非鲁迅时代"的杂文。《中国当代杂文二百家》,选的是从 1949 至 2009 年 60 年间的杂文,起始年份已距鲁迅先生逝世 13 年了。编选者匠心独运,在所选 400 余篇上乘之作中,以胡风怀鲁迅的杂文《鲁迅还活着》开篇,接上了鲁迅的"地气"。

这是《杂文选刊》主编刘成信先生带着他的两位副手李君、王芳编选的。这是个性之选、特色之选。"200 多家——杂坛巨擘与无名小卒混合编队,阵容强大;400 余篇 90 万字——优中选优,强中选强"。每人最多入选 5 篇。选编者历时 6 年,从数万篇杂文中"沙里淘金",遴选各种题材各种风格的上乘之作,卷帙浩繁,有很好的阅读欣赏价值与资料收藏价值。

选本既入主流,又及旁枝,是个性之选、特色之选。过去曾有多个"百年百篇"杂文选本出版,与那些正经八白的选本有所不同,这一选本注重了选择"非常规杂文"与"荒诞杂文"——常规杂文、非常规杂文和荒诞杂文,这是刘成信先生很有意思的杂文类型分法。

在当代中国 60 年的杂文光谱中,胡风、夏衍、聂绀弩、严秀、牧惠、邵燕祥、何满子、柏杨、鄢烈山……这些杂文大家,其人其名,如雷贯耳;其文其品,让人尊敬。在这一选本里,我们读到胡风的感性,夏衍的理性,牧惠的智性,以及李敖的率性,等等等等。因着文本的多姿、题材的丰富,我们不再遗憾于"没有鲁迅"。许许多多的杂文大家,皆是"独立之精神、自由之思想"者;所以这里并不是"一个鲁迅倒下去,千万个'小鲁迅'站起来"。

鲁迅已作为精神营养存在。如今非鲁迅时代的中国杂文,确实已少了"匕首投枪"般的战争之气,而多了"银针手术刀"般的治疗之意——为社会治病疗伤,同样具有普世意义。

看病最忌不对症、下错药,杂文则最忌认知盲点与逻辑盲点。好在带有"盲点"瑕疵的杂文入书不多。但我觉得有两大缺憾:

一是时评选得多了点。我被选入的 5 篇杂文中,一篇时评《如今我们如何做船长》恰是自己不甚满意的,若换成另一篇纪念顾准的《那肋骨点燃的火把》,应该好一些。当下有的时评"大牛",自编自导自演、自拉自弹自唱,一篇文章发遍全国,看起来很唬人,其实不见得经得起杂文史的推敲。

二是有明显的遗珠之憾。比如年轻的韩寒,他的杂文确是"杂的文",他以他的睿智语言"智侃三十年";公民韩寒,是写作率性文字、个性杂文的优秀分子,已出版杂文集多本,读者关注度极高,年轻人尤为喜爱;他的博客点击量,已接近惊人的 3 个亿,是名副其实的"中国第一博"。有点叛逆天性的韩寒,并不接受"韩寒将会是下一个鲁迅"之说,他对媒体记者如是有云:"很多历史人物的地位在我心中都待定,任何一个作者都不想成为下一个谁,我只想做自己。"2009 年 11 月 2 日的美国《时代》周刊,以两个页面的篇幅报道了韩寒。我想,如果《中国当代杂文二百家》所选的最后一位作者是韩寒,那多好、多有意思,相信这样的选本更能吸引年轻人。

思想的视野,总要更开放些。目光不仅仅只企及平面读者,要更多地关注网络,关注网络也不仅仅是看看门户网站的"时评集中营",应顾及博客、论坛等,那是多维的、立体的杂文世界。我曾说过"让杂文立体起来",包括了对思想思维、表达方式、刊载形态、读者群体等都应立体起来的期待。

"杂文是个精灵,其生存价值在于社会批判、文化批判、人心批判;针砭时弊、除旧布新、扬善抑恶",这是印在《中国当代杂文二百家》封面上的文字。书中收录我的拙作5篇,谢谢刘成信先生!这5篇杂文为《死生的社会能见度》《在三月七日怀想一位大学校长》《历史要永远当心"戈培尔第二"》《如今我们如何做船长》《艾德雷的鞋底与小布什的鼻子》,之前曾入选过各种杂文选本。

在长逾万字的序言里,刘成信先生点评了21世纪的新面孔,认为"让人们看到杂文作家团队'长势良好',徐迅雷、孟波、黄波、狄马等的杂文,情感悲愤,文风尖刻,题旨新颖,文字辛辣,清新隽永,自由驰骋。他们将为当代杂文增添亮色,并将带动青少年写作者迅速成长"。

"非常规杂文脱胎于散文和随笔,即以散文或随笔为底色,其核心是批判、针砭、嘲讽。本书中约占五分之一强。"刘成信先生在序言里,这样点评我的两篇"非常规杂文":

《死生的社会能见度》和《在三月七日怀想一位大学校长》是同一作家徐迅雷在一个月内创作的两篇杂文,前者通过《骑兵军》的作者巴别尔、《出身论》的作者遇罗克、《知青之歌》的作者任毅的死生命运,作者提出"对人的处置是一两个人说了算的,其信息显然也是不对称的,社会能见度是最低的,甚至是没有的"现象"必须审慎研究",这是对人本思想的呐喊、呼吁,具有极强的现实意义。后者诉说美国弗吉尼亚大学校长托马斯·杰斐逊的艰苦建校和科学管理的卓越成就。这当然是这位年届七旬的"退休老头"人生最后的功绩。在此之前,他历任美国副总统和两届总统以及起草了著名的《独立宣言》。然而正是这样一位永垂青史的老人其自撰的墓志铭是:托马斯·杰斐逊/美国《独立宣言》和弗吉尼亚宗教自由法的执笔人/弗吉尼亚大学之父/安葬于此。作品以饱含崇敬之情诉说了这位伟大人物的精神世界,其中一些细节十分感人。当然作者没有忘记对比我们的大学校长之政绩观诸如建造豪华的教学楼等,人们在这位令人怀念的老人面前,在高山仰止之同时,将会臧否些什么?

我写杂文,是出于兴趣与热爱。荡胸生正义,毕生写杂文。那么,杂文究竟是什么？刘成信先生说得好：杂文是个密码，它有政治学的成分，还有社会学的因子，有历史学的元素，还有文艺学的细胞，有哲学的血液，还有美学的色彩，从这个意义上讲，杂文似可看作一部百科全书。

写不易，编亦不易，应该向毕生编杂文者献上鲜花一束！

贰

宽容是对文明的考验

宽容是对文明的考验

——伏尔泰《论宽容》阅读札记

我们很熟悉房龙的《宽容》和洛克《论宽容》了，而伏尔泰的这本《论宽容》（蔡鸿滨译，花城出版社2007年5月第1版），对于汉语读者来说还是比较新的。

在人类思想史上，在1762年的法国，发生了著名的卡拉斯冤案。伏尔泰是该案件的申冤者，正是他竭尽全力为卡拉斯一家昭雪，从而成为启蒙思想的伟大实践者。笔者曾为此写过随笔《思想之外的行动启蒙》。《论宽容》一书正是伏尔泰为他人四处申冤时写成的，作者透过卡拉斯冤案，批判了宗教狂热，阐发了自己的宽容思想。阅读《论宽容》，让我们看到了一个彻底的人道主义者的博大思想与伟大情操。

"宽容是对文明的唯一考验。"英国哲人赫尔普士如是有云。是否拥有宽容的人道情怀，是一个社会是否发达了文明的标杆。早在14世纪，"宽容"一词就在法语里出现了，本义是指对于某种自己不赞成的事物，出于宽厚忍耐而表示容许容忍，并不加以禁止、阻碍或苛求；或指容许、容忍他人与自己不同的感情、思想、习惯、行为等的内心情绪。伏尔泰这样说："宽容从未挑起内战烟火，偏执却能造成尸横遍野。"古今中外多少现实早已告诉我们,一个国家一个民族的宽容程度,决定了这个国家这一民族的民主和自由程度,决定了这个社会这些民众的文明与和谐的程度。

在人类文明史上,宽容时时刻刻在闪烁着光芒,或星或月或太阳。《论宽容》有一节专论"犹太人极其宽容",是啊,希伯来名句"拯救一个人,等于拯救全世界",那是多么博大的胸怀。

在南非,大主教图图、前总统曼德拉都是具有"好望角胸怀"的伟大人士。"对于那些心怀恶意的人,不用恶意相报,也不要像他们对待世人那样地对待他们。"这是古罗马哲人马可·奥勒留在《沉思录》中的名句。图图和曼德拉自己是这样实践的,对他人也这样劝导和告诫。美国前总统克林顿和夫人希拉里,都受到过曼德拉宽容情怀的"醍醐灌顶"。克林顿因掩盖性丑闻而遭弹劾,当他出访南非时,曼德拉告诉他,原谅批评者,才能免于更大的毁灭,原谅不为他人,而是为了自己,如果不放手,这些事就会继续烦扰你;希拉里则由于受到关乎不动产交易的"白水案"牵连,深陷困惑和痛苦,曼德拉联系自己获释出狱时的心情告诉希拉里,感恩与宽容经常是源自痛苦和磨难,必须以极大的毅力来训练。

其实在古代中国,宽容并不是一个稀见的人间因子。伏尔泰对中国几千年来的社会宽容文化就有良好的评价,他还在《论宽容》一书中论及孔子的"己所不欲,勿施于人"。文学大家苏轼就有博大的宽容胸怀,福建有一位老读书人,曾冒充苏轼托带包裹赴京城应考,途中被捉住了,带到苏轼面前,苏轼干脆顺水推舟假戏真做,让他成了为自己托带包裹的人。当然,通常来说,宽容并不总是要你"以德报怨",做到"以直报怨"就可以了。

一个没有宽容的世界,一定是个没有德性、没有精神、没有信仰的世界。伏尔泰说:"如果没有宽容,狂热就会蹂躏大地,或者至少使世界陷于痛苦之中!"2007年8月,俄考古学家称发现了末代沙皇子女的遗骨。90年前的1917年,十月革命后,退位的沙皇尼古拉二世及皇室成员被处决。在他们的骸骨附近发现了陶制的器皿,初步分析曾盛载硫酸,这证明了当年布尔什维克行刑的火枪队对沙皇一家行刑后,把酸性液体倒在他们身上,以消灭他们的肉体,避免他们成为尊崇的对象。思想家斯宾诺莎说得好:"人心不是靠武力征服,而是靠爱和宽容大度征服的。"没有人道,没有宽容,那么人类世界必然只有残暴,残暴灭掉的也仅仅是肉体而已,而"冤冤相报"从来都是没有尽头的。

宽容是对文明文化的考验。宽容不仅仅关乎个人的心胸情怀。《论宽容》告诉我们,宽容涉及立法、司法、公平、公正、正义等多方面的社会问题。普遍的宽容就是普世的价值。思想精神文化信仰领域最需要宽容精神。爱因斯坦说:"宽容意味着尊重别人的无论哪种可能有的信仰。"为不同信仰者辩护,为宽容和人道辩护,就是伏尔泰的精神骨骼。

云翻一天墨,浪卷半空花。宽容的世界是博大的、普世的,它容纳风,容纳雨,容纳浪。人类世界需要和谐、祥和、安宁、幸福的生活,所以应该努力让宽容与博爱像大海一样深邃,像天空一样湛蓝。

富则易,贵则难

——《欧洲贵族(1400—1800)》及其他

从富到贵,是一个漫长的过程。美国纽约州立大学历史学教授乔纳森·德瓦尔德在《欧洲贵族(1400—1800)》(姜德福译,商务印书馆2008年5月第1版)一书中,阐述了欧洲贵族这个复杂群体的历史变迁。只要真正了解欧洲贵族的本质,就不难明白为什么说没有三代成不了贵族。

乔纳森·德瓦尔德是西方史学界目前研究近代早期欧洲贵族的权威学者之一,陟罚臧否,从容平和。他研究欧洲贵族的论著很有意思,几乎都带有时序,比如《一个地方贵族阶层的形成:1499—1610年鲁昂法院的法官们》《1398—1789年的蓬-圣皮埃尔:近代早期法国的贵族领地、共同体和资本主义》《贵族的经历和近代文化的起源:1570—1715年的法国》《欧洲贵族(1400—1800)》等。

在《欧洲贵族(1400—1800)》中,乔纳森·德瓦尔德目的是弄清在中世纪晚期到法国大革命期间这一群体的最重要的变迁方式,区分出贵族的哪些情况发生了变化,哪些情况经久不变。今天我们远观之,其实"经久不变"的是贵族精神,即高贵品格的软实力是很难随着时间而改变的。如果在形制上对贵族怀旧,那注定是幻象,是欺骗人的;而今在平等民主的时代,复辟贵族制绝无可能,但贵族精神需要重构,因为那是今天极为稀缺的精神品格。

我们对欧洲贵族其实有诸多误解。真正的贵族精神包含着修养教养、社会责任、敬民爱民;贵族代表一种非凡的尊严,代表一种高超的品性。欧洲贵族的修养教养自不待言,而我们这些把"今天你换血了吗"当成一句嘲讽问候语的开发商,显然是缺乏修养教养的。许多富起来的暴发户,都想享有贵族的尊荣,骑马击剑打高尔夫喝昂贵的葡萄酒,会了这么几样就感觉自己就是贵族了——这真是驴唇不对马嘴。至于有些"伪贵族"在微博上宣示自己的"高贵生活",嘲笑他人的"低端生活",那更是直接沦为笑话。

贵族精神的核心是责任。欧洲的贵族家庭,长子继承贵族爵位,长子以下的都要一身戎装、从军打仗、报效祖国。在第一次世界大战中,贵族家庭上战场而牺牲的俊杰难以计数。平常他们佩带武器尤其是佩剑,看起来是特权,其实是表明了贵族的传统职能——保护社会上的公众。

保护他人、保护公众,引发出来的就是敬民爱民。因为他们知道自己领地的利益从根本上说来自万千民众。因为有这敬民爱民的基础,所以英人的贵族制度流传至今——民众同意贵族制度的存续,甚至引以为骄傲。英国王室是现有贵族的最高代表,威廉王子的大婚典礼受到极大欢迎,就很能说明问题。

不要以为贵族都是富有的,穷贵族其实很多。《欧洲贵族》一书中讲道:"贵族的贫穷,是这几个世纪贵族历史中一个明显的、持久的部分。它不是一个处于衰败和混乱中的阶层的标志,正相反,穷贵族一直都有……无论贵族拥有什么社会优越的权利,他们都不一定是其所在社会中最富有的人。"(见该书第47页)有区别的是穷富程度,无差别的是贵族精神。

2011年6月,我读这本书的时候,正好读到新华社"新华视点"的一个有分量的报道,从毫不客气的电讯标题里可见一斑——《逆势而动:北京三大豪宅演绎暴利法则》,其中关键词是狂涨价、久囤地、撬地球。著名的"钓鱼台7号院",是"三大豪宅"之首。这个房地产的价格,已涨至令人咋舌的每平米30

万元,从北京最贵狂飙至全国最贵。啥金贵的豪宅,买一平米的钱在有些地方都可以买一套房子了!

宅霞公府——6年前已拿地,不是什么黄金地段,当时楼面地价仅两千多元。开发商真当聪明啊,分期慢慢开发,拖了5年多时间,如今每平米卖到10多万元了。长安8号——单价算是便宜点,7万多一平方米,但总市值加起来,最少为150亿元。而当初该项目启动资金只有5000万元。但那点小钱成了杠杆,撬动了"地球"。

这一切,都发生在"房地产调控新政"之后,事实无情地证明:逆势而动,牟取暴利,是地产企业的第一追求。追求利润最大化,真是企业的第一选择。按一些地产商的说法:调控一次,涨价一回,最终必是如此,所以他们最欢迎你"调控"!

调控新政不灵验,道德感召来呼唤。可是,在口头上号召开发商换换道德血液,也必然是没啥效果的——北京这三大豪宅演绎"暴利法则"就是明证。一些开发商见面,甚至把"今天你换血了吗"当成一句嘲讽的相互间问候语。

地产商们"里""外"皆不通,于是就形成了当下的局面。我们多的是短时产生的暴发户,少的是长期沉淀形成的贵族精神——这就是"富而不贵"。由于整个社会人文环境中缺乏一种高贵的贵族精神,所以道德的感召几乎就是想让空气凝聚成棉花。

既富且贵,确是很高的境界;富而且贵、穷但是贵,都是可贵的人生。然而富起来容易,贵起来很难。暴利式、掠夺式的富,则从根本上阻止了"贵"的成长。品质的高贵是精神软实力,失去品质的高贵,那么,拥有多少金砖都如同砌墙的砖块。

穿越时空的思想

——读《美国思想史》

早在 70 年前,一本厚厚的书获得了一个著名的奖———普利策奖。这就是路易·帕灵顿的《美国思想史》。直到今天,哈佛大学的学子们还不断地从中汲取人文的养分。这本《美国思想史》(吉林人民出版社 2002 年 12 月第 1 版)年届七旬有点老了,但它所写的思想历史却是如此的年轻:从 1620—1920 年,短短 300 年。

然而,300 年时间维度,一个民族从无到有,从旧到新,从弱到强,发展之迅速,变化之巨大,的确非同一般,这里面有什么玄机,有什么秘籍,有什么名堂?

这本《美国思想史》,就是一把思想的钥匙,从本质上能够帮助解开谜底;帕灵顿为我们提供了一种探寻美国思想历程的真正脉络。帕灵顿的写作是研究式的,他从研究美国文学中的原创思想入手,融会政治、经济,贯通人文、社会;其广阔的思想蓝图,涉及政治学、经济学、法学、神学和新闻等方方面面。这样一种研究就其对象来说必然涉及广阔的思想背景,"各种各样的欧洲思想体系,一代一代地引进美国,经过与本土氛围和地方发展交互作用,已经形成了被明确定义为美国的思想体系"。

这部中译本厚达 1100 多页、多达 110 万字的大著,分为三卷,第一卷写的是 1620—1800 年:殖民地精神;第二卷写的是 1800—1860 年:美国的浪漫主义革命;第三卷写的是 1860—1920 年:批判现实主义的端倪。

在第一卷中,作者审慎地检验了 17 世纪和 18 世纪欧洲给殖民地留下的遗产,其中至关重要的是移植到美国的旧世界的自由主义;旧世界进入美国的一些理想和制度,最终屈服于新环境的压力,以至推翻了君主立宪和贵族政治的原则,确立了共和主义的原则。

在第二卷中,作者研究了"新大陆"的新事物,其间有两次战争——1812 年的战争加速了 19 世纪各种理想的发展,南北战争则彻底根除了"纯真年代"里的各种野蛮现象;作者认为,在美国的建国之初,是法国启蒙运动的人道主义哲学和英国的自由主义哲学为赢得美国的霸主地位而争斗。

在第三卷中,那是一个变化的美国,从镀金时代的自由景象开始。"冒险创业的心灵脉动,务实求实的文化策略,经济发展背后的政治理念,惨烈激越的意识形态斗争,所有这些铸就了一个国家的民族意识,编织了一个时幻时灭的美国梦。"

在这本书中,你能够深切地领会到经济、国家关乎人民命脉,感受到自由、民主震撼百姓心灵。美国《独立宣言》的起草者、伟大的杰斐逊曾经说过的一段话,很好地概括了美国自由、民主、平等的思想精魂:"我们用以代替旧秩序的那种政府形式恢复了人们可以无限制地运用理性和自由发表见解的自由权利。一切眼睛都张开了,或者正在张开去看人的权利。科学的光明之普遍传播,已经使每个人都看到洞若观火的真理:人类并不是生下来就把鞍子负在背上的,而且少数得宠的人也不是由于上帝的恩惠生下来就应该穿靴子,合法地骑在他们的身上。"

我写作这些文字的时候,美英联军已经对伊拉克发动了一场很不对称的战争。我不知道杰斐逊、帕灵顿如果还活着,他们会作何感想? 他们都具有独步的思想、超拔的学识、激扬的文笔,我们已经无法听到他们关于伊拉克战争的真知灼见,那么,不妨看看他们留下的卓越文字,那里的思想穿越时空,不仅来到现在,而且走向未来。

叁

历史的真实光芒

书中的"长津湖"

　　由陈凯歌、徐克和林超贤联合执导的电影《长津湖》,成为一部现象级的电影,一场"长津湖效应"席卷全国,话题频繁"破圈"。截至2021年11月13日我写此文之际,国内观影人次已超1亿,票房超过《你好,李焕英》,已突破56亿元,暂列2021年全球票房冠军和中国影史票房榜第二名——距离《战狼2》56.94亿元票房纪录仅一步之遥。作为《长津湖》的续集,电影《长津湖之水门桥》补拍了冬天雪地场景之后,制作完成,在2022年虎年春节正月初一开始上映,同样观影者如潮。

　　11月11日,《长津湖》登陆中国香港、中国澳门以及新加坡院线;11月19日在美国、加拿大上映,12月2日在澳大利亚上映。被称为"抗美援朝战争史诗"的电影在美国上映,这还真是意味深长。中国人拍的电影,是战争一方的视角,美国作为另一方,值得好好一看,并且研究研究分析分析,不仅仅是贡献一部分票房。长期处于自由宽松环境中的美国人,看待历史、评论电影应该是平心静气的。不过,能否真正进入美国的电影院线似乎还是一个问号,以往的套路,往往是在华人社区、一些大学留美学生会放几场,就算"进入美国"了。

　　在《长津湖》"爆款"电影之外,我在这里主要说的是文字里的"长津湖"。

A.书中的"长津湖"

中美两国许多作家、学者都写过涉及长津湖战役的著作,我所过目的,中方有何楚舞、凤鸣、陆宏宇合著的《最寒冷的冬天Ⅲ:血战长津湖》,有军旅作家王树增的《朝鲜战争》(上下册,人民文学出版社多次再版)等。

美国的著作,有两本是普利策奖获得者写的,写得到位好看,分别是:普利策奖获得者大卫·哈伯斯塔姆的《最寒冷的冬天:美国人眼中的朝鲜战争》;普利策奖获得者约翰·托兰的《漫长的战斗:美国人眼中的朝鲜战争》。这两本书副标题都译成"美国人眼中的朝鲜战争",这样的重复感觉不太好。

有两本学者写的,也很著名:军事历史学家贝文·亚历山大所著《朝鲜:我们第一次战败》;政论家约瑟夫·古尔登所著《朝鲜战争:未曾透露的真相》,该书在20世纪90年代初曾由解放军出版社作为内部版本发行。

还有两本是亲历者回忆录,影响也很大:一是道格拉斯·麦克阿瑟的回忆录,中译本有江苏凤凰文艺出版社2017年4月出版的《老兵不死:麦克阿瑟回忆录》(梁颂宇译),还有上海社会科学院出版社2017年5月出版的《麦克阿瑟回忆录》(陈宇飞译);二是马修·邦克·李奇微的回忆录,中译本早期有军事科学出版社1983年10月出版的《李奇微的回忆录·朝鲜战争》(军事科学院外国军事研究部译),后来有新华出版社2013年11月出版的《李奇微回忆录·北纬三十八度线》(王宇欣译)。

另有一本视角比较独特,也值得一提,那就是哈里·J.梅哈福尔的《从西点军校到鸭绿江》(罗丁紫等译,世界图书出版公司2013年9月第1版)。

这当中有的书名是最直观的表达,如《最寒冷的冬天》;而像《朝鲜:我们第一次战败》这样的书名,就清晰地透露出一种观点和看法。

很有必要先看看中国人民志愿军司令员兼政治委员彭德怀的看法。他的名著《彭德怀自述》有众多版本,非常质朴真实,感人至深。20世纪80年代读大学时,一位同寝室同学率先看了,说眼泪都看出来了。那是人民出版社在

1981年出版的老版本，封面很经典，印着彭老总自述的手迹。《彭德怀自述》这个名称深入人心，但是解放军文艺出版社 2002 年版本改成了《彭德怀自传》，这并不妥当，因为那是彭老总写交代材料的自述，并不是一本正经的自传，后来又改回《彭德怀自述》。书中对抗美援朝的叙述很简略，其中讲道：

"全歼美军一个整团，一人也未跑掉，只在第二次战役中有过一次，其余都是消灭营的建制多。"

这说的就是长津湖战役的成果。书中《出兵援朝》一节，言及决策理由："……当毛主席让大家着重摆摆出兵的不利情况后，主席讲了这样一段话：'你们说的都有理由，但是别人处于国家危急时刻，我们站在旁边看，不论怎么说，心里也难过。'……我把主席的一句话，反复念了几十遍，体会到这是一个国际主义和爱国主义相结合的指示。……出兵援朝是必要的，打烂了，等于解放战争晚胜利几年……"

"打烂了，等于解放战争晚胜利几年"，这是军人的气魄，也是极为形象的表达。尽管没有"打烂"，但战争确实很惨烈。《血战长津湖》一书腰封上，印着醒目的"精锐与王牌交锋，装备与意志较量。揭秘中美军人都不愿回忆的战役，零下 40℃，极度严寒，惨烈记忆"这几行文字，高度概括了这场战役的残酷程度，它超出了所有参战人员的想象——崇山峻岭中极度严寒环境下，作战变成了中美两军官兵意志力的殊死较量；这场战役至今还是美国军事院校不断学习分析的战例范本。

B.血战长津湖

长津湖，是朝鲜东北部的一个水库，在三八线北边，属于志愿军入朝作战第二次战役的地标。东线的长津湖战役，是朝鲜战争的拐点之战。

专写这场战役的《血战长津湖》，是了解战役全貌的最佳途径。书中附有双方参战部队序列：中国人民志愿军是第 9 兵团，司令员兼政治委员宋时轮；美韩军团中，美军是第 10 军，军长爱德华·阿尔蒙德少将，其中的陆战 1 师，师长为奥利弗·史密斯少将。被歼灭的"北极熊团",即第 10 军第 7 步兵师第 31 步兵团,团长艾伦·麦克莱恩,是被志愿军击毙的陆军上校。

书中还附有"长津湖之战大事记",关键的时间节点如下:1950 年 11 月 6 日:"联合国军"开始向北进攻,第二次战役正式开始。11 月 26 日:东线美陆战 1 师开始向北进攻。11 月 27 日夜:东线志愿军 9 兵团开始向新兴里、柳潭里、下碣隅里等地美军同时发起攻击。11 月 29 日:美第 10 军下令东线各部转入防御。12 月 2 日:志愿军 27 军全歼新兴里之美军第 31 团。12 月 6 日:下碣隅里美军向古土里撤退。12 月 9 日:美军工兵修复水门桥。12 月 11 日:古土里美军撤至真兴里。12 月 12 日:真兴里美军撤至五老里。12 月 13 日:五老里美军撤至兴南,开始登船。12 月 14 日:陆战 1 师全部登船完毕,从兴南港起航。

长津湖战役,志愿军战斗伤亡 14000 多人,冻伤减员 30000 多人,冻伤减员达兵团总数的 32%,严重冻伤达到 22%。美国海军陆战队最精锐的陆战 1 师在长津湖战役受到了前所未有的重创,登船撤离时简直像一群丧魂落魄的幽灵。"根据美国公布的资料,在这场战役中,美军伤亡 7000 多人,其中阵亡及失踪 2500 多人,冻伤减员为 7300 人。"《血战长津湖》一书这样述评:"一场血战尘埃落定,两个不同信仰、不同文化的民族之间的惨烈交手,让我们感受到人性深处散发的光辉与卑弱……美军在战后的评价是:中国人民志愿军获胜,联合国军成功撤退。"

王树增在他的畅销著作《朝鲜战争》中写到,这场战役的悲惨程度,在美军历史上极其少见的,长津湖大撤退,对于美军士兵来讲如同炼狱一般……作为军旅作家,王树增的语言挺好,上下两册的《朝鲜战争》是文学化的表达,写得栩栩如生,当年我第一时间买了书,用了三天时间接续看完。

顺带说一下关于这场战役的影像记录:美国有长纪录片《长津湖之战》,表述比较客观;凤凰卫视《凤凰大视野》栏目亦有长津湖战役系列纪录片,详细聚焦;八一电影制片厂则有纪录电影《冰血长津湖》公映——影片最后一个细节让人过目不忘:1996 年 12 月,已经是国防部部长的迟浩田率团访问美国,在得克萨斯州的胡德堡基地,接待他的美国海军陆战队司令查尔斯上将,特别问起了长津湖战役的事情,因为他父亲是陆战1师上校副师长,曾经在长津湖和9兵团交过手。他说:"你们志愿军,飞机封锁轰炸,挡不住;冰天雪地,挡不住;大兵压境,挡不住,不得了,我父亲费了很大的力气跑出来。"迟浩田告诉他说:"我们那个时候基本是小米加步枪,没有飞机,没有大炮,完全靠勇敢精神,如果有现在的武器装备,那你父亲就当了俘虏了。"

C.血红雪白"冰雕连"

气象状况跟战争胜负密切相关。二战期间,希特勒入侵苏联,在冰天雪地里遭遇惨败。在朝鲜战场上,联合国军也没想到天气会冷成这样。天气究竟冷到什么程度?大卫·哈伯斯塔姆写"美国人眼中的朝鲜战争"一书,书名就叫《最寒冷的冬天》,中译本腰封上印着双关语义的"凛冬将至,不寒而栗"。

"很多枪支的零件冻得结结实实,以致无法使用。"约瑟夫·古尔登是美国著名的政论家,曾长期从事情报分析工作,利用解密的官方档案——"五角大楼朝战文件"进行写作,《朝鲜战争:未曾透露的真相》一书是较早研究朝鲜战争的综合性著作,于1982年在美国出版。作者宏观分析与微观呈现相结合,全景式展现,使这部著作成为军史研究权威作品;中译本也很不错。

书中引述一位前中士的话说:"无论穿多少衣服都不能保暖,更谈不上舒适了。你被手套、风雪大衣、长内衣、头兜和所有的东西捆得紧紧的,肯定会出汗。结果是,一旦你停止不动,汗水就会在你那该死的衣服里结成冰。冬天的早上在户外摸过冰冷的金属吗?噢,想象一下怎样好好对付一支M-1式步枪或卡宾枪吧。那件钢家伙是冰,你赤手碰它就会被粘住,甩掉它的唯一方法就是舍去一层皮。有一次我的嘴实际上被冻得张不开了,我的唾液和我的胡子冻在一起了。"

其实何止是冻住唾液,天气冷到能够迅速冻住流血的伤口。

美国西点军校毕业的军旅作家哈里·J.梅哈福尔,在其《从西点军校到鸭绿江》一书中,讲到严寒中"一起很诡异的事故":美军兵器排一些士兵在稻草垛上睡觉,早上起来后,从某人的口袋里掉出一枚手榴弹来。因为早上更冷,他们冻得发抖,就围着稻草堆生了一堆火,结果手榴弹爆炸了,炸死一人,炸伤两人。

血红雪白。在冰天雪地的战场上,志愿军战士们成了"冰雕"烈士,大无畏是一种精气神。《血战长津湖》这样描述"冰雕连":"气温又骤降到了零下38摄氏度,20军58师两个连的部队在水门桥边的高地上阻击美军。陆战第1师也意识到周边的高地上会有埋伏,在通过大桥之前,就派先头部队进行侦察。当美军的士兵摸到山头上之后,他们也被眼前的景象所震撼:在水门桥附近的高地上,志愿军一个连的官兵呈战斗队形散开,卧倒在雪地里,人人都是手执武器的姿态注视着前方,没有一个人向后,全部冻死在山上,全部化作了晶莹的冰雕。整整一百多人的连队,幸存者仅仅是一个掉队的战士和传达命令的通讯员。纵观世界战史,也只有中国,只有中国的军人才有这样的战斗精神。"

迟浩田是长津湖战役的参与者,当时在第235团3营担任营教导员。他回忆说:"我第一次看到,战士眼睛瞪得很大,脸上都是冰,冰化了以后看,那很安静的。这种场面确实我从来没见过,没见过一次冻死这么多人……"在"冰雕连"的战士中,有一位来自上海的战士名叫宋阿毛,在他的上衣兜里找到了一张纸片,上面写着这样一段发自肺腑的话,后来广为传播:"我爱亲人和祖国,更爱我的荣誉,我是一名光荣的志愿军战士!冰雪啊!我决不屈服于你,哪怕是冻死,我也要高傲地耸立在我的阵地上!"

约瑟夫·古尔登在《朝鲜战争:未曾透露的真相》一书中讲到,中国军队的士兵"他们顽强不屈、视死如归的精神使陆战队肃然起敬"。

1952年9月,第9兵团从朝鲜回国,车行鸭绿江边,司令员宋时轮要司机停车,下车后向长津湖方向默立良久,然后脱帽弯腰,深深鞠躬,泪流满面,不能自已。

在我所在的杭州,有一位参加过长津湖战役的志愿军战士名叫陆坚,从杭州市人防办的岗位上离休,2021年已是95岁高龄,他在1945年就参加了新四军;奔赴朝鲜时,他属于第9兵团第20军,与抱起炸药包与敌人同归于尽的战斗英雄杨根思是战友。他回忆,当时穿的是南方的薄棉衣,从上海出发坐火车到了沈阳只休息一个小时,没有来得及换北方的冬装,就急忙"雄赳赳、气昂昂"地跨过了鸭绿江;很快他也被冻得不省人事,昏迷了八天八夜,在野战医院用多条棉被捂着,终于在第九天"死"而复生,苏醒了过来。他至今思路清晰,在演讲中说:"我们要保卫世界和平!"

D.从长津湖到水门桥

长津湖战役开始之前,整个战争态势对中朝一方非常不利。"冷战国际史研究文库"沈志华教授所著的五大卷中,有一本是《冷战在亚洲:朝鲜战争与中国出兵朝鲜》(九州出版社2013年1月第1版),其中《对朝战初期苏联出动空军问题的再考察——根据俄罗斯联邦国防部的解密档案》这个篇章很精彩,后半部分三个标题分别是《毛泽东急于出兵援助朝鲜》《斯大林拒绝为志愿军提供空军掩护》《苏联空军飞越鸭绿江投入战斗》:急于出兵朝鲜,是因为拖得越迟战机越不利;苏联不及时派出空军,是要看中国军队的行动,能否在朝鲜立住脚;"直到10月25日志愿军与联合国军的遭遇战开始后,斯大林才相信",于是在11月1日,苏联空军第一次在鸭绿江上空投入了战斗,但是显然苏联空军在长津湖战役中没有帮上什么忙,因为"斯大林坚持不变的原则是:无论是否越过鸭绿江,苏联空军只在后方活动而绝不进入前线配合中国地面部队作战"。(详见该书第192—205页)。

大卫·哈伯斯塔姆是美国著名记者兼作家,被尊称为"美国记者之父"。其名著《最寒冷的冬天:美国人眼中的朝鲜战争》,直到他于2007年去世数月后才在美国出版,很快成为一本畅销书,风靡学术界。书里的反思、批判很直接。比如毫不留情地揭示在长津湖战役中美第10军军长阿尔蒙德的自傲与荒唐:

"直到中国人发起大规模进攻三天半之后的11月28日,他还拒不承认眼前的灾难,依旧拼命地催促第10军继续前进";他根本就不把中国人当成战士,他甚至用"洗衣工"这样的词来形容中国士兵;他认为中国军队在朝鲜总共"也没有两个师的兵力",而且"敌人一直在逃窜";他对陆战队总有说不出的狂热,似乎还在指挥一支正在创造伟大胜利的陆军,而实际上这支军队正面临被全歼的危险;在上校团长麦克莱恩战死前,他还是不依不饶,要求他们正面迎击……

与大卫·哈伯斯塔姆一样荣获普利策奖的约翰·托兰,所著《漫长的战斗:美国人眼中的朝鲜战争》一书,大约是美国有关朝鲜战争中描述长津湖战役最详细的。其中第六部的标题就是《长津湖》,包含第20—24章,标题分别为《坠入陷阱》《两线溃退》《"在阴间你无法扩大力量!"》《血腥大撤退:冲过"夹击岭"》《"我们要拿出海军陆战队的样子撤出这个地方"》,美军在长津湖战役中的荒腔走板一目了然。

被歼的"北极熊团"上校团长麦克莱恩是怎么死的?约翰·托兰在书中的描述是:麦克莱恩同比格尔上尉先出去了,他俩看到部队正穿过31团3营南端的防御阵地,急忙赶上前。麦克莱恩高喊:"这些都是我的部下!"然而,两侧一齐开火。麦克莱恩以为自己的两个营互相打起来了,殊不知南端阵地已落入中国人之手。他命令比格尔上尉从冰面迂回绕到桥背后去制止射击,自己则径直从冰面上向大桥走去。比格尔眼睁睁地看着麦克莱恩几次爬起又跌倒,也许是滑倒的,不然就是中弹了。麦克莱恩临近岸边时,中国人跑到冰面上,将上校拖进灌木丛,尔后就再也没找到麦克莱恩的踪迹……

善于隐蔽穿插,是中国军队的特点,美军前沿阵地都被拿下了,团长大人还以为枪声是自己人误击。就像约瑟夫·古尔登在《朝鲜战争:未曾透露的真相》第十五章《死里逃生》中所说的:"中国人小心谨慎地不露踪迹。对长津水库北部地区进行的空中侦察没有发现任何大部队集结的迹象,这是中国人善于伪装和夜间运动的又一杰作……"

在地势险恶的地方,中国军人有卓越的运动穿插能力,"可以随心所欲地到他们想到的任何地方去"。山地战、丛林战,对于机械化的美军来说确实没什么突出的优势,如果关键的路桥被截断,那麻烦就大了。

水门桥是一个关口要隘,是美军撤退的必经之路,桥下就是悬崖峭壁万丈深渊。《血战长津湖》一书中写道:"12月8日晚上6时,陆战第1师1万多名士兵,1000多辆汽车、坦克通过了新架设的水门桥,在美3师的接应下,他们终于走出了长津湖地区的崇山峻岭,开始向兴南港方向撤退。志愿军9兵团依然锲而不舍地追击,唯一可惜的是26军直到美军通过了水门桥,才在齐腰深的大雪中跋涉而来。陆战第1师此时也是筋疲力尽的状态,26军没能及时赶到展开攻势,错失了全歼陆战第1师的良机。"

水门桥被志愿军炸断3次,但美军为何还能实现"胜利大逃亡"?看看约瑟夫·古尔登《朝鲜战争:未曾透露的真相》一书是怎么展现水门桥之战的:"……中共军队发现这座桥是一个绝好的关口要隘,在12月1日和12月4日两次炸桥。第一次炸桥后,陆战队的工兵用一座木桥取而代之;第二次炸桥后,工兵又架上一座钢制车辙桥。车辙桥是两根长钢条,按履带车辆的轮距安放。现在,中国人又第三次炸掉了它。"

第三次炸得比较彻底。美军是怎么对付的?工兵部队的军官约翰·帕特里奇中校想出一个"最好的办法",就是把车辙桥的部件空投到古土里,然后用卡车运到断桥处。但这些部件重达2500磅,降落伞难以负载这个重量。他要求空军在南朝鲜的一个空军基地试投一下,结果桥的部件撞弯了。古尔登写道:这时候,另一名工兵军官赫塞尔·布拉辛格姆上尉急中生智,建议用两个降落伞空投。这次试投成功了……

当车辙桥部件空投下来之后,美军工兵用了一天半的时间把建桥的部件运往山涧,"但到达断桥时他们大吃一惊,中共军队又炸掉了10英尺长的桥面,还有连接桥南公路的拱座"。这样,断裂面的总长增加到29英尺,而现有的车辙桥只能跨越24英尺。"工兵们没有就此罢休,有人发现桥下面有一堆旧铁路枕木。60名中国战俘投入工作,把枕木拖上路基,并且灌装沙袋。12月9日下午4时,工作完成了。"前后实际上用了3个小时。

陆战第1师机械化部队,车轮滚滚通过了水门桥,之后抵达兴南港。兴南港原是作为东线美军的后勤补给港,所有东线美军的海运物资全部在这里卸船。12 月 24 日下午 14 时 36 分,最后一艘美军船只驶离兴南港。在"兴南大撤退"中,美军共撤出 10.5 万名士兵、9.8 万名朝鲜平民、35 万吨物资和 1.75 万台车辆。海陆空全方位、立体化的协同,才在败退中突围,当然美军不会说这是什么"转进"。《最寒冷的冬天:美国人眼中的朝鲜战争》一书这样夸耀:"在海军陆战队的历史上,陆战第 1 师在长津湖的成功突围是一个奇迹。"

不知电影《长津湖之水门桥》该如何表达。"事后从中国军队对如此重要的水门桥及其隘口附近所投入的少量兵力看,说明中国军队的指挥官们必定认为美军已不可能在短时间内修复一座钢铁桥梁,所以只是一而再再而三地派出工兵炸毁桥梁。但中国军队并没有充分认识到美军现代化装备的优越作战能力……"《血战长津湖》一书这样反思,"其实,即使在美军修复了水门桥的情况下,隘口也是美军大型车队通过的瓶颈,只要在隘口附近的几个高地部署阻击兵力,对隘口进行不间断的射击,美军就是通过也要付出极大的代价。但是,除了零星的冷枪之外,整个水门桥地区再没有中国军队更大规模的阻击。"

E.美军将领的回忆

"老兵永不死,只是渐凋零。"这是麦克阿瑟的名言。道格拉斯·麦克阿瑟(1880 年 1 月 26 日—1964 年 4 月 5 日),美国最有影响和最有争议的军事家、政治家、五星上将。他的一生是一个传奇,他经历了美军在 20 世纪的大部分战史,参加了一战、二战、朝鲜战争,还主持过声名远播的西点军校。他是美国历史上最年轻的准将、最年轻的陆军参谋长、西点军校最年轻的校长。他是澳洲的保卫者,菲律宾的解放者,现代日本的征服者和改造者,亚太格局的构建者。他的回忆录中译本,有陈宇飞译、上海社会科学院出版社 2017 年 5 月出版的版本,也有梁颂宇译、江苏凤凰文艺出版社 2017 年 4 月出版的版本。

在《老兵不死:麦克阿瑟回忆录》中,这位"麦帅"以大篇幅津津乐道于仁川登陆,提到长津湖仅一处:"海军陆战 1 师在长津湖一带陷入敌军的重重包围……最终杀出一条血路冲出重围。第 8 集团军和第 10 军在撤退过程中均表现出卓尔不凡的战斗技巧。我对此次撤退行动十分满意。我军在鸭绿江畔作战行动中损失较轻。第 8 集团军伤亡和失踪的人数为 7337 人，第 10 军的该项数字为 5638 人。这个数字是硫磺岛战役伤亡人数的一半，不到冲绳战役伤亡人数的五分之一……"

大事化小小事化了，不仅仅是政客干的事，原来将军也一样。

麦克阿瑟下台后，接替他的是李奇微。在《李奇微回忆录：北纬三十八度线》中，李奇微并未过多谈及中国方面的情况，而是对美国当时的亚太政策的失误、对当时美国国内的政治环境进行了充分的反思。

正是李奇微，回顾这场代价巨大的战争及其结局，及时总结出了"局部战争"和"有限战争"的概念。与许多西方作者不同，作为朝鲜战争期间"联合国军"的战地总司令，李奇微身临其境，亲历了这场战争的残酷无情。西方许多军事史学家认为，正是李奇微接替麦克阿瑟后，才把美军从失败、濒临崩溃的困境中解救出来，并最终阻止了中国人民志愿军的攻势。

《李奇微回忆录：北纬三十八度线》第四章，标题是很直白的《鸭绿江畔大祸临头——中国人参战陆战第 1 师且战且退》（详见第 53—78 页）。其中把长津湖一带"不毛之地"的环境描述得极为险恶可怕、荒凉阴冷。对战况的描述用上了"太让人绝望了"的语词。对师长史密斯赞誉有加，谓之"有胆有识""高瞻远瞩""无所畏惧"。对无比自负的麦克阿瑟有各种不客气的批评，谓之"很难说他的计划和命令有什么道理"，"人性的弱点在麦克阿瑟身上有时似乎体现得过于突出了，当然这也说明他是人不是神"，"最具讽刺意味的事情，就是麦克阿瑟动辄压制他的批评者"。对长津湖整个战局中的美军，李奇微的评价为："这次失败还是严重的，损失也是惨重的。更糟糕的是，这次失败和损失本来是可以大大减轻的。"

F.美国作家学者的视角

朝鲜战争停战后多年来，美国人究竟是如何看待朝鲜战争，尤其是长津湖战役的？这值得好好看一看、想一想。

美国人老是抱怨说，"美国总是赢得战争，但却失去和平"。美国历史学家沃尔特·拉夫伯认为，"事实上，朝鲜战争是美国第一次被迫接受的僵局，而在10年后开始的越战中，美国的败局更是确凿无疑"。

贝文·亚历山大是美国著名军事历史学家，朝鲜战争期间，曾任美陆军部派驻前线的战史分遣队队长，后长期在美军各部门担任参谋和军事顾问。《朝鲜：我们第一次战败》详细解读国际背景下的朝鲜战争，直面美国重大决策失误，再现朝鲜战争真实面目，剖析战后东北亚冷战格局。作者在再版前言中，开篇第一句就直指朝鲜战争是唯一一场重大的、将其可怕阴影投射到21世纪的"冷战冲突"；接着说：

当时看上去似乎更加难以解决的其他主要问题，多年前就已经解决了——苏联已不复存在，铁幕已经消失不见，德国已然统一，中国融入国际秩序，就连美国和越南也已化干戈为玉帛。但是分裂的朝鲜这一问题至今仍和1950年6月25日那个重大的日子一样，似乎没有调和的余地；1950年的那一天，北朝鲜的坦克越过了三八线，开始了一场惨烈的战争，其造成的死亡、破坏和绝望，仅次于第一次和第二次世界大战。那场悲惨的战争已经过去了半个多世纪，然而时至今日，它所带来的后果仍和当年那最黑暗的战争岁月一样显而易见。

在后记中，贝文·亚历山大充满善意地说："作为以前的一名老兵，我心中深深挚爱朝鲜人民，并为这个至今仍被分裂的美丽国家感到痛心。在本世纪的后半个世纪中，朝鲜人民大部分时间里被当作大国间斗争的马前小卒受尽了折磨。但是东西方之间的斗争已经过去，我希望至今仍横在非军事区两边人民之间的敌意迅速消除，晨静之国将再度成为一个统一的幸福国家。"最后他明晰地提出自己的希望，那就是希望在21世纪中，各国将继续坐下来，以平等的地位共同解决彼此间的难题。

"我们把该打的仗都打完了，我们的后代就不用再打了"——哪个国家的军人不希望这样？

G.战争是否可以避免的研究

中国近来两部战争电影——《长津湖》和《八佰》，影响都很大。然而，那是两场不同的战争，尤其战争对象不一样：《八佰》当中，中国军人固守苏州河畔的四行仓库，那是抗战，抗击的是入侵的日本鬼子；《长津湖》里，战争地点在邻国朝鲜，志愿军抗击的对象是以美军为主的联合国军队。

战争是政治的延伸，是对抗之政治和政治之对抗的表现，当冷战的铁幕拉下之后，朝鲜战争是"冷战"中必然会发生的"热战"。而"抗美援朝"，本来是有可能避免的，但终归没能避免。

"1950年6月25日，朝鲜人民军近七个精锐师一举越过三八线，扬言要在六周之内解放整个南方地区。在中国内战期间，这七个精锐师中的许多士兵都曾为中国人民解放军效力。此前大约六个月，由于国务卿迪安·艾奇逊一时疏忽，美国没有将韩国纳入其在亚洲的防御范围之内，从而铸成大错。当时驻扎在韩国的美军不仅为数极少，而且仅仅隶属于一个微不足道的军事顾问团，因此对于朝鲜的这次进攻，他们几乎毫无防备……"这是《最寒冷的冬天：美国人眼中的朝鲜战争》序言的开头。"1950年10月20日，美军攻占平壤。一直自诩精通所谓东方心理学的麦克阿瑟断言，中国一定不会参战……"这是该书第一章的开头。这两个重要时间节点背后，都有美国对当时战略形势的误判，而情报失误是战略失误的基础。

"华府绝密情报大白于天下，世界际会风云聚焦在中国"，著名历史学家沈志华、杨奎松联手主编的《美国对华情报解密档案（1948—1976）》（共8卷），2018年8月由东方出版中心出版，其中第十二编是《中国与朝鲜战争》，收录最多的就是不同时间美国中情局关于中国是否介入朝鲜的评估报告，他们总体上得出的结论是"否"，现在给他们一个总体评价那就是"错"。擅长游击战、超限战的将领与部队，往往不按常规出牌，这是美国人想不到的。

沈志华、梁志主编的《窥视中国：美国情报机构眼中的红色对手》（东方出版中心 2011 年 1 月第 1 版,2019 年 7 月第 2 版),是一本精彩纷呈的关于情报历史的著作。其中第十二章为《置若罔闻:对中国出兵朝鲜的情报评估一错再错》,围绕"美国情报评估失误"这个核心,研究分析非常透彻,基本内容与前面提到"解密档案"一书《中国与朝鲜战争》的导论相同,作者邓峰现任华东师范大学历史学系教授。

该文分为 8 个部分:1.美国的信号情报侦察;2.美国的空中拍照侦察;3.美国的人力情报侦察;4.对苏联支配下中国出兵可能性的评估;5.对中国参与战争的意图及能力的评估;6.对中国公开警告的错误判断;7.中国出兵后美国的情报评估;8.美国情报评估失误的主要原因。概而言之,这是美国情报战的大溃败。

一个大背景是,二战结束后,美国对外情报工作停滞。在日本宣布投降后,有关人士曾再度上书杜鲁门总统,催促立即成立美国中央对外情报机构,但是,杜鲁门置若罔闻,后来还毅然决然地决定解散战略情报局。

美国的政治情报、战略情报和战术情报,三位一体,彼此作用,互相影响。各情报部门对情报的分析有较大差异,但他们最终得出一致的错误结论——即中国不会出兵朝鲜、介入和美国之间的战争;在"中国人不会出兵"的氛围中,有官员甚至刻薄地说,"我想中国人并不打算被剁成肉酱"。

在"知彼"方面,宏观上美方太不了解中国和中国的领导人,中观上也太不了解中国的军事家和军事战略,微观上则太不了解中国的运动战、游击战等战术。总而言之就是:通通都错得离谱! 错误的情报,加上麦克阿瑟致命的自负,所以发起了意欲统一朝鲜并结束战争的"圣诞回家"攻势。麦克阿瑟或许根本就不清楚,他的对手毛泽东是非凡的军事家。而美国情报大失败,最终使美军在朝鲜付出惨重代价,从而成了世界军事史上的大笑话。

彼时中国的意图,在政治层面是公开的:"不能越过三八线"是清晰的底线,如果"联合国军"能够做到,那么很大可能就不会有之后的"抗美援朝"。

中国政府向美国发出一系列的警告很清晰:1950 年 9 月 25 日,代总参谋长聂荣臻对印度驻华大使潘尼迦说,"中国对美国突破三八线绝不会置之不理";9 月 30 日,在得到准确的情报获悉美军要越过三八线之后,毛泽东亲自决定,由政务院总理周恩来发出最严厉的警告:中国人民热爱和平,但是为了保卫和平,从不也永不害怕反抗侵略战争;中国人民对美国侵略朝鲜不能置之不理! 10 月 3 日凌晨,周恩来紧急召见潘尼迦,再次郑重地表明中国政府的立场:"美国军队正企图越过三八线,扩大战争。美国军队果真如此做的话,我们不能坐视不顾,我们要管!"

这个警告传到华盛顿后,中情局面对这一"政治情报",竟然完全不予相信,得出的结论竟是"共产党中国的意图很可能是力图吓唬联合国不要越过三八线,而不是它即将干涉的预先警告","很可能是一种外交上的讹诈"。美国决策层对政治情报,竟然如此置若罔闻,简直就是一群标准的蠢蛋。

战略情报层面,中情局和远东司令部的评估同样荒腔走板,志愿军早已雄赳赳气昂昂地跨过鸭绿江了,中情局的情报评估还说中国没有派兵到朝鲜的可能。情报人员普遍认为,在美军仁川登陆之后,中国人的军事调动便没有什么重要意义了,因为他们已经错过了介入朝鲜的大好时机。在战场上真正遭遇中国人民志愿军之后,他们甚至还不愿相信中国的确已经出兵朝鲜!"不相信",以及"不愿意相信",成了战略情报评估的常态,大抵都是在"自说自话"。

美军前线作战军队,对战术情报的认识和评估同样错误连连。在志愿军即将发动二次战役的前三天,"长津湖陷阱"马上就要到来了,第 10 军的情报部却认为,中国人"显然准备在其目前驻守的阵地上进行防御性的抵抗"。

隐蔽是重要的反侦察。中国军队的武器不是一流的,但战术隐蔽能力绝对一流。秘密渡江,进入朝鲜,昼伏夜出,白天严格隐蔽,志愿军几十万人行军一周,完全未被空中有侦察机的敌人发现。而美军的空中侦察,对于收集中国是否出兵朝鲜的图像情报而言,效果同样十分有限。美海军陆战队少校亨利·沃斯纳,曾驾驶一架侦察机于 1950 年 10 月下旬在美军前进路线上空进行了侦察飞行,但在空中根本没有发现长津湖周围的任何地方有中国军队运动的迹象。

隐蔽好了,就能诱敌深入,以逸待劳,利于歼击——即"诱敌深入山地然后围歼之"。对参加长津湖战役的志愿军第 9 兵团的隐蔽能力,《窥视中国:美国情报机构眼中的红色对手》一书赞誉有加:凭着高昂的斗志,冒着零下 30 度的严寒,隐蔽进入朝鲜东部山高林密路狭的阵地,"在美军日夜不停地实施侦察轰炸的'空中战役'的情况下,该兵团15万人隐蔽开进竟完全未被敌发现,美方事后也称此为'当代战争史上的奇迹'"。

无论是政治家还是军事家,都应该从美国当年情报大失败中汲取教训。

H.和平没有输家

烈士是冲在最前面的人。"宁前进一步死,不后退半步生!""冰雕连"的战士们"冰"在那里,是向世界证明:战争是无情的,牺牲是无价的,而牺牲是为了不牺牲,战争之上是和平,和平万岁!

"20世纪中叶,中美朝韩在朝鲜半岛恶战三年,百万生灵涂炭,无数家园被毁,停火线却重回38度线。"《朝鲜战争:未曾透露的真相》译者于滨,是著名旅美学者、美国文博大学政治系教授,在译者序中说:"……唯独在朝鲜半岛,数百万大军仍虎视眈眈、枕戈待旦;大战虽无,摩擦不断……63年前爆发的那场'苦涩的小战争',算得上是一场真正的跨世纪之战。60年前结束的朝鲜战争,毕竟渐行渐远。如今南北分野仍在,物是而人非。"

《漫长的战斗:美国人眼中的朝鲜战争》一书中说道:"朝鲜战争开始于1950年6月25日,地点是在三八线上;三年之后,战争结束于几乎同一个地点。"残酷战争之后,"三八线"这条无形的线,这条在1945年8月一个晚上,在美国五角大楼,由一个名叫迪安·里斯克的年轻上校用红色铅笔画下的斜线,至今存在。它是一面"照妖镜",北边说南边是"妖",南边说北边是"妖"。

比回顾回忆更重要的是反省反思。世界历史的时空已经清晰地告诉人们:战争冲突带来人间苦难,和谐和平带来幸福安宁;战争没有赢家,和平没有输家。

约瑟夫·古尔登为《朝鲜战争:未曾透露的真相》写的跋,标题就是《和平》:"美国结束了一场它第一次不能宣告胜利的战争,没有庆祝活动。关于停战协定签字的消息在时代广场灯光新闻牌上闪烁着,人们驻足读着这一通告,耸耸肩膀继续走路。""朝鲜战争不了了之的结果,可想而知地让许多朝鲜人,尤其是这个国家的领导者们明显地不高兴,因为美国没有实现它曾经一度宣称的统一朝鲜的目标。"

《最寒冷的冬天》,中译本腰封上印着的一句话——"硝烟并未远去,在战争中,没有人是真正的赢家",正是许多学者的观念。

冷战史研究专家沈志华,在著作《毛泽东、斯大林与朝鲜战争》最后,发出一个"天问":"在更广阔的政治层面,是否可以说,是朝鲜战争第一次告诫了世人:在大国之间,特别是当他们掌握了核武器之后,战争是不会有最后赢家的?!"

有两种说法:其一是"我们这一代人把仗打完了,那么下一代就不用打了",其二是"我们这一代人如果不打,那么下一代人也要打",这两者之间是有巨大区别的。和平主义者希望是前者,而好战者当然期待是后者。

和平即不战,哪怕是"冷战"的和平也比炮火连天的战争要好。不战、不战而胜、不战而屈人之兵,都是一种高境界,但程度是有差异的。"不战而屈人之兵"是第一重境界,无关"屈人之兵"的"不战而胜"是更高的第二重境界,而"不战"即一直和平共处,是最高的第三重境界。

当年国防部部长迟浩田访美之时,赠送给查尔斯上将一本《孙子兵法》作为礼物。从对抗,到访问,到握手,到赠送礼物,这就是时代的进步,而《孙子兵法》这个礼物真是意味深长。

人类本是一家,战争是残酷的,对抗是残忍的,我们要珍惜和平,努力让世界做到"美美与共"。期待时间会让仇恨变淡,让爱变浓,别整天"打打打"。英国著名作家乔治·奥威尔在他的名著《向加泰罗尼亚致敬》中说:"战争最可怕的一点在于,所有的战争宣传,所有的口号、谎言和仇恨,总是来自那些没有参加战斗的人。"

为了人类命运共同体,就得寻找最大公约数,而不是"零和博弈""负和博弈"。从历史的长河看,打了多少年的战争也是"短命"的,和平才是人类追求的永恒,永远是人类最大的公约数。

历史的真实光芒

——读《红军：1934—1936》与《红军长征记》

随想

　　"长征"的灵魂切入"新长征"的道路。2006 年 10 月 22 日，纪念红军长征胜利 70 周年大会在北京举行。念想的日子，飞扬的思绪。书店在醒目的位置，码着一大批新出版的长征书籍，它们记录了"史诗抒写的诗史"，《红军：1934—1936》（师永刚等编著，三联书店 2006 年 10 月版）与《红军长征记》（解放军文艺出版社 2006 年 9 月版）是其中独特的两本，前者形式新颖，后者内容原始，在我看来，都不可不读。

　　《红军长征记》又名《二万五千里》，原是毛泽东 1936 年号召编写的一部长征"当下回忆录"。到 1936 年 10 月底，共征集到稿件 200 余篇，50 多万字，由名作家丁玲等人负责编辑加工，于 1937 年 2 月选定 110 篇，30 多万字，装订成上下两册，抄写了 20 份，后因抗日形势的发展等原因，延迟到 1942 年 11 月才作为内部资料在延安印发。今天，解放军文艺出版社以《红军长征记》这个原书名重版了这本书，重现了最本初的记录；在书的封面上印着："60 年后，美国哈佛大学燕京图书馆发现孤本《红军长征记》。由朱德亲笔签名，受赠人埃德加·斯诺。"

当时的记忆与后来的回忆,有那么大的不同。《红军长征记》极为珍贵,因为那是历史上最早、最真实、最质朴、最具文化特色的纪实文学作品。但《红军长征记》的出版史折射出了时代的风云变幻:1954年,中宣部党史资料室将其更名为《中国工农红军第一方面军长征记》,在内部发行的《党史资料》上分三期发表,但这一次刊印的变化不小,删掉了何涤宙的《遵义日记》、李月波的《我失联络》、莫休的《一天》等5篇。1955年,人民出版社出版了选本《中国工农红军第一方面军长征记》,只收了51篇,《遵义日记》等5篇同样被剔除在外。而令人欣喜的是,今天,2006年的版本,以全貌展示于读者眼前,让我们看到了《遵义日记》这样的"另类"篇章的风采。

《遵义日记》(见《红军长征记》130页)详细写了作者在遵义的10天,既写到去学校进行革命宣传,也写到红军干部和遵义学生打篮球比赛,以及开同乐晚会、看女学生唱歌跳舞。遵义是贵州省第二大城,也是红军长征中占领的唯一的中等城市,那10天过的是"城里人"的日子,确实是比较轻松愉快的;至于"遵义会议"则是高层的事,下头不甚了了。作者侧重写了干部团(红军大学)的几个红军干部常常去饭店点菜吃饭——辣子鸡丁大受欢迎;而店主因生意太好,将辣子鸡丁的质与量都越做越差。作者还写到,将打土豪获得、组织分配的一件皮袍送去裁缝店改做皮大衣,而裁缝偷工减料贪小利,"剥削得我大衣穿不成",惹得一肚子气。

这是充满生活气息的篇章,真实真切,要知道当年的红军将士多为二十几岁的年轻人,全身活力四溢。他们并不是在两万五千里路程中统统都是"吃草根、啃树皮"。《遵义日记》展示的是历史真实,而写掉队的《我失联络》(见《红军长征记》137页)、写再占遵义城的《一天》(见《红军长征记》166页)同样真切得纤毫毕现。这种描述尽管与"典范叙述"很不相同,但它无损于长征的光芒、红军的伟岸。而20世纪50年代,狭隘的宣传思维显然在这样的篇章前面"大吃一惊","删除"成了第一选择。

把历史的一种真实删除之后,余下的真实偏偏会给人以"不真实"的感觉,这样的结果大约是删除者没有想到的。不久前曾见过一篇文章,说的是对红军过草地啃皮带吃皮鞋的"质疑",认为那是夸大其词的"宣传",理由很简单:

那么穷苦的红军,怎么可能穿着皮鞋、束着皮带行军? 年轻的作者显然是以自己花千儿八百所买的、亮铮铮的皮鞋来想象红军的"皮鞋"了。

还原历史,就是还原真实。在《红军:1934—1936》一书中,同样有着对一些历史细节的还原性追寻。在这本图文并茂、非常时尚漂亮的书中,也收了《遵义日记》中的一小篇,展现了生动的"布尔乔亚生活";但给我印象最为深刻的是对"飞夺泸定桥"的细节追究,这个很有意思的细节就是:22 位红军勇士,是攀着铁索向对岸攻击随后铺上门板,还是在铁索上边铺门板边射击前进?

在我们看到的影视作品里、在我们读过的小学课本里,无一例外都是勇士们攀着那光溜溜的 13 根铁索勇敢前进,这是真正的"大渡桥横铁索寒",这样能充分体现红军战士的英勇;而《红军:1934—1936》一书中说"实际并非如此"(见该书第 148 页)。其例证是聂荣臻的记述:突击队"冒着东岸敌人的火力封锁,在铁索桥上边铺门板边匍匐射击前进"。我查阅了聂荣臻的回忆录,原文是:"当天下午四时,在对岸敌人的火力封锁下,一边在铁索桥上铺门板,一边匍匐射击前进。是这样奇绝惊险地夺取泸定桥的。"(见 1983 年 9 月出版的《中共党史资料》第 5 辑第 126 页)即使是"边铺门板边匍匐射击前进",在聂荣臻看来也是"奇绝惊险"的。

现在,无法给飞夺泸定桥时"先攀铁索还是先铺门板"下个定论。从感情上说,我更愿意接受"先攀铁索后铺门板";从科学上讲,似乎应该是"先铺门板然后匍匐射击前进"。希望有军史专家给个完备详尽的研究结果,让历史真实更加清晰地呈现出来。《红军:1934—1936》编者师永刚将该书定位为"历史新概念书",当然不是指"解构历史真实"换来"历史新概念",而是说红色题材图书在形态上也可走时尚先锋路线。

《红军:1934—1936》是多角度阐释长征的"新鲜读品",其新锐视角体现在编者"学术+先锋概念+设计+大历史观+八零后视角+畅销+视像……"的理念上。而将"古老"原汁原味地再现,是一种新的时尚。从这个意义上说,描述长征当时记忆的《红军长征记》的全貌重现,真的是一种让时代欢欣鼓舞的时尚。

那遥远的权力痴呆症

——读《柏杨曰》札记

《柏杨曰:读通鉴·论历史》,上中下三册,海南出版社2006年12月第1版。

此时的柏杨先生,年近九旬,宝刀未老人已老,不能不宣布封笔了。有报道说,著名作家柏杨"自从1994年心脏手术,接着脊椎骨开刀、胃大出血、右颈大动脉开刀,一连串大病之后,身体每况愈下"。岁数总是不饶人的,然而作为人文大师的柏杨先生,思维清晰、思想不老。他封笔之前写下的最后一篇文字,是专为新版《柏杨曰》作的序,在结尾他说:"我摆脱传统文化的包袱,不为君王唱赞美歌,而只为苍生、为一个'人'的立场和尊严,说'人话'。"这被读者概括为"不为君王唱赞歌,只为苍生说人话",成为一句铿锵名言。

是的,思想家的大脑患上"老年痴呆症"的概率是最小的。但是,有一群人患上"痴呆症"的概率却很高,那就是中国的封建帝王,这种"痴呆症"不是生理意义的,而是思维方式的。在《柏杨曰》中有一节,标题就是《权力痴呆症》。柏杨评点说:"一个人长期掌握权力,一定染上权力痴呆症。年纪越老,越是顽劣,终于不可理喻,如果他性格残忍,那就更糟,对自己和对别人,都会造成伤害。"

柏杨是结合南朝梁武帝萧衍来说事的,萧衍尽管文学、乐律、书法功底都不错,但他做皇帝长达 48 年,患上"权力痴呆症""不可理喻"也就不用奇怪了。评述萧衍,柏杨用了不少章节;在《萧衍的怪诞》一节里,叙述了萧衍这皇帝的"怪诞":

萧衍的部下、作为豫章王的萧综,驻防彭城时与敌对峙,久不能决胜负,萧衍令其撤退。萧综怕因此失去地盘,于是派密使表示要投降,弄得北魏敌军的统帅们个个目瞪口呆,难以置信。萧综这小子,干脆在一个月黑风高夜,徒步秘密投奔对手大营。次日南梁军闻统帅投降了,瞬间崩盘,四散逃走,被敌军追击,死亡十之七八。南梁帝萧衍得到报告,大为惊骇,批准取消了萧综的皇族资格。到这里,这萧衍还不算什么"怪诞";可是不到十天,萧衍又下诏了,宣布恢复萧综的皇族身份!

还有个叫萧正德的西丰侯,是从北魏帝国逃回来的,曾集合很多地痞流氓和亡命之徒,夜路抢劫;他以轻车将军的身份,跟随萧综北伐,萧综投奔北魏后,萧正德抛弃军队,再次逃了回来。萧衍累计他前后所犯罪行,下诏撤除他的官位和封爵,并予放逐。到此,这萧衍也不算什么"怪诞";可萧正德还没放逐到目的地,萧衍就派人追了上去,赦免了他。

萧衍"怪诞"背后,重要原因是"姓萧的是一家"。今天我们来看这个得了"权力痴呆症"的皇帝老儿这种怪诞行为,不禁哑然失笑,不得不说萧衍的阴魂不散。柏杨感慨道:"国家也好,政府也好,像一座大楼,法纪像大楼的钢架;没有钢架,建筑物一定倒塌。"法纪为何不存? 因为那是皇帝一个人说了算的时代,皇帝的"圣旨口",就是"法纪"。一个国家仅有这么一张"圣旨口",到后头他或她能不患上"权力痴呆症",那真算奇迹了。

权力痴呆症的本质,就是权力变成了专制的极权;专制得以实现,有赖于专制的体制、专制的传统、专制的头头、专制的榜样。而所有的专制极权,无不被过度化开发、任意化使用。所以,权力痴呆症的患者,动不动使出"出人意表的手段",也实在可以理解。权力不但使人骄傲腐败,也使人冥顽痴呆,时间越久,"越记不得自己是谁";如果是没能力掌握权柄的人硬是掌握了权柄,"等于不会开车的人忽然握住时速一百公里的方向盘一样,简直是一场大祸"。专制的对立面就是民主,柏杨说得没错:"民主制度最大的好处之一,就是它能避免一个人长期掌握权力。"

百足之虫,死而不僵。两千多年皇权养育出来的四百来号中国皇帝,恰如虫之百足,一帝似一足,似乎至今还是死而不僵——你看某些电视台成天播放的皇帝剧,就是一个劲儿讴歌那些皇帝的。柏杨先生一次次不客气地将这些专制皇帝拎出来曝光晾晒,呈现的是真相,揭示的是本质,所以说《柏杨曰》属于一部"现代视角下的中国历史启示录"是没错的。《柏杨曰》的封底写着"柏杨论史,一向以人性为本,藐视权力,向往自由和人权,激情与理性兼存,思想与文字并美",看看他对"权力痴呆症"的揭示与抨击,信然。

历史深巷里那一枝摇曳的杏花

——读易中天《品三国》

易中天厉害,品三国精彩。2006 年 7 月 22 日星期六,率先出版的《品三国》上卷在全国同步上市,北京易中天签售会"火过了头",3000 多名"易粉""乙醚"汹涌而至,为了安全,签售被迫中止,易中天一上午签了大约 2000 本书,签名本"黑市"价格从 25 元翻到 100 元,可见"骨灰级粉丝"之多。后来全国各地一路签去,情况都是好得不行。而在此前,《品三国》书稿面向全国出版社无底价拍卖,上海文艺出版社以"天价"竞得,版税14%、首印 55 万,这在中国出版史上破了天荒。博导易中天就这样成了年度最顶尖的文化新闻人物。

我虽非"易迷",但此时爱看《百家讲坛》,尤其喜欢易中天的《品三国》。易中天这个成熟的中年男人着实迷人,是讲坛百家里形象超好的,而且讲得巨好,好看好听,非常舒服。当然,三国本身也很迷人,那是一个风云变幻、沧海横流、群雄逐鹿、令人神往的时代,"江山如画,一时多少豪杰",千百年来,一直都是那么引人入胜。

"穷睇眄于中天,极娱游于暇日。"易中天品三国,思接千载,优游于历史;视通万里,极目于时空。如疱丁之解牛,游刃有余;似深巷之卖花,夜听春雨。正史记录,野史传说,戏剧编排,小说演义,讲家经过爬梳打理,让听众在历史的深巷里看见那一枝摇曳的杏花;而且环环相扣,每集结尾,都要"且听下回分解"。如今在《百家讲坛》讲稿的基础上,成就了这一部《品三国》书籍,看过"电视版"的观众,大约没有人不愿意拥有一部"文字版"的,这跟那些明星博客在网上火得很、一落地出本书就卖不动完全是两回事。

"易"家之言品评三国,可亲可近好看好读。我观易中天之《品三国》,愿意誉之:言之有物、言之有据、言之有理、言之有情、言之有序、言之有文。其中尤其因为言之有文,所以行而广远。"以故事说人物,以人物说历史,以历史说文化,以文化说人生",这里的"说"实在很紧要,这么一"说",就没有了学究气,而多了一份活色生香的鲜活灵动。出口成章、妙语连珠、淡定从容、舒缓有度,这真是需要禀赋、需要功底的。这是随笔化的品评,而且不时冒出易中天式的颇有节制的幽默,让我很愉悦,那种"眼睛一亮、精神一振、会心一笑"的感觉真的不错。

作家葛红兵在他的博客里说,易中天品三国,品了微言,但没有阐发大义;他认为"大众化不是娱乐化,通俗不可庸俗,普及不能粗鄙,如此易中天,可以休矣"。我看红兵言重了。当然,我们也不必把易中天看成什么"学术超男",更不必让"如日中天"的易中天点着自己心中的妒忌之火。《品三国》自有《品三国》的地位,易中天自有易中天的价值,把历史和历史文学讲成"新评书",没有什么不好,让更多的普通百姓接受,可谓功德无量矣!

阅读《品三国》,我们能够读出作者的诚实与诚恳。易中天在书中如实地告诉你史书上谁是怎么说的,谁谁是怎么说的,谁谁谁又是怎么说的,然后再说"我以为",这就是最简洁的"摆事实、讲道理"。譬如最简单的例子:诸葛亮出山,在《三国志》上只有短短一行字:"先主遂诣亮,凡三往,乃见。"而《魏略》和《九州春秋》中说,是诸葛亮主动去见刘备的;罗贯中则将其演义成刘备三顾茅庐的华彩乐章……《品三国》以轻松诙谐的口吻笔调,带领读者以最大可能接近事实的真相。当然,读者自有读者的理解,对于三国故事或褒或贬,对于三国中人可以或喜或恶，"爱谁谁"都是不要紧的。然而，有论者批评《品三国》"品"成了"肥皂剧"，甚至斥之"庸俗""混嚼"云云，显然是既没有看过《百家讲坛》上易中天的讲述，又没有细究过《品三国》一书，此般批评才是典型的"肥皂剧"做法，乃真正"庸俗"的"混嚼"也。《品三国》是大众化了，认真看看其内容，还真不是什么"娱乐化"。

易中天的思想分量，其实是最不能忽视的，这集中体现在书中附录的《我的历史观》一文中（并附有光盘），建议年度随笔选之类的选本一定要将该文选入，否则就是遗珠。历史已经不仅仅是历史，它是思想，它是文化。于是想起汤因比的《我的历史观》，汤因比这样认为：一、历史研究中无可再小的、可理解的基本单位是"文明"，或者称为"社会"，而不是一般人所称的"民族"或"国家"；二、人类历史从哲学的意义上讲是"平行的"和"同时代的"。历史的形态是"文化"，历史的单位是"文明"。历史既不是完全随意的，也不是完全确定的，所以，研究历史、探讨历史，应该心平气和，不可妒火中烧。"能攻心，则反侧自消，从古知兵非好战；不审势，即宽严皆误，后来治学要深思。"正因如此，我对书中因"争议较大"而删去"空城计"的篇什，感觉是个遗憾，其实放在书里，才是完璧。

历史可以被温柔地打开，历史不可以被暴戾地撕开。易中天谈历史、说三国，就是温文尔雅地打开历史，走向故事，走向人物，走向人性。看吧，历史深巷里那一枝摇曳的杏花……

阅读史迹　能见非常

——余世存《非常道:1840—1999 的中国话语》一瞥

当语言成为人类最后的家园的时候,人一定能够在语言里诗意地栖居。已经有数不清的新闻周刊开辟了"声音"栏,选辑一段时间来新闻事件中新闻人物的"妙语",与这样的"进行时"中的非常话语相比,经过世纪沉淀的"非常道",更是一种可宝贵的存在。

2005 年五一节前夕,我在杭州一家优秀的民营书店最醒目的位置看到余世存编的《非常道:1840—1999 的中国话语》(社会科学文献出版社 2005 年 5 月第 1 版),真有眼睛一亮、寸心一跳、精神一振的感觉——我这个每月花费不少钱买书的人,自云阅尽书摊春色,却难得有这样的感觉了。余兄世存,真当了得,要花费多少时间和心机,才编辑成就这样一部今日之《世说新语》?

"近代中国遭遇三千年未有之大变局,值此非常时期,必有非常话语……"我还是先将印在封面封底的文字摄录于此:"本书以《世说新语》类似的体裁,截取自晚清、民国而至解放后的历史片断,记录了大量历史人物的奇闻逸事——以曾国藩、左宗棠、李鸿章为代表的同治重臣，以孙中山、袁世凯为代表的辛亥豪雄，以胡适、陈独秀为代表的新文化先锋，以毛泽东、蒋介石为代表的国共两党，以钱锺书、陈寅恪为代表的传统文人，以李敖、王小波为代表的文坛斗士，等等。分为史景、政事、文林、武运、革命、问世、人论、英风、狂狷、骨气等共三十二编。"如果纲下再设目，那好生就是一部可查可阅的辞典了！

史景之锐利、问世之揪心、性情之漫溢、识见之远邃、修辞之妙异，都是我的喜爱。每一个辑录的片段，都是这样的精短，几十个字、一两百字、两三百字，史为背景，人是核心，事乃细节，话为点睛。这是历史文化的另类景观，轻轻耙梳，细细厘清。博采，萃取，锻造，凝练，所费工夫和功夫，定然了得。

余世存真是一个善于发现的人。当年，他的那本《我看见了野菊花》，作为"曾经北大书系"的一种，让我在很长的时光有声无声地念着"我看见了野菊花"。如今，在历史这本大书中，余世存以他曾经看见"野菊花"的眼光，看见了那些非凡人物的"非常道"，于是以他的思想智识作为装订线，装帧成就了这样的《非常道》。诗意与史意，都是能轻易穿越时空的。"忘却或者牢记/都不如在秋风里枯去/到春天复生"，就是现今《非常道》的形态了。

时间上的历史，若看作空间，那就如大海。在历史的大海里，那些"非常道"就是一片片木船的碎片，这犹如一位诗人的句子："船完全被撞碎/也就不会沉没了/它的每块零散的木板/将永远漂浮在海上。"余世存在历史的大海里发现找寻到了那些最优质的木板碎片，连缀成了崭新的《非常道》，这样的新船，再也无法撞碎无法翻沉——世界就是这样奇妙。

取一片来看吧！《性情第十》首篇，是让我会心一笑的，因为在我二十出头时，曾作文《我爱女人》，刊于当地报纸副刊，引来不相识女性赶到报社，要寻见写这样文字的作者，当时文中就用了孙中山先生的这个例子：犬养毅曾问孙中山："您最喜欢什么？"孙答："革命！推翻满清政府。""除此外，您最喜欢什么？"孙注目犬养毅夫人，笑而不答。犬养毅催问："答答看吧。"孙回答说："女人。"犬养毅拍手："很好，再次呢？""书。"

聂绀弩有云："文章信口雌黄易，思想锥心坦白难。"思想如此，性情何不如此？可爱也就在真性情中。道可道,情乃情。余世存曾说,"天地间最伟大的事业,莫过于做一个人",真性真情才有真人。有了"非常道"的真人,世界因此花枝摇曳,历史因此彩笔斑斓。

读《非常道》,作者是隐藏在文字背后的,不加评论而见作者的冲淡,不施粉黛而见编时的飘逸。有"非常道"的人,在历史中舞之蹈之,你看见了吗……

五四之魂

——有关五四运动的四本书

这是中国，这是五四，这是五四运动 90 周年的 2009 年，一批有关五四的书籍呈现在我们面前。笔者在这里推介 4 本值得关注的书，这 4 本书的书名有个特点，都是用一个较长的副题来阐述真正的主题。

首先是林贤治先生所著的《五四之魂——中国知识分子精神史》，这是一本 2009 年再次印刷的书。首版时，我就收到了林贤治先生所赠的书籍。感谢林先生。该书主体部分关乎五四，《五四之魂》本来就是名篇，作为"中国知识分子的精神史"，还有许多有分量的篇章：《自由报人邵飘萍》《文化遗民陈寅恪》《胡风"集团"案：二十世纪中国的政治事件和精神事件》《左右说丁玲》《巴金的道路》《夜读遇罗克》《读顾准》《两个顾准》《再说两个顾准》等。

一切历史都是精神史、思想史。林贤治先生的作品往往有着强烈的思想性，包括我最近读他的传记作品《漂泊者萧红》（人民文学版）都有这样的感觉。1919 年的萧红才 9 岁，她只能算是"后五四时期"的文学青年；她那种叛逆精神，何尝不是与五四相通的。同理，在《五四之魂——中国知识分子精神史》一书中,收入与五四没有直接关联的现代中国知识分子的"命运册页",并非游离于五四之外。林贤治先生说得很对,五四新文化运动是知识分子的"创世纪";而且,"五四的最大成就,就是造就了大批新人:现代知识分子"。

第二本值得关注的书,是叶曙明所著的《重返五四现场——1919,一个国家的青春记忆》(中国友谊出版社 2009 年 4 月第 1 版)。该书带着读者重温五四,尽管还原历史大会是人与事的场景是那么的不容易。作为作家的叶曙明,写法是传记性的而非史论性的,笔触是文学性的而非研究性的。作者的行文,有一种大气感。

学者余世存为该书认真地写了序言,其中说道:"五四仍属于当代,仍属于我们。五四是我们的。在百年中国数代年轻人的运动中,在革命、改革、改良、动乱、乱动、造反的社会状态里,只有五四是青春的,是酣畅淋漓的,是激荡的,是纯洁的;只有五四是老大中国的一次少年张狂,是衰败文明的一次青春救赎;只有五四空前绝后地打量着传统文明。青春五四跟我们数代年轻人的血脉相通,而未能重光五四的我们愧对五四。"

然而,五四不仅仅是青年人的五四。执掌北大的蔡元培被称作为五四运动的"精神领袖"。陈独秀、胡适、鲁迅是五四一代知识分子的代表性人物。陈独秀倡导的"德先生"(民主)、"赛先生"(科学),成了五四精神的形象词语。胡适率先打出"文学革命"旗号,为独立人格呐喊,是新文化运动的重要领军人物,是五四不在场的参与者。胡适就认为,五四运动"与欧洲的文艺复兴有惊人的相似之处"。鲁迅也并未参加 5 月 4 日当天学生的抗议活动,但在新文化运动的实际行动中,鲁迅是"旗手"和"主将"。1918 年 5 月,鲁迅在《新青年》上刊载首篇小说《狂人日记》,成了中国现代文学史上第一部白话小说,可见鲁迅对白话文运动的热情,也正是他在小说里首次发现了"人",代言了人权和人性。

五四运动的核心群体,无疑是知识界人士。第三本要推荐的书,主要就是写人物的,这就是陈平原、夏晓虹编著的《触摸历史——五四人物与现代中国》(北京大学出版社 2009 年 4 月第 1 版)。该书以五四人物为经,以现代中国为纬,来编织和透视历史与社会。书中精选 45 人,分为四组,展示那非凡的"关键时刻":"为人师表"的有蔡元培、陈独秀、李大钊、胡适之等;"横空出世"的有傅斯年、罗家伦、许德珩、张国焘等;"内外交困"的有徐世昌、段祺瑞、曹汝霖、顾维钧等;"众声喧哗"的有梁启超、林长民、康有为、章太炎等。稍感遗憾的是,当时在上海的杜亚泉,没有被收入"众声喧哗"之中,他其实是五四和评论五四的一个不可忽视的人物。

只要真实地触摸到这些五四人物,就能鲜明地触摸到那遥远的历史。在这个舞台上,在这一出戏里,还真是只有"角色的不同",没有哪个是在表演红脸,哪个是扮演黑脸。

可是,后来研究五四的,倒出了不少"红脸""黑脸""白脸"。于是引出了第四本要推荐的书:人民大学教授杨念群所著的《"五四"九十周年祭—— 一个"问题史"的回溯与反思》(世界图书出版公司 2009 年 5 月第 1 版)。杨念群教授不客气地批评了五四研究的种种八股气,从"八股一"到"八股五",其实列举到"八股八"也不难。该书封底印着的杨念群五四思想联络图,我较为赞同,引述概要于此:

五四不是一场单一的爱国学生运动,而是一场长时段的全方位革新运动;五四不是一个面目狰狞的"反传统"恶兽,也不应为近代中国人所有"欺师灭祖"的行为负责;拿五四当国学的出气筒,只能看出所谓"国学"的贫血和虚脱;五四不是一场纯而又纯的文化运动,它诱发了一系列的社会改造风潮,我们无法回避。

五四运动的内涵不是单一的,而是多元的、丰富的,其中包含了思想启蒙、文化改良、爱国救亡(政治抗议)、个性解放等。最近有学者提出一个新鲜的说法,叫作"五四,先民主再爱国",这可以讨论,但有的人极其偏激、"一根筋"地全盘否定五四,那几乎就没有多少讨论的价值了。没有五四运动,近现代中国的历史,尤其是 20 世纪中国的思想文化史,是不可想象的。五四的思想启蒙,却在一些人那里成了"蒙启"。多元思想可以表达,但荒诞看法需要澄清。这在今天是特别需要重视的。让我们以清醒的头脑"回到五四"。

肆

痛苦让人性光辉

秋水堂主与金瓶梅

——读《秋水堂论金瓶梅》

金瓶梅？金瓶梅。

金瓶梅似乎已经很遥远了——我说的不是那书，而是关于金瓶梅的书事。很长时间没有关于金瓶梅的什么新闻了。倒是远在美国波士顿的秋水堂，瞬间就把金瓶梅的时空拉得这么近——因为秋水堂主在国内出了一本《秋水堂论金瓶梅》（天津人民出版社 2003 年 1 月第 1 版）。

秋水堂主笔名是宇文秋水，本名叫田晓菲。这个 5 岁开始就写得一手好诗的天津女孩，她孩提时代的诗集上我的书架似乎还是昨天的事情，今天她是美国哈佛大学的教师了。这样的人生经历让谁见了都要眨巴眨巴眼睛：14 岁被北京大学破格录取，1989 年毕业，1991 年在美国得了英国文学硕士学位，1998 年成为哈佛大学比较文学博士；丈夫是哈佛大学东亚系的特级教授，从事中国古典文学比较文学研究，本名是斯蒂芬·欧文，中文名字是宇文所安。

鲁迅先生当年在《中国小说史略》中曾说，《金瓶梅》"之于世情，盖诚极洞达"，"至谓此书之作，专以写市井间淫夫荡妇，则与本文殊不符"。秋水堂主田晓菲在她的《秋水堂论金瓶梅》

中，更是将《金瓶梅》的价值列为《红楼梦》之右，认为"归根结底，《红楼梦》才是真正意义上的'通俗小说'，而《金瓶梅》才是属于文人的"；"《金瓶梅》里的人物，男男女女，林林总总，我个个都爱——因为他们都是文字里面的人物，是写得花团锦簇的文字里面的人物，是生龙活虎的人物"。

田晓菲对《金瓶梅》的爱是"成人之爱"，因为她小时候的最爱是《红楼梦》，不知读过多少遍了，甚至成为彻底的"红迷"，而读《金瓶梅》还是她23岁那年在哈佛读书时"为了准备博士资格考试而勉强为之的"，直到五年之后，她重新开始读这部奇书，"当读到最后一页，掩卷而起的时候，竟觉得《金瓶梅》实在比《红楼梦》更好"。这真是"缘分天注定"，人长大了，缘分的果实也成熟了。

是什么击中了成人田晓菲的心，使她重新完全认识了一个至爱的崭新的《金瓶梅》？这支击中灵魂的箭是：慈悲。

田晓菲说："《金瓶梅》的作者是菩萨，他要求我们读者，也能成为菩萨……我请读者不要被皮相所蒙蔽，以为作者安排金莲被杀，瓶儿病死，春梅淫亡，是对这些女子作文字的惩罚：我们要看他笔下流露的深深的哀怜。"田晓菲的丈夫在序言里则说得更明确："秋水的论《金瓶梅》，要我们读者看到绣像本的慈悲。与其说这是一种属于道德教诲的慈悲，毋宁说这是一种属于文学的慈悲。即使是那些最堕落的角色，也被赋予了一种诗意的人情；没有一个角色具备非人的完美，给我们提供绝对判断的标准。"

正是这些人物在瞬间人性的闪现，让秋水堂主超越了一般的判断，"走向一种处于慈悲之边缘的同情"；正是今人在本质上与古人是一样的，所以田晓菲在洞彻之后非常平静地说："我以为《金瓶梅》里的男男女女是存在于任何时代的，不必一定穿着明朝或宋朝的衣服……我们的生活中，原本不缺少西门庆，蔡太师，应伯爵，李瓶儿，庞春梅，潘金莲。他们鲜衣亮衫地活跃在中国的土地上，出没于香港与纽约的豪华酒店。我曾经亲眼见到过他们。"

评论《金瓶梅》的灵魂问题解决了之后，形式就很简单了：《秋水堂论金瓶梅》的目录就是《金瓶梅》的目录，只是绣像本与词话本两套一百回的标题叠加在一起——这是比较文学分析方法的自觉渗透。在秋水堂主看来,绣像本更加本质。前言中就两个版本异同的分析一节,以《世间两部金瓶梅》为题,刊于《读书》2002 年第 12 期上。

《秋水堂论金瓶梅》刊用了田晓菲的一帧彩照,头戴博士帽,阳光从侧面打在脸上,美丽异常。正是这样的美丽女子,以她美丽的心灵和美丽的笔触,写下了她所知所感的美丽的《金瓶梅》。这样的《金瓶梅》,不禁让我想起她曾经写下的一首咏物诗——《古镜记》:

这是一面暧昧的古镜/明亮的花纹/曾经穿行此中,逐渐暗淡/逐渐泯灭,逐渐/归于黝黑的青铜/然而,如果拂去流尘,依然可以/窥见盘踞的蛟龙/古镜的悲哀/是无法拒绝/无论广笑——还是那一缕哀怨的烟视——/它只能收容/在许多寂寞的朝代里/它守候着她的守候……

绝对权力绝对导致失败

——读周梅森的反腐力作《绝对权力》

法国伟大的思想家孟德斯鸠在《论法的精神》一文中写下了一段振聋发聩的名言:"一切有权力的人都容易滥用权力,这是一条万古不易的经验。"英国剑桥大学教授阿克顿勋爵也曾说过:"权力导致腐败,绝对权力绝对导致腐败。"(注意:这是正确的翻译,"绝对权力导致绝对腐败"其实是误译)在现实中国,诸多贪官下水的案例无一不是权力绝对化所酿的结果。越是位高权重,越是一言九鼎,越是容易滥用权力,越是容易导致腐败。这在著名作家周梅森的长篇小说新作《绝对权力》(作家出版社2002年4月第1版)中,再一次得到振聋发聩的演绎与阐述。

《绝对权力》的基本故事是这样的:经济发达城市镜州发生了腐败大案,市委书记齐全盛的老婆、女儿和班子里的两个常委一夜之间被"双规"。查处此案的是七年前被齐全盛排挤走的原市长、现省纪委常务副书记刘重天,刘调离镜州搬迁时出了车祸,儿子死了,妻子瘫了。随着刘和专案组来到镜州,一场你死我活的政治斗争拉开了序幕,各类人物纷纷登台"表演",其中,善于钻营的女市长赵芬芳可谓风头正劲。然而,事情的演变出人意料,齐全盛从被动走向主动;刘重天却不如人愿,而一心谋求高职位的赵芬芳却因种种劣迹败露而跳楼自杀……《绝对权力》以其尖锐的思想冲击力和惊心动魄的故事再次震撼、告诫了人们:从失去人民监督的绝对权力到利益交换的递延权力,国家政治的肌体受到了怎样的浸淫,又产生了何等严重的后果;镜州市所发生的一切,应该令人深省。

周梅森认为《绝对权力》是自己近年同类作品中最好的一部,此前他所著的长篇小说《人间正道》《天下财富》《中国制造》,接连被改编成电视连续剧,引起的轰动至今余音不绝。周梅森与《苍天在上》《大雪无痕》作者陆天明和《天网》《抉择》作者张平,构成了中国政治题材小说的"锵锵三人行"。周梅森说,《绝对权力》这部小说"从反腐入手,主要讲作为公民的神圣权利不容侵犯,不管你是什么级别的干部,什么样的官员都没有权力超越人民的利益"。小说还没写完,影视改编权已被买走。

如果说"绝对权力绝对导致腐败"是一种现实形态,那么,"绝对权力绝对导致失败"则是另一种现实形态。以"绝对权力"为名的影视作品,此前有一部美国影片《绝对权力》(1997),说的是一位"狗熊总统",这位"狗熊总统"在偷情时失手杀死了情妇,便利用总统的权力来掩饰罪行,不料当时在现场偷窃的小偷卢瑟目睹了整个过程,使他无法逍遥法外……该片让人看到了政治人物玩弄权力企图一手遮天的丑态。改编成电视连续剧的《绝对权力》的"最后一幕"是,赵芬芳终于敌不过各方的压力,穿着一身洁白的礼服跳楼自杀,她留给儿子的遗言则是:"你千万别从政!",令人无比感叹。

一个真正作家笔下流淌的,绝不能仅仅是以自己的"身体"构建自己的私人空间,应当更多关注国家、社会问题。当诸多作家编剧忙于戏说,忙于"第三者插足""家庭情感纠葛"之际,周梅森却一直热切关注着现实生活,也只有这种贴近现实生活、反映社会问题、传达群众心声的作品,才能产生巨大的心灵震撼和社会效应,才能为我国新世纪的文学创作带来一种强悍的正气和兴旺的人气。正如周梅森所说的,作家应该是一个高尚的人,作家必须是一个有使命感和责任心的人,作家应该思考民族的命运。

现实生活总是丰富多彩的,是创作的不竭源泉。周梅森说,他之所以能够创作出具有如此影响力的作品,得益于改革开放政策和国家不断地向前发展。"很多人可能不知道,改革开放后,我曾经经过商,弄过股票,搞过房地产开发。几年前,为了体验生活我曾主动要求挂职到徐州市人民政府担任市府秘书长。由于在改革开放的第一线积累了许多在办公室里想不到的丰富生动的素材,才使我有了更多的创作冲动和激情。"

《绝对权力》和周梅森其他的作品一样,给人一种大气的感觉,叙事的线条和语言都显得刚劲有力,而风花雪月的柔情成分比较少,这也正是周梅森一贯追求的风格。

痛苦让人性光辉

——读悔悟的长篇小说《归宿》

　　从喷泉里出来的都是水,从血管里出来的都是血,从情感里出来的有爱有恨,从悔悟里出来的有欢乐有痛苦。50 年的人生历练,6 年的精心打磨,成就了一部摄人心魄、动人心弦的长篇小说,这就是《归宿》(人民文学出版社 2001 年 10 月第 1 版)。在这里让我感受绝望之生,沉醉痛苦之恋,彻悟生死之爱。

　　作者张建洲,笔名悔悟,浙江省作家协会会员,曾任职于杭州市新闻出版局,《归宿》是作者精心创作的第一部长篇小说,整整写了 6 年。人民日报社原社长邵华泽读完书稿后,热情地推荐给人民文学出版社出版。用作者的话来说,这是他"最终的灵魂的归宿"。

　　张建洲 15 岁参加抗美援朝,是志愿军里的卫生兵。小说主人公张锦成 15 岁参加抗美援朝,他通过写给"最可爱的人"的慰问信,和一位姑娘相识,就在他们筹备结婚的时候,组织上通知他:他爱的这位姑娘是资本家的女儿! 那个时代,真爱就这样被轻易割裂,人性就这样被无情摧残。一个男人和三个女人之间的情爱和性爱的故事,从此拉开了悲切的序幕,进入了苦痛的汪洋。

　　数年后,他的直接首长硬把自己的女儿嫁给他。新婚之夜,他突然丧失了作为丈夫的最基本和最根本的能力,从此他们在没有情爱、丧失性爱的痛苦中生活了十多年。直到改革开放,改正"右派",她走了,回到她爱的人身边;而他与一个悲痛绝望的姑娘萍水相逢偶然相遇,开始了两代人之间的惊世之恋……一个人的苦痛与欢乐,就这样融合在一个时代的痛苦与欢乐里,但爱情本身就是生命,是世上最顽强的生命,不会死亡,只会迁徙;而纯真的生命之爱,不会沉沦,只会升华。

这位有着同样非凡人生经历、美丽又可爱的姑娘,以她的融合了整个身心之爱的巨大耐心,终于为他治好了丧失丈夫权利的病,让他领略了本不该失去的真正男子汉魅力的欢乐。这让我们明白,爱情是真实的,是持久的,是我们所知道的最甜也是最苦的东西;比起在其他关系中,人在爱情与性爱方面,本性显露得更为充分,更为迷人。但是,在新的时代,现实把这对历尽人生沧桑的男女无情地抛进了生死之爱最大痛苦之中。

泰戈尔曾说:"人性一方面有追求愉乐的欲望,另一方面是想望自我牺牲。当前者遇到失望的时候,后者就得到力量,这样,它们发现了更完善的领域,一种崇高的热情将灵魂充满。"在经历"杀死黑老大"的惊心动魄之后,主人公在狱中与他心爱的人相会,小说奇峰突起:

他们抱得更紧了,他们的爱溶化成世界上最好的黏液……一直守在门外的警官半个小时准时打开门,他被眼前的情景惊呆了:

两个人站在那里,紧贴着的身体犹如是一个人。当警官上去把他们分开时,他们倒下了,再也没有站起来……

小说结束了。情节戛然而止。意蕴油然而生。爱真是一种丧失,一种绝念,当把所有的爱都奉献给对方时,也就是你最富有之时。痛苦能够毁灭生命,但痛苦无法打败爱情,失去生命正是爱的超越。

痛苦乃大悟之母。人是不必打败痛苦的,更不会通过被痛苦打败而打败痛苦。小说中的人物与现实中的人物一样,他们的精神在经历中丰富,在人性中生活,在爱情中享受,只有在痛苦中才获得觉悟。痛苦让人性之爱光辉。让我们记住作者悔悟在后记里的话:"人们为这个世界留下的爱越多,这个世界就会越美好。"

起舞弄倩影，有幸在人间

——读一本艺术写真并为一位舆情旋涡中的女子发声

　　三月的杭州，花动已是满城春色。2003 年 3 月 8 日这一天，我在春天的西子湖畔，买到了《汤加丽人体艺术写真》，这是如何的巧合呢，一个春天般温暖的节日，女性的节日，我看到了女性的美。

　　而此间的汤加丽，正陷于舆情旋涡之中。

　　目光停留在美丽上，那是美好而幸福的。其实何止是美，在所有的温存的文字背后，在所有的舒展的身姿背后，在所有的投入的神情背后，我看见了真，更看见了善。于是我想起了古罗马的普洛丁在他的《论美》中说的："真实就是美，与真实对立的就是丑。"想起了古希腊的柏拉图在他的《理想国》中说的："真实的善是每个人的心灵所追求的，是每一个人作为他一切行为的目的的。"想起了亚里士多德在他的《修辞学》说的："美是一种善，其所以引起快感，正因为它善。"

　　无愧于"写真"，无愧于"艺术"，无愧于"人体"，这是《汤加丽人体艺术写真》的最大的成功，这更是美丽的女子汤加丽的成功。正如柏拉图所说的："当美的灵魂与美的外表和谐地融为一体,人们就会看到,这是世上最完善的美。"

　　然而,美的展示比美的获得要困难。因为人类就是这么奇怪,最美的,就是最遮蔽的;最快乐激荡的,就是最隐秘深藏的。作为我国有史以来第一个以真名实姓拍摄真正意义上的人体艺术写真的"吃螃蟹者",汤加丽招来了太多的"网骂"。在一些著名的门户网站上,我已见识过一些年轻卫道士的言论——其实不必太当真。尽管把世界看成一幅美景是人类意志上的渴求,但面对来到眼前的真实的美丽,总有人手足无措,不知所以,甚至盲目从众,倾泄谩骂,究其原因,或许正如泰戈尔所说的:"只有那些无法把自己充分沉浸在美中的人们,才会鄙视美,把它看作一个感官的对象。"

　　美有何罪? 裸体之美有何罪? 人类之源是裸体的,人生之始是裸体的。或许我们见多了裸体的情色,倒一下子无法适应裸体的艺术了。为《汤加丽人体艺术写真》写序的陈醉先生,曾在他的《裸体艺术论》一书中说:"人,以其特有的意蕴,通过原始人类的简朴思维凝固在远古的艺术上——人类最早表现自己的艺术就是裸裎袒露的,而且,蕴涵其中的单纯而强烈的情感也有如他们的身躯一样地赤诚坦荡。"(见该书《卷首语》)不说远古,就在20世纪80年代后期,也就是陈醉先生的《裸体艺术论》出版不久的时节,我们不是接受过一次人体摄影艺术的洗礼了吗? 那时,年轻的我曾在大学主持过一段时间的团委工作,就曾在学校的艺术节中举办"人体摄影艺术展",尽管那仅仅是将当时国内出版的外国人体摄影艺术的书籍拆开来夹在玻璃镜框里展出,参观的学子络绎不绝,但大家都是那么的平和宁静。

　　在一切美的形态中,我坚信最美的是人的形态。当上帝赋予男人力量的时候,它赋予女人美丽。面容是内心的镜子。在汤加丽的每一幅照片中,在她那面容里,在她那眉宇间,我读到了宁静、单纯、善良和真实,没有这样的宁静、单纯、善良和真实,就没有大美。天地有大美而不言,人类也应该一样。大美的东西往往是在远处的,但这一本《汤加丽人体艺术写真》,把远处的大美带到了我们眼前。

　　其实,我还读到了淡淡的忧伤。那是真实的忧伤,那是敏感的忧伤,那是坦荡的忧伤，那是善良的忧伤，那是勇敢的忧伤。

"起舞弄清影，何似在人间。"作为模特儿的汤加丽，曾是体操选手，曾是影视演员，更是一位优秀的舞蹈演员，加丽的写真，那是静止的舞蹈，那是静止的音符，此景只应天上有，不幸却来到了人间，来到了我们的面前。于是，我想到了"起舞弄倩影，不幸在人间"——这原本是我这篇文字的标题。邓肯曾说："成年的时候，我跳舞便感觉到人生悲哀的暗潮，冷酷的残忍，前进中的挫折。"（见《邓肯自传》）或许，在杰出的镜头面前，加丽就透彻了即将迎来的忧伤？

好在一个善良而敏感的人，即使在最痛苦的时候也能找到美的因素。好在海涅老早就说过："善良的人在世间为自己找到天堂；恶毒的人在世间领受自己的地狱。"好在所有的丑，都能反衬出独一的美，如同所有的牛粪，都能成为花骨朵的养分。好在尽管现在虚伪可能仍然是虚伪者的通行证，但毕竟美丽不再是美丽者的墓志铭。好在上帝关上所有的门，总会打开一扇窗，窗外，是美丽的加丽，是恒久的春天。

于是，我把我这个文章的主题改作了"起舞弄倩影，有幸在人间"，因为人的美丽，毕竟是被人所欣赏的。

荣辱不惊，看庭前花开花落。我为我看到了善、美和真的图画而感动，我为我听到了真、善和美的乐音而欣慰。我希望汤加丽愉快地走自己的路，因为连爱因斯坦都说："照亮我的道路，并且不断地给我新的勇气去愉快地正视生活的理想，是善、美和真。"

【补注】本文当年刊发于《杂文报》，汤加丽本人读了之后给我打来过一次电话，表达了谢意。微小一文，能够微弱地帮到一个人，是谓善小而为之。

大智识面对大变局
——读秦朔《大变局——中国民间企业的崛起与变革》

中国民间企业的崛起与变革，不是"谁动了我的奶酪"那么一句轻飘的话语就能概括的。当民间企业的经营大师们"首当其冲、以身作则，试图寻求财富的完美演绎"的时候，观察家们冷眼旁观、孜孜探索财富方程式的完美答案。

如果说财经作家吴晓波《大败局》一书是一把解剖中国民间企业失利的手术刀，那么，秦朔的《大变局——中国民间企业的崛起与变革》(广东旅游出版社 2002 年 5 月第 1 版)，仿佛就是一台 B 超、CT 机，甚至核磁共振，其观察与探索更加全面与深入。秦朔投入真爱的激情，犹如他作为总编为《南风窗》建立了一个好的品牌一样，他以十年的积累，写出了一本让人眼睛一亮、精神一振的好书。

秦朔以他的大智识，热情而又冷静地面对中国民间企业的大变局。这里审视了中国民间企业诞生与崛起的历史和意义，这里回顾了创业代企业家奋斗的轨迹，这里考察了最生动的市场运作和最神秘的资本运作，这里揭示了最朴素的道理——回到根本、最直接的挑战——学会变革、最长久的战略——建立核心竞争力……读《大变局》，让我们明白，什么叫"思接千载，视通万里"，什么是"纵向与横向齐飞，宏观共微观一色"。

读《大变局》，读出作者的大思考。托尔斯泰曾言："思想，就是推动自己和全人类的生活的力量。"作为一根"思想的芦苇"，秦朔曾被《中国青年》杂志评为"可能影响中国未来的100名中国青年"。正如秦朔此前出版的一本书的书名——《大脑风暴》，会大思考的脑才能称为真正的"大"脑。作者站在全球的高度来思考"大变局"的现实：加入WTO，引发市场竞争环境大变局；国内改革深化，规范经济秩序，引发企业命运变迁大变局；全球经济转型，引发企业成长方式大变局。当我们知道"在太空能看见中国的长城"是一句美丽的谎言的时候，我们更应该知道，智识者站在全球的高度看到"中国民间企业的崛起与变革"，是不争的事实。

读《大变局》，读出作者的大智慧。我们这个时代并不缺乏小聪明，真正缺乏的是大智慧。曾几何时，财富使多少人茫然失措。在经济社会的转型期，诸多国有企业在走向"市场经济"的时候，却误入"仕场经济"的歧途，许多政府官员面对企业"管了很多不该管、管不好、管不了的事"。现在，民间企业的崛起，昭示着中国终于迎来了辉煌的"财智双赢"的时代。秦朔看到，中国经济的性质已发生了历史性的演化，私人资本在经济中的分量与日俱增，已是"国民经济的重要组成部分"；而国有资本从众多竞争性领域的退出，表明政府正在回归本位，既把政府作为公共产品的提供者，而不是为了自己的资本利益（搞大国企）而运转。诚如著名经济学家钟朋荣所说的：在中国加入WTO，进一步对外开放的历史关节点上，《大变局》再次提示我们"对内开放"的重要性。

读《大变局》，读出作者的大良知。秦朔一直在守望心灵的家园，他被新闻界誉为"时代良知，观念先锋"。央视一位著名制片人说："在秦朔的字里行间和文气流荡的迂回中，更能感受到他作为一个人的精神世界的丰富性，他的社会良知，他的历史责任感，他的孜孜追求，他的正义和一丝不苟。"良知和责任总是相辅相成的。作为《南风窗》总编辑的秦朔，他要办的是一份"有责任感的政经杂志"；作为思想者的秦朔，他的人文精神贯穿了他对经济的思考，以高度的责任感实践着英国著名作家萧伯纳说过的话——"经济是利用生命的艺术，爱好经济是万德之本"。

读《大变局》，读出作者的大勇气。作者的大勇气一方面体现在对自己的定位与认知上，比如他的座右铭是："我所追求的所有知识，只是为了更加充分地证明自己的无知是无限的。"（卡尔·波普尔语）一方面体现在勇于说出自己的独立思考，比如他说："'资本主义是一种经济的组织与制度'，是资源配置的方法。在经济中，如果说资源是由市场来配置，则可以说是市场经济；如果说资源是由私人资本来配置，则事实上就是'资本主义'。无非是一枚硬币的两面。"思考并不困难，而说出自己的思考结果往往很困难。历史上许多智识者的景遇让人唏嘘，秦朔甚至也已做好了"革职还乡"的思想准备。

但是，时代毕竟不一样了，总有伟岸的进步让人感奋。拥有睿智，运用睿智，是这一代智识者的幸福之源。

不变的是变化

——读凌志军的《变化》

变化，其实是永远被大众关注的。关心变化，其实不仅仅是关心国家的变迁，也是关心自己的发展。

政治，其实是永远被国人关心的。关心政治，其实不仅仅是关心国家的命运，也是关心自己的前途。

《变化——十三年大脉络（1990 年—2002 年中国实录）》（中国社会科学出版社 2003 年 1 月第 1 版），是凌志军继与马立诚合著《交锋》之后的又一力作。《交锋》讲述的是 1978 年—1998 年这 20 年间中国改革开放的历程，《变化》梳理的是 1990 年—2002 年这 13 年的大脉络。如果说"新闻是历史的初稿"的话，那么，这两本由著名记者撰写、具有浓厚新闻色彩的书，穿插衔接、珠联璧合，从中可以窥见中国波澜起伏、波澜壮阔的新时期历史的宏大画卷。

这是高屋建瓴的大手笔，这是勇往直前的大气魄。与《交锋》相比，《变化》自然有变化，"交锋"式的犀利少了，更多的是"变化"中的从容和潇洒。当年的《交锋》直面 20 年来的风风雨雨，揭示会上会下的激烈交锋，对三次思想解放——1978 年战胜"两个凡是"、1992 年破除姓"社"还是姓"资"、1997 年冲破姓

"公"还是姓"私",都写得惊心动魄、振聋发聩,以至《交锋》出版之后引起了很大的"交锋"。而在 1990 年—2002 年这 13 年的发展变化中,对变革的期待终究取代了对历史的崇拜,从而成为我们国家的主流,正如凌志军所说的:"一个国家,有时候会在惊心动魄的浪潮卷过之后,却好像什么也没有改变;有时候又会在不知不觉之中走出很长一段路程……用长距离大范围的眼光来观察,其格外引人入胜的地方,不是在于她的轰轰烈烈,而是在于她的平淡从容;不是在于她的追求崇高精神,而是在于她开始关注普通人的需要;不是在于她的伟人风范和英雄辈出,而是在于一代新人已经长大……"

去岁末在《南风窗》上读到了该书的精华,当时是以回顾"十三年来对中国影响巨大的 10 件事"的方式刊发的,《南风窗》把那一期的篇幅基本上都给了"十三年大脉络"了,我这个上夜班的人,是在凌晨 3 点到凌晨 5 点一口气认真地把全文读完的,万籁俱寂中我清楚地听到自己激动的心跳。后来我向很多人推荐这篇长文,于是不少朋友表达了阅读的快感,简而言之是"过瘾"!

在《变化》呈现 13 年历史的宏大叙事中,应该特别注意到作者的两个特点:一是素材的采撷不忘小人物和小事情,二是语言的表达始终激情洋溢、生动形象。

社会方方面面的细微变化,折射了时代的发展变迁。从"烦着呢,别理我"的文化衫到 530(我想你)、520(我爱你)等数字语言,从电视剧《编辑部的故事》的热播到话剧《切·格瓦拉》的热演,从家庭主妇开始用热水洗碗到母亲不仅教给女儿怎样才能更性感还知道怎样让自己更年轻……作为高度敏感的新闻记者,凌志军捕捉到了细微背后的深意。大海的汪洋恣肆气势磅礴,从来不会忽视小小的浪花。宏大叙事因为"巨细混杂"而丰满充实。

凌志军有一个心愿:让新闻成为历史,让历史像散文一样美丽,让政论像小说一样动人。凌志军以他炉火纯青的生动语言,激情洋溢描绘着他所知所感的一切。许多小说家看《变化》中的语言,应该是感到汗颜的。我在给大学生开的一次讲座中,讲到为文的言之有物、言之有理、言之有情、言之有序、言之有文,就举了《变化》这个典例,还专门念了其中生动描写邓小平南方谈话的一个片段。

13年的伟大成就必将载入中华民族伟大复兴史册。《变化》"不是政治，却具有政治的震撼力；它不是历史，却具有历史的穿透力；它展示伟人风范，却让普通人的悲欢成为众目所瞩；它针砭世情时弊，却让我们看到了进步看到了希望"，我们每一个人都在不知不觉中经历变化，今后我们还将经历更多更大的变化，因为——

不变的只有变化。

问世间吻为何物

——读《接吻的历史》

　　吻,或者说亲嘴,或者说 kiss,是很有意思的事情。一个人从小到老,没吻过别人或被别人吻过,那几乎不可想象,或说糟糕透顶。关于吻,许多文人骚客说过一些令人难忘的妙语,比如柏杨说:"夫接吻者,好像一个电钮,不按这个电钮,你再努力,即令急得上吊,爱情之光也不会亮。"比如赵鑫珊说:"在星星眨眼,月儿打盹,小鸟在树上唧啾的时候,两个灼热的嘴唇像小草上的两颗露珠碰在一起,便会发出强烈的光和热。"比如雨果说:"我要吻你的脚,因为我敬重你;我要吻你的额,因为我赞美你;我要吻你的唇,因为我爱你……"

　　在 20 世纪初,一位丹麦的博士,悉心考察了西方世界的接吻历史,写了一本接吻"面面观",现在,华龄出版社将其纳入"生理人文系列图书"中出版了,这就是尼罗普的《接吻的历史》(许德金等译,华龄出版社 2002 年 2 月第 1 版)。这套图书是比较有意思的一个系列,包括《乳房的历史》,还有《老婆的历史》《婚配自然史》《哭的奥秘》等。

　　"对温柔的运动我是该赞就赞,有些学者却不屑一顾,白费心机。真正的精神愉悦妙不可言,吻之神奇真令人痴迷。"尼罗普在书中从吻之义、吻之声、吻之类、吻之味写起,写了初吻、深吻、醉魂吻、父母之吻、亲情之吻、友谊之吻,上帝之吻、仁慈之吻、大地之吻,主动吻、被动吻、本能吻,当然还有引诱吻、邪恶吻……吻吻吻,从头吻到尾,从开始吻到结束。这本书的编译者配了大量的"吻之图",有名画,有摄影,有电影剧照,给早期的文字配发现代的画面,不失为聪明之举。比如二次大战结束时,美国士兵狂喜,在街头一把搂住一白衣女孩喜极而吻的这张著名照片,就能再一次让你会心一笑。

吻,其实也是发展进化的,特别是 20 世纪中叶以来,吻之进步已经非同一般。如果尼罗普博士还活着,这书他得重写。比如著名的"法国吻",我看就可以辟出专章来好好阐述。法国人的激情浪漫引领世界潮流,法国的街头巷尾常常可以见到忘却周围甚至忘却自我的深吻,"法国吻"据说是指男女双方舌头与舌头之间亲密亲吻、伸延、交缠而紧接的舔舐、吮吸,是男女双方都最投入最全神贯注的亲吻,是一种最神圣的接吻,是"接吻的最高境界"。与"法国吻"相比,尼罗普博士这样的作品未免文绉绉的了。

吻现在越来越成为"技术"层面的事,比如笔者所在的城市,去年模仿老外的做法,举办了一回接吻比赛,倒是引来不少"眼球"。而这之前的 1998 年,在纽约的一次接吻比赛上,马克和格里斯瓦德得了冠军,两对嘴唇牢牢地"紧贴"了 29 个小时,即使到洗手间去也没有松开。后来在特拉维夫的拉宾广场举行的一次接吻比赛上,一对名叫奥帕兹和楚芭拉的夫妇长吻了 30 小时 45 分钟,刷新了纪录;到 2001 年 9 月,哥伦比亚一个电台举办了一次名为"永之吻"的比赛,一对情侣接吻 38 小时 52 分,又创下新纪录……接吻的历史就是这样被一次次改写了。

据专家介绍,在接吻中嘴唇作剧烈运动时,总共有 30 多条面部神经在活动。看来 kiss 还是比较累人的。不过看这本《接吻的历史》倒是不累,轻松翻翻之后,我们就能进一步明白:人类的嘴唇并不只是用来说话和进食的。

韵味杭州"文化礼"

人文不朽,阅读最美;韵味杭州,文化跨年——走向 2022,而今迈步从头越。

2021 年 12 月 28 日上午,由浙江省文化传统促进会主办的《杭州韵味》新书首发式在宋溪湖书院举行。向全世界讲好中国故事,讲好杭州故事,诠释好"韵味"的内涵,让读者通过阅读,用视觉、听觉等多元化方式切实领略杭州韵味、感悟杭州文化、增强文化自信,是《杭州韵味》一书诞生的初衷。(人民网、文汇客户端等报道)

"一册在手、杭州全有;由人化文、以文化人。"《杭州韵味》是一份跨新年、迎亚运的"文化礼",由浙江教育出版社出版。编著出版该书,是对杭州深厚的历史文化底蕴表达温情与敬意,让世界进一步认识杭州、了解杭州、爱上杭州。全书分为《勇立潮头》《创新魅力》《钱塘记忆》《诗书画印》《禅茶一味》《爱在杭州》六大篇章,全面展示杭州的自然山川、历史故事、文化遗产、科技发明、文化名人、饮食生活等;作者有 80 多位,其中包括亚运会会徽主设计师、阿里巴巴达摩院院长、非遗传人、奥运冠军、著名作家、海外名人,等等,文有深情,字有气韵,记述有趣,下笔有据,时时见人所未见、发人所未发。

每年元旦到春节的"双节"期间,都是杭州文化活动的高峰期,而"阅读"是关键词之一。12 月 31 日晚,杭州"十二 Yuè"全民朗读跨年夜直播拉开帷幕,其中"阅"是和麦家接力"同读一本书","悦"是杭州书房的"宋潮之夜","乐"是杭图音乐分馆的"新年音乐会","越"是"'阅'进 2022"杭图亚运文化空间跨越盛典。(《都市快报》报道)

文化有底蕴,跨年有创意。共同构建书城杭州的品质文化生活圈,提升城市文化的海拔高度、提升人生进取的生命刻度,这是必须的。

如今《杭州韵味》已向各图书馆赠书,而所有的杭州书房,《杭州韵味》应该是必备书,必定受到欢迎。因悦读,有阅读。看其中《钱塘记忆》部分的篇名,就让人向往不已:从《文化遗产看杭州》到《杭州老字号》,从《杭州"老市长"苏东坡》到《远眺杭州十大古城门》,从《南宋时代的杭州》到《洞霄宋韵》,从《王阳明与杭州》到《运河舟来的塘栖》,从《钱王与金书铁券》到《钱王故里看今朝》……透过杭州历史的"表",清晰地看到了"里",那正是一种需要不断弘扬的精神内核。

杭州建城历史上千年,底蕴深厚,文脉流长,素有"地有湖山美,东南第一州"的称誉;西湖、中国大运河、良渚古城遗址三大世界遗产声名远播;陶瓷文化、印刷文化、丝绸文化、茶文化、中医药文化、书画篆刻文化、宗教文化等中华文明标识在这里璀璨闪耀——这构成了杭州的"独特韵味"。而现代化的杭州充满活力,被称为创新之城、数字之城、智慧之城、宜居之城等,创新的基因深深烙在杭州城市血脉之中,时时处处散发出迷人的魅力——这就是杭州的"别样精彩"。

文化之书,其最高使命也许就是"让文化不灭,让图文永存"。《杭州韵味》不仅"独特韵味""别样精彩"兼备,而且文质兼美,同时还配有 350 余张新老照片,尤其是古雷峰塔、旧时塘栖、求是书院、中央航校等历史老照片,稀见而珍贵。之后,《杭州韵味》英文版、数字出版物将陆续出版,不断助力深厚文化能够更好地"传下来""走出去"。

经济活力是文化活力的基础。我很荣幸为该书撰写了一篇《活力杭州立潮头》的文章,现将原稿附录在此,可管中窥豹:

活力杭州立潮头

"弄潮儿向涛头立,手把红旗旗不湿。"宋代诗人潘阆的不朽名句,如同吉光片羽,印证了今日杭州"干在实处永无止境,走在前列要谋新篇,勇立潮头方显担当"的蓬勃活力。

杭州正处在"亚运会、大都市、现代化"的重要发展时期。

杭州正在厚植"重要窗口"中的特色优势,力争成为"窗口中的窗口""标杆中的标杆"。

杭州正在努力成为活力城市建设的一个个实践范例:创新型城市、数字经济城市、新型智慧城市、国际一流营商环境城市、独具韵味的历史文化名城、清廉城市、宜居城市、最具幸福感城市……

一言以蔽之,杭州正全面立体地成为别样精彩的"活力杭州"。

A

活力杭州,源远流长。杭州活力,源于创新,源于开拓,源于实干。千百年来,孜孜矻矻,筚路蓝缕,以启山林。

今日杭州,有著名的"三西":西湖、西溪和西泠。作为国家级湿地公园的西溪,不仅是农耕湿地、城市湿地,更是珍贵的"文化湿地",文化积淀深厚。"西溪"孕育"梦溪",文化上的"梦溪",那就是沈括的《梦溪笔谈》。

沈括(1031—1095),字存中,杭州钱塘人,世居西溪,出身于仕宦之家。他是我国北宋时代一位文武兼备的政治活动家,是一位博学善文、多才多艺的大学者,是一位无论是在中国古代历史还是世界历史上都很罕见的通才。他的名著《梦溪笔谈》,是一部笔记体百科全书,全面而直接地反映了 11 世纪中国的科技水平和创新能力。

"西溪且留下。"《梦溪笔谈》为我们留下了杭州书肆刻工毕昇的记录:"版印书籍,唐人尚未盛为之,自冯瀛王始印五经,已后典籍,皆为版本。庆历中,有布衣毕昇,又为活版。其法用胶泥刻字,薄如钱唇,每字为一印,火烧令坚。先设一铁版,其上以松脂腊和纸灰之类冒之。欲印则以一铁范置铁板上,乃密布字印。满铁范为一板,持就火炀之,药稍熔,则以一平板按其面,则字平如砥。若止印三、二本,未为简易;若印数十百千本,则极为神速。"彼时的毕昇,是杭州书肆的一位"布衣刻工",他实践出真知,在庆历年间(1041—1048)创造发明了活字印刷,成为中国古代四大发明之一;在中国乃至世界印刷术发展史上,这是一个根本性改革,一个里程碑事件,对中国和世界各国的文化交流、信息传播做出了伟大贡献。

创新,已经成为杭州的一种思想、一种文化、一种绵绵不绝的追求。先贤们的创新意识、工匠精神,薪尽火传。

纵观几千年的杭州文明发展史,名人辈出,群星璀璨。其中形成了三大高峰:宋代、民国和改革开放新时期。大鹏一日同风起,钱塘繁华看今朝。改革开放初期,杭州一批企业家就敢闯敢干、敢为人先、走在前列,成为时代的弄潮儿。尤其进入承上启下的1990年代,以1990年3月"天堂硅谷"——杭州高新技术产业开发区成立为标志,杭州阔步跨进创新时代:

1991年,杭州中国茶叶博物馆开馆,胡庆余堂中药博物馆开放。1992年,"东方风来满眼春",3月22日开始杭州开展为时1个多月的解放思想大讨论,改革再出发。1993年,创下各种第一,其中包括"天目药业"股票在上海证券交易所挂牌交易,成为杭州地区第一家上市公司;杭州首家私营企业集团——浙江金义集团公司成立。1994年,首届中国经营大师评选在京揭晓,杭州市有3位入选,他们是宗庆后、鲁冠球和方文,成为改革开放后第一代开拓创新企业家的代表……

B

活力杭州，是改革进取的杭州。杭州是一个吃"改革饭"发展起来的城市。杭州具有"变革者"创新开拓的勇气，具有"探路者"直面荆棘的勇气。

近年来，杭州以"最多跑一次"改革为领头雁，打造"移动办事之城"，全面推动减环节、简流程、压时限、提效率、优服务，努力使"跑一次是底线、一次不用跑成为常态、跑多次是例外"变为现实，从而营造透明高效的政务环境，持续优化一流的营商环境，不断激发各类市场主体活力。

活力杭州，是大气开放的杭州。更深层次的改革和更高水平的开放，是两条并行向前的铁轨，相辅相成。开放的杭州，越来越多元，越来越包容，越来越受人欢迎。

"办好一个会，提升一座城。"盛会，是一座城市大气开放的一个标志。

"中国有句俗语，上有天堂，下有苏杭。意思是说，杭州和苏州风景如画，堪称人间天堂。杭州是历史文化名城，也是创新活力之城，相信2016年峰会将给大家呈现一种历史和现实交汇的独特韵味。""高大上"的G20杭州峰会，2016年9月4日至5日召开，主题是"构建创新、活力、联动、包容的世界经济"。

天开图画迎嘉宾。我为9月2日《杭州日报》头版刊发的欢迎词《杭州欢迎您》，写下开头三句话：

杭州欢迎您，淡妆浓抹的潋滟水光为您荡漾涟漪；

杭州欢迎您，敲在心坎的南屏晚钟为您悠扬响起；

杭州欢迎您，叶含春雨的龙井香茗为您芬芳四溢！

峰会的成功举办，开启了杭州更新起点、更高发展的新征程，使杭州越来越具有全球化视野，不断提升城市国际化水平。杭州成为天下的杭州，天下从此重杭州。

接下来的 2022 年,第 19 届亚运会将在杭州精彩亮相。"Heart to Heart,@ Future。""心心相融,@ 未来!"琮琮、莲莲、宸宸,三位"江南忆"的好伙伴,高喊着一句饱含情感的 2022 年杭州亚运会主题口号,向亚洲和世界发出"2022,相聚杭州亚运会"的盛情之约。

C

活力杭州,是数字经济的杭州。数字经济是杭州的"柱"和"梁",体现了城市发展的高度,杭州正致力打造"全国数字经济第一城"。

杭州因数字经济而兴、因数字经济而荣,数字经济已成为杭州新旧动能转换的关键、城市转型发展的支柱。以前人们提到杭州,就会想到西湖;将来人们提到杭州,应该想到的是一个数字化的城市,一个以数字经济为特色、参与全世界竞争的城市。

创新,就是于危机中育先机、于变局中开新局。"创新决定我们飞得有多高,质量决定我们走得有多远。"数字经济就是创新经济。在数字经济的驱动下,杭州已经形成信息软件、电子商务、云计算大数据、数字内容等优势产业,涌现了阿里巴巴、海康威视、新华三等 20 多家龙头企业,孕育了云栖小镇、梦想小镇等诸多特色小镇,集聚了西湖大学、之江实验室、阿里巴巴达摩院等高精尖科研机构。从"移动支付之城""移动办事之城"到"5G 之城",数字经济的基因已经深深植入杭州,成为中国数字经济发展样本。

尤为可贵的是,在数字经济的大旗下,杭州成为创业沃土、创新家园,创客齐聚、人才云集。杭州坚持以一流环境吸引一流人才、以一流人才建设一流城市,杭州的人才流入率、海归人才净流入率,已连续多年位居全国城市首位。

欲穷创新千里目,数字经济成头部。杭州是全国第 10 个 GDP 超万亿元城市,其中数字经济功不可没。如今数字经济增加值占全市经济总量超 25%,对全市经济增长贡献率逾 50%;预计到 2022 年,杭州数字经济总量将达到 1.2 万亿元以上。

数字经济的杭州,实施"拥江发展"战略,从"三面云山一面城"的"西湖时代",大步迈向"一江春水穿城过"的"钱塘江时代",这正是蓬勃活力的体现。以杭州境域内 235 公里钱塘江为主轴,完善"多中心、网络化、组团式、生态型"城市框架,构建城市的大格局,这是城市发展的一次嬗变。

活力杭州,是智慧文明的杭州。杭州既是"智慧城市",更是全国文明城市。杭州不断创新治理机制,提升治理能力,做强做优"城市大脑",优化城市治理现代化的数字系统解决方案,打造全国新型智慧城市建设"重要窗口";使杭州成为新型智慧城市建设新理念、新技术、新模式的策源地,开创具有杭州特点的大城市治理现代化新路。

文明杭州,是"最美现象"发源地,涌现出以"最美妈妈""最美司机"为代表的"最美群体"。

2007 年度中国最具幸福感城市颁奖盛典在杭州举行,10 个获奖城市的榜首就是杭州,自此杭州成为中国最具幸福感城市的"常青树"。

2008 年 5 月 1 日,随着第一批 2800 辆自行车正式在西湖边投入使用,杭州在全国率先建成公共自行车系统,杭州的"小红车",逐步发展成全世界规模最大、经营最好的城市公共自行车系统。作为杭州市政协委员,笔者当年正是杭州建设公共自行车系统最早最详细的建言者。为此,2010 年 1 月 25 日《人民政协报》头版头条报道《杭州市政协科学高效建言民生工程》,其中有一大段这样写道:

"红色旋风"在杭州乃至全国都是一道亮丽的风景线,无论是杭州市民还是外地游客,都被遍布杭州全城、触角延伸到风景区的"红色旋风"感染。这就是备受市民好评的"公共自行车"。公共自行车风行杭州,不仅对这个风景旅游城市倡导的绿色出游有益,也大大方便了市民出行……市政协委员徐迅雷通过社情民意信息提出:"杭州城市不大不小，比较适宜骑自行车出行。"建议"将自行车纳入城市交通发展规划，借鉴经验保障自行车的行路权，发展出租自行车"等。他的建议得到有关部门的重视和采纳。如今，"红色旋风"的小小自行车在杭州城内成为人们出行的主要交通工具，并占据了"公共自行车"惠民举措的重要地位。

对一座城市而言，斑马线是一条呈现文明素养的刻度线。2009年，杭州率先提出"礼让斑马线"这一理念——遵循"以人为本"原则，从交通管理者和参与者入手，明确了"文明出行，杭州先行"的目标。十多年来，杭州"礼让斑马线"成为城市共识，成为全国的典范。

2020年，杭州进入抗击新冠肺炎的"战疫"期，一手抓防疫，一手抓发展，杭州成为了全国"战疫"做得最好、最成功的城市之一，杭州活力在最短时间内得以恢复。

当今杭州，正致力推进"六治"：

推进统筹之治，打造高能级的城市。

推进科技之治，打造数字化的城市。

推进良法之治，打造知敬畏的城市。

推进协商之治，打造老百姓的城市。

推进人文之治，打造有情怀的城市。

推进开放之治，打造国际范的城市。

这"六治"，正是杭州澎湃活力可持续发展的强力保证。

D

活力杭州，干在实处、走在前列、勇立潮头的精神密码是什么？

精神密码就是"杭铁头"。硬气的杭州人，被称为"杭铁头"。曾有记者问马云："你身上最明显的特征是什么？"马云回答："杭铁头精神！"

"杭铁头"，倔强硬气，敢闯敢干，铁血不服输；"杭铁头"具有敢为人先、坚韧不拔、立己达人、大气开放的风采。"杭铁头精神"就是创新精神,就是"弄潮儿精神",与时俱进,历久弥新。

杭州发展的基因就是创新。创新是经济、文化、社会发展的根与魂。创新,是人的创新;人对了,创新的事业才会对。"数字经济创新者"马云,成为"杭铁头"最杰出的代表。2019年9月7日,杭州市委、市政府授予马云"功勋杭州人"荣誉称号。"功勋杭州人"杭州市第一次用,代表了市委、市政府对马云独一无二的认可。特别定制的"功勋杭州人"印章,优雅大气,充满了人文气息。

马云是杭州人的骄傲,杭州亦是马云的骄傲。"能够生在杭州是我的幸运,能让杭州变得更好是我的幸福。"马云说,"杭州是我心目中最好的城市,最能够形容我自己、印在我名片上的身份是'杭州佬'。没有杭州,就没有马云,也就不会有阿里巴巴。最为杭州骄傲的,是杭州的远见,是杭州对未来、对创新、对梦想的态度。阿里巴巴不是诞生在纽约、硅谷,而是诞生在杭州,这是阿里的福气。"

2019年9月10日,"功勋杭州人"马云正式宣布卸任阿里巴巴董事局主席,实现制度化传承。"青山不改,绿水长流,后会有期。""风清扬"并非隐身而去,而是走向更广阔的教育和公益慈善的天地。

一代人有一代人的使命,一代人有一代人的担当。2019年9月4日,在革命、建设、改革各时期做出突出贡献的8位代表,获颁"庆祝中华人民共和国成立70周年"纪念章。他们是:经历长征、参加辽沈战役和平津战役的老红军贾少山,参加淮海战役、渡江战役和多次援外任务的老战士曲福仁,决策开放第一代义乌小商品市场的改革先锋谢高华,成功研制出甲肝减毒活疫苗的中科院院士毛江森,促进教育改革进步的功勋教师徐承楠,扎根杭州天子岭垃圾填埋场近30年的城市美容师缪文根,为浙江平安建设奉献毕生心血的老公安蔡杨蒙,推动杭州经济体制改革的亲历者湛青。

少年强,则国强,江山代有才人出。2019年,杭州推选出10名第十五届"美德少年",头一位是杭州大关小学徐子琪同学,她连续6年用歌舞传递真善美,参加文化志愿者活动多达80余次;她在G20杭州峰会文艺演出《最忆是杭州》中,和歌唱家廖昌永合唱《我和我的祖国》;她关爱弱势群体,多次进敬老院、孤儿院慰问……2020年,杭州市第16届"美德少年"揭晓,朱紫萱等10位同学以美德征服了评委,他们是诚信守礼、尊师孝亲、勤学创新、自强自立、热心公益的好少年代表。"美哉少年",后生不仅可畏,而且可敬。

"浩渺行无极,扬帆但信风。"杭州这座独具韵味的历史文化名城,这座别样精彩的创新活力之城,正在朝气蓬勃地大踏步走向未来。

杭州告诉世界:未来已来!

横断面：一年阅读之旅的记忆碎屑

"书不必起仲尼之门，药不必出扁鹊之方。"引用这句话，不是说读书要放弃经典，而是说阅读不必拘泥。我买书读书，属于那种很杂的人。2009 这一年买书花了近两万元，新书老书，真是乱七八糟，买得太杂了，读得太乱了。

如今读书，我已有意识地与畅销书拉开距离。这一年我最鄙视的，就是一本"超级"畅销书——《中国不高兴》，为了了解如今的狭隘民族主义者究竟狭隘到什么程度，我不得不第一时间将它买了来，读过之后，我即奋笔写了篇狠批一把的书评，指摘该书"因为不高兴，一路骂到底"。结果不出意料，招来狭隘民族主义者的狂骂。

我曾经说，我在自家有"品字型"的三个信息获取窗口：左侧是成堆的书报刊，右侧是上网的笔记本，前头是常开的电视机。这是习惯，也是工作给逼的。我是媒体评论员，基本上每个工作日都要写一篇评论，业余还要写一些专栏文章以及书评，每天不去汲取营养显然是不行的。功夫在写作之外，"每天用十个小时的学习、思考、积累来支撑两个小时的写作"，这可不是说说的。我的同事是编辑，但我的感慨是：编辑如今不读书。是的，在这个网络时代，只上网不读书，那是很危险的。要想自己不被掏空，只有时刻充实自己。有一位"大师"曾号召"不读书"，这比较好笑，那一天我们在每日例行的新闻谈版会上，我的一位爱买书读书的领导，就用他老家一句不雅的话来嘲笑其"读书读到屁眼里了"。

一年来我在网上购买了许多旧书——其实好多旧书并不旧。这个网站是个不错的平台，值得推荐，其中书店多多，信誉总体较好，基本不让我失望。我以特价买了全十一册、精装一箱的《剑桥中国史》，还高兴地买到了1997年由青岛出版社出版的《世界宪法全书》。这本500万字厚大之书，当然不是用来"读"的。只是作为大型资料图书，它的印数实在是太少了。但它毕竟是全国法学界、编译界200多位专家学者，历时9年才翻译编撰而成的，填补了国内法学资料上的空白，是我们了解世界宪政的一个直接窗口。有些新出版的适合查而阅之的翻译大书，整体品质很高，比如在金秋时节通过卓越网购买的《希腊罗马名人传》（［古希腊］普鲁塔著，席代岳译，吉林出版集团2009年9月第1版），精装3大册，近2000页，定价270元，精美得让人尊敬。面对这些译书，也可以说是"书不必起仲尼之门"吧。

作为新闻中人，回首一年的阅读，我最感佩的是两本非本年度出版书籍，而且都与新闻人有关：一本是华东政法大学教授杨师群所著的《中国新闻传播史》（北京大学出版社2007年8月第1版），这是真正有思想有风骨的新闻史写作。为此我写了一篇不短的书评发于《杂文报》。另一本是傅上伦、胡国华、冯东书、戴国强4人合著的《告别饥饿—— 一部尘封十八年的书稿》（人民出版社2008年12月第2版），这是新华社4位中青年记者在改革开放之初的"新《西行漫记》"，它是农村改革的重要助推器。告别饥饿，但无法告别历史。我写了一篇逾4000字的读书随笔发表在《炎黄春秋》2009年第11期。要让自己的阅读细致深入，最好的办法恐怕就是写书评。

买书大抵是思想之选。这一年我差点漏掉的一本好书是《七十年代》（三联书店出版社2009年7月第1版）。看来书名太朴素也是个问题，在第一时间没有引起我的注意，而且类似书名的书我买过，没留下太深印象。后来忽然看到相关的介绍，赶紧去买，用一天从早到晚看得头昏脑涨的方式将它读完，又去买了好几本送人。30个人回忆20世纪70年代的历史往事，在那样的时代那样的制度环境下发生那样的事情,尽管很个体,但是很震撼。这本绝不是"怀旧"的书,而是以思想穿透历史的书,拿在手上沉甸甸的,读到心里更是沉甸甸的。"以庄严不屈的精神负起做人的重荷,直接帮助人们去过更加美好的生活。"这是《一生的读书计划》的作者、美国人费迪曼评价马可·奥勒留《沉思录》的话,似乎可以拿来评价这本《七十年代》的作者们。

贾平凹的《废都》是十六七年前的记忆。年中,被禁那么久的《废都》由作家出版社再度出版,并与《浮躁》《秦腔》组成了"贾平凹三部"。《废都》中那些虚拟的框框由"此处作者有删节"取代了。作家马原说:"我是个博览群书的人,我读了那么多小说……贾平凹的《废都》十几年前出来时我就毫不犹豫地称《废都》是伟大的小说之一,古往今来见不到一本书把无聊写得像《废都》那么好。"对小说《废都》本身的评价,可以见仁见智,萝卜青菜各有所爱;而我很高兴的是它居然在 2009 年在不声不响中解禁了。这是个很小又很大的事件,它注定是要载入中国当代文学史的。我向来讨厌动辄禁书,文化无宽容,社会没希望。《废都》"重生",是对过去的"禁闭"宣布作废。"禁之时"才是真正的"废之都"。毕竟,如今时代进步了。

读书要想事儿。到了岁末年初,回顾一岁之读,还是有意思有必要的。只是,我记录的是记忆里一些难忘的碎屑。日本 2009 年畅销书榜在年底出炉,村上春树的小说《1Q84》位居榜首。我还没有读到。电影《2012》倒是让国人及时看到了。翻译一部电影远比翻译一本书容易。我平常不太关心村上春树,但《1Q84》是向奥威尔的《1984》致敬的,这就值得关注了。

第五辑

锦瑟一弦心

一个人一辈子能干好一件事就不错了。

我从1999年33岁上"弃政从文",到2022年的今天,把人生的黄金阶段都奉献给了新闻传媒事业——传媒事业是重要的文化事业。当年做那样的选择,是因为感到还不干自己感兴趣的事,这辈子就要废了。

人生得学会选择,往往是方向比努力更重要。

人生要学会放弃,常常是知道"不要什么"比知道"要什么"重要。

选择写作——主要是新闻评论写作,是把自己的兴趣、特长和工作结合起来。

20多年过去,陆陆续续记下了一些写作心得,于是有了这里的"锦瑟一弦心",说说自己有关写作的心声,侧重谈谈文本表达。许多人问我写作经验,我在这里所谈的,皆为自己切身体会和思考过的经验。

我向来把写作看成生命。一直坚持百姓立场、公民写作,为苍生说人话,为进步说真话。一个写作者有良心有使命,才会关怀他人的心灵,从而让文字引发共情与共鸣。

除了外出讲课等活动,几十年如一日,几乎每天都以十个小时的学习、思考、积累来支撑两个小时的写作。

积累是基础。动笔之时,是下笔如有神,还是下笔如有鬼?为什么有的人会感到脑中空空?因为积累不够。"占有材料,以十当一,多多益善;使用材料,以一当十,精益求精。"占有材料就是基础积累,积累丰富了,才能够左右逢源、旁征博引、信手拈来。

平常我的职务写作都是写新闻评论,在晚上进行,我称之为"每次都像写高考作文"。下笔千言,出手要快,倚马可待。我戏称这如同"怀孕分娩":孩子不是生出来的,是孕出来的——写作也一样,怀孕比生产更重要,"写出来"无非"生出来","怀孕"的基本功做好了,才会"顺产"。

2020年新冠疫情爆发后,在那个窝在家里的春天,《南方周末》邀请了全国7位一线的媒体评论员,开讲评论写作网络音频课《怎样表达一个观点》,我是其中的一位,主讲"言之有文"部分。这个课程,还真是填补了全国新闻评论写作网络课的空白,很受欢迎。2022年1月,由课程讲义构成的《南周评论写作课》一书,由人民日报出版社出版,复旦大学新闻学院院长、人民日报社原副总编辑米博华先生作序,标题为《于繁复的世象中寻找本真,于困惑的思考中不断追问》。

新媒体时代,要让评论的眼睛更亮,而评论要让受众眼前一亮。

壹

穿过历史的『老新闻』

改写的新闻是历史的修订稿

"新闻是历史的初稿。"这是《华盛顿邮报》早夭的发行人菲利普·格雷厄姆说过的一句著名的话。后来董桥还拿"新闻是历史的初稿"做了书名,成了《语文小品录》十册中的一册。

"一个是没有新闻的政府,一个是没有政府的新闻,如果让我来选择的话,我会毫不犹豫地选择后者。"这是美国《独立宣言》的起草人、美国历史上最伟大的总统之一的托马斯·杰斐逊的话——当然,也是名言。

我在媒体工作了这么些年,深切地感到"新闻"的"易碎",作为承载新闻的平面媒体——报纸,是不能成为"隔夜茶"的,因为到第二天再也卖不出去了,"碎"了。被收购站收购的是"纸",而不是纸上的"新闻"。

可我们总还是那么喜欢"干新闻"。向后看每一天是旧闻,那么向前呢,向前看,每一天都是新的。我们这些人里头有不少在大学里是曾经爱诗的,现在"移情别恋"了。我们也有一句"名言"——小伙子谈恋爱找对象,向她"献上一首新闻"。

向追求对象"献上一首新闻"的新闻是什么新闻呢? 其实也并没有要求那是"成为历史初稿"的新闻。只是那么"美好地说说"而已,不必当真。但真要能够"献上"的新闻,总应该是真实准确的新闻吧。历史是不能容纳谎言的,新闻也不能容纳谎言。历史的谎言迟早要被历史揭穿,新闻的谎言则更快地被现实揭穿。

2003 年 4 月 3 日,美国的《洛杉矶时报》宣布,该报一名在伊拉克采访的摄影记者因伪造战争照片而被解雇。该报摄影记者沃尔斯基用计算机将一张英国士兵的照片和一张伊拉克平民的照片合并后处理,伪造出一张英国士兵用步枪指向平民的照片,沃尔斯基本人承认伪造了照片,说目的是"使照片更为生动"。(见 2003 年 4 月 12 日《中国青年报》)一个战地记者就这样"牺牲"在新闻阵地上。他那样的新闻照片是可以向恋人献上的"一首新闻"吗?

中国"非典"时期,有一条新闻很著名,当时我认为它是有望成为"历史初稿"的新闻的,新闻的作者也是可以将它拿来献给恋人的。那新闻写的是两件大事:一是广交会,二是"非典",主题是"广交会 5 万余来宾无一人感染'非典'"。新闻说:"第 93 届中国出口商品交易会昨天(5 月 1 日)已全部撤展完毕。截至发稿时间,记者再次得到广交会方面确认:包括国外客商、国内参展商、特邀嘉宾、工作人员等在内 5 万多名与会人员中,尚未发现一例非典型肺炎病例。"新闻还问:"在'非典'威胁尚未完全消除的情况下,5 万多名来自世界各地的宾客云集一堂竟无一例感染,这一奇迹是如何创造的呢?"答案无非是"高度重视""通力协作""一手防'非典',一手抓经济""全力做好广交会期间的卫生防疫和安全保障等工作"等。(见 2003 年 5 月 2 日《南方日报》)

这是多么好的新闻啊,这首新闻向领导献上了,领导高兴,因为那说明领导有抗"非典"政绩;这首新闻向社会献上了,群众看了高兴,特别是参加了广交会的人们,因为可以放心了呀,不会得可恶的"非典"了呀。

然而,5 月 10 日人民网的一个报道让人叹息不已,说的是笔者所在的杭州:"这是一次不该发生但又不得不实施的大范围隔离行动,从 5 月 4 日晚到 10 日凌晨,杭州市民先后有 500 多人被隔离。"原因是,他们被动接触过的 1 位患者,被诊断为"非典"病人,据杭州市卫生局负责同志介绍,患者宋某,女,26 岁,某网络公司职员,4 月 11 日至 18 日在广州参加广交会……

广交会真当要感谢"非典"有个不短的"潜伏期"啊!除了这样的感叹,我还能说什么呢?不瞒你说,我在写这些文字的时候,我供职的报社有一位优秀的女记者正因此被隔离在度假村,而一起隔离的,还有杭州市的现任市长! 他们都是因为工作去了那家网络公司……

从此,我明白:新闻是历史的初稿,改写的新闻是历史的修订稿。

同时,我更明白:托马斯·杰斐逊真的很伟大。

媒体在场,第一要紧

媒体责任和媒介自由两者完全可以并行不悖,媒体自律和媒介宽容两者同样也完全可以并行不悖。当然,对媒介的宽容,是大环境、大前提。在当今的网络时代,社会环境中有一种对媒体不宽容的态势,值得公众警惕。"报道姚贝娜事件",是个典型的例证。

2015 年 1 月 16 日下午,知名歌手姚贝娜在北大深圳医院去世并捐献眼角膜,《深圳晚报》的采访报道引发了汹涌的网络舆论浪潮。有网友发网文称,记者是一群等候死亡的"秃鹫",他们在病房外等候的只是姚贝娜病逝的消息,溜进太平间是为偷拍遗体照片云云。"记者们在病房外,焦急地等待着她的死亡"这样的网文标题极其煽情。对此,浙江大学传媒与国际文化学院院长吴飞教授,第一时间提出质疑:"这是真的吗?"

网友有权利自由发表批评媒体的言论,但这样的言论一定要建立在事实真实的基础上,否则很快就变成一个笑话。在沉默儿天之后,《深圳晚报》于 2015 年 1 月 22 日刊发详细报道,澄清事实:"当天晚上在临时手术室里发生的一切,并不是网络上某些营销账号和网络水军所说的那样——我们的当事记者没有穿着白大褂伪装成医生,没有偷拍遗体,也没有高呼'新闻自由',更没有推倒姚贝娜母亲……无论是对姚贝娜还是她的家人,我们自始至终保持着最大的敬意和最深沉的爱意。我们小心翼翼地维护着他们的尊严,在姚贝娜去世前我们这样做,在姚贝娜去世后我们也坚持这么做。"

"我们已进入浅阅读时代,对信息真伪的核实和判断少了耐心。"吴飞教授说,网络舆论场上,真实的、虚假的,理性的、非理性的,各种思想和声音相互叠加,某种程度上是现实生活的反映;不能忽视的是,有一些别有用心者,在其中浑水摸鱼、煽风点火。

《深圳晚报》同时反思了新闻采写过程中的操作失误,并向公众致歉;承认记者进入手术室现场,疏忽了与家属的事先沟通;报纸发文倡议设立姚贝娜光明基金,同样也存在事前沟通不足的问题;在新闻同业竞争的大背景中,《深圳晚报》有些操之过急——这都需要改进,但这绝不是"等候死亡的秃鹫行为"。

约瑟夫·普利策的新闻信条是:"一张报纸的良心和灵魂,在于它的道德感、它的勇气、它的诚实、它的博爱、它对被压迫者的同情、它的独立、它对公众福利事业的投入、它服务社会的热诚,这一切超越了知识、新闻、智慧的范畴。"我们有理由相信,《深圳晚报》有关报道是遵循普利策原则的。

在有关新闻伦理的论争被推至风口浪尖之时,中国新闻评议会对此次"深晚风波"进行了讨论评议,摘除了外加在《深圳晚报》头上的"秃鹫"帽子。评议会讨论认为:"近期中国新闻界的伦理事件之密集、获得的关注度之强烈,史无前例,说到底,互联网时代,一切职业都在去魅,媒体也难例外。但只有将所有事实摆出来(不是有选择的),才能接近真相,也才具备辩论的前提。"

媒体在场,是第一要紧的事。媒体在很大程度上是公众知情权的代理人,而公众的知情权是不可或缺、更不可侵犯的。若不知情,必无自由。"公众的知情需要是一种固有的价值观。"美国哥伦比亚大学新闻学院研究生院终身教授梅尔文·门彻在《新闻报道与写作》一书中如是有云;他告诫"根据事实而不是根据希望做出判断"。我们看到,即使有的媒体出现违反新闻伦理的采访行为,也不能否定记者的采访权、否定媒体的报道权,这是大前提、大道理。

深度报道解救渔奴

记者干的是良心活。尤其是深度调查的记者。2016 年 4 月，第 100 届美国普利策奖揭晓，最有分量的"公共服务奖"，颁给美联社"东南亚渔奴悲惨遭遇"系列报道。该系列报道揭露了印尼、泰国数千名渔工遭受奴役的悲惨经历，并最终促使 2000 多人获救。

向不死的新闻魂致敬！在长达一年半的时间里，美联社 4 名女记者跟踪调查东南亚"海鲜血汗工厂"奴役渔工的行为，共形成 10 篇调查报道。那些没有人身自由的劳工，来自东南亚各国，主要来自缅甸，他们或被黑心中介诱骗而来，或被直接绑架而来；到了印度尼西亚的班吉纳小岛后，他们被囚禁起来，完全成了奴隶，没有姓名，只有编号；他们被迫去到渔船上，从事海鲜捕捞和加工的艰苦劳动，全年无休；有的渔奴甚至被关进笼子里，那"牢笼"小到不够一个人平躺……

报道这样描述：几个缅甸奴隶坐在地板上，目光穿过关押着他们的牢笼上生锈的铁条，蜷缩在离家几千英里的热带小岛上。被认为逃跑的概率很高，他们被贴上了"可能会逃跑"的标签。他们每天靠着很少的几口米饭和咖喱生存，住在一个勉强能供他们躺下的空间里，被牢牢困住，直到下一个强迫他们下海的渔民出现。"我能做的只有告诉渔船船长我不能再承受了，我想要回家……"

这真是"渔奴吁天录"！渔奴们如果有一丁点不听话，船主就对他们进行毒打，甚至用带有倒钩毒刺的鳐鱼尾巴抽他们。渔奴的回报只是极少的工资，甚至是零工资。被虐待至死后，有的直接被扔到大海里喂鲨鱼。被奴役时间最长、至今还活着的一个渔奴，已经为奴22年！在这与世隔绝的孤岛上，你想逃出去简直比登天还难！

美联社记者的眼睛，不仅仅盯着孤岛上的渔奴，而是着眼于美国的"海鲜供应链"，从而让公众看到：这些由渔奴捕捞和加工的海鲜，装上货船后，流向美国的超市、餐厅甚至宠物商店，支撑着整个海鲜消费体系……这就让美国消费者知道，进入你口中的，很可能就是"不道德"甚至是违法犯罪的"美味海鲜"！

这一劳工受虐待事件的深度调查报道形成后，美联社的记者们在考虑，是先发布这重磅新闻，还是先救人。这是个两难选择：如果现在不发，可能在联系官方救人期间，事情闹大了，被别的媒体抢先报道；如果现在发了，这些渔奴劳工则有可能面临生命危险。在爆炸性新闻和渔奴的安危之间，记者们最后选了"生命第一、救人第一"，宁可延迟新闻发布，也要首先救人——最终，这些劳工获得了解救，其中最小的只有15岁。

纵观这一通过报道解救渔奴的事件，走过了这样的"三部曲"：先采写深度报道，继而解救渔奴劳工，最后刊发报道。这就是新闻伦理的基本要求：若能挽救处于险境的新闻当事人，那么第一位是救人救命，第二位才是发布新闻；若在特殊情况下，记者无法首先救人一命，无法"再造七级浮屠"，那当然只能及时发布新闻，以防范类似事件的发生——这是第二选择，属于"次道德"，而非"不道德"。

那么，2016年普利策"公共服务奖"的获奖报道，能给我们中国记者什么启示？以我们的角度视之，那就是要牢记社会责任，要坚守新闻理想，要始终明白"为了谁、依靠谁、我是谁"，要转作风、改文风，要俯下身、沉下心，要察实情、说实话、动真情，要努力推出有思想、有温度、有品质、有分量的新闻作品，要直面社会丑恶现象,激浊扬清……

　　进行最有深度的新闻调查,提供最有高度的新闻作品,这是社会之幸。马丁·路德·金说:"历史将记取的社会转变的最大悲剧,不是坏人的喧嚣,而是好人的沉默。"沉默的新闻,那就不再是新闻。

报刊微史记

A.被思想惊醒

缪塞曾说:"人类的思想真是一根威力强大的杠杆! 它是我们用以保卫和救护自己的工具,是上帝所给我们的最好礼物。"托尔斯泰则云:"思想,就是推动自己和全人类的生活的力量。"我心目中优秀的新闻评论,是思想的钻石,是精神的琥珀,是责任的结晶。它"短""快"而"高",以思想的存在而体现人类的尊严,用思想的杠杆来推动社会的进步。

在这 2002 年,读《工人日报》新闻评论版,我就一次次被思想惊醒。在这个版里,社评的高屋建瓴,新闻观察的飞刀游刃,钟鼓篇的警钟震耳,今日话题的短鞭入里,圈点新闻的银针着穴⋯⋯常常让我眼睛一亮,精神一振,甚至会心一笑。作为一个作者,被思想惊醒往往是痛苦的,因为思想深到了痛处;而作为一个读者,被版面文章的思想惊醒则很快乐。

这里的思想,凝聚在编辑眼光里,反映在版面结构上,体现在文章影响中。它的转载率很高,我常常想,《南方周末》《报刊文摘》真是很爽,有这么一个新闻评论版源源不断地为其提供有思想有深度的文章用以剪取。

尽管编辑新闻评论版不是制作"满汉全席",但全年读下来,其体现的思想精神却成了满汉全席。新闻评论一定要言之有理,观点鲜明,废话不说,一刀见血,好读而且不玩深沉。读评论,会让我想起"大道无术,大象无形,大直若屈,大巧若拙,大辩若讷,大智若愚,大刚若柔,大成若缺,大音希声"这些语词,有思想的新闻评论是用不着玩小技巧甚至小计谋的。遇到"说理"不足,编者在文稿的虚弱处补上一笔,立即让思想变得丰满挺拔——笔者就亲历过。

虽然这个版面外观素朴,稿酬微薄,但其体现出来的思想赢得了尊重。

B.一切为了权利

这是一个海量信息的时代。在文字的汪洋大海里,《读者》是浮出水面的一片广袤大陆,《读者》(原创版)从大陆伸出,成为一个风光旖旎的半岛。作者站立成岛上森林,我是那林中水滴。

只为苍生说人话,要为权利而奋争。"为公民争权利",是我的写作主旨,在这里公民当然也包括我自己。若无权利,即无公民。自由、平等、尊严,都是权利内涵。公民社会由苍生构成,更由权利构建。尽管思想无法从摇篮开始,但权利必须从摇篮开始。"天赋人权"原本就是指权利与生俱来,而不是说"上天"给予。然而,在当下社会的一些方面,公权力侵害公民权利的现象还时有发生。《世界人权宣言》第一条这样写道:"人人生而自由,在尊严和权利上一律平等。他们赋有理性和良心,并应以兄弟关系的精神相对待。"

可是,"兄弟关系"谈何容易,甚至连我们的孩子都没有全部获得公平待遇。我含泪写下《哪儿能容下这张孩子的课桌》,为打工者子弟求学艰难而呐喊呼号。感谢《读者》(原创版)刊出这样的文字,更感谢《读者》(原创版)的读者在共鸣中点燃热情——一位河南读者辗转来电,用声音与我热烈握手,他复述了击中他的文中最后话语:一个国家现在的教育失误,是对将来的犯罪,而且犯下的是大罪;将来的历史不会清算个别人,它将清算一个时代……在与《读者》(原创版)签约之后,我承诺将所有从《读者》获得的稿酬,捐赠给贫困的孩子、贫困的家庭。我不认为一个人的力量永远单薄。

如果说《读者》注重的是人文情感，那么《读者》（原创版）拓展了思想分量。是的，那是挺立的思想。于是我与她紧紧拥抱，成为签约作家之一。思考，并且写作，是我的生活方式；尽管我握住的不是投枪，而是银针、手术刀。托夫勒曾说，人类经历三个时代，最初是"枪杆子里面出政权"，紧接着是"金钱是万能的"，最后"知识就是力量"——我愿意将这里的"知识就是力量"更改为"思想就是力量"。

一首动人的美国乡村音乐，名称是《乡村小路带我回家》。人作为会思想的苇草，思想才是真正的家园。春节我将回家，风尘仆仆的旅包里，不会忘记带上有思想的《读者》（原创版）。

（原载《读者》原创版 2007 年第 2 期）

C.唯思想最能激动人心

《读者》（原创版）创刊 5 周年寄语

我希望《读者》（原创版）更注重思想性，让思想跃然纸上。《读者》（文摘版）是温情的，原创版应该在此基础让思想更加璀璨。思想往往比时尚来得重要，唯优质思想最能激动人心。要看到优质思想资源之宝贵。技术跟上是不难的，思想跟上是很难的，人文素养与思想能力的缺乏最让人忧心。要用思想改变世界，改变人的内世界与外世界。

D.新闻也应该是亲民的

亲民的新闻，留给人的记忆是长远的。

亲民的文字，感动人的程度是强烈的。

回首中国新闻史，范长江彪炳千秋。作为报道红军的第一人，范长江写下了最辉煌的一笔，解放后回忆时，他说了一句新闻名言："一个记者，要有抱负。

这抱负就是毕生精力研究一两个什么问题。而这些问题是从群众中提出来的。"作为中共上海市委机关报的《解放日报》,自1949年5月28日创刊发行至2004年已是55周年了。在与时俱进的时代,回顾《解放日报》首任社长范长江这句名言,我领会其精髓,就是"亲民"二字——"从群众中提出来",朴素的语言,击中我的心坎。

我从事新闻多年,至今仍是媒体人,我喜欢亲民的新闻,喜欢亲民的副刊。我因为写作时评和一些副刊文章,与《解放日报》结缘。我看《解放日报》,其中的亲民风格留给我深刻的印象,我常常为亲民的文字击节。

《朝花》副刊中,有一种与民众血脉相连的精神,时常洋溢出来。比如五一过后不久,我读到李洁非先生的《劳动神圣》,标题就让我眼睛一亮;开篇第一句"我有一个理念:劳动神圣",再让我精神一振;"劳者有其食;不劳者与掠夺他人劳动者必遭报应——这是我历来在内心对自己屡屡要讲的两句话",则让我会心一笑。"衣来伸手,饭来张口,这种日子不能过""热爱劳动首先是一笔精神财富""只有自由的劳动,才给人以神圣感",这些都是我们老百姓的话,心里话。亲切的文字,亲民的文字,好。亲切的副刊,亲民的副刊,好,我喜欢。读《劳动神圣》,我脑子里就浮现出蔡元培先生为《新青年》"劳动节纪念号"的题词"劳工神圣"(载《新青年》第七卷第六号),宝贵的精神财富,总是一脉相承、总是薪尽火传的。

亲民的副刊,让我更清晰地看到:亲民,首先就是精神本质的亲民。比如"任何一个生命都是一个完整的圆,物质的另一半是不可缺少的精神",这是蒋子龙先生《物质女人》中的话;"我走完一步,接着又走一步,然后再走一步……100多公里就这么走完了",这是焦正安先生文章《分解困难》中,94岁老祖母走完100多公里后说的话。这些亲民的文字,总是入眼、入脑之后还入心的。

亲民,对于报纸来说,还有服务意义上的亲民。这一点,《解放日报》的《健康周刊》很到位。比如,最近有一期,看看其标题,就爱不释手:《抑郁症——我的情绪"感冒"了》《测测自己是否"男更"》《许大姐信箱·怎样才能喝得健康?》《左手空抓预防脑溢血》等,这种贴心贴肉的服务,民众哪有不喜欢的道理? 我也编辑过有关抑郁症的报道,看过这样完备的关于抑郁症的文字,才明白什么叫采编到位、服务到家。

　　与专副刊相比,把新闻做得亲民可不太容易,特别是时政新闻。拿破仑曾说:"三条充满敌意的新闻,比一千把刺刀更可怕。"我想,"充满敌意的新闻",肯定不是亲民的新闻。《解放日报》不少时政新闻做得很亲民,绝不高高在上。比如"上海对口支援"系列报道,就是典例。上海作为最发达地区之一,致力对口支援西部地区,不仅出钱而且"出人",这本身就是体现"立党为公、执政为民"理念的重大亲民举措。透过报道的字里行间,我们看到,记者写作行文是亲民的,采访行走更是亲民的。辗转于云南山高水深的土路上时,有个细节就让我感动,那是采访团成员不约而同想起美国国家公园之父约翰·缪尔的一句话——"你要让阳光洒在心上而非身上,溪流穿躯而过而非从旁流过……"是的,这样的报道就是"阳光洒在心上""溪流穿过身躯",感人而难忘。

　　亲民的报道,一定是放低姿态的报道;亲民的新闻,一定是没有架子的新闻。追踪老公房大修的报道也给我深刻的印象。上海有 8000 万平方米老公房,其中 2000 万平方米失修严重。上海市政府于去年 5 月启动"旧房屋综合整治三年行动",以彻底改善居民生活不便的急难愁、改变居住环境的脏乱差,这是重大的亲民举措。报道让居民说话,与官员对话,最后还告知咨询途径,并配以《旧房屋综合整治地点一览表》,考虑周全、服务到位。党的机关报,做得像"服务导报",没有一点架子,端的是好。

　　《解放日报》在解放上海的炮火中诞生,半个多世纪以来,继承和发扬了延安《解放日报》的光荣传统,始终把人民群众当作报纸的主角。"一名真正的新闻工作者,必须时刻把群众的利益放在心上,要有社会责任感。"这是《解放日报》一位部主任对刚到报社做实习记者的年轻同人说过的话。正是这样的亲民理念和责任意识,才能让媒体可亲。

醒着的微思

A.2007 年最佳时评家在日本

2007 年的最佳时评家,不是中国人,而是日本人,因为他们只写了一篇只有一个字的时评名作,却震动了世界,那就是一个"伪"字。用一个汉字来概括一个国家一年的世相百态,这个犀利的"伪"字可谓实至名归,它清晰揭示了商界见利忘义、政界背信不仁,等等。而揭伪立信,恰是体现了公民的责任意识与人间情怀。

2007 年中国的时事评论界当然也很闹猛,可很标准很时评的时评太多,我称之为"标准时评"。所以,我寄望 2008 年的中国时评,不要弄得像中学生考试的"标准答案"。许多网络好文,不像时评,却是美妙的时评。我希望新的一年里,评家写时评之时,少一点迎合热闹的心理,少一点意见领袖的心态,少一点话语精英的笔调。因为当今最不爱好好说话的群体中,时评家是其中比较突出的一族,他们最喜欢板着脸孔故作惊人语。

由此,我也希望时评盛产时代的编辑,不要总是板着脸孔编辑时评,害得全国的时评版面都是一个脸面。

(原载 2008 年 1 月 1 日《西安晚报》)

B.从容一点

我居杭州,宅在家里,似乎与杭城没有什么关系;我知道这里有"风月无边",更知道"风月无边"要成"虫二",但我不被生活环境左右;我过着删繁就简的人生,西湖便与我没有牵扯。有书,有网,天地就很大,杂文就可写。

我的博客上仍挂着"取时评之素材,写杂文之华章"。当我2005年再度辞掉管人的繁职之后,我用双重的肩来承担杂文,我就明白了"取阅读之素材"之重要,于是卖文买书统帅文字成了生活方式。

杂文作者,有的写得多,仅让人忌妒;有的写得少,却令人尊敬。令人尊敬多好啊,想必得有"独立之精神,自由之思想"才行。我心说:杂文需要魂之挺拔、思之自由、心之激情、文之从容。

这个时代太浮皮潦草,所以需要从容,需要沉静;时下写作太从众跟风,所以需要特立,需要独行。我久来长于急就章,如今时时告诫自己:是杂文,就不要再写得太急。大先生时代,杂文是匕首和投枪,那时急一点说得过去,战斗总是紧急的;如今这光景,杂文是银针、手术刀,手术可以舒缓点,下手太急怕是不行。

杂文写作,或曰公民写作,或曰人的写作,我以为最紧要的是心的写作。从我心里流出来的,才有望是好的杂文。

C.让思想醒着

"让思想醒着",曾是我帮人家为一本书所拟的书名,很遗憾,没有派上用场。后来我自己一本评论集就取名《让思想醒着》。

很多时候,我都在遗憾中度过。作为《都市快报》唯一的专任评论员,我的工作量大约是国内其他媒体专职评论员的两到三倍,所发评论文章,数量算是木佬佬多。但我遗憾于我最有分量的文章都比较长,几乎都不能发在自己所在的报纸上。比如,在新中国成立60周年之际,《杂文选刊》主编刘成信先生为主选编的《中国当代杂文二百家(1949—2009)》上下卷出版,我是入选者之一,选文5篇,仅一篇稍短的在大众化的报纸上发过;再比如,柏林墙倒掉20年之际,我写了长文《一层纸的后面曾经是铜墙铁壁》,在小众化的《杂文报》上发了几乎整版,但无缘与更多的平面媒体读者见面……好在现在有网站也有博客,撞上的可以一见。

还有,我遗憾于人与人之间认知水平差距太大。这些年来,其实我没少挨骂,甚至被少数读者恶狠狠地骂过。有的或许是被我的评论戳到了痛处,有的则完全匪夷所思。我们得承认,人们相互间的思想落差几乎是时代性的。

2009年,我被选为浙江省杂文学会副会长,受聘为浙江大学新闻系客座教授,感谢信任我的师友们;这一年,《快报快评》被评为浙江新闻名专栏,还获得了年度风尚媒体大奖专栏奖,并且第二次被读者投票评为杭报集团的最佳栏目之一。但这让我警惕"将来的遗憾"——因为当你忙于"收获"时,你可能就忽视耕耘与播种了。这是绝不允许的。思想不能休眠。

元旦刚过,收到了一位素昧平生的读者寄给我的译著。他是在杭俄语翻译作家盛海耕教授,所附手书短诗一首,让我深为惭愧:"迅雷文章迅雷风,纵横驰骋见从容。何当遍植如椽笔,振我中华气如虹。"

谢谢老师,谢谢同学,谢谢读者,谢谢网友!

D.一个年度小访问

这是2006年岁末答《江南时报》评论编辑之问。

《江南时报》:请用一句话概括您评论写作的宗旨?

徐迅雷:为公民争权利(公民当然包括我自己)。

《江南时报》:您对当下时评的生存状态如何评价,期望是什么?

徐迅雷:时评总体水平并无突破;最遗憾的是时评界的"公民写作"一定程度上变成了"功利写作";最期望回归"公民写作"抑或"公众写作"。

《江南时报》：公民发言与精英发言，您更倾向哪一类？

徐迅雷：谁都可以发言，发言是权利，我以为不存在孰轻孰重的"倾向性"问题。

《江南时报》：现在好像出现了一种口水评论或快餐评论？

徐迅雷：是的，很多。挥发得也快。

《江南时报》：与此同时，网络评论有复苏的迹象，动力是什么？

徐迅雷：网络评论有很多很不错，动力来自"自由发言""自由宣泄"，而且不拿稿费，没有功利色彩，所以写得潇洒；至于有时网评出现"合成谬误"，那是另一回事。

《江南时报》：在报业竞争集中在一个城市进行的现象中，出现了不少时评竞争激烈的城市，比如北京、广州、南京、成都、沈阳等，这说明了什么？

徐迅雷：这无非是新闻竞争之一种。说时评竞争"激烈"我看有点夸张，因为写作者众，时评是"供大于求"，大抵是谁用谁的稿子问题。思想激烈竞争就好了，时评作为新闻品种之一，竞争如何激烈意义也不大。

《江南时报》：您的年度代表作是什么？

徐迅雷：我写时评、杂文、随笔、书评四大类，时评里头大概《一百种理由抵不上一颗良心》像样一点，《杂文选刊》和《读者》都选了。

《江南时报》：您作为本报名笔，对《江南时报》的评论有何评价，建议或批评是什么？

徐迅雷：我的顶头上司有一天曾忽然冒出一句话：《江南时报》的评论做得那么好。这话给我印象很深刻。建议版面扩大一点；批评是有时把"屋顶上的山羊"太当"山羊"。

E.文学奖那码子事

就文学奖那码子事，答《中国出版传媒商报》记者潘启雯之问。

潘启雯：2014 年，国内一系列的文学奖引发热议不断，在你看来，文学奖为何惹争议？

徐迅雷：文学奖惹出争议，原因很简单，就是把不出色，甚至不太好的作品评上去了。尽管"文无第一、武无第二"，要把最出色的给评出来确实不容易，但如果认真负责、操作到位，公认的好作品是可以评出来的。国家级的文学奖，真的不能自取其辱，不能让"鲁迅得不了鲁迅文学奖"的笑谈持续下去。官化的评奖、被主导的评奖、统一思想的评奖、匆忙阅读原作品的评奖，是很有弊病的。你看一下参评作品的总量，除以可利用的时间，评委通读一遍的可能都没有，更不要说分析、品评了。"0 张选票落选"的情形，显然是"统一思想""少民主、多集中"的结果。只有在好的制度安排中，评委才能变好，文学奖才能变好。

潘启雯：在你看来，文学奖定位标准应该是给"作家"还是给"作品"？为什么？

徐迅雷：这应该是两结合，"作家"离不开"作品"，"作品"背后站着"作家"，作家是本。现在的文学奖多以作品为主，对作为人的作家有忽视，对作品背后的人品顾及不多，这个需要纠偏。

潘启雯：国外有哪些文学奖评奖规则和方法值得我们借鉴？

徐迅雷：最值得借鉴的当然就是诺贝尔文学奖，它就是"作家"与"作品"并重的。它的推荐方式也比较丰富比较好，民办色彩胜过官办色彩。诺奖一年评一次，而中国的"鲁奖"要 4 年评一次，结果就是作品汹涌而来，评奖弄个囫囵吞枣。我国每年的出版物约 40 万种，4 年 160 万种，其中文学作品是一个大头，多到几乎没法评。

"文革"结束之后，最初一段时光是一年一度评选全国优秀短篇小说和优秀中篇小说，那真是评奖的黄金时代，没有那么多的乌猫皂狗、一地鸡毛。对于文学奖，我是建议"寻常化评奖"的，年年静水深流，胜过 4 年洪水放闸。评文学奖不是开奥运会，不必把作家憋坏了，憋扭曲了。文化需要大繁荣，作家需要多鼓励。按照 1 年有 1 部杂文集获奖的比例，4 年该有 4 部杂文集得奖，现实是 4 年或 8 年过去，也难说有 1 部杂文集得奖。除了建议恢复一年一度的寻常化评奖,我还建议"鲁奖"把"杂文奖"从"散文杂文奖"中单列出来,杂文这些年来相当繁茂,完全可以单列,而不是挤在散文背后成了"小媳妇",几乎得不了奖。毕竟,这是以"鲁迅"命名的文学奖。

贰

最美的单词离我们有多远

最美的单词离我们有多远

　　为进一步在世界上推广英国文化,英国文化委员会在 102 个非英语国家对 4 万人进行了一次调查,评选出了人们最喜欢的英语单词。该组织特别选择了 70 个单词供人们选择。"mother"(妈妈)一词当选为世界上最美的英语单词。除"妈妈"一词外,passion(热情)、smile(微笑)、love(爱)、eternity(永恒)、fantastic(奇异的)、destiny(命运)、freedom(自主)、liberty(自由)以及 tranquility(宁静)名列最优美词汇评选的前 10 位。(2004 年 11 月 26 日《中国青年报》)

　　是的,这都是美好的单词,不仅是发音等外在的形态之美,更因为词义内涵的美好。在刊登这个美好消息的同一期《中国青年报》上,有着一个沉重的特别报道——《四问沙河矿难》以及记者的采访手记《矿工的故事让人心酸》。2004 年 11 月 20 日,河北省沙河市白塔镇 5 个铁矿井下发生特大火灾。温家宝总理获知消息指示要千方百计抢救井下矿工。到 11 月 24 日救援工作结束,这次矿难共造成 65 人死亡,51 人生还。沙河矿难"四问",在"为什么用木头搭建井架""为什么五个矿区相互连通""为什么用于通风的副井也采矿运矿"这 3 个"为什么"之外,还有一个是"为什么使用童工没人管"。矿难中有一对父子都遇难了,其中孩子只有 15 岁。15 岁!15 岁是读书的年龄!

15 岁应该是孩子至少是城里孩子学习英语单词、学习美好的英语单词的年龄！可是，这个名叫吴松林的 15 岁孩子，却在矿井下失去了生命。

吴松林知道世界上最美的英语单词 mother（妈妈）吗？现在他的妈妈还在，可是妈妈已经失去了丈夫和儿子，这样"妈妈"还有美好吗？吴松林知道英语单词"热情"（passion）吗？那寒冷而黑暗的矿井底下，有什么"热情"呢？报道说，由于孩子缺乏专业采矿技能，矿主一般只让其在巷道内开矿车、进行井下抽水等简单工作，工资待遇很低，劳动强度极大，每天要连续在井下工作 18 个小时。井下工作 18 个小时之后，吴松林还知道"微笑"（smile）吗？"自主"（freedom）呢？15 岁的孩子怎么自主自立呢？还有"自由"（liberty），在那地底深处，自由在什么地方呢？还有"宁静"（tranquility），现在死了，真的是归于宁静了，彻底的宁静。

爱（love），只有亲情之爱应该是存在的，但这个世界给了他什么样的 love 什么样的爱？最好的爱，是让 15 岁的他在宽敞明亮的教室里听课，朗读 mother、朗读 passion、朗读 smile、朗读 tranquility……但是，他却在矿井底下迎来了"奇异"（fantastic）的"命运"（destiny），让 15 岁的生命就这样走向了"永恒"（eternity）……

我原以为这一对死难的父子是特例，然而报道告诉我，那一带小煤矿小铁矿中，"从事井下开采作业的 18 岁以下的未成年矿工竟上百人，其中包括大量未满 16 岁的童工"；"在发生火灾的 5 个铁矿中，有 20 多名未成年人"，记者问得很沉重："矿井大量使用童工，劳动监管部门干什么去了？"或许，也只有他们在宽敞明亮的办公室里感受着美丽单词所描述的美好境界？

那些活着的矿工向记者述说了他们的心酸故事。这些故事与一些美好的单词纠缠在一起，比如"妈妈"（mother）：胡春德出来已经十多年了，现在老家只有老母亲一个人守着，他的兄弟也在外面打工；比如"爱"（love）：走进申忠菊家时，她正捧着在这次矿难中双双遇难的堂哥申忠德及妻子郑才琴的结婚证，一遍一遍地翻看；比如"命运"（destiny）：46 岁的陈敬国来自陕西西乡县，他有一个儿子在读大学，为了多挣钱，他每次下井都要在 8 小时基础上多工作

4小时,事故发生时,只有他一个人在起火的暗井井底作业,遇难后工友们都不知道怎么联系上他的亲人,工友们说:"他是一个可怜的人。"

最美的单词离我们有多远?怎样让最美的单词离我们不远?生命永远停留在15岁的吴松林不知道,生命永远静止在46岁的陈敬国不知道。希望像陈敬国读大学儿子一样的人,能真正知道。一切事情,真正知道了才好办。

语言文字与法律规范

"这个招牌为啥不能用,因为里面有两个繁体字。如果不换成简体招牌,将被处以 1 万元以下罚款。"——这是 2008 年 11 月 24 日《杭州日报》的一则热线报道,说的是杭州屏风街开了家土特产专卖店,取名"三门土特产",门店招牌是一位著名书法家给题写的,五个字中两个是繁体字,一个是"門",另一个是"産";最近两名区里的语言文字委员会的工作人员突然上门,他们指着繁体字说,这样的招牌不好挂,必须把繁体字换成规范的汉字,并责令限期更换。

这个报道在报社内部论坛上引起了强烈的反响。大家都为维护汉语言的"规范""纯洁"而同仇敌忾、振振有词,严厉谴责使用"繁体字"的行径。

我感到震惊。一群不学法的人,为一个"伪命题"争得死去活来。一路下来,竟然没有一个人懂得或学习一下我国的《国家通用语言文字法》。

我国《国家通用语言文字法》第十七条非常明确地规定:有下列情形的,可以保留或使用繁体字、异体字:

(一)文物古迹;

(二)姓氏中的异体字;

(三)书法、篆刻等艺术作品;

（四）题词和招牌的手书字；

（五）出版、教学、研究中需要使用的；

（六）经国务院有关部门批准的特殊情况。

不难看明白：书法等艺术作品、题词和招牌的手书字，都是可以保留或使用繁体字的。所以，"杭州日报""胡庆余堂"等名称的手书繁体字，一点问题也没有。同样，报道中的门店招牌"三门土特产"书法繁体字，也没有一点问题。

我国的《广告语言文字管理暂行规定》第十条规定：广告用语用字，不得出现"违反国家法律、法规规定使用繁体字"。换句话说，符合法规的规定使用繁体字，是可以的。如果是非手写的书法体，即印刷体，那得要用规范的简体字。

有问题的，恰恰是那两名认为"这样的招牌不好挂"的"下城区语言文字委员会的工作人员"，他们根本就是不学法的冒牌人员。而且他们"上门来执法"，也是违法行为，因为《国家通用语言文字法》第二十三条规定得很清楚："县级以上各级人民政府工商行政管理部门依法对企业名称、商品名称以及广告的用语用字进行管理和监督。"也就是说，工商部门的人员才有这方面的执法权。

或许，有人认为门店招牌不属此条规定，错！有关方面明确规定：企业招牌属于广告，称"招牌广告"或"店堂广告"。所以，这些招牌或店堂广告如果出问题，那该工商部门管，也轮不到"语言文字委员会工作人员"管。千万别听他们忽悠。

但他们把我们的记者给忽悠了。写这个报道的记者，肯定不具备《国家通用语言文字法》的基本法律知识，写作时也没去查看《国家通用语言文字法》。还有版面编辑、主任、领导，统统是这方面的法盲。

至于报道引用的重庆三峡宾馆之例，一定要弄清人家是否普通印刷体（非手书体），普通印刷体使用繁体的"宾馆"二字，那确是违规的，被抓牢了，也没法子，只好自认倒霉。

这个事件中，那两位"下城区语言文字委员会工作人员"可以吓唬老百姓，可我们的记者、我们的《杭州日报》，能这样糊里糊涂地跟着吓唬老百姓吗？

还有，这论坛上的一些论者，执着得很，拿《杭州日报》纪念改革开放30年专版上头的"杭州記憶、杭州驕傲、漫畫往事、如歌歲月"等繁体字说事，同样是没有法律知识的人。这是书法美术刊头，与"杭州日报"使用书法繁体字是同样的道理，都没有违规。设计得也很好很漂亮，而且"漫畫往事、如歌歲月"还是毛泽东的潇洒手写体。

过去如果没有学过《国家通用语言文字法》等相关法规，那么如今去学一下也不迟。可惜的是，个个都不具备基本的法律常识，个个都还"理直气壮"，且没有一个人去干"学一下"的事。呜呼！

除了"暧昧"就没有别的词了吗？

　　触目皆暧昧。不知道是汉语的贫乏还是思想的贫乏,当日本"小泉时代"结束、安倍晋三当选为新首相的时候,似乎非"暧昧"这个词语无以说日本、无以说日本的新旧领导人。当我在2006年9月25日看到央视《世界周刊》给专题取的标题是"暧昧的日本"时,我苦笑一声:央视也是这么"没文化";当我27日看到自己所在的报纸也弄了"有的事不能暧昧下去"的标题时,真想说:拜托,别再弄"暧昧的日本"了,请说"清晰的日本"好不好!

　　我真搞不明白,难道除了"暧昧"就没有别的词语、就没有别的说头了吗? 你这样开口闭口"暧昧",就不怕大江健三郎笑话吗?

　　日本领导人的交替,我看到的是清晰,哪是什么暧昧? 小泉走人是清晰的,安倍上岗是清晰的;小泉纯一郎在首相任上,坚持参拜供奉有二战甲级战犯牌位的靖国神社而且死不改悔,把中日、中韩关系弄得一团糟,这是清晰的;52岁的安倍,是二战后最年轻和首位战后出生的日本首相,这是清晰的;作为新首相,安倍说他将"不遗余力"地改善中日关系,保证要致力修复与邻国之间的糟糕关系,称中国是"最重要的合作伙伴",这也是清晰的……种种已发生的,都非常清晰,你硬是弄一个"暧昧"来说事,这是为啥?

大江健三郎 1994 年获诺贝尔文学奖时的致辞,题目是《我在暧昧的日本》,或者直译为《暧昧的日本的我》,这一举让日本的"暧昧"成名。大江健三郎所说的"暧昧",是一种渗透在日本历史文化里的国民性;他的演讲从某种意义上说,是对川端康成 1968 年获诺贝尔文学奖时的致辞《我在美丽的日本》(或译为《美丽的日本的我》)的一种反叛。或许是《我在暧昧的日本》这个著名演讲的标题给人的印象太深刻,或许是收有大江健三郎 17 篇随笔《我在暧昧的日本》一书不久前在中国的出版勾起了国人的回忆,或许是大江健三郎刚刚在 9 月中旬结束对中国的第五次友好访问,反正我们的媒体在集体无意识中,掉进大江健三郎先生的"暧昧"陷阱里不能自拔了。

日本的国民性确实复杂一点,有着许多的二重性,美国人类学家、社会学家鲁思·本尼迪克特在其名著《菊与刀》里就说:日本人既好斗又和善,既尚武又爱美,既蛮横又文雅,既刻板又富有适应性,既顺从又不甘任人摆布,既忠诚不二又会背信弃义,既勇敢又胆怯,既保守又善于接受新事物,而且这一切相互矛盾的气质都是在最高的程度上表现出来的……这是很清晰的"二重性",人家美国学者都分析得这么清楚,我们怎么就愣是喜欢把今日日本的什么什么都说成是"暧昧"呢?

大江健三郎思想里的"暧昧"是一种"清晰的暧昧",而今天我们的媒体所鼓捣的"暧昧",真是"暧昧的暧昧"。可悲可怕的就是,对于日本和日本领导人的许多清晰作为,我们的媒体都一概爱用"暧昧"来概括。有的日本领导人没有诚实地对待历史,这是很清晰的;而日本知识界人士表示反对,如大江健三郎就曾和知识界朋友一起声讨小泉参拜靖国神社,这也是很清晰的;即使刚刚上任的安倍在参拜靖国神社问题上采取"模糊"策略,那不也是很清晰的策略吗?如今我们的媒体动不动就是拿"暧昧"来捣糨糊,这不是自欺欺人、给人笑话吗?

我们得承认,弄传播的媒体是粗浅的,没有什么"深入研究",但如果学者在研究日本时也是这样粗鄙浅陋,也弄得"暧昧"一团,那就真的可怕了。譬如,对于靖国神社,有几个中国学者弄得灵清？连一部《靖国神社》的纪录电影,也是 1989 年旅居日本、在日本成立了自己的电影公司的李缨历经 8 年所拍摄的。要知道,人家日本学者对中国方方面面的研究,可是那般的深入细致,我们常常听到"××在中国,××研究在日本"的话,真让国人汗颜。清晰地知己知彼的人,必定是胜者;暧昧地知彼知己的人,失败恐怕就在前头兮!

语言是发展变化的

【篇一】语言是发展变化的

2002 年 9 月 2 日《中国青年报》《青年话题》版"百姓的语录"中有一则说"七月流火"的短文,作者为张国庆先生,文字不长,兹录于下:

夏日炎炎似火烧,时见报章出现"七月流火"字样。文章作者望文生义,以为"流火"就是"空气中流动着火焰"般炙热难耐。之所以出现这样的笑话,是因为没有读过《诗经·七月》。

《诗经·七月》中的"七月流火",绝非"热浪滚滚"的意思。"火"并非指"火焰",而是指一颗恒星。这颗星因为红色明亮,而被称为"火"。夏历五月,这颗红星处于正南方天空,位置也最高;从六月开始偏西,七月(相当于公历八月)则愈加偏西下沉,暑气渐渐消退,天气开始转凉了。"七月流火"就是这个意思。可见,其含义与当今人们望文所生之义恰恰相反。

其实老早就有人对"七月流火"发表这个看法了。持这个观点的人忘了（或压根儿不知道）"语言是发展的"这个基本道理。

要知道,语言是约定俗成的,但语言也是发展变化的;语言是有严格规范的,但语言也是可以灵活运用的。

如果我们语词的意义都停留在《诗经》时代,那么我们现在都是满口的之乎者也。许多语词,特别是一些成语,如果只看它生成时的本义,那么就变得匪夷所思了,像"朝三暮四":朝三暮四众皆怒,暮四朝三众皆喜。

"七月流火"也是这样,现代人早已将它理解成夏日炎热的意思了,而且得到了广泛的运用。在新浪网站搜索引擎中键入"七月流火"在"中文网页"中搜索,有4600多个网页中有这个词,其今义不言而喻;在"新闻全文"中搜索,更是语意明确,试看:"七月流火,莘莘学子又要挑战高考";"蒙蒙细雨冲淡了七月流火的酷热";"连日持续大范围的高温天气让人们尝到了'七月流火'的滋味";"七月流火,羊城晚报报业集团金羊网新版也趁热出炉";"七月流火,深圳求职者挤爆'10元旅店'";"七月流火,关于中国经济的利好消息不断"等等等等,很清楚,这里的"七月流火"都是时间意义上的炎炎夏季,谁还会说这是《诗经》里的星之下沉?

《诗经》里的许多语词至今变化很大,最简单的比如大家熟悉的"式微",今义是指国家或世族的衰落,也泛指事物的衰落。"式微"最早出自《诗经》的《式微》篇:"式微式微,胡不归?"其意就是"天黑啦,天黑啦,为什么还不回家呢?"今人说"家族式微",你总不该说这是指"他家天黑"吧。

今人泥古倾向是值得注意的。写过《在语词的密林里》的尘元先生（即陈原）曾在《古人说话》篇里（见该书第210页,三联书店出版）对此提出批评。他说:"电视片中凡是古人说话,大都是文绉绉的,谁也听不懂。——其实那不是说话,只不过是念古书,而且用今音念古书。古人真的就那么说话么?……古代皇帝说话,也决不会字斟句酌地做秦汉文章。"只知古义,不知今之变化,老抱着"七月流火"是"星"不是"火",会有多少人理解接受?

另外,关于这颗"火"星,我所见的"火"之解释都为星名（有的说是星座名,也称"心宿"),即"大火"星,张国庆文中所言"这颗星因为红色明亮,而被称为'火'"倒是第一次听到,"火"和"大火"是一个概念否?

【篇二】如今谁在"捐骨髓"?

杭州《都市快报》2009年4月17日第9版刊发了一个近乎一整版的报道,标题是《我的骨髓和一个病人配上了/我捐还是不捐?//一位大学男生内心矛盾来问快报/省红十字会邀请他和母亲参观捐献全过程/请他现场看了再做决定》。

这个报道本身很有价值。尤其可贵的是,浙江省红十字会邀请捐献者和他母亲参观捐献全过程,请他们在现场看了之后再做决定。目的,就是消除捐者的顾虑。

捐,还是不捐?对许多配型成功者来说,这是一个现实问题。网上许多想捐献的网友志愿者也发出类似疑问。顾虑的产生,就是因为"捐骨髓"三个字。早年的技术是只能抽出骨髓,然后捐献出去,这要进行骨头多部位麻醉穿刺,供者不免较痛苦。"不捐"就是因为恐惧"捐"。如果想到"敲骨吸髓"之类的成语,那就更让人怕怕了。

但现在的技术,早已不是"抽骨髓"了,而是直接捐献造血干细胞。用动员剂将造血干细胞从骨髓等部位赶出来,再从血液里分离出来,捐给患者,这就可以了。当初要捐献、移植骨髓,也是为了移植骨髓里的造血干细胞——骨髓里造血干细胞含量高。骨髓可以看成造血干细胞的载体,造血干细胞也不仅仅存在于骨髓中。通过骨髓移植重建患者的造血和免疫系统,是美国医生托马斯开创的,他因此在1990年而获得了诺贝尔生理学或医学奖。

直接分离、采集、捐献造血干细胞而不用"抽骨髓",就像献血一样简单,这是医学的巨大进步,临床使用已经有若干年了。但由于过去"捐骨髓"留给人的印象太深刻,以致人们的头脑里很难树立起"捐献造血干细胞"的概念。

《都市快报》这个报道,本意就是用事实来说这个道理的。可是,编辑对标

题的制作,却陷入了思维的混乱,一眼看去让我大吃一惊:超粗黑的大标题是
"我的骨髓和一个病人配上了/我捐还是不捐?",这还是在说"捐骨髓"或"不
捐骨髓";看过内文后,更不懂为何这样取标题了。同时标题里还有一个知识
性错误:"骨髓配上了"。哪里是"骨髓"配上了,是造血干细胞配型成功,背后
是两个人免疫标记相差不大,不会造成过强的排异反应。

　　由于在核心问题上没有明晰的思路,所以内文出现了"目前无偿献血者捐
献骨髓最多"这样的小标题,也没有修正代表《都市快报》的 QQ 聊的回复话
语——"你之前报名捐献骨髓了?"习惯的势力是很强大的,要改"捐骨髓"的
思维习惯是多么的艰难。如果这位负责 QQ 对话的工作人员有"捐献造血干
细胞"的概念与意识,回答就应该是:"你之前报名捐献造血干细胞了?"同时
也可以直接告诉对方:"捐献造血干细胞不是捐献骨髓,不用怕! 早已不是当
年的抽骨髓啦,没那么恐怖。"

　　这位大学生和他母亲在浙江省中医院血液科干细胞采集室参观时,血液
科主任周郁鸿说得好:"采集过程蛮简单的,左手插的是出血管,鲜血经过血细
胞分离机的处理,除了部分造血干细胞被截留在血浆袋里,其余的又通过右手
插的管子流回体内。说简单点,就像两只手同时打吊针。"建议 QQ 聊工作人
员以及负责热线电话的信息员把这段话收进资料库里,当作今后回答类似问
题时的标准答案。

　　我早就建议将"中华骨髓库"彻底更名为"中华造血干细胞库"。要让"造
血干细胞库"成为主题词,后面的括号里则可以说"中华骨髓库",也就是将现
在"中华骨髓库(中国造血干细胞捐献者资料库)"表达的主次倒过来。

　　媒体是信息放大器,编辑记者如果不牢牢树立"捐献造血干细胞"的概念,
那是很难让"捐骨髓"这个说法"回老家"的。无独有偶,此前一天的 4 月 16
日,《新京报》报道说:北京房山法院法官厉莉为了挽救一名上海白血病女孩,
两次捐献造血干细胞;某网站在转载这个报道时,竟然把标题做成了甚为骇人
的"女法官两次捐献骨髓　丈夫支持再次捐髓"。稍早,外地有家报纸的报道
也是思维混乱,甚至把"一次采集 10 克造血干细胞"说成"一次捐献了 10

克骨髓"。

标题体现新闻的价值取向,也促成新闻的价值实现。《都市快报》这个报道,我认为相对准确的新闻标题应该是:不是捐骨髓/而是捐造血干细胞! //捐还是不捐? 一位大学男生和母亲参观捐献全过程后再做决定。

后　记

天命一文心

　　写作是我的生命，坚持是我的使命。"慈行三部曲"就是使命的成果。

　　人生旅程，弃政从文。我生于 1966 年，到 1999 年，已过 33 岁，我从一个江南小镇的"一把手"位置上"裸辞"，来到杭州"跨世纪"，从事新闻工作至今。有位智识者是过来人，曾说："人最好的日子是 35 岁到 55 岁。这 20 年是你的黄金时期，你要做事、干什么，都是这 20 年。"我幸好在这个黄金岁数选择了从文写作，其中从 2002 年元月开始进入杭州日报报业集团都市快报社，到 2022 年，恰好是 20 周年。而今我早已过了"四十不惑"，过了"五十而知天命"，即将迎来"六十耳顺"。

　　然而，一生毕竟是书生！

　　作为一介书生，我有"人生三书"，就是读书、写书、教书。一直坚持，所以有了一点成绩，记入自己的"人生功劳簿"。由于网络上有关"徐迅雷"的词条是十几年前的，现将一个新一点也详细一点的简介录于此：

　　徐迅雷，现任《杭州日报》首席评论员，历任《都市快报》新闻部编辑主任、《杭州日报》评论部主任等职；系中国作家协会会员，浙江省杂文学会副会长，杭州市文艺评论家协会副主席；被聘为浙江大学传媒与国际文化学院兼任专家（为新闻系讲授

"新闻评论"课,为干部培训班讲授多种课程),同时是浙大宁波理工学院传媒与法学院兼任专家、浙江理工大学史量才新闻与传播学院兼职教授、浙江工商大学实务导师、丽水学院客座教授、丽水学院民族学院客座教授;是《南方周末》2020年评论写作课授课教师,中国新闻奖获得者。

入选浙江大学"财新·卓越记者";作品入选涵盖中国杂文史的《中国杂文(百部)》,是当代浙江在地杂文家中唯一入选者;是《杂文选刊》评点的"当代杂文30家"之一;是《读者》原创版首批签约作家。先后获得各级各类奖项逾百项,并获杭州市政府特殊津贴;先后有5部著作入选杭州市文化精品工程;作品曾被评为《南方周末》年度十大评论,主笔的《快报快评》、主创之一的《西湖评论》先后被评为浙江新闻名专栏。

此前已在广西师范大学出版社出版《在大地上寻找花朵》《太阳底下是土地》等著作共8部;另有《中国杂文(百部)·徐迅雷集》《以文化人》《知知而行行》《敬畏与底线》《相思的卡片》等著作10余部,其中包括编选的《现代大学校长文丛·梅贻琦卷》,与女儿徐鼎鼎合著的《认知与情怀》;另有和同人合著的《南周评论写作课》《杭州70年(1949—2019)》等7部作品。

"悲晨曦之易夕,感人生之长勤"(陶渊明《闲情赋》);"课虚无以责有,叩寂寞而求音"(陆机《文赋》)——人生写作,大抵如是。

文心笔致,天命使然。不忘使命,为苍生说人话;继续前行,为进步说真话!